ハヤカワ・ミステリ文庫
〈HM㊱-1〉

ミルク殺人と憂鬱な夏

中年警部クルフティンガー

フォルカー・クルプフル&ミハイル・コブル
岡本朋子訳

早川書房
7816

MILCHGELD
by
Volker Klüpfel and Michael Kobr

Translated by
Tomoko Okamoto
First published 2016 in Japan by
HAYAKAWA PUBLISHING, INC.
This book is published in Japan by
arrangement with
PIPER VERLAG GMBH
through THE ENGLISH AGENCY (JAPAN) LTD.

ミルク殺人と憂鬱な夏

中年警部クルフティンガー

登場人物

クルフティンガー……………………ケンプテン地方刑事局の警部
エリカ…………………………………クルフティンガーの妻
オイゲン・シュトローブル
リヒャルト・マイアー ｝…………クルフティンガーの部下
ローランド・ヘーフェレ
サンドラ・ヘンスケ…………………クルフティンガーの秘書
ディートマー・ローデンバッハー……ケンプテン地方刑事局の局長
カール・シェーンマンガー……………乳製品会社の社長
フィリップ・ヴァハター………………同社の食品開発部長
ローベルト・バルチュ…………………同部員
ペーター………………………………シェーンマンガーの息子
ユリア・ヴァーグナー…………………ヴァハターの長女
テレーザ・フェロ………………………ヴァハターの次女
エルフリーデ・ジーバー………………ヴァハターの家政婦
ローベルト・ルッツェンベルク………ヴァハターの元同僚
アンドレアス…………………………ルッツェンベルクの息子
リナ……………………………………ルッツェンベルクの叔母
アンネグレート・ラングハマー………エリカの親友
マーティン……………………………アンネグレートの夫。医師

畜生！

クルフティンガーは出かかった言葉をグッと飲み込んだ。汚い言葉を使うと妻が嫌がる。声を荒らげると、どんな言葉も妻には刑事言葉にしか聞こえないのだ。ここで罵れば、「警部だからって、普段はそんな言葉を使うべきではないわ」といつものようにさとされてしまう。

だからクルフティンガーは罵らなかったが、機嫌が悪いことに変わりはなかった。というのも、彼が一番嫌いなのは食事を邪魔されることだからだ。でも、なぜかそういうことは月曜日によく起こった。大事な月曜日に。ケーゼシュペッツレ（ドイツ南部の伝統的なチーズパスタ）を食べる月曜日に。ケーゼシュペッツレは月曜日に食べるに限る。この日は夜に音楽隊の練習があって、一日中嫌な気持ちでいなければならないのだが、ケーゼシュペッツレを食べられると考えるだけで耐えられるのだ。

「ねえ、電話、取らないの？」三度目のベルが鳴ったとき、妻が台所から呼びかけてきた。妻は今日は夕食を取らない。ダイエット日なのだそうだ。けれども、妻が夕食を作りながら〝ちょっとばかし〟つまみ食いをしたことは知っている。でも、あえてそれを口にはしなかった。なぜなら、自分も油っこいものは控えたほうがいいとわかっていても、ケーゼシュペッツレはついつい食べ過ぎてしまうからだ。バターできつね色に炒めた大量のタマネギを食べれば、今晩胸やけに襲われることは目に見えていた。それでも、こってりしたこの料理が好きでたまらなかった。特に、このタマネギが。パスタとタマネギの比率を変えたいくらい好きだった。だがそうなるとケーゼシュペッツレではなく、タマネギシュペッツレになってしまう。とはいえ毎度のように、タマネギが少なすぎると思ってしまう。

妻は毎週月曜日になると、「ベタベタして嫌だわ」と言いながらケーゼシュペッツレを作り、作った後の台所はもちろん油だらけになるのだが、それでも月曜日にケーゼシュペッツレを食べるというのはもう何年も前から家族の決まりになっていた。母親の葬儀の日も、息子の大学入学試験合格パーティーの日も。始めてから何年になるだろう？　たぶん十五年前くらいから、妻は毎週月曜日にケーゼシュペッツレを作るという決まりを守りとおしてきていた。

しかし、クルフティンガーは妻をかわいそうだとは思わない。なぜならその見返りとして毎週月曜日に音楽隊の練習に参加してやっているのだから。クルフティンガーは長い間、音楽隊に加わるのを拒み続けていた。だが周囲は、君ほど大太鼓に適したリズム感を持っていて、しかも大太鼓を抱えられるほど恰幅のいい人間はいない、と何度も誘いをかけてきた。今になればあのとき、大太鼓なんてバカバカしい楽器を叩けるのはおまえくらいなもんさ、とはっきり言ってくれればよかったのにと思う。

妻はクルフティンガーに、音楽隊に加わってほしいとしつこくせがんだ。クルフティンガーにはその理由がわかっていた。妻は夫が――もちろん彼女自身も――村の人々と仲よくなることを望んでいたのだ。「ねえ、やってみなさいよ。やり始めたら、きっと面白くなるわよ。みんな、あなたを必要としているのよ……」結局、クルフティンガーはある日、「やるよ」と言ってしまった。それからは、毎度「やるよ」と言うようになった。妻はそうなることを知っていたのだ。

四度目の電話のベルが鳴る。クルフティンガーは「よいしょ」と言って立ち上がり、玄関先に向かう。歩くたびにズボンが足を締め付けた。革ズボン！　誰がこんなズボンを発明したんだ、とクルフティンガーは思う。だがそう思っても何も変わらない。今日の音楽隊の練習は、大事なコンサートのための通し稽古なのだ。だから衣装も完全着用。膝丈のズボンに、チクチクする綿の長靴下に、赤いベスト、首を締め付ける襟の立ったシャツを着ることになっていた。そのせいでクルフティンガーの顔はいつもよりも赤らんでいた。

ジャケットだけは着なくてもよかった。他のメンバーと一緒にクリーニングに出していたからだ。

五度目の電話のベルが鳴る。「はい、クルフティンガーですが?」受話器に問いかける。

クルフティンガーは、電話の相手はいつものように妻の友達か義姉かと思っていたのだが、仕事の電話だとわかって驚いた。特捜部からの電話だった。嫌な予感がした。新人の頃はよく夜中に出動させられたが、それでも大事件に出くわしたことはほとんどなかった。今は週日だけ、要請があれば夜も出動するということにしているが、週日に犯罪が起こる可能性はこれまでの経験からしてほとんどゼロに等しかった。特に月曜日は牧師や美容師だけが休日なのではなく、犯罪者も休みを取っていると思っていた。

受話器の向こうで話す若い女性署員の声はプロの真剣さとやる気に満ちていた。

「……殺人……犯罪科学捜査……現場……検察官」クルフティンガーは台所の雑音に耳をふさいで相手の話に集中しようとしたが、間に合わずに大事なことを聞き逃してしまった。相手は早口過ぎた。北ドイツ出身なのだろう。

クルフティンガーは女性署員にもう一度説明してほしいと頼み、それでなんとか現場の住所だけはつかめた。耳を疑った。相手が言った住所は自分が住むアルトゥスリートだったからだ。

「畜……」クルフティンガーは罵ろうとして、やめた。ケーゼシュペッツレをまだ一口も食べていないのに、こんなことってあるか。死体という言葉だけが頭に残っていた。とんでもない事件かもしれない。時間はほとんどない。着替えるか、ケーゼシュペッツレを少し食べるかのどちらかしかできない。そこで食卓につき、食べ始めた。

★　★　★

死体が発見された家に入ると、クルフティンガーはケーゼシュペッツレを食べた自分を責めたくなった。もう長い間、死体など見ていなかった。今になって過去の記憶がよみがえってきた――同時に、さっき急いで食べたケーゼシュペッツレも喉に込み上げてきた。これまでも、死体を見るたびに気分が悪くなるのが常だった。子供の頃、村の警察官だった父親に初めて死体を見せられたときから、これは変わっていない。父親は死体を息子に見せることを、大人の男になるための大事な儀式のように考えていた。クルフティンガーはそのときまだ十二歳だった。

死体の様子はおぼろげにしか覚えていない。死体は地元の刑事局のタイルが敷かれた地下室の棺台に安置されていた。それは中年の男で、父親は軽蔑のこもった声で〝死ぬほど泥酔していた〟と説明した。クルフティンガーが今でもはっきりと覚えているのは、その臭いだった。子供の頃から臭いだけには敏感で、人の顔や電話番号などよりもよく記憶することができた。少し甘くて湿った臭い。強烈な臭いではなかったが、思わず息をのんだ。

地下室から出て階段を上る途中で吐いてしまった。なさけなかったな、とそのときのことを父親は今でもよく口にする。

それ以来、クルフティンガーにとって死体はどれも同じ臭いがした。今日もそうだ。まだ、死体は見ていなかった。玄関を入ったところで、部下のひとりが近づいてきた。「わかっています……その……いや……私だって……」とオイゲン・シュトローブルは言った。部下は興奮していた。涼しい夏の夜で、マンションの中も暑くはなかったが、シュトローブルは汗をかいていた。彼は首を横に振った。「まあ、見てください」と廊下の奥にあるガラス戸を指差した。

クルフティンガーはゆっくりと、シュトローブルが指差す方向へ進んだ。また吐き気が込み上げてきた。一歩進むごとに、臭いはきつくなっていくように思えた。

「おやまあ、この事件のために特別の衣装で来られたのかな?」ドクター・マーティン・ラングハマーがクルフティンガーの衣装をまじまじと見た。

なんでこいつをここに連れてきたんだ、とクルフティンガーは心の中で部下を罵った。「署員に連れてこられたんですよ。庭にいると、急にパトカーが来てね」とラングハマーは、クルフティンガーのもの問いたげな眼差しに応えるように言った。クルフティンガーはラングハマーが近所に住んでいることを思い出した。そういえば一度、妻がどうしてもと言うので、ラングハマー家の平屋の高級住宅に招待されて、食べたくもない夕食を食べさせられたことがあった。

まあいいだろう。今日はいろいろなことを思い出す。クルフティンガーはそう思いながら、ラングハマーに向かってつっけんどんに「ありがとうございます」と言うと、先に進んだ。ラングハマーの前ではぼろを出したくなかった。

「あなたの胃袋が耐えられるよう、祈ってますよ」とうしろから声が聞こえた。

目的の部屋に入る前に、またもや別の部下が現われた。リヒャルト・マイアーは長身の華奢な男で、みんなからは痩せすぎと言われている。顔は青白く、こげ茶色の髪はポマードで固めてはっきり分け目をつけている。革の肘当てが縫い付けられた流行遅れのコーデュロイのジャケットを着ている。手にはボイスレコーダーを握りしめていた。

「やあ」とクルフティンガーはマイアーの顔を見ずに言った。

「これは、クルフティンガー警部、お早いですね。まだ三十分も待たされていませんが……」マイアーはかすかに怒りを込めて言ったが、クルフティンガーの服装を見て口を押さえた。「どうしたんです、ここでラッパでも吹くつもりですか、それとも葬式で演奏でも？」

「うるさい、マイアー。仕事では俺はおまえの上司だぞ！　調書用の記録はもう全部取ったのか？」

「今、やっているところですよ」

マイアーは常に持ち歩いているボイスレコーダーを巻き戻し、再生した。小さなスピーカーからこれまでに吹き込んだ声が聞こえてきた。「現状。被害者は男性、仰向けでソファーの前に倒れている。止め。緊急に呼び出されたホームドクターによると死因は絞首による窒息である可能性が高い。止め。死体のあざの状態と体温の著しい低下を考慮すると死後少なくとも十二時間は経過していると思われる……」マイアーはそこでレコーダーを止めて言う。「ドクター・ラングハマーの鑑定です。彼は最初にここにかけつけて死体を見た人物の一人です」そして、ボイスレコーダーをまた再生する。「……到着時刻はおよそ八時半。止め」

「被害者の名前は？」

「フィリップ・ヴァハター。玄関の呼び鈴のところの名前を見なかったんですか」クルフティンガーは先に進もうとしたが、マイアーは話し続けた。「厳密にはドクター・ヴァハターですが」このあたりはドクターの巣があるに違いない、とクルフティンガーは思ったが、それを口には出さなかった。とにかく、その内の一人が減ったことは明らかだった。

「そろそろ現場を見ようか」とクルフティンガーがためらいがちに言った。

部下の多くは警部が死体を見るのが苦手なのを知っていた。クルフティンガーは、ときが経てば死体には慣れると思っていたのだが、実際はそうはならなかった。この町で死体を見ることはまれだったからだ。交通事故にあった直後の死体には何とか耐えられた。でも今夜は、明らかに家じゅうに死の香りがただよっている。部下たちの視線はまるで、あんたは家に帰るべきだ、さもないと気分が悪くなるぞ、と言っているようにも見えた。警部本人も、自分の気分が悪くなるのを部下全員が確信していることを知っていた。とはいえ、はっきりそう口にするものはいなかった。これは警部が高く評価している部下たちの気配りだった。死体に耐えられない警部、と陰口を叩かれていると感じたことはこれまで一度もなかった。他のことで悪口を言われていることは承知していたが、この件に関してはその気配さえなかった。淡いブロンドの髪や団子鼻や音楽隊への熱意をからかわれることはあっても、死体〝不耐〟症をバカにされたことは一度もない。

クルフティンガーはガラス戸を開けて居間に入った。

そして、警部は儀式めいた行動を始めた。この行動をマイアーはある事件の捜査のときに〝クルフティンガーの犯罪儀式〟と冗談っぽく呼んだが、クルフティンガーににらみつけられてからは、二度と口にしていない。しかし、それはまったく的外《まとはず》れな表現でもなかった。クルフティンガーはどんなときも現場検証を開始する際に同じ行動を取る。そうすることで吐き気を抑えるだけでなく、死者を受け入れる準備をしているのだ。どんなものも見逃さないという自負心が警部の胸にわきあがる。その場にいる部下は誰も話しかけてこない。こういうときの警部には静寂が必要なことを知っているからだ。ちょっとでも邪魔をしたら、平和を好むアルゴイ人がめったに見せない怒りが爆発するに違いない。まず、クルフティンガーはしばらくその場に仁王立ちになった。現場の印象を目に焼きつける。周囲をぐるりと見回す。居間は高級品で飾り立てられているように見えても、品よく整えられていた。どこか違和感がある、と警部は思う。でも今回の事件は……。彼は視線を、コーヒーカップと新聞とジャムパンののった皿が置かれた重厚なアンティークの食卓へ、本棚へ、本棚の前の床に投げ出された数冊の本へ、革製のソファーへと順に向けていった。クルフティンガーの現場検証では、いつも死体の検分は最後になる。

死体はソファーの前で、片腕を伸ばして横たわっていた。

クルフティンガーの視線はとどまることなく動き続け、最後に死体の首の上で止まった。青黒いみみずばれができている。警部はごくりとつばを飲み込んだ。また、吐き気がおそってくる。死体があることはわかってはいたが、直視するとやはり動揺せずにはいられなかった。殺人。しかも自分の家の近所で。よりによって今夜。大声で罵りたい気分になった。

それでもクルフティンガーは検証を続けた。そして、すべてを検分し終えたところで目を閉じた。指で鼻の付け根をもむ。すると、頬の赤い血管がさらに浮き上がって見えた。興奮するといつもこうなる。彼は犯行現場の状況を頭に叩き込む。記憶力には自信があった。まるで写真を見て話しているようだと言われることもある。記憶力はクルフティンガーが誇れる数少ない才能の一つだった。

もう一度、頭の中で犯行現場の状況を整理する。被害者は明らかに生きようとしてここでもがいていた。そして……クルフティンガーは目を開ける。だが、何かおかしい。目の前の光景に納得がいかない。戦いの跡。床には数冊の本が投げ出されている。雑誌がサイドテーブルの横に落ちている。ここ、ソファーと本棚の間で、死闘は繰り広げられたのだ。それは明らかだ。だが……。そのとき、ふと気づいた。部屋の反対側、大きなバルコニーに面した窓ガラスにはカーテンが掛かっていなかった。カーテンは窓の前のテーブルの上に置かれている。包装をといたばかりの真新しいカーテンのように見えた。クルフティンガーは体の向きを変えた。

マイアーは、さっきからずっとクルフティンガーのうしろに立っていた。警部が動き出したら話しかけようと待っていたのだ。マイアーは、クルフティンガーの顔の前で透明なビニール袋を振った。「これが被害者の首に巻きついていました」と言ってうなずくと、死体のほうへ目をやった。クルフティンガーの胃がまた拒絶反応を起こす。ビニール袋の中身はカーテンタッセルだった。

クルフティンガーは今まで、カーテンの飾り房《タッセル》で人の首を絞める事件などには出くわしたことがなかった。テレビの中ならまだしも、こんな場所で？　人口七千ほどの田舎町のアルトゥスリートで？　この事件が公《おおやけ》になったら……。

「事件の詳細はしばらく公表しないでおこう」とクルフティンガーが早口で言った。どこかに腰を下ろすか、あるいはこの部屋から出て行きたい、と思う。だが、意を決して死体に数歩近づいた。

「死体の発見者は？」

「被害者が働いていた乳製品工場の同僚です。それから……」

「その同僚はまだここにいるのか？」

「いいえ、ショックで動けない状態です。彼の最初の証言を録音しました。お聞きになりますか？」

クルフティンガーは大げさにため息をついた。また、マイアーのボイスレコーダーか。

「口頭で説明してくれ」

「彼はヴァハター氏が無断欠勤したので、隣人から鍵を借りて家に入りました。ヴァハター氏は乳製品工場の重役です。肩書きは、食品……えーと、何だっけ……ちょっと待ってください！」マイアーはボイスレコーダーを巻き戻してボタンを押した。

それがクルフティンガーを苛立たせた。「そんなのはどうでもいい……」

「ちょっと待って、見つけましたから」そして、再生ボタンを押す。「食品デザイナー」

それがマイアーの探していた言葉だった。

「食品……何だって？」クルフティンガーがマイアーをいぶかしげな目で見る。「デ・ザ・イ・ナー？　何だ、それは？」と警部は言って、死体をよく見るためにしゃがみ込んだ。

死体との距離はまだ一メートルはあったが、それ以上はどうしても近づきたくなかった。

「とにかく、こいつは何とかっていう肩書きを持つ人間の一人なんだな……俺にはよくわからんが」もしこれが殺人事件の現場でなかったなら、クルフティンガーは笑い出していたかもしれない。マイアーは、自分でも肩書きの意味をわかっていないのに、知ったかぶりをしていた。「明日の朝、その男と話をしたい」

「誰とですか?」

「死体の第一発見者だよ」

「ああ、バルチュ氏。それならもう手配済みです。明日の朝九時に署へ来るよう言ってあります」マイアーは少し誇らしげに答える。

「家族はいるのか?」

「バルチュ氏にですか?」

クルフティンガーの頰に再び血が通い出す。現場に慣れてきたからだ。「いやいや。もちろん、こいつ、この死体にだよ」と、なるべく声を荒らげないよう気をつけて言う。

「いるはずです。シュトローブルが調べると言ってました」

クルフティンガーは立ち上がった。現場はもう十分見た。外に出る。シュトローブルが制服警官と話をしていた。クルフティンガーに気づいて近づいてきた。「なかなか悲惨な光景ではありませんでしたか?」

クルフティンガーは気持ちを読まれたようでぎくりとしたが、「やつに家族はいるのか？」とたずねた。

「ラングハマー博士によると独り暮らしでした。しかし娘が二人いて、一人は外国にいます。妻は南米に住んでいます。妻と言っても、元妻ですが。引き続きチェックします」

チェック。この言葉がクルフティンガーの頭の中を駆けめぐる。最近はまともなドイツ語を話せるやつはいなくなったのか？〝食品デザイナー〟といい、〝チェック〟といい。バカバカしい。そんなきどった言葉を探す暇があったら、さっさと電話でもしろっていうんだ。

「じゃ、また明日」クルフティンガーはそう言って、古びた愛車のパサートに向かった。緑色の制服を着ているので、刑事連中から〝緑〟と呼ばれている警官たちの前を横切ると、みんながニヤニヤしているのに気づいた。その中の一人が、「ズン、パッパ、ズン、パッパ」と音楽隊の真似をした。

警部は、やっぱり着替えてくればよかったと思った。

★　★　★

クルフティンガーが家に戻ると、電話の横にメモが残されているのに気づいた。〝音楽隊の人たちが、あなたが来ないって怒っていたわよ。仕事だって言っておいたわ。明日、パウルに電話して〝クルフティンガーの口からため息がもれた。確かに今日は通し稽古をすっぽかした。だがこの数日、いや数週間の間にまかされる職務のことを考えると気が重かった。そのうえ、音楽隊のメンバーが怒り狂っている。音楽隊のことはどうでもいいのか、と。

「なんてこった」クルフティンガーは大太鼓を車に置きっぱなしにしたことに気づいた。もういい、明日運び出せばいいんだ。そう思って気持ちを落ち着けた。

居間に入る。妻がテレビの前で眠り込んでいる。クルフティンガーにとってこれは都合がよかった。今日は質問などされずに寝てしまいたい。ところが、ベッドに横たわったところで妻が寝室に入ってきた。「大きな事件でもあったの？」と妻が訊く。クルフティンガーはボソボソと何かを言ってから、寝たふりをした。

だが今夜はなかなか寝つけなかった。それは、ケーゼシュペッツレのせいではなかった。クルフティンガーはまれに、足が燃えるように熱くて眠れないことがあったが、今日の夜がそうだった。妻には、足が燃えるように熱い状態で寝るのがどんなにつらいか想像できない。テレビの健康番組でも、人間は足が温かくないと眠ることができないと言っていた。まったくバカげている。

そこでクルフティンガーは、何の効果もないことを知りつつ布団から足を出して寝ることにした。何度も何度も寝返りを打つ。だが脳がリラックスしてくれない。殺人。しかも、アルトゥスリートで。クルフティンガーの知る限り、この町で殺人事件が起きたことは一度もなかった。まるで生まれ故郷を血で汚されたような気分だった。大騒ぎになるかもしれない。犯人がカーテンのタッセルで人の首を絞めたことが知られればとんでもないことになるだろう。新聞や地方のテレビ局だけでなく、大手のテレビ局もこの話に飛びつくに違いない。のどかなアルゴイ地方と冷血な殺人事件。この異質性が人々の興味をかきたてるだろう。この先、どんな難題が待ち受けていることか。

もし父がこの事件を担当していたなら、大事件だと大騒ぎしたことだろう。だが、クルフティンガーはどんなことがあってもそれは避けたかった。事件を大げさに発表したくはなかった。

クルフティンガーは考えるのに耐えられなくなって、なんとか眠ろうともがいた。ラジオの時計が二時四十七分を示すと、シャワー室へ行って冷水を一気に出した。眠気がくるようにと十分ほど足浴をする。鏡を見ると、ただでさえ少ない白髪の混じった髪がぐしゃぐしゃになっていた。

水の音は妻にも聞こえたはずだ。明日、妻から眠れなかった理由を訊かれるだろう。だが今夜は、そんなことはどうでもよかった。しばらくすると、クルフティンガーはまどろみの中にいた。

★　★　★

次の日、仕事に向かうクルフティンガーは睡眠不足を体全体で感じていた。雨が降っていた。今年の夏はこんな日が多い。降ったりやんだりを繰り返す。そうこうしているうちに、太陽が顔を出した。残念。クルフティンガーは思う。もの悲しい雨のほうが今の気分にふさわしかったからだ。十五分ほど車で走り、ケンプテン地方刑事局の駐車場に入る。車は数台しか停まっていない。驚くまでもない。クルフティンガーが早く家を出てきたからだ。どうせ眠れないなら、せめて早出して事件について考えたかった。それに、妻より早く起きたかった。今日の朝は妻の質問攻めに耐えられる自信がなかった。答えるのが難しい問いばかり浴びせかけられるのは明らかだった。

クルフティンガーは車のドアをロックすると、大太鼓を車から降ろすのを忘れていたことに気づいた。思わず、畜生と言ってしまう。今日は朝からこんな具合だった。

★　★　★

オフィスに入ると、クルフティンガーはまず机の上を片づけた。手形詐欺の書類を棚に収める。しばらくは、その事件に関わることはないだろうから。その後、コーヒーを淹れた。早朝のコーヒー一杯が胃の負担になることはわかっていたが、どうしても朝にふさわしい行為を一つしたかった。時計を見る。七時十五分。全員が出勤するまでにはまだ四十五分あった。

デスクの椅子に腰かけて天井を見つめる。さあ、どこから始めようか？

「まあ、お早いこと。驚きましたわ」秘書のヘンスケ女史は驚いた顔をして、すぐに心配そうな表情になった。「警部がこんなに早い時間に出勤されるなんて……」そう言って、デスクの上に郵便物を置く。

「今日はやることがいっぱいあるんだ」クルフティンガーは一呼吸おき、言葉を選んで答えた。ヘンスケ女史の旺盛な好奇心をむやみに刺激したくなかった。

「大事件でも起きたんですか？」

クルフティンガーがヘンスケ女史を見つめる。

期待に輝く彼女の瞳がどこか魅力的に見えた。普段はなぜ同僚たちの目が彼女に釘付けになるのか理解できないクルフティンガーなのだが、今日は違っていた。たいていはミニスカートとタイトなブラウスという服装で、それが彼女の魅力のもとになっていた。だがクルフティンガーは女性の見た目よりも隠れた魅力のほうに興味があった。それでも、ヘンスケ女史に外見的な魅力がないわけではない。少々体格がよすぎるきらいがあるが、髪の色を少し変えれば悪くない。今の彼女の髪の色は、暗くもなく明る過ぎもしないほどほどのブロンドだった。

こうしてヘンスケ女史の魅力に出会うと、クルフティンガーの目には彼女が実際よりもずっと美しく映った。初めて彼女に会ったときのことを思い出す。最初はただの〝ぶりっこ〟かと思ったのだが、すぐに彼女の真面目な仕事ぶりと優しさと好感の持てる物腰に魅了された。第一印象と知り合ったあとの印象がこんなにもかけ離れていたことに、クルフティンガーも驚いた。

今、ヘンスケ女史はクルフティンガーの返事を待ちかまえている。昨夜の事件の話をすれば、きっと彼女は喜ぶだろう。だが……。

「ここでは毎日、大事件が起きている。そうじゃないかね？」クルフティンガーはそう言うと、渡された手紙の山に目を落とした。ヘンスケ女史には、警部が話をはぐらかそうとしているのがわかった。いつもなら、そんなことであきらめる彼女ではないのだが、今日は何も言わずに部屋を出て行った。

クルフティンガーは手紙を投げ出して、部屋を見回した。指で肘掛けを叩きながら、椅子をシーソーのように揺り動かしてみる。やっぱり早く来過ぎたようだ。何もすることがない。もしかしたら、証拠保全課が何か見つけたかもしれないと思って電話をしてみた。だが、誰も出ない。まだ八時前だから無理もない。

ドアが突然開いて、シュトローブルが入ってきた。彼もまた疲れ切っているように見えた。いつもより頬がこけ、目のふちには隈《くま》ができていた。レインコートを脱いでレインハットと一緒にハンガーに掛けた。そして鏡の前に行って、はねた小麦色の髪を整えた。

「おまえも眠れなかったのか？」と言って、クルフティンガーが微笑んでうなずく。他にも自分と同じ者がいることがうれしかった。「おまえとリヒャルトは何時まで現場にいたんだ？」

「警部が帰られたあと、すぐに帰りました。長居してもすることはありませんでしたから。証拠保全も済んでましたし」シュトローブルはコーヒーメーカーの前に行って、コーヒーを一杯ついだ。

そこへヘーフェレがやってきた。「おはようございます。まったく派手にやってくれましたね？」そう言って、二人の様子をうかがう。普段なら笑いじわでひょうきんに見える、この小太りの部下の目も今日は違っている。それでも黒く、豊かな口髭をたたえたもじゃもじゃ頭の部下にはまだどこかに陽気さが残っていた。〝あんな事件、大したことないさ〟という返事をヘーフェレは期待していたのだが、二人ともうなずいただけだった。

「まあ、大騒ぎにはなるでしょうね？　なんたって〝大太鼓〟や〝トランペット〟まで用意されてますから……」シュトローブルが一緒に笑ってくれと言いたげに、ヘーフェレのほうを見た。ヘーフェレもそれに気づく。二人はトランペットを吹くように息を吹き出してみせた。クルフティンガーも、二人の冗談に話を合わせないわけにはいかなかった。

「とにかく。昨日は度肝を抜かれて、大太鼓を車から降ろしている場合じゃなかったんだ」

「いいじゃないですか」そしてヘーフェレは笑いをこらえて言った。「仕事の現場でも、誰かが〝指揮〟を執らないといけないんですから」そこまで言って、シュトローブルと声を合わせて大笑いした。

そのとき、マイアーが現われた。「何かおもしろい話？　何だい？　何で笑ってたんだ？」だが、シュトローブルとヘーフェレはもう笑うのをやめて、クルフティンガーの暗い表情の奥にあるものを読み取ろうとしていた。今朝のクルフティンガーは冗談を受け入れられる状態ではなかった。シュトローブルとヘーフェレは、冗談も度を超せば警部の怒りに火をつけることを心得ていた。

「とにかく」と、マイアーが目を輝かせ、改まった声で言う。「みんなで事件の全貌をまず〝叩き〟出す必要があると思いますがね」そこで笑い出し、ヘーフェレの横腹をつつくと、駐車場のあるほうへ顎をしゃくった。だが、誰も調子を合わせて笑わなかった。クルフティンガーの苛立ちが頂点に達する。彼は、マイアーをにらみつけて大きなため息をついた。マイアーが即座に黙り込む。「ただ僕は……そう思って、つまり、場の雰囲気を、その……あ、あれ。バルチュ氏がもう外で待ってますよ」

「バルチュ？」クルフティンガーが訊き返す。「死体の第一発見者か？」

時計を見る。八時前だった。「九時に来ることになってたはずだが」

「いや、その、いろいろと考えて……」マイアーが顔を赤らめた。「もしかしたら八時の約束だったかもしれません」と頼りない声で言う。

クルフティンガーの心づもりとはまるで違う展開だった。第一発見者が来る前に、部下と事件について話をすり合わせておきたかったのだが。まあいい、仕方がない、とクルフティンガーは気を取り直す。「部屋にとおしてくれ」

★　★　★

一目見て、クルフティンガーはバルチュに好感が持てなかった。ピンク色のネクタイをしめている。ピンク色のネクタイ！　自分が若いころにこんなネクタイをしめていたら、父に殴られていたに違いない。しかしすぐに冷静になる。事情聴取する前に、相手に偏見を持つのはよくない。偏見は五感を鈍らせる、そう教えてくれたのは父だった。それはしごくまっとうな助言だった。

ところが、バルチュについてはどうしても偏見をぬぐい去ることができなかった。こげ茶色のスーツに水色のシャツ、子豚色のネクタイ。ふさふさの漆黒の髪の束が顔にかかっている。香水の香りが漂ってくる。

刑事に囲まれると、バルチュは落ち着かなげに目をキョロキョロさせた。とりあえずシュトロープルと握手をし、「昨日、お会いしましたね」と言う。マイアーには軽く会釈をした。最後に、印章付き指輪をはめた手をクルフティンガーに差し出した。「バルチュです。ローベルト・バルチュ。死体を……いえ、彼を発見したのは私です」

「クルフティンガーです。あなたのお話はうかがっています。どうぞお座りください」警部はそう言って、自分のデスクの前の椅子を指差した。事情聴取を行なうのは自分一人ではないのだが、クルフティンガーはたいてい自分のデスクを挟んで話を聞くことにしていた。メモを取ったりするのに都合がいいという理由だけではなく、相手に対して威厳を示すことができるからだ。そうすることで、相手は何人かに囲まれて事情聴取されるときには口にしないことも話すようになる。

〝専門的な教育を受けた〟心理士なら、この状況をまた違う目で見ることだろう。クルフティンガーの家族の一人が、もうすぐ〝専門教育を受けた〟心理士になる。息子のマークスだ。大学で心理学を専攻し、五学期目を迎えたところだった。息子は二学期目に会話術のゼミにいたときは、イギリスから帰ってくるたびに父親に専門的な助言をしたものだが、クルフティンガーはそういう助言に釈然としなかった。会話や事情聴取については自分なりのやり方で長年うまくやってきたのに、いきなり息子がしゃしゃり出てきて専門家面《づら》をするのに納得がいかなかったからだ。しかし、次の学期に入ると息子の助言に煩わされることもなくなった。別のゼミに参加するようになり、そのうえ彼女ができたからだ。アルトゥスリートに帰ってくることもまれになり、たまにしか会わなくなると、親子は互いに寛容になり、理解し合えるようになった。

バルチュがクルフティンガーの前に座り、シュトロープルとマイアーとヘーフェレはソファーに深く腰掛けた。事前の打ち合わせができなかったので、部下たちは座ってただ話を聞くしかない。

「クルークツェルにお住まいなのですか？」クルフティンガーがたずねた。クルークツェルはヴァハターが働いていた乳製品工場がある場所で、もともとはクルフティンガーの住むアルトゥスリートと同じ村だったが、市町村改革が行なわれて別々の村になった。

「いいえ。私はインメンシュタットのカルバリエン山のふもとに住んでいます。毎日四十キロの道のりを通勤するのは大変なのですが。それでも、私はクルークツェルで働くのが好きですから」

バルチュは訊かれなくても進んで話をした。いい兆候だ、とクルフティンガーは思う。バルチュの声は適度に低くて柔らかい。誠実で親切そうな印象を受ける。それほど悪いやつではないのかもしれない。

「なぜあなたは、あの夜ヴァハターさんの家に行かれたのですか？」

「彼が出社しなかったからです。無断欠勤なんてフィリップらしくない。しかも、その日はとても重要なアポがあったんです。広告代理店の担当者と新しいＣＭについて話をすることになってました。チーズの新製品のＣＭです。でも、ヴァハターは来なかった。そこで、彼に電話をかけたんです。まず携帯電話に、それから自宅にも。でも彼は出なかった」

バルチュはクルフティンガーを見つめた。クルフティンガーは無言だった。

「フィリップは、会社ではとても真面目な人間として知られていました。仕事へのこだわりがあり過ぎて、融通が利かないと思われていたくらいです」

クルフティンガーは眉をひそめた。バルチュが話を続ける。「でも、そんな評判は当っていません。会社の幹部としてノーと言わなければならない立場になった者に、そういう悪口を言う人間が必ずいるんです」

「ヴァハターさんはあなたの上司なのですか？」

バルチュが少しためらってから答えた。

「形式上……は。でも、私たちは上司と部下というよりは、チームでした。互いに足りない部分を補い合ってました。私のほうが冷静でしたね。まあ、これは生まれつきなんですが。フィリップは真面目過ぎるところがありましたから」クルフティンガーがメモを取る。

「でもそれは、彼のことをよく知らない人間にはそう見えた、というだけのことです。彼だって、はめをはずすこともありました。おわかりでしょう？　特に女性がからんだ場合は」バルチュがにやりとする。

話が興に乗ってきたようだ、とクルフティンガーは思う。ところがバルチュは、警部の気持ちを読み取ったかのように、そこで急に話のトーンを下げた。「まったく、とんでもないことになってしまいました」

「確かに。バルチュさんのお宅に着いたときのことを話していただけますか？」

「まず呼び鈴を押しました。いつものように二回です。それが私だという合図なんです。でも、彼はドアを開けてくれなかった。彼のジャガーは車庫に入れずに前に停めてありました。それで、おかしいと思ったんです。玄関のドアの鍵が開いていることに気づいて、中に入りました……すると、彼が倒れていたんです……」

「すぐに警察に電話しましたか？」

「いいえ、まず彼のそばに駆け寄りました。いったい何が起こったのかわからなかったからです。でもすぐに、事の次第を理解しました。私は毎日、死人を見ているわけではありませんが、どう見ても死んでいることは明らかでした」

「彼はどんなふうでしたか？」

「目を開いていて、目玉も心なしか飛び出ているように見えました。口も半分開いていました」バルチュは椅子の上で落ち着きなく体を前後に揺り動かした。ネクタイをゆるめて、シャツの一番上のボタンをはずす。上唇の上に汗の玉ができていた。

「首……首に、ひどいみみずばれがありました。恐ろしい。あんなものは今まで見たことがありません。ひどく仰天して、私はすぐに外へ出ました。とにかく、いい空気を吸いたかったのです」

「つまり、彼が死んでいたのは確実なのですね？」とソファーに座っているシュトローブルがたずねた。

バルチュが体の向きを変えて、シュトローブルのほうを見た。「まあ、そうです。もちろん、確実といっても脈まで調べたわけではありませんが。でも、彼が生きていないと確信したのは事実です。それまで死体を実際に見たことはなかったけれど、でもそう確信したのです。吐き気がしました」

「それから？」

吐き気という言葉を聞いて、クルフティンガーは部下たちのほうに目を向けた。バルチュが死体発見の一部始終を語ったのに、みんな平然としていた。

「それから？　ええ、警察に電話をしました。そのあとは警部さんもご存知のとおりです」

「何か気づいたことはありますか？　ヴァハターさんの家の中で何か見たとか？　おかしいと感じたとか？」

「はい、死人が床に横たわっていました」

マイアーがクスッと笑った。クルフティンガーがにらみつけて黙らせる。

「いや、そうではなくて、たとえば、床やその他の場所で死体以外の何かを見かけませんでしたか?」

クルフティンガーが不愛想にたずねた。

「何も見ていません。すぐに走って外に出てしまったので」

「そのあとは、ずっと玄関の前に立ってたんですか? つまり、警察が駆けつけるまで?」

「ええ、そうです。警察には、その場を動くな、何もさわるな、と言われてたので。それを忠実に守りました」

クルフティンガーはその答えに満足した。椅子の背もたれに深くよりかかって、今度は愛想よく、ヴァハターとはいつから知り合いなのかとたずねた。

「えーっと、十三、四年前からです。私が先に今の会社で働いていて、そこへフィリップ、つまりヴァハターさんが入社してきたんです」

クルフティンガーがここぞとばかりに問い詰める。「それなのに、ヴァハターさんはあなたの上司なのですね?」

「上司だなんて! 先ほども言いましたが私たちは一つのチームでした。もちろん、公にはフィリップは私の上司でした。でも、実際の関係はそういうものではありませんでした。本当にチームメイトだったんです」クルフティンガーは、バルチュがやけにムキになるのが気になった。この点についてはいずれまた話すことになるかもしれない、と思う。

「あなた方は友人だったんですね？」

「大親友というほどではありませんでしたが。仲はとてもよかったです。幹部クラスでチームをつくって働いていると、理解し合えるようになるものです」

「プライベートでも連絡を取り合っていたんですか？」

「予定が合う限り、週に一回は一緒にゴルフに行ってました。ヘレンゲルストのゴルフクラブへ。二人ともそこの会員ですから」

「会社でのヴァハターさんの評判はよかったのですか？　職場でのライバルはいませんでしたか？」

バルチュが即座に答える。「いいえ、そんなライバルなんてものはいなかった。もちろん同僚と口論したりすることはありました。何人か彼のポストをねらった同僚もいましたが、結局うまくいきませんでした。フィリップのほうが評価されてましたし、専門知識を持ってましたから」

クルフティンガーは苛立ちを覚えた。「そんなに仕事ができる人間が、なぜこんな田舎の会社で働いていたんです。他にもっといい職があったのでは？」

バルチュが少し考え込む。「フィリップはここを離れたくなかったんです。アルゴイ地方をとても気に入っていましたから。ここの生活はお金には換えられない、といつも言っていた。他の会社の給料がいくらよくても、ここを離れる気はなかったと思いますよ」

そこで、クルフティンガーは質問の矛先を変えた。「あなたご自身は、もっとキャリアを積みたいとは思わなかったんですか？」

「キャリアの話はもうやめてください」バルチュが腹立たしげに言った。「そんな話をするためにここに来たわけではない。私は……」

「ところで、ヴァハターさんの家族関係はどうでしたか？」クルフティンガーが相手の怒りを制するように訊く。バルチュはすぐに冷静になった。

「家族についてはあまり話してくれなかった。娘が二人いて、一人は外国にいるはずです。確かイタリアの南チロルだったと思う。その娘とだけは連絡を……取っていた、と思います。もう一人の娘と別れた妻とは連絡が途絶えていたようです。そっちの娘はフィリップの新しい生き方を受け入れられなかったみたいですね。つまり、多くの女性と関係を持つようになったことを。これについては、私に訊くよりも、警部さん自身でお調べください」

「どうやって？」

「女性たちに訊いてください。いろいろなドラマがありましたから」

「どんなドラマが？」

「詳しいことは私も知りません。でも、フィリップが恋人を短期間でころころと変えるのを理解できない女性は多かったと思います」

クルフティンガーは質問を続けたかったが、適切な質問が思い浮かばなかった。

「ありがとうございます。今日は十分お話を伺いました。また何度かお目にかかることになると思うので、よろしく。何か思いついたことがあれば、お電話ください」そう言いながらも、クルフティンガーにはバルチュが電話をかけてこないことがわかっていた。バルチュは、刑事たちに軽く会釈をしてから部屋を出ていった。

ミーティングのあと、クルフティンガーと部下たちは休憩を取った。警部はティーバッグでミントティーを淹れた。ミントティー一杯あたりの費用は、国が負担してくれているとはいえ、水道代と電気代を別にするとたったの二・五セント。暇なときに一度計算して知っていた。こういった細かい計算は妻の前でしてはならなかった。妻は節約ということが理解できない。一方、夫のほうはどんなときも安いものを見つけると子供のようにうれしくなる。

クルフティンガーはけちではないが、シュヴァーベン地方特有の小市民的教育を受けたために、節約に小さな喜びを見いだすのをやめることができなかった。

ミントティーのカップを持って、秘書のサンドラ・ヘンスケのところに行く。みんなは彼女のことをサンディーと呼んでいるが、彼女はそのあだ名が好きではない。クルフティンガーだけは彼女を名字で呼んでいた。仕事上の上下関係を明確にするためのようでもあるが、実際はいまだに彼女にあだ名で呼んでもいいかどうか訊けないでいるだけの話だった。「ヘンスケ女史、ヴァハターの娘たちはどうなった？」そう口にしたとたん、クルフティンガーはどんな反応が返ってくるか予想できた。彼女は何の話かわからず、ぽかんとするに違いない。普通に考えても、それが当然の反応だった。というのも、ヴァハターの娘についてはまだ一度もヘンスケ女史とは話をしていなかったからだ。もし話をしていたとしても、こういう訊き方をすれば、ヴァハターの死を娘たちに知らせたかどうかを訊かれているのか、あるいはいつ娘たちがアルゴイに来るのか訊かれているのか、ヘンスケ女史には判断がつかないだろう。それでもクルフティンガーは、ヘンスケ女史が自分の意図を理解してくれることを期待していた。こんな言い方をしても、妻は自分を理解してくれる。

もちろんヘンスケ女史はクルフティンガーの意図を理解できなかった。少なくとも、理解していないように見えた。結局、クルフティンガーはもっとわかりやすく説明しなくてはならなかった。それでなくても、彼のアルゴイなまりは聞き取りにくい。ヘンスケ女史からはよく、警部は口を二ミリほどしか開けないで話す、と指摘されていた。アルゴイ地方出身の秘書なら地元の男のそういう話し方には幼い頃から慣れているが、ヘンスケ女史はドレスデン近郊の小都市出身であるために理解できない。きっと彼女の故郷では、男はこれとは違う話し方をするのだろう、とクルフティンガーは思った。

警部はヘンスケ女史に、ヴァハターの娘たちがいつこちらへ来るのか知りたい、とはっきり伝えた。すると、姉は今日ミュンヘンからやってきて葬儀の準備をし、それが終わったらケンプテンの地方刑事局に連絡をくれるようになっている、という返事が返ってきた。妹のほうは、クルフティンガーの知る限りイタリアに住んでいる。連絡が取りにくいことは容易に想像できた。

「彼女はジュエリーデザイナーなんです。いろいろな場所でデザイン画を描いているために留守がちなんだそうです」とヘンスケ女史が言った。クルフティンガーは妹が芸術家であることを知っていたが、新情報を警部に伝えることに満足しているヘンスケ女史を見て知らなかったふりをした。ヘンスケ女史はさらに、妹に電話をかけたら中年の男性が出たので、シニョリーナ・ヴァハターが戻ったらケンプテン地方刑事局に連絡するよう伝えたが——これができたのはカルチャーセンターのイタリア語コースのおかげなのだが——妹からはまだ連絡が来ない、と説明した。

そして意外なことに、ヘンスケ女史のほうから警部に、ヴァハターの妻についても調べるべきかどうかと質問してきた。これにはクルフティンガーも驚いた。サンディー——警部は心の中でだけ彼女のことをこう呼んでいるのだが——が進んで仕事を引き受けようと申し出るとは。警部はヴァハターの妻について簡単に説明し、連絡先を知る方法はないだろうかとたずねた。ヘンスケ女史はインターネットで手がかりを見つけて連絡先を探し出すエキスパートだったが、ヴァハターの妻についてはうまくいかないという。南米に登録されている住所はどれも曖昧《あいまい》で、妻の現在の名字すらはっきりしない。こんな状態ではCIAですら見つけるのは困難だろう、とヘンスケ女史は言った。そこでクルフティンガーは、KGBならどうだろうか、とたずねた。ヘンスケ女史はニコリと微笑んだが、顔には、警部の冗談は理解できますが、これからはもっと面白い冗談を言わないと誰も相手にしてくれませんよ、と書かれていた。

クルフティンガーはいったん自分の部屋に戻ったが、また引き返してきた。バルチュは、警察がヴァハターの女性関係を調べるべきだと主張していた。それが警部の心に引っ掛かっていた。なぜ、彼はそんなことを言ったのか？　警察を助けたいのか、それとも混乱させたいのか？　バルチュの助言と証言はどこか矛盾していた。

「九時半に会議室で会議をするぞ」クルフティンガーが半ば放心状態で言った。昨晩の睡眠不足のせいでたまった疲れをひしひしと感じる。今の自分には、刑事が持つべき理性が欠けていると思った。そして再び自分の部屋に戻ると、会議と呼ぶには小さ過ぎる会議の開始を待った。

★　★　★

九時四十分にようやく全員が会議室に集まり、これまでに得た情報をフリップチャートに書き出していく。クルフティンガーはフリップチャートという言葉を聞くと笑い出しそうになるので、いつも「紙がついた黒板」と言うことにしているのだが。

フィリップ・ヴァハター、食品デザイナー、カーテンのタッセルで絞殺。

司法解剖の結果はまだ届いていなかったが、シュトローブルが法医学者に電話し、確認を取っていた。ヴァハターの死因は絞首による窒息死、死亡推定時刻は午前八時から十時、後頭部に鈍器で殴られた跡があるが、それは致命傷ではないということだった。

「つまり、特別なことは何も見つからなかったわけです」シュトローブルが言った。

続いて証拠保全課の担当者が、〝凶器〟には犯人のものらしき指紋は見つからなかった、と報告した。カーテンのタッセルは指紋鑑定が難しいものの一つで、犠牲者とその他複数の指紋が見つかったが、人物までは特定できていない。またマンションには不審者が侵入した痕跡はなく、犯人が鍵を持っていたのでなければ、被害者が犯人を自らマンションに招き入れた可能性が高い、ということだった。「全体を見る限り、金銭目当ての犯行ではありません。現金にも、高価な時計にも手をつけられた形跡はありません。アンティークが並べられたショーケースにも破損の跡は見つかりませんでした」そう言って、証拠保全課の担当者は報告を終えた。

クルフティンガーは部下に仕事の指示をし、それからもう一度、メディアにはあと一日だけ発表を待つよう説得してほしい、と強く求めた。そして会議を終え、部下を通常の仕事に戻そうとしたちょうどそのとき、オーバーアルゴイ郡ケンプテン地方刑事局長のディートマー・ローデンバッハーがノックもせずにいきなり会議室に入ってきた。ローデンバッハーは長身で痩せていて、いつも日焼けをし、豊かな白髪をたたえた男で、ニーダーバイエルンの出身だった。彼は自分ではパッサウの出身だと言っていたが、刑事局内のあるパーティーで、生まれはクルフティンガーも笑ってしまうほどの田舎のハウツェンベルガーゼ村であることがみんなにばれてしまった。ローデンバッハーは前の刑事局長が定年を迎えると同時に局長に任命され、ケンプテンに引っ越してきた。アルゴイ地方で生活するようになって二年になる。だがアルゴイ人の気質やなまり、それに地元の刑事や警官に馴染む様子は見られなかった。ローデンバッハー自身もそれを自覚していた。

ローデンバッハーは挨拶もほとんどしないでいきなり話を始めた。

アルトゥスリートで昨日「起ごっだ」ことを「聞いだ」が、「どんでもないごど」で、調査は「じんぢょうに」進めていかなくてはならない、と言う。そして「確実な証拠をあづめで」結果を出してほしい、とクルフティンガーに念を押した。さらに、どんな捜査の展開も逐一局長に報告すること、さっそく警部は会議が終わったら局長室に来て報告すること、と言い足した。

上司が嵐のごとく去っていくと、ニーダーバイエルンの方言ショーは幕を閉じた。

「ざあ、ごれでわがっだだろ。みんな、頑張っでぐれだまえ!」

クルフティンガーが解散と言う前に、ヘーフェレがおどけて局長の真似をしてみせた。

そのあとクルフティンガーは局長室に行ったが、話はすぐに済んだ。これといった話があったわけではない。上司から再度、事件の重大さ、「ごどの重大ざ」を説かれただけで、すぐに仕事に戻ることができた。

★　★　★

昼までにはまだ時間があったので、クルフティンガーはヴァハターが働いていた工場へ足を運ぶことにした。ヘンスケ女史にクルークツェルの乳製品工場を訪問することを伝え、まれにしかしないことだが、パトカーを準備するよう指示した。愛車のパサートのガソリンがなくなりかけているのでそうするしかなかった。外がだいぶ暖かくなったので、車に向から途中でジャケットを脱いだ。雨はやみ、夏の陽射しが差し始めていた。駐車場まで行くと、なんと窓ガラスにはスモークフィルムが貼られ、屋根にはカメラ付きレーダーが搭載された〝レーダー・ライトバン・パトカー〟が準備されていた。気に入らなかったがやむをえず、クルフティンガーは車を走らせた。乳製品工場の前まで行くと、レーダー・パトカーで少し遊んでみたくなった。道端に車を停め、運転席に座ったまま、横を走り過ぎる車の様子をうかがった。レーダー・パトカーに気づくと、誰もがみんな突然ブレーキを踏む。クルフティンガーはこの遊びを〝交通教育〟と呼んでいた。

工場の騒音が響く中庭を通り抜ける。二台の〝ミルクトラック〟（本当はミルクタンカーなのだがアルゴイ人はみんなそう呼んでいる）のタンクが空《から》にされたところだった。そこへミルク缶をいくつも積んだ小トレーラーを引く、幌《ほろ》のないトラクターがやってきた。トラクターを運転していたのは、顔全体に豊かな髭をたくわえた七十歳くらいの超〝熟年〟農夫で、〝ミルクトラック〟代を節約するために、自ら牛乳を運んでいるらしい。乳製品工場と農夫たちの間には様々な問題があり、とりわけ牛乳の中に含まれる細菌数についての問題が深刻なのだが、それを知らないクルフティンガーには農夫の姿が趣深く思えた。

工場に入り、従業員に社長室の場所をたずねた。階段を上る。踊り場の壁はこの工場が製造しているチーズの宣伝ポスターで埋まっていた。エネルギッシュで、スポーティーな若い男が低脂肪チーズを食べているポスター。背景にはロッククライミング練習用の壁《クライミングウォール》やサーフィンボード、マウンテンバイク、カヌー、スノーボード、インライン・スケートシューズ、アルゴイ地方の山並みが映し出されている。とりわけクルフティンガーの目をひいたのは、小さなビキニをつけたエキゾチックな女性サーファーが低脂肪チーズを食べているポスターだった。「いいんじゃないの」と小声で言ってみる。クルフティンガーにとって〝いいんじゃないの〟は〝いいね〟をゆがめた表現で、皮肉を強調するために使っている言葉だった。〝昔はチーズの広告と言えば牛やリンゴが出てきたのに、今は裸の女が出てくるのか。それで、いただきます、ってわけか……〟見ているうちに、濃い緑色のカーペットとオレンジがかった茶色のタイルという七〇年代風の踊り場の雰囲気に、現代的なポスターがマッチしていないことに気づいた。彼は社長室のドアをノックした。

社長室の中も踊り場と同じ雰囲気だった。重厚感のあるオーク製の高級デスクの前に、クルフティンガーより十は年上の、六十代半ばくらいの小柄な男が座っていた。厚いべっ甲縁の眼鏡をかけ、そこから好感の持てる澄んだ目が覗いている。男は少し大き過ぎる石灰色のスーツを着ているために、実際よりも小柄に見えた。この男はチーズを心から愛しているらしい、とクルフティンガーは思った。男のうしろの壁にはカウンターがあり、その上には踊り場のポスターで宣伝されているような〝大量生産された〟ものではなく、〝古典的な〟製法で作られたチーズの木箱が並んでいた。カマンベールチーズのきらびやかな箱が、プラスチック製の模造革でおおわれたエメンタールチーズと、空《から》になったロマドゥールチーズの入れものの横に置かれている。この部屋のチーズの世界は、工場よりもずっと健全な状態に見えた。

「はじめまして。カール・シェーンマンガーです」と社長は言って、微笑んだ。

クルフティンガーは社長と一緒に黒い革製のソファーセットに腰かけ、コーヒーをすすめられたが断わった。今回の事件のことを切り出し、社長が困惑した様子を見せたところで本題に入った。

「ヴァハターさんについて、あなたのお考えを聞かせていただきたい。彼は、職場ではどういう存在だったのですか？」

「彼は」とシェーンマンガーが落ち着いた口調で話し始めた。「経営のプロの視点から見ると、模範的で完璧な社員でした。食品開発部の部長を務めていて、プライベートでは女性関係でいろいろな噂がありましたが、私は気にしてませんでした。彼は、会社では申し分ない社員だったのですから」

この数時間の間に、ヴァハターの女性関係に言及した人物が二人もいる、と警部は思い、それを忘れないよう頭の中に叩き込む。

「ヴァハターは食品開発研究室のスター的存在でした。とても仕事熱心です。いや、仕事熱心でした。仕事は厳密で正確、彼は幹部が持つべき資質のすべてを持ち合わせていました。彼の才能については、遅かれ早かれ社員全員が認めざるをえませんでした。ご理解いただけると思いますが、あれほどまでの専門知識と能力を持った男を雇えるなんて、我々のような中規模の企業には幸運としか言いようがなかった」

「ヴァハターさんは開発部で、具体的に何をされていたんですか？」クルフティンガーが質問する。

「味を損なわずに、低脂肪製品の脂肪分をさらに減らすことに成功しました。彼はこの分野においては世界一の専門家と言ってもいいくらいです。実は私は当初、低脂肪製品の開発については消極的でした。しかしヴァハターが開発した製品は本当においしくて、しかも健康的だったんです。そんなチーズには化学物質がたくさん入っているのだろう、と思われるかもしれません。でも、ヴァハターが編み出した製造法は違ったんです。彼が開発したアスパラ味とルッコラ味の二種類の超低脂肪カマンベールチーズも、もうすぐ販売される予定になっています。ヴァハターがいなければ、我が社の今の成功はなかったでしょう。それどころか私の息子は、ヴァハターがいなかったらこの会社はつぶれていただろう、なんて申してますよ。申し遅れましたが、息子はマーケティングを担当しています。かなり斬新なやり方を取り入れていますが、数字を見る限りうまくやっているようです」

「つまり、御社に成功と繁栄をもたらしたのはヴァハターさんというわけですね？」

「そのとおり。そのことは私たちだけでなく、彼自身にもわかっていました。正直に申し上げますと、ヴァハターは金食い虫でもありました。彼には高給を払っていましたからね。トップ食品デザイナーなのですから、当然と言えば当然の話ですが」

「シェーンマンガーさん、どうか私の言葉を誤解しないでいただきたいのだが」クルフティンガーがそう前置きをしてから、次の質問をする。「ヴァハターさんは、食品開発の分野ではトップレベルであったわけですが、それなら、あの、申し上げにくいですが、もっと他の、つまり、大企業で働くこともできたのではないでしょうか？」

シェーンマンガーが初めて言葉につまった。その印象を、警部は頭の中に叩き込んだ。

「ヴァハターは、いや、ヴァハターが以前の会社を辞めて我が社を選んだのは、ラッキーだったと思います。警部さんもご存知のとおり、彼はアルゴイ地方の出身です。誰でも故郷へ帰りたい思いを持っていると思います。特に、アルゴイはこんなにも美しい地方なのですから当然でしょう……」

バルチュも同じことを言っていた。これについてはあとでまた詳しく調べよう、とクルフティンガーは思う。

シェーンマンガーはしばらく黙って考え込む。そして、少し戸惑いながら続けた。「こんなことを私の口から申し上げるのも何なのですが。ヴァハターはきっと、我が社が大好きだったのだと思います。社内の雰囲気がとてもいいんです。それは同じ一族が三代続けて経営してきたことと関係しているかもしれません。私が幼い頃に初めて小遣い《ミルヒゲルト》を稼いだのもここでした。我が社の土台はすべて、私の祖父と父が作り上げたものなのです」こう言って、壁のあちこちにかかっている写真を指差した。昔と今の会社の様子を写した写真だった。「この会社は私の人生なのです。おわかりですか？　この会社のせいで、私の結婚生活も破綻しました。妻は私が結婚生活よりも会社を優先させることを理解しませんでした。妻は正しかったと思います」クルフティンガーは理解を示すようにうなずきはしたが、シェーンマンガーの個人的な事柄をこれ以上聞く気はなかったので、素早く話題を変えた。

「食品開発研究室を見せてもらってもよろしいでしょうか？　つまり、ヴァハターさんの職場を。いかがでしょう?」

「ええ、確かに研究室は誰でも入れる場所ではありません。でも警部さんなら、私がご案内しましょう。ただし正直に申し上げますと、私は研究室についてはほとんど何も知りません。私の仕事は経営の数値を把握することですから。若い頃は父親の希望で、チーズ製造の勉強を徹底的にしましたが、私はどちらかというと経営畑の人間なのです……」

研究室に入る前に、クルフティンガーは白衣を着て、靴にはナイロン製のカバーをかぶせ、チーズ工場の窓から見える製造部門の職員同様、まぬけな衛生帽をかぶらなくてはならなかった。シェーンマンガーも同じものを身に着けた。

「先程もお話ししたように、研究室については、私は何も知りません。バルチュは今日は休暇を取っています。ですから、アシスタントしか話せるものがいないのですが、彼らも今は昼休みを取っています。検査研究室というのもありますが、警部さんはおそらく、そこにはご興味ないと思います」とシェーンマンガーがすまなそうに言う。

確かにきちんと説明できる人間がいなくては、研究室に入ったところで何もできない。そこには、用途もわからないフラスコやビーカーや機材があるだけだろう。もう一度出直したほうがよさそうだ、とクルフティンガーは思った。

「シェーンマンガーさん、ご案内をありがとうございました。担当者の方がいらっしゃるときに、研究室を見せていただきたいと思います」

「いつでもいらしてください。今回の悲惨な事故の解明には、弊社もできる限り協力させていただきます」

事故。殺人事件をこんなふうに表現するなんて面白い、とクルフティンガーは思った。

「警部さん、お帰りになられるなら、どうか我が社のチーズをお土産にお持ち帰りください。チーズはお好きですか？　我が社では訪問者には必ずチーズを試食してもらうことにしているんです」

「もちろんです」とクルフティンガーは言ってみたものの、ここに来る前からチーズをもらえることを期待していたのだった。

シェーンマンガーは製造部門のホールに入り、紙袋を抱えて出てくると、それをクルフティンガーに手渡した。

「エメンタールと普通のカマンベールと低脂肪カマンベールが入っています。あとはおすすめの製品を少しずつ入れています。発売前の新製品〈ルッコラ〉も入れておきました。ぜひ、お試しください。あと〈白ラッカー〉もお好きでしたら、お入れしますが……」

もちろん、クルフティンガーは「喜んで」と答える。〈白ラッカー〉は大好物だったからだ。嫌いになりたくても、嫌いになれないチーズ。妻は〈白ラッカー〉が大嫌いで、絶対に買ってきてはくれない。クルフティンガーは、妻に買い物を頼まれてスーパーに行ったときだけそれを買うことができた。だが妻は、夫が買ってきたチーズを、ひどい臭いが冷蔵庫に充満すると嫌だからと、すぐにタッパーウェアに入れてしまうのだ。

クルフティンガー自身も、こういう種類のチーズは〝くせ〟があり、臭いに敏感な人には耐え難いことを理解していた。息子からは、靴下をはかないで十日間はき続けた運動靴の臭いがすると言われたことがあるが、認めざるをえなかった。

クルフティンガーはシェーンマンガーに別れを告げると、車に向かった。アルトゥスリートまでは近いのだから、家の冷蔵庫にチーズを入れてから刑事局に戻ることにした。チーズを全部家の冷蔵庫に入れてしまうと、昼食用に〈白ラッカー〉をひとかけらだけ持って車に乗り込んだ。焼きたての白パンは途中で買うことにする。そして〈白ラッカー〉をタッパーウェアに入れずに冷蔵庫に入れたことも忘れて、ケンプテン地方刑事局へ向かった。

★　★　★

途中で携帯電話が鳴った。ヘンスケ女史からだった。ヴァハターの長女が到着し、警部を待っているという。クルフティンガーは白パンを買わずに署に向かった。

オフィスへ行き、ヘンスケ女史にコーヒーとクロワッサンを持ってくるよう頼んだあと、ヴァハターの長女に会い、まずはお悔やみの言葉を伝えた。ユリア・ヴァーグナー、旧姓ユリア・ヴァハターはまだ三十歳そこそこの若い女性だった。クルフティンガーでさえ高級とわかるようなタイトな黒いスーツ姿だった。その下にはピンクのTシャツを着ていた。そのとき急に携帯電話が鳴り出し、ユリア・ヴァーグナーは警部に「すみません」と断わって電話に出た。クルフティンガーは、その間を利用して彼女を観察する。

スタイルがよくて、魅力的、〝歯磨き粉の宣伝に出てくるような笑顔〟の女性だった。だが、どこかしっくりこない。父親を亡くして喪に服しているはずなのに、スーツがタイト過ぎて不自然な感じがする。もし父親の死を悼む立場でなければ、その姿は本物のキャリアウーマンを無理して装う女性にしか見えなかった。

目の周りにできた隈が、この数日間に彼女がためこんだ疲れを物語っていた。それでも、人前では終始落ち着いた態度を取るよう心がけているようだった。

「できる限り早く来られるように、なんとかしてちょうだい。これほど大事なことなんて、他にないでしょ？　結局、私がまた全部やるのね。仮にもあんたの父親だった人よ……。わかった、明日ね。じゃ、また。テレーザ」ユリア・ヴァーグナーは携帯電話のふたを閉じ、作り笑いをして警部に弁解した。「妹です。もう、おわかりですよね？　ほんと、のんびりしてるんです。子供を見てくれる人が見つからないから、明日にならないと来られないって。それなら、子供を連れてきたらいいじゃないですか。イタリアの知人にあずけるくらいなら、祖父の葬式に出席させたらいいんです」彼女は腹を立てていた。「すみません。話を始めましょう。私もこれからすることがありますし。時間はあまりありません」

「申しわけない」クルフティンガーは思わずそう言ってから、下手《したて》に出てしまったな、と思う。電話で五分も相手を待たせたのは彼女のほうなのだ。

「では、クルフティンガー警部、端的に質問させていただきます。父の遺体はいつ返していただけますか？　お葬式の日取りは、いつにすればいいでしょう？」

誰かが部屋のドアをノックした。ヘンスケ女史が入ってくる。コーヒーとチーズデニッシュを運んできて、クロワッサンがなかったとあやまった。クルフティンガーはうなずき、ほとんど聞こえないくらいの声で「かまわんよ」と言うと、ヴァハターの長女と再び向き合った。部屋を出て行きかけたヘンスケ女史に、ミュンヘンの法医学者に電話をして遺体の返却日を確認するよう指示する。

「葬式の日取りは、二日後か三日後がいいと思います」クルフティンガーはそう言って、本題に入る。

「では、ヴァーグナーさん、あなたとご家族の話を聞かせてください」そう切り出したが、被害者の長女がこれといった反応を示さないので言葉を付け足した。「つまり、お父様が生きていらっしゃった頃のご家族とその関係についてお話しいただきたいのです」

「ご存知のとおり私は長女です。テレーザは私より四歳年下です。父が生きていた頃の私たちの関係ですが……それは……その、警部さんが期待されているものとは違うと思います。私はもう長い間ミュンヘンに住んでいて、父と連絡を取ることも最近は少なくなっていました」

「ヴァーグナーさん、お仕事は何をされているのですか？」

ユリア・ヴァーグナーが主婦や母親であるとは思えない。キャリアウーマンにキャリアの話をさせたら、凝り固まった心をほぐすことができるかもしれない。

「広告代理店で働いています。大変な仕事で、ほとんどの時間を仕事に捧げているような状態です。ラッキーなことに、私も夫もクリエイティブ・アート・デザイナーとして同じ会社に勤めてます。そうでなかったら、私たちは忙しすぎて顔を合わせることもほとんどできなかったと思います。私たちは二人とも、仕事がなくては生きていけない人間です。妹みたいに、キャリアや成功を捨てて二人の子供を育てるなんてことは想像できません」

クルフティンガーはあえて〝クリエイティブ・アート・デザイナー〟という職業が何なのかは質問しないことにする。

「では、お子さんはいらっしゃらないのですね？」

「もちろん、いません。今の私たちに、子供を育てる時間などとうていつくれませんわ。おそらく父は、こんな私たち夫婦の生活をこころよく思っていなかったはずです。父ももちろん家庭的ではなく、仕事人間でしたが。それでも、イタリアに住む妹と孫たちはかわいがっていました。女性とキャリアという組み合わせが、父にはどこかしっくりこなかったのでしょう。キャリアは男が積むもので、女性は外では社交的に振る舞い、家では黙々と家族の面倒を見るべきだという考えだったのだと思います」

ユリア・ヴァーグナーの心中に怒りが込み上げてくるのが感じ取れた。それはこれまでの落ち着いた態度とは相容れないものだった。彼女自身もそれに気づいて弁解を始めた。

「でも、警部さん、違うんです。父は家族のことを一切顧みなかったわけではありません……」

「ヴァーグナーさん」クルフティンガーが口をはさむ。「どうか正直に話してください。なぜ、お父様と連絡をあまり取らなくなったんですか？」

「家族でアルゴイに引っ越してきたとき、私は十六歳でした。十六歳と言えば、ちょうど反抗期です。その頃の私は、以前の環境をすべて捨てて、こんな田舎町に引っ越す決断をした父を許せませんでした。そういう事情もあって、私たち家族の気持ち、特に母の気持ちは父から離れていきました。その頃から、父も出張でよく家を空けるようになりました。でも毎回、高価なお土産を買ってきてくれました。でも今思うと、あれは父の罪悪感の表われだったのでしょう」思い出がユリア・ヴァーグナーの心によみがえってくる。彼女は水を一杯所望した。冷蔵庫にはビールとジュースしかなかったので、クルフティンガーは仕方なく水道水を汲んできた。

ユリア・ヴァーグナーが一息ついて、また話し始めた。「父が母へプレゼントするアクセサリーは、いつも母には高価過ぎるものでした。父には何人も愛人がいたのだと思います。特にアルゴイに引っ越してからは、家族の関係は最悪になりました。警部さんがどう思われているか知りませんが、父は新しい仕事にも、ここでの新しい生活にも満足していませんでした」

ヴァハターがアルゴイに引っ越してきた目的については他の見方もあるようだ、とクルフティンガーは思った。これまでは、ヴァハターは大の田舎好きで、故郷を愛していたからここに戻ってきたという話を聞かされてきた。それなのに、新しい生活に満足していなかっただって？　ユリアが興奮気味に話を先へ先へと続けようとするので、クルフティンガーは質問したくてもできないでいた。

「父の女遊びは、ここに引っ越してから激しくなりました。それどころか、浮気を母に隠そうともしなくなったのです。離婚は時間の問題でした……」

〝問題でした〟のあと、クルフティンガーはここだと言わんばかりに間髪いれずに質問した。「お父様は、アルゴイに戻られたことを喜んではいらっしゃらなかったんですか？　生まれ故郷に戻られたことを？」

「喜んでいた、とは言えないと思います。父はケルンでは好きな仕事に就いて、高給を取っていましたから。仕事に情熱を注いでいたことは、私にもよく理解できました。そういうところは、私たち親子は似ていたので。父は、ケルンの職場ではとても尊敬されていました。専門分野では彼の右に出るものはいなかったからです。食品化学業界の集会やセミナーで講演することも多く、業界ではまさにスター的存在でした」

「そんなに功績を残しながら、なぜお父様はその職場を去られたのですか？」とクルフティンガーが質問する。

「父はキャリアをあきらめたことはありません。仕事を辞めようとしたことも。辞めさせられたんです。アルゴイの職は、ケルンの職にはとうてい及びもつかなかったはずです。少なくとも転職してすぐの頃は。そこで父は、ここでも自力で道を切り開くことにしたのです。うまくいきました。父はアルゴイを愛していましたし。でも最初に父がしようとしたのは、どんな手段を使ってでも、家族の、特に父自身の生活水準をケルン時代と同様に保つことでした」

何かあるな、とクルフティンガーは思った。食品化学業界のスターが職場をクビになり、生活水準を保とうと努力したという話の裏には。

「いったい何が原因で、お父様は職場を去ることになったんですか？」

クルフティンガーは返事を心待ちにする。バルチュやシェーンマンガーの解釈とは違う見解を聞けそうだからだ。

「父はケルンの職場でいろいろな問題を抱えていました。父が何かをして、それが会社は気に食わなかったのだと思います。私もそんなに詳しく知っているわけではありません。

当時は、まだ子供でしたから。今知っていることは、あとで誰かから聞いたことです。警部さんにぶしつけな女とは思われたくないのですが、はっきり申し上げますと、私が今望んでいるのは、葬儀が無事終わることだけなんです。これでも、へとへとに疲れているんです。あなたとこうやって話を続けるだけで精一杯なの。妹は明日にならないと来られないから、私一人で葬儀の準備をしなくてはならないし。妹は私よりも頻繁にお父さんと連絡を取り合ってましたから、もっといろいろなことをお話しできると思いますよ」

クルフティンガーは、ユリア・ヴァーグナーが初めて〝お父さん〟と言ったのを聞き逃さなかった。この言葉が警部の心の琴線に触れて、天使をよみがえらせた。昔映画で、男の肩の上に天使と悪魔が現われ、それぞれが正反対の助言をする場面を見たことがある。

クルフティンガーの心の中の天使がささやく。彼女は父親を亡くしたところで、気分もすぐれないの。だから事情聴取をあまり長引かせては駄目よ、と。だが、犯罪が大好きな悪魔はそれに反論する。まだ他にも話すテーマがあるじゃないか。もっと話を深めるんだ。結局、今日の勝負は悪魔の負けだった。

★　★　★

一日が終わり、クルフティンガーは疲れ切っていた。仕事が大変だったからではなく、一日を終えても捜査がまったく進展しなかったという事実が心を苛《さいな》んでいた。とにかく、気分はよくなかった。家に向かう車の中で、シェーンマンガーと被害者の娘との会話の中に、時間はかかっても事件解決の指針となるような接点がないかと考えていた。とはいえ、考えながらもそんなに簡単に見つかるわけがないこともわかっていた。脳みそをフル回転させ、事実関係をもう一度整理するが何も思いつかない。車をガレージの前に停め、ドアをロックすると、自分がどの道を通って帰ってきたのか忘れていることに気づいた。高速道路だったか、それとも一般道路か？　わからない。急におかしくなった。自分が通った道も思い出せないような警部に、殺人事件を解決できる力があると、刑事局長は本当に思っているのだろうか？

だがその笑いも、車の窓に映る自分の顔を見ると消え失せた。そこには今の気持ちがそのまま表われた顔が映っていた。いや、それならまだいい。本当は家に入るのがためらわれるほどひどい顔をしていた。今日という日を少しでもましなかたちで終わらせるためには、ほんのちょっとでいいから前向きなアイデアが必要だ。ワラにでもすがりたい思いだった。ワラが一本でも見つかればいい。そうでないと、今日もまた眠れぬ夜を過ごさなければならない。

そこでふと、明日もう一度、犯行現場に行ってみればいいと思う。唯一出てきたアイデアがこれだった。何か見つかるかもしれない。見つけようとすれば、何だって見つかるものなのだ。

★ ★ ★

ジャケットを脱いだ。居間からテレビの音が聞こえてくる。少しはましになった気分が、また最悪になった。最もこなすのが難しい課題が今、目の前に待ち構えていることがわかったからだ。クルフティンガーが「ただいま」と居間の入口に向かって言うと、「おかえり」という言葉が返ってきた。台所へ行って、冷蔵庫から冷えたビールを取り出す。妻に絶対に言わなくてはならないことがある。妻はそれにどう応えるだろうか？　怒るだろうか。それは明らかだったが、それなりの理由があるのだから仕方がない。「旅行には一緒に行けなくなったよ」クルフティンガーがビールをグラスに注ぎながら小さな声で言う。ビールの泡がコップからあふれ出し、あわてて口で吸い込む。泡が二、三滴テーブルの上にしたたり落ちた。布巾《ふきん》を取って、それを拭う。

「何をやってるの？」妻が訊いてきた。「突然、台所の掃除でも始めたの？」クルフティンガーは手のひらの布巾を見つめ、肩をそびやかせて台所に入ってきた妻にそれを渡した。最初から居間に行って、話をすればよかった、と自分自身に腹を立てる。そのうちに布巾をつかんだ妻は夫の心までも〝つかんで〟、何かおかしいと感づくだろう。

「何かおかしくない？」

「おかしい、って？」クルフティンガーはボソッと言い、ビールを一口飲んでグラス越しに妻の表情をうかがった。妻は黙って夫を観察していた。そこでクルフティンガーは、「気を悪くしないでくれ」と前置きをした。

「そんなこと言われてもね。昨夜の電話のことも話してくれないし、今日は私に声もかけずに仕事に行っちゃうし」

心理学的に正しい対応をするんだ、とクルフティンガーは自分に言い聞かせた。

「話したいことがあるんだ」妻のびっくりした目を見て、言いにくいことを切り出すときに最も口にしてはならないフレーズを口にしてしまったことに気づいた。妻をなるべく傷つけたくなかったのだから、なおさらよくなかった。

「何かあったの？」妻が不安そうな顔で椅子に腰かけて、つぶやくように言った。

妻は、その言葉を口にするたびにまるで家族の誰かが殺されたかのような目をする。もちろん、そんなことは起こっていない。自分にも息子にも、親戚の誰かにも。

「おまえの〝何かあったの〟はいつも大げさ過ぎる」とクルフティンガーは言い返した。

それでも妻は、表情を変えることなく夫の次の言葉を待った。

「なあ、ハニー」そう言って、クルフティンガーは妻をこんなふうに呼んだのはいったい何年ぶりだったろうと考える。「休暇旅行の件なんだが、ちょっと見直す必要が出てきた。計画どおりにはいかないかもしれない」クルフティンガーは、自分でそう言っておきながら、回りくどい最低な言い方だと思う。もし事情聴取で相手がこんな言い方をしたら、すぐに〝こいつはクロだ〟と決めつけるところだろう。

妻がようやく口を開いて、お決まりのセリフを言った。「嘘でしょ。そんなの信じられないわ……」クルフティンガーは肩をすくめた。やっぱり言い方がまずかった。「約束は約束でしょ！」と言って、妻は人差し指を立てた。休暇を見直す可能性など、一切ないという口調だった。

もちろん、妻の言い分は正しい。休暇旅行は、夫婦にとって常に究極のテーマだったからだ。新婚旅行ですら、二人が望む目的地に行けたわけではなかった。バルト海沿岸に行ったのは、そこで妻の同僚の親戚が小さなペンションを経営していて、ただで泊まれたからだった。当時は、二人とも貧乏だった。

最近は、お金の問題は解決した。だが、どこへ行くかは二人とも価値観が違うのでなかなか一致しない。クルフティンガーは南チロルやオーストリア周辺で山歩きをしたがった。すると、妻は決まって「山歩きならアルゴイでしたらいいじゃない」と言い返した。もちろん妻の意見は正しいので、クルフティンガーは旅行についてはなるべく意見を言わないようにしている。自分の意見を言うと、それなら家にいたほうがいい、ということになるからだ。休暇旅行は、計画を立てる段階からクルフティンガーにとっては大きなストレスになった。パンフレットを見て、「これ素敵よね？」という妻の問いに対して、「ああ、すごくいいね」と答えなくてはならない。そうでないと、「何なの、その興味のない態度は？」と言われてしまうからだ。そして旅行会社では、どこの馬の骨かもわからない日焼けした元添乗員に「テネリフェ島で宿泊付きウエルネス・パッケージを組んで、心も体もリフレッシュするには今が一番いい季節ですよ」なんてすすめられるのだ。ご苦労なこった。健康《ウエルネス》。クルフティンガーはそんな外来語を聞くだけで、ただでさえ希薄な旅行気分が、断食して体の毒素を排泄するように、毛穴という毛穴から抜け出ていく心地がする。そんなものが〝今、流行《はや》っている〟なんて信じられなかった。

旅行の予約をようやく終えると、今度は出発の三週間前から、持っていく服を選ばなくてはならない。旅行先では、少なくとも二百人は座ったであろうトイレに行く覚悟を決めなくてはならない。さらに社交的でなくてはならない。というのも、妻にとって旅行の良し悪しは、どれだけ新しい出会いがあったかどうかで決まるからだ。結局のところ、こんなことなら家にいるほうがましだった、と思ってしまうのだ。

だが一番つらいのは、妻が選ぶ旅行先はプールからプールサイドの寝椅子へ移動するだけで汗をかいてしまうほど暑かったり、バナナ味のビールが出てきたり、夜散歩するときも正装して出かけなくてはならない場所であることだ。そういうわけで、クルフティンガーは事件のせいで休暇旅行を延期せざるをえなくなったことをひそかに喜んでいた。何と言っても、今回の旅行については妻の思い入れが強かった。マヨルカ島に行くというのだ。旅行会社の野郎が「マヨはどうです」なんて言ったものだから。しかも飛行機に乗って！

水が見たいだけならオーストリアのヴィルザルプ湖に行けば十分だ。それなのに妻は南の島に固執した。

だが、旅行に行けないのをひそかに喜んでいることが妻にばれたら大変なことになる。「確かに、約束は約束だ」クルフティンガーが悲し気な声で言う。「だが、大事件が起こってしまった。俺がここを離れるわけにはいかないんだ」そして次のセリフを、ありったけの演技力を発揮して言う。「君は、俺が残念がっていないとでも思っているのかい？」

妻は疑わし気な目で夫を見つめる。「でも、今からどうしろって言うの？ 予約は全部済んでるわ。あなた、頭がどうかしたんじゃない。私には、二千ユーロをどぶに捨てることなんてできないわ」妻の声が震えている。泣き始めるかもしれない、とクルフティンガーは思う。畜生、家族の誰かが殺されたわけでもないのに。

「俺にいったいどうしろって言うんだ。少しは理解してくれてもいいだろう。君だって、俺に出世してほしいって言ってたじゃないか」

妻がビクッとする。警部は椅子に腰かけた。

「そうね、そうよね……それならこうしてもいいかしら？ 私、あなた抜きで旅行に行くわ！」

これには、さすがのクルフティンガーも驚いた。妻はこれまで一度も、夫抜きで旅行したことはなかった。

「なぜだ？　そんなに行きたいなら行けばいい！　俺はかまわないぞ」クルフティンガーはそう言って、つかつかと居間へ向かった。妻のくちびるに浮かんだ笑みを見ていたくなかった。

★　★　★

腰を下ろしてテレビをつけ、アルゴイのローカルニュースにチャンネルを合わせる。メディアには事件の発表を明日まで待ってほしいと伝えてあったが、それでも情報がもれていないかを確認するためだった。そこへ妻がやってきた。もう怒ってはいない。それを見たクルフティンガーは、喜ぶというより驚いた。

妻は夫の隣に座って、「キャベツスープで五キロ減量」という見出しのある雑誌をめくり始める。しばらく、二人とも無言のままだった。

「あなたが旅行に行けなくなるような事件って、いったい何なのよ」妻は雑誌から顔を上げずに訊いた。

よかった、とクルフティンガーは思った。妻の頭の中では、旅行よりも事件に対する興味のほうが高まったのだ。こうなったら、詳細がわかるまでしつこく質問してくるだろう。今は妻の質問にまともに答えるしかない。妻が下手に出たところで事件の詳細を伝え、同情を買っておくのが賢明だった。

「殺人事件だよ。このアルトゥスリートで」

妻は持っていた雑誌を横に置いた。おもちゃのダックスフントのように、今にもよだれが垂れそうなくらい口をポカンと開けていた。クルフティンガーは、思いついた比喩が面白過ぎて思わずニヤリとしてしまった。だが、その笑みの中には自己満足も含まれていた。たとえ事件が難解なものであっても、妻をこれほどまでに驚かせることができたことに多少の誇りを感じたからだ。

「殺人事件ですって？　何てこと！　そんな話、聞いてなかったわ！」妻は、ほんの少し夫を咎めるように言った。

「殺されたのは、乳製品工場のヴァハターだ」

「乳製品工場のヴァハター？」と妻が繰り返す。呼吸を整えるのに数秒かかる。「でも、あの人なら昨日見たわよ」

クルフティンガーが背筋を伸ばして座り直した。「昨日見たって、どこでだね？」

「パン屋よ。彼には朝、パン屋でよく会ったわ。あの人も、あなたと同じくらい家を出るのが早いようだから。いえ、早かったようだから」

クルフティンガーには、妻の嫌味などどうでもよかった。

「彼は何か言っていたかね？　誰かと一緒じゃなかったか？」

「いいえ。ねえ、そんなに興奮しないでよ。彼はパンを買って、すぐに店を出て行っただけよ。いつもどおり。それで、容疑者はもういるの？」

だが、クルフティンガーは妻の質問に答えなかった。「彼は何を買ったんだ？」逆に質問する。

「知らないわよ。何か買ってたけど。それで、容疑者はもういるの？」

「俺の質問に答えろよ。やつが買ったものは何か、って訊いてるんだ」

夫が急に声を荒らげたので、妻は肩をすぼめた。だが、クルフティンガーにとってそれが大事な質問であることを妻はわかっていたのでこう答えた。「クロワッサンを一つと全粒粉プチパンを二つ。彼がいつも買うものよ。いえ、買っていたものよ」

妻は信頼できる。彼女は何一つ見逃すことがない。妻こそ警部になるべきだったと思うことがたびたびあった。

「それから？」

「何もないわ。あの人は帰った。それで、容疑者はいるの？　彼はどうやって殺されたの？　いつ？　なんだか熱くなってきたわ……」

「容疑者はまだいない。昨日、ひもで首を絞められたんだ」クルフティンガーが淡々と答える。

「ひもで、首を？」クルフティンガーは、妻の頭から今にも煙が上がらないかと心配になった。

「実は、ひもじゃなくカーテンのタッセルだ」クルフティンガーはテレビのリモコンを手に取り、ボリュームを上げた。フュッセンの消防局員が新しい洪水対策について話しているところだった。妻は何も言わずに立ち上がり、テレビの前まで行くとスイッチをオフにした。

「何するんだ。俺はニュースを……」

「私の話も聞いてよ。この村で人が殺されたのよ。詳しいことを聞かせてくれてもいいじゃない。そうでないと、私……」

自分の言葉を強調したいときに、「そうでないと……」を付け加えるのが妻のいつものパターンだった。だが、夫は一度も「そうでないと、どうなるんだ」と訊き返したことはなかった。今回も理性を働かせて訊かないことにした。

「ヴァハターは、昨日の午前中に絞殺された。警察はそう見ている。だが検死結果はまだ出ていない。死体の第一発見者はヴァハターの同僚。我々が知る限り、家から盗まれたものは一つもない」クルフティンガーは冷静な警部口調で説明した。「でも誰にも言うなよ」と釘を刺す。

「マンションで絞殺されたなんて」妻がまるで独り言のように言う。「警察は彼の女性関係については調べたの？　いろいろあったっていう噂よ」

クルフティンガーは眉をひそめた。妻はかなり多くのことを知っているようだ。

「女性関係については聞いている」

「それで?」

「それで、って。傷つけられた女性とかの話はまだ出てこない」夫がつっけんどんに答えた。自分の立場で、こんなにぺらぺらと話してはいけないことは承知している。しかし、今日だけは仕方なかった。

「どんなタッセルだったの?」妻が訊く。

「カーテンのタッセルに違いなどあるのか?」

「もちろんよ」妻は立ち上がり、窓のそばへ行く。「こんなのだった?」夫は妻が手にしたタッセルを見る。

「そんな感じだったよ。でも、もっと光沢があったな」

妻は戸棚の前に行って、扉を開けた。カタログをたくさん取り出して、それをテーブルの上に置き、わかりやすいように広げて並べた。「もしかしたら、こんなのかしら」とボソッと言って、イケアのカタログを手に取った。

クルフティンガーは妻がカタログをめくる姿を眺めた。耳に髪を掛けるしぐさ。〝この女は美しい〟とふと思った。

クルフティンガーはこんなふうに、ときどき普段は感じることのない激しい感情に襲われ、妻の美しさを再認識することがあった。もちろんこれはまっとうな感情だった。妻は確かに美しい。クルフティンガーはアルゴイ地方の祭りで初めて妻に出会ったとき、その美しさにたちまち魅了された。結婚してからは長い間、なぜ彼女がよりにもよって自分などを夫に選んだのか理解できなかった。自分は魅力的な男性ではない。それなのになぜ結婚したのか、と妻にたずねたことはこれまで一度もなかった。驚いたことに、妻は長い年月を経てもその美しさを保っている。もちろん昔に比べたら太った。でも、太った妻も好きだ。見た目を気にして、常にきれいにしているところも好ましい。化粧をしないで、外に出ることは絶対にない。とはいえ、こってりとではなく、薄化粧をするだけだ。一番驚かされるのは、夫とは違って、妻にはしわがほとんどないことだ。白髪だけが彼女の年齢を物語っている。だがそれも染められて、顎まである髪はすべて明るい茶色に統一されている。そこまで考えて、クルフティンガーは妻への思いを頭から叩き出した。今はそんなことを考えている場合ではない。

「こんなのかしら?」妻はそう言って、夫にカタログを手渡した。クルフティンガーはそれを見て驚いた。ヴァハターのマンションのカーテンのタッセルにそっくりだったからだ。それが事件解決の手がかりになるとは思えなかったが、それでも同じものが見つかったことにびっくりした。彼はうなずいた。

「フレクヴェンス」と妻はささやいた。クルフティンガーにはそれが何のことかわからなかった。

「フレクヴェンスっていうタッセルよ。イケアの商品には、全部名前が付いているのよ。つまり、フレクヴェンスっていう商品名が付いたカーテンのタッセルっていうこと」

「だから、何だっていうんだ？」

「別に何も。ただ私は、犯人はイケアのフレクヴェンス・カーテンタッセルで人を殺したと言いたかっただけよ」

確かにそうだった。妻のおかげで、凶器の名前が明らかになったのだ。

「これなら十分人の首を絞められる」妻が専門家の口調を真似てうなずいた。

「君がそう言うなら、そうなんだろう」

「あら、私には何の評価もできないって言いたいわけ、主婦はバカ過ぎるって？　ああ、そうなの？　わかったわ、それならパンケーキは自分で焼いて食べてね」そう言うと、夫のひざにカタログを叩き付けて、廊下へ出て行った。数秒とたたずに、居間の入口からまた顔を覗かせてこう言った。「休暇のことだけど、まだ、決まったわけじゃないからね。私、これからアンネグレートのところに行ってくるわ」

夫が次の言葉を発する前に、妻は姿を消してしまった。

「事件のことは誰にも言うんじゃないぞ」夫がそう言うや否や、玄関のドアが閉まる音が聞こえた。

「まったく女ってやつは」クルフティンガーはそう叫んで頭を振ると、リモコンをつかんでテレビのスイッチを入れた。

いつ眠り込んだのか思い出せない。見ようとしたわけでもないアダルト番組がテレビで流れていることに気づいた。あわててリモコンを取って、息子が言うところの〝ザッピング〟をする。二十チャンネル目で、アメリカの野球の試合が放送されていた。ただ、バカバカしい、とクルフティンガーは思う。こんなスポーツをするやつの気が知れない。ただ、マウンドに突っ立っているだけじゃないか。そして腕時計を見た。十二時少し前だった。妻がもう帰っているなら、眠り込んでいて気づかなかったのだろう。それにしても、よりによってアンネグレートのところに行くなんて。どうせあの女は俺の悪口しか言わないだろう。アンネグレートはドクター・ラングハマーの妻で、本当は彼女を嫌う理由などないのだが、夫のドクター・ハマーに対する嫌悪感がどうしても彼女にまでうつってしまうのだ。いつもエレガントな洋服を着ており、たぶんしょっちゅう香水入りの風呂にでもつかっているのだろう。これだけで、クルフティンガーの攻撃の的《まと》になるには十分だった。ラングハマーの妻は年齢不詳だった。もしかしたら、ドクター・ラングハマーは仕事が休みの日に妻の体にメスでも入れているのかもしれない。クルフティンガーの胸に怒りがこみ上げてくる。妻に対する怒り、ろくでなし扱いされることに対する怒り、まともなテレビ番組がないことに対する怒り。できることなら、今から犯行現場に行きたかった。調べたいことはいろいろあった。ヴァハターの頭部にあった打撲傷の原因などを。だが、眠気が犯罪捜査に必要な理性を萎えさせてしまうと、犯行現場にはやっぱり明日行こう、と思い直した。テレビを消して寝室へ行った。

★　★　★

誰かがクルフティンガーの部屋をノックした。

「どうぞ」と言うと、怒り狂った交通課の同僚がつかつかと近づいてきた。

「ジョークのつもりか？　面白いとでも思ってるのか？　クルフティンガー、おまえのユーモアって変だぜ。交通課の車を使うだけじゃなく、いたずらまでして楽しもうってわけか。俺たちは一日中あの車に閉じこもって、速度を測らなきゃいけないんだ。なのに、あんな臭いチーズを置きっぱなしにするとは、いったいどういうつもりだ？　もう我慢がならない。この悪ふざけは上司に報告するぜ。俺たちは、学校でクラスメートだったよな？　まったく信じられんぜ。悪ふざけもいいところだ。今後は友達でも何でもないからな」

クルフティンガーが一言も言い返せない間に、同僚はドアを乱暴に閉めて出て行った。何なんだよ、あいつは。そのとき不意に、昨日〈白ラッカー〉をひとかけら持って車に乗ったことを思い出した。車を降りるときに気づかなかったから、たぶん運転している最中に後部座席に転がり落ちたのだろう。そばにあったら持って出ていたはずだ。あのパトカーは、昨日の午後は炎天下に放置されていた……。

クルフティンガーは一瞬ニヤリとしたが、すぐに今夜か明日にでもワインを持って同僚のところに謝りに行こうと思った。

午前中の仕事は、その同僚のささいな激怒が一番大きな出来事と言っていいほど何事もなく終わりそうだった。クルフティンガーは昨夜寝室に別の布団を運び入れて夫に宣戦布告した妻を避けるために、今朝はいつもより早く家を出たのだが、せっかくつくった余分な時間を有効活用できないでいた。マイアーとヘーフェレとシュトローブルを呼んで短いミーティングをしたが、新しい情報は何も得られなかった。

ヴァハターの近所の人なら何か知っていると思ったので、とりあえず三人には隣人に連絡を取るよう命じた。また、ヴァハターの財政面についての情報も入手するよう指示した。それから、別の部署にはヴァハターのコンピューターの調査を依頼した。クルフティンガーのチームにはコンピューターに詳しいものがいなかったからだ。

クルフティンガーはデスクについて、落ち着きなく椅子を前後に揺さぶった。他に何をすべきだろう? ヴァハターの次女のことを考える。ヴァハターの長女の電話では、次女は今夜アルゴイに到着すると言っていた。次女の携帯電話番号は長女からもらっている。そこで、今日の夜まで待っても問題ないのに、何を訊きたいかも考えずに次女に電話をかけていた。

「プロント?」と受話器の向こうから声が聞こえた。クルフティンガーは簡単に自己紹介してから、知っていることをわざと質問した。「今日はいつ到着されるのですか？」

フェロという響きの美しい名字を持つ次女のテレーザは、警部に到着時刻を告げた。それはユリア・ヴァーグナーとその後に秘書から聞いたとおりの時間だった。さらに警部はテレーザに、電車に乗っている間に父親と敵対していた人物はいなかったか、また過去のことで捜査の役に立つ情報はないかなど考えてほしいと伝えた。そして「どんな小さなことでも、捜査の役に立つ場合があるんです」と警察学校で習った決まり文句を口にした。決まり文句とはいえ、実際にそうなったことが何度もあったからだ。最後に、「お気をつけて」と言って電話を切った。

クルフティンガーはまた椅子を前後に揺さぶった。〝そうだ、法医学者だ〟、と突然思いつく。「どこかに電話番号があったはずだが……」とつぶやきながら、デスクの引き出しを開けた。角がゆがんだクッキーの箱をわきへ押しやり、その下にある紙切れの山を調べた。その山のことを、クルフティンガーは〝アドレスコレクション〟と呼んでいた。手書きのメモやプリントアウトした紙の間に、何十枚もの名刺が挟まっていた。警部は、自分でも驚くくらい早く、探していた紙切れを見つけ出した。いつかは必ずここを整理するぞと、毎度のことではあるが、引き出しを閉じながら思った。

法医学研究所との電話は、引き出しから紙切れを見つけ出すのと同じくらい早く済んだ。報告書は今日の夜にも提出され、遺体もおそらくすぐに返却され、死因は絞首であることが確定される、という話だった。

クルフティンガーは電話をしながら、法医学研究所の担当者の対応がいつもより迅速なことに気づいた。ニーダーバイエルンなまりのあの男が圧力をかけたに違いない。

クルフティンガーがまた椅子を前後に揺さぶる。

他にもしたいことがあったが、何だったろう? そうだ、ヴァハターのマンション。それはもう昨日から考えていたことだった。ヘンスケ女史が外出していたので、〝犯行現場にいる〟と殴り書きしたメモを彼女のデスクの上に残して署を出た。今日は自分の車を使った。

★　★　★

クルフティンガーは、刑事局のシールを破ってヴァハターのマンションの入口のドアを開けると、奇妙な違和感を覚えた。自分がしてはならないことをしているような気がして、あたりを見渡してから中に入る。ドアが閉まると、少しホッとした。鼻で慎重に息をする。ありきたりの匂いだった。少なくとも、他人の家に入ったときに感じるような普通の匂いしかしなかった。クルフティンガーはよく、自分の家はどんな匂いがするのか知りたいと思うのだが、自分の家のことはわからない。だが、こうやって他人の家に足を踏み入れるたびに——仕事上そういうことがよくあるのだが——独特の匂いを嗅いだ気がする。ほとんどの場合、それはいい匂いとは言えなかった。慣れるまである程度の時間が必要だった。なぜか、この家の匂いはさほど悪くはなかった。

中性的な感じだった。いや、それどころか心地よく、どこか新鮮な香りと言える。とにかく、死体の匂いは嗅ぎ取れなかった。

死体の匂いがないことで、クルフティンガーは気分が落ち着き、平常心を保つことができた。廊下をゆっくりと居間の入口に向かって歩きながら、あたりをキョロキョロと見回す。そして、殺人のあった夜に下した自分の評価が正しかったことを確信した。マンションの内部はセンスよく設えられていた。明るくて、開放的で、壁はベージュのペンキが塗られていた。自分の家もこんなふうにしたいな、と警部は思う。昔は、引っ越しするとすぐに粗目の白い壁紙をはったものだ。自分の家の壁をベージュに塗り替えたりしたら、父親に手錠をかけられたかもしれない。でも最近は、みんなもっと自由に壁の色を塗り替えている。妻とまた話せるような状態になったら、壁の色を変えることを提案してみようと思った。

そこでクルフティンガーは、頭を振って余計な考えを追い払った。今は犯行現場に意識を集中させたい。犯行現場を〝読み取る〟ことが自分の強みだ。かなり頭のいい常習の窃盗犯を逮捕したときに、上司からそう言われたことがある。今回も、その強みを活かせればと願う。

居間の入口のドアを開けたところで、中に入るのを少しためらう。二日前に死体が横たわっていた空間を見つめる。夏の日中だというのに、鳥肌が立った。死体がないことが、かえってその存在を強調しているような気がした。それから部屋全体を見渡した。いったいここで何が起きたのか、と自問する。少なからず確認できた事実をもとに、犯人の行動をシミュレーションしてみる。食卓に目をやる。クルフティンガーの心の目には、ヴァハターの姿が映っている。食卓に座るヴァハター。目の前にはコーヒーが置かれている。クロワッサンをほおばる。アルゴイのローカル新聞が食卓の上に広げてある。クルフティンガーは、被害者が人生最後に読んだ記事はいったい何だったのだろうと考えた。天気予報か？　株式情報か？　それとも、まさか死亡広告じゃないだろうな。自分が殺されることを知っていたら、ヴァハターは最後にどんな記事を読みたいと思っただろうか。そんなことを想像してみる。だが、ヴァハターは自分が殺されるとは夢にも思っていなかったはずだ。

玄関の呼び鈴が鳴る。クルフティンガーは、メロディアスな和音の呼び鈴が鳴るところを想像した。あとで実際に鳴らしてみて、当たっているかどうか確かめようと思った。ヴァハターが玄関へ行って、ドアを開ける。訪問者は誰だろう？　知り合いか？　友達か？　とにかく、ヴァハターはその人間を家に入れたのだ。

訪問者は男だろう、とクルフティンガーは推測する。もし違ったら、意外と言うしかない。統計的に見て、暴力犯罪者は男である可能性が高いから、という理由ではなかった。ヴァハターは華奢な体格とはとても言えなかった。カーテンのタッセルで首を絞めるためには、相当の力が必要だったはずだ。だがそう思うのは、もしかするとそれほどの力のある女性を自分が想像できないだけなのかもしれない。

二人は一緒に居間に向かう。そして、ソファーに腰かけたのだろう。クルフティンガーは目の前のソファーセットを見つめた。ヴァハターと顔のない男が会話をしている。けんかになり、二人は立ち上がり、激しく手を振りながら口論する。

「本当は殺すつもりなんかなかったんだろう」クルフティンガーは大きな声でそう言ってうなずく。「おまえは武器など持っていなかった」もしかしたら、顔のない男はヴァハターと何か話をしたかっただけなのかもしれない。何かのことで、ヴァハターを説得しようとしたのかもしれない。だが、結局失敗したのだ。

そして取っ組み合いのけんか。男は何かでヴァハターの頭を叩いたか、勢いよく押し倒したか、とにかくヴァハターは床に倒れた。そこで男は、数秒前までは自分でも想像できなかったような殺人鬼に変貌する。周囲を見渡し、居間のテーブルの上にあったカーテンのタッセルをつかむ。それをヴァハターの首に巻き付けて引っぱり上げる。ヴァハターは抵抗し、よろめき、本棚の本を投げ落としたり、テーブルの雑誌を床にばらまいたりするが、男を制することはできなかった。ヴァハターは息絶えた。

クルフティンガーは想像しながら身震いした。あの日の朝、何かがきっかけで一人は殺人犯、もう一人は被害者になったのだ。いったい、何がきっかけだったのだろうか？わからない。だがそれでも、クルフティンガーは何かがつかめたような気がした。犯人がカーテンタッセルで被害者の首を絞めたという事実が、急に二日前ほど異常なものとは思えなくなった。事件は想像の及ぶ範囲のものになった。

だがヴァハターを殺したあと、犯人はどうしたのだろうか？盗まれたものは何もなかった。「おまえは逃げたんだな」とクルフティンガーは大声で言う。それが一番自然な発想だった。マンションに着いたら玄関のドアの鍵がかかっていなかった、とバルチュは言っていた。そうだ、犯人は取り乱して逃げ出したのだ。

警部はカーテンがのせられたテーブルを見つめる。何かが気になる。そして額を手で叩いてから携帯電話を取り出すと、刑事局に電話した。ヘンスケ女史が電話に出る。「ヴァハターが家政婦か掃除婦を雇っていたかどうか、マイアーかシュトローブルにすぐに調べさせてくれ」そう言ってから、あまりにも命令口調過ぎたことに気づいて言い直した。「すまん、ヘンスケ女史、早急に二人に調べるように伝えてもらっていいかな？」

ヴァハターが自分でカーテンを取り付けようとしていたとは思えない。マンションはこんなにも清潔だ。高給を取っていたというヴァハターが、自ら拭き掃除をしていたとは考えにくい。妻もいなかったし、関係者全員が言っていたように、長く付き合った女性もいなかった。そう考えると、家政婦か掃除婦を雇っていたとしか思えない。家政婦を雇っていたのだとしたら、彼女は重要な情報を握っているはずだ。家政婦なら、マンションから何か盗まれていたら気づくかもしれない。

警部は立ち上がって、すぐに玄関に向かった。マンションの前の道に出ようとしたところで、向きを変えて玄関へ戻った。ドアにピタリと体をくっつけ、呼び鈴を鳴らした。三和音のメロディアスな音色が響いた。

クルフティンガーは微笑みながら車に向かった。

★　★　★

知らない間に午後になっていた。かなり長い間、ヴァハターのマンションにいたらしい。クルフティンガーは車の座席に戻ると空腹を感じ、空腹感はケンプテンに向かう途中でピークに達した。まるで何かに導かれるようにアイスクリーム屋の角を曲がり、軽食を売る屋台の前で停車した。車で食べやすいものを、などとは考えなかった。すぐに食べられるものなら何でもよかった。ところが白いエプロンをし、お客が来たことを喜んで笑みを浮かべる黒髪の小男の前に立つと躊躇した。よりによって、ドネルケバブ屋とは。くそっ。屋台のワゴンの奥で大きな肉の塊が回転し、ガラスケースにはアーティチョークとトマトと羊のチーズと酢づけトウガラシがにぎやかに並んでいる。でも、もう引き返すことはできない。クルリと背を向けて立ち去れば、この親切そうな男から無礼な人間と見なされるだろう。そういうことに、クルフティンガーは耐えられなかった。

　だから、まるで一日中ケバブを食べるのを楽しみにしていたかのように言った。「ケバブを一つ頼む」

「具は全部入れますか？」と訊かれてドギマギする。戸惑いながら答える。「ああ、そうしてくれ」そして、ワゴンの中の男の行動を黙って観察する。大きな青いビニール袋から四分の一に切ったピタパンを取り出して電子レンジに入れ、電動ナイフで大きな肉の塊から肉片を削ぎ落としていく。これがいわゆる〝押し串肉〟と呼ばれるもので、この作り方についてはどこかで読んだことがあった。ドネルケバブはスライスした肉を丁寧にタコ糸で縛り固めたような上品なものではなく、大量の肉をただ肉団子のように固めただけのものだという。その肉団子が、なぜかドイツ風ミートローフ《レーバーケーゼ》を思い出させた。ああ、レーバーケーゼ！　今ここでレーバーケーゼをはさんだパンが食べられるなら、何だってしたことだろう。

　しかし目の前では、男が肉片と野菜を大量に詰め込むのでピタパンがみるみるうちに膨れ上がっていった。クルフティンガーはこれまでにもドネルケバブを食べたことがあったが、こんなに大きくはなかった。外国の食べ物が好きな息子がまだ家にいたときは、家族でドネルケバブを食べることもあった。妻は町にでかけると、何を思ったかドネルケバブを三つ買ってくることがあった。息子は喜び、夫はがっかりした。夫はパンから具を全部取り出して皿に盛り、パンとは別々に食べるようにしていた。

だが、目の前のドネルケバブはそのまま食べるしかない。男はさらにガラスケースのうしろから、「暑い日には辛いものがいい」と言って、具に赤い香辛料を振りかけた。クルフティンガーは「ありがとう」と言った。買ったケバブを刑事局までどうやって持ち帰ればいいかわからなかったので、仕方なく二人のトルコ人労働者が食べているパラソル付きのテーブルに相席させてもらうことにした。彼らもまた、遅い昼食を取っていた。

クルフティンガーはケバブを一口かじると、トルコ人二人に微笑みかけた。すると涙があふれ出てきた。うぁ、辛い。思わず息を吸い込む。それを見て、トルコ人たちが笑い出した。一人が、「暑い日には辛いものがいい」と言った。クルフティンガーはうなずき、これくらいの辛さならまだ耐えられるといわんばかりに、また一口かじった。

そのとき、パンの中のヨーグルトソースが一カ所に溜まって、それがズボンの上にぼとりと落ちた。「このトルコ野郎」と思わず口にしてしまう。すぐに、しまったと思う。ここで一番口にしてはならない言葉を吐いてしまったのだ。だが目の前のトルコ人たちは笑っているだけだった。クルフティンガーはそれ以上ドネルケバブを食べる気がなくなった。残りのケバブをゴミ箱に捨てて車に戻る。トルコ人二人は笑いながらその様子を眺めていた。車のエンジンをかけ、勢いよく走り出すと、タイヤがキーッと鳴った。屋台がバックミラーから消えたところで、クルフティンガーはホッとため息をついた。なんてこった。できることなら、今あったことはすぐに忘れてしまいたかった。

★　★　★

まだ少々頬を赤らめたクルフティンガーが階段を上り、二階のオフィスへ向かう。出張費をコンピューターに打ち込んでいたヘンスケ女史は、戻ってきた上司のほうに顔を上げて小さく会釈すると、また仕事に戻った。警部はヘンスケ女史のそばに行った。

「ヘンスケ女史、ヴァハターの娘二人にもう一度電話をして、至急刑事局に来るよう言ってもらえないかな……」

ヘンスケ女史が驚いて、警部を見上げる。「何ですって？　すみません、聞いてませんでした」

ヘンスケ女史は出張費の計算に没頭していて、最後の「言ってもらえないかな」しか聞こえていなかった。クルフティンガーはもう一度繰り返すと、マイアーとも話したいと付け加えた。

「了解しました、警部」

警部が自分の部屋へ向かおうとすると、ヘンスケ女史からミントキャンディーが入った缶を手渡された。

「にんにくの臭い消しにいいですよ……」と素敵な笑顔で言われると、警部はつい断われず、そこから二個キャンディーを取り出した。

それから数分と経たずにドアをノックする音が聞こえ、ヘンスケ女史がヴァハターの娘二人を警部の部屋へ案内してきた。今回は、部屋の奥のテーブルを囲んで、二人と向き合って話をすることにする。

クルフティンガーがテレーザ・フェロと会って話をするのは、これが初めてだった。顔のつくりは姉と似ているが、与える印象はまったく違っていた。繊細で、どこか弱々しく見える。喪服の彼女は、姉のユリアよりも父の死を悲しんでいるようにも見えた。茶色の長い髪を結い上げ、茶色の目には憂いをたたえていた。骨ばった華奢な体に、黒い光沢のあるシャツとリンネル製のワイドパンツを着け、大きなショールを肩にかけている。エトルリア模様が刻まれ、緑の鳥の形をした銅製の大きなイヤリング以外はすべて黒一色だった。クルフティンガーは、妻と一緒にトスカーナ地方へ一週間のバス旅行に行ったことがあるので、エトルリア美術についてはある程度の知識があった。添乗員から、耳にたこができるくらい〝幻想的なエトルリアの工芸品〟の説明を受けてきた。テレーザの胸には、イヤリングと同じ鳥の形の緑のブローチが留めてあった。クルフティンガーは、その鳥の目が赤く輝く宝石でできていることに気づいた。テレーザがジュエリーデザイナーであることを思い出し、彼女の自作だろうと推測する。

姉のユリアがまた黒のビジネススーツ姿で横に座っているおかげで、テレーザの芸術家特有の自然児的要素が際立って見えた。髪は無造作に結い上げられ、後頭部にはおそらく自作だと思われる木製の素朴な髪留めがついていた。着ている服は、クルフティンガーの目から見ると——機嫌が悪いときにそう表現するのだが——〝エコ女〟を連想させた。秋になると、アルゴイの秋祭りにそういう類の女が大勢押し寄せてくる。おそらく、新しい自然派コスチュームと一年分のお香を調達するためにやってくるのだろう。だがテレーザ・フェロには、〝エコ女〟の表現がピッタリ当てはまらないところがあった。それでも、普通の生き方をしていないことが一目見てわかるという点においては、当てはまると言ってもいいかもしれない。

「アルゴイへようこそ、フェロさん。このたびのことは、心からお悔やみ申し上げます」とクルフティンガーは言って、服喪のさなかに事情聴取しなくてはならないことを詫びた。

「テレーザさん、お父様との関係を少し伺ってもいいですか？」

「お父さんは」テレーザは最初の〝お〟を強調して言うと、「私にとっては……ずっと家族の一員でした」と続けた。これを聞いてクルフティンガーは姉のほうに視線を向けたが、姉は顔色一つ変えていなかった。

「お父さんは、母が離婚後南米に移住してからは、私にとって唯一の頼れる存在でした。母は手紙を送ってきましたが、それも時が経つにつれて少なくなり、最後にはまったく連絡が途絶えてしまいました」

「それはつまり、お母様が今、どこで何をされているかご存知ないということですか？」

クルフティンガーが口をはさんだ。

「そうです。私が知っているのは、お母さんがエクアドルで、社会と隔絶したある種のコミューンで暮らしている男性と知り合ったということだけです。その後、手紙が来るたびに、お母さんがどんどん変わっていくのがわかりました」

「その後はお父様が、あなたの面倒をみられていたのですか？」

「警部さん、私はその頃にはほぼ成人していました。お父さんはいつも私の味方でした。お父さんはほとんど週末しか家に帰ってきませんでしたが、それでもあの人には何でも話せました。私たちにはいつもお土産を買ってきてくれました。お父さんほど寛大な人を、私は他に知りません」クルフティンガーはテレーザが涙ぐんでいることに気づいた。

「高校を出てから、フローレンスの大学で美術を学べたのもお父さんのおかげです。フローレンスにもよく遊びにきてくれました。ジュゼッペと付き合うようになると、お父さんはすぐに十五万マルクを援助してくれて、私たちはそのお金で古い農家を買うことができたんです。私はアトリエを持ちたかったので、大きな家が必要でした。作品を売るだけで食べていくのが難しかった頃は、お父さんができる限り私たちを援助してくれました。カルラのことも、エンゾのこともすごくかわいがってくれました。私の子供たちです。お父さんは二人のことを〝天使〟と呼んで、会うといつも涙ぐむくらい喜んでいました。本当にすばらしい、愛情深いおじいちゃんでした」

クルフティンガーはさっきから、ユリア・ヴァーグナーが椅子の上で落ち着きなく身じろぎするのに気づいていた。やがて、我慢ができなくなったようだ。

「愛情深いおじいちゃんですって？　お父さんほど寛大な人を他に知らないですって？　テレーザ、あんたって本当にバカね」と吐き出すように言った。「あの人は、私とお母さんには愛されないことを悟って、あんたの愛情をお金で買ったのよ。本当に、あんたは夢見るおバカさんよ。あの人は、あんたになら本心を見透かされないと知ってたのよ」

テレーザが目に涙をためて、姉に向かって叫んだ。

「姉さんとお母さんは、そうやっていつもお父さんを悪者にしてきたのよ。お父さんはね、私たち家族に苦労させないように、朝から晩まで働いていたのよ。あんたたちはそれを理解しなかった。お母さんなんて、お父さんが会社でだまされてアルゴイに引っ越さなきゃならなくなってからは、毎日のように駄目人間呼ばわりしてたじゃない。それでもお父さんは、家族のためにできることを全部やっていたわ。それなのにお母さんは、夫として失格だと言って離婚話を持ち出したのよ」

「夫として失格？　あの二人の夫婦生活は、お父さんの嘘で成り立っていたのよ。お父さんは最初から最後までお母さんをだまし続けて、私たちの前でもお母さんをあからさまに傷つけたわ！　芸術にのめり込み過ぎて、現実を忘れちゃったんじゃないの？　テレーザ、目を覚ましなさい！　あんたはあの頃、美術の勉強や絵を描くことに一生懸命で現実を見なかったのよ。あなたは、何も知らないお人形さんに過ぎなかったのよ！」

そろそろ会話を軌道修正する必要がある、とクルフティンガーは思った。アルゴイへ引っ越した経緯は予想外だった。テレーザによれば、母親が父親を駄目人間呼ばわりしたというが、その点をもう少し詳しく訊いたほうがよさそうだ。

「フェロさん、お父様が以前の会社でキャリアをあきらめざるをえなかった理由についてはご存知ですか？」

「よく知りません」悲しみと、姉に対するに怒りがないまぜになった表情で、テレーザが答えた。「お父さんはいつも、会社にだまされた、あんなところではもう働けないし働きたくもない、と言ってました」

「ほら、そうでしょ？　あの人こそ、あんたをだましたのよ。あんたはすべてを信じた。世間知らずのお姫様だったのよ。ねえ、警部」ユリア・ヴァーグナーがクルフティンガーのほうに向き直った。「私も当時、何が起きたのかは詳しく知りません。ただ、非は父にあったということは間違いないでしょう。もし父が会社からだまされたのだとしたら、あの人のことです、黙って引き下がるわけがありません。これは母にも言ってませんが、おそらく父が会社の上層部にけんかを売ったのだと思います」そこでユリア・ヴァーグナーは口を閉じた。クルフティンガーには、彼女が自分の言ったことを悔やみ、気持ちを落ち着けようとしているかのように見えた。その間に、テレーザが再び反撃をしかけた。

「ユリア、あんたは卑怯で、冷血だわ！　お父さんのこと、こんな状況で何でそんなふうに言えるの？　本当はお父さんが、私にばかり愛情を注ぐから嫉妬してたんでしょう？　私はね、家族でただ一人のお父さんの理解者だったのよ。お父さんを愛した人間だったのよ。あんたとお母さんにとっては、お父さんはただお金を稼いでくる馬だったのよ！　あんたは冷血で、計算高い嫌な女よ、まるで……」

そのとき、ユリア・ヴァーグナーが妹のヒステリーを止めようと声をかけた。どうやら、姉は冷静さを取り戻したようだった。

「テレーザ、落ち着いて。あんたは疲れてるのよ。だから、普段は気にもしていないことを、むきになって話したりするんだわ。さあ、行きましょう。警部さんも理解してくださるわ。ねえ、警部さん、テレーザは今、混乱しているだけなんです」

クルフティンガーは、自分が主導権を握って話せる時間はもう終わったと思った。またしても、ユリア・ヴァーグナーの勢いに負けてしまった。ここからは彼女の時間なのだろう。ヴァハターがキャリアを捨てざるをえなかった理由についてもっと聞きたければ、左肩の上にいる犯罪おたくの悪魔をなだめ、もう一度活気づける必要があった。もちろんそんな気にはならなかったので、右肩にいる天使にすべてをゆだねることにした。次回改めて話をすることを約束させ、姉妹に別れを告げた。それから、マイアーに家政婦について調査するよう念押しすることもせずに、すぐに家路についた。姉妹のけんかに気を取られて、ヴァハターが家政婦を雇っていたかどうかたずねるのをすっかり忘れていた。

★　★　★

次の日、クルフティンガーが出署すると、いい知らせが待っていた。推測は当たり、ヴァハターは家政婦を雇っていた。家政婦の名はエルフリーデ・ジーバー。七十一歳。キムラーツホーフェン村に住んでいる。マイアーは昨日、早くも彼女の住所を入手し、警部に今日誇らしげに報告しようと思っていたのだが、出署すると、なんとその家政婦本人が刑事局を訪ねてきていた。新聞で事件のことを知ってやってきたという。クルフティンガーが執務室に入ると、不機嫌そうに見つめるマイアーに迎えられた。

「おはよう」

「おはようございます」

マイアーがさらに見つめてくる。「何かあったのか」

「ええ、家政婦が来ています」

「ヴァハターの？」

「そうです」

「おまえが連れてきたのか？」とクルフティンガーは訊いた。そこにはすでに、マイアーの仕事ぶりを賞賛するニュアンスが含まれていた。

「はい、とも、いいえ、とも言えます」マイアーはそう言って、上司の賞賛をなんとか無にしないよう試みた。「それが、その……」

マイアーが弁解しようとしたところで、クルフティンガーは、「まあ、いい。とにかく早くここに通してくれ」と言って、話を終わらせてしまった。

マイアーはうつむいてオフィスを出て行き、質素だが、きちんとした服装の女性を連れて戻ってきた。クルフティンガーは、女性がコートを着ていることが気になった。今朝は蒸し暑いのに、そんな服を選ぶ人の気持ちが知れない。もしかしたら、黒いコートを着ることで悲しみを表現したかったのかもしれない。というのも、コートの下には茶色の服を着ていたからだ。髪も結い上げていた。女性は、確認するように部屋を見回しながら、クルフティンガーの前へ近づいた。エルフリーデ・ジーバーという名のその女性は、警部に手を差し出して握手した。ひどく悲しそうな顔をしているので、そんなつもりはなかったのに、警部は「お悔やみ申し上げます」と言ってしまう。エルフリーデは、家政婦がお悔やみを言われることが当たり前であるかのように礼を返した。

「今日、新聞を読んで知ったんです。それで、すぐにバスに乗ってここへ来ました」エルフリーデは、クルフティンガーがまだ質問もしていないのに話し始めた。

警部がマイアーに視線を向けると、マイアーは肩をすくめた。もしかしたら、事件の報道を一日遅らせるという判断はまずかったかもしれない。もっと早く報道されていたら、一昨日か昨日、家政婦に事情聴取できていたはずだ。それでもやはり、報道を遅らせたのは適切な判断だった。おかげで警察は、メディアにどの情報を伝え、どの情報を伝えないかを、時間をかけて考えることができたからだ。事件後すぐに報道されることになっていれば、警察は混乱し、深く考えることもなく不必要な情報をメディアに渡していたかもしれない。特に、死因についてはもっと詳しい情報を伝えていた可能性がある。そんなことになれば、クルフティンガーには悪夢というしかなかった。犯人がカーテンのタッセルで首を絞めたなんてことが公になれば、今頃悠長にここに座ってはいられなかっただろう。別の管轄区の刑事仲間から何度も聞いたことがあるが、ビルト紙やRTL局の記者が自宅まで押しかけてくるのだ。それだけはどうしても避けたかった。だから、火曜日の夜に配った刑事局のプレスリリースでは、今回の殺人事件を自転車の盗難と強盗事件の間に目立たないように載せることにしたのだ。

もちろんそれでも、メディアの人々は事件に関する詳しい情報を刑事局に要求した。いくら控え目に情報を流しても、メディアの目をくらますことはできない。特に新聞記者の目はするどい。テレビ局のほうは、ちょっとインタビューに答えてやれば満足して帰ってくれる。ラジオ局も同じだ。だがローカル新聞の記者は、プレスリリースを送るやいなや電話をかけてきた。いいえ、死因はまだ明らかではありません。いいえ、容疑者もまだ特定されていません。クルフティンガーは、できる限り情報を隠し通した。これまではメディアとは常にいい関係を維持してきたが、今回ばかりはそうやって自分を守るしかなかった。情報は断片的にしか伝えなかった。だが、それでも今日の朝刊の一面記事を飾るには十分だった。ラジオ局は警部とのインタビューを含めて、ローカル新聞が発行される前夜に事件を報道していた。すべてクルフティンガーの想定内のことだった。少なくとも、事件に関する報道は地方メディアの範囲に留まり、大手メディアの関心は引かずに済んだのだから。今後も、できる限りこのままであってほしいと願った。

クルフティンガーは、目の前に座った家政婦に再び意識を集中させる。質問してもいないのに進んで話し始めた女は、今もひたすら話し続けている。フィリップ・ヴァハターのところで働くのが、どれほど好きだったか。自分がどれほどヴァハターの要望にこたえてきたか。ヴァハターがきれい好きだったので、どんなに仕事が楽だったか。クルフティンガーは笑いをこらえながら、犯行当日に何をしていたかを家政婦に質問した。月曜日の朝はいつものように教会のミサに行き、同居している姉の用で買い物に行った。姉はほとんど耳が聞こえず、病気がちで、一人では……。「なぜその日は、ヴァハター氏のマンションに行かなかったのですか?」クルフティンガーはまた長話をされては困ると思い、そこで話をさえぎった。

「私は、週の半分しかヴァハターさんのお宅では働いていません。それがあちらの希望でしたから」そう言ってから、急に心配そうな顔をする。「まさか警部さん、私のことを……」

「いいえ、そういうことではありません」クルフティンガーはため息をついた。

結局、家政婦からは、捜査を進展させる情報は何一つ得られなかった。だが、クルフティンガーは家政婦を伴って犯行現場に行くことにした。ヴァハターのマンションでなくなったものがあるとすれば、それを見つけられるのは家政婦だけだからだ。だが、警部の予測はまったくの見当違いだった。エルフリーデ・ジーバーは、マンションのものはすべて揃っていると言った。少なくとも、彼女はそう言い張った。クルフティンガーはがっかりして、彼女を家に送り届けた。

★　★　★

翌日、殺害された元雇い主の葬儀の準備を終えたエルフリーデ・ジーバーは、その日に事件が大展開するとは予想もしていなかった。葬儀の準備は、何の問題もなく整った。エルフリーデはもう何年も前から、葬儀の準備には慣れていた。しょっちゅう葬式があるからだ。知り合いと友達の多くは、すでに〝あの世に召されて〟いた。

同年代の友達のほとんどは葬式に行くのを嫌がるが、エルフリーデは好んで出かけた。

なぜなのか自分でもわからなかったが、あえてそれについては考えようとしなかった。心理学者なら、葬式に出席することで自分が生きていることを実感できるからだ、と分析したかもしれない。だが、エルフリーデ・ジーバーは心理学者なんてものがこの世に存在することすら知らないし、自分の葬式好きを変える気もなかった。

エルフリーデが葬式好きなのは、終わったあとにみんなでコーヒーを飲み、ケーキを食べながら雑談をするからかもしれない。多くのドイツ人はこの〝葬式茶飲み会〟の習慣をバカにしているが、アルゴイではりっぱな伝統だった。ほとんどの人は長患いの末に亡くなる。だから棺桶に入れられた友達を墓場で見ると、たいていの人はこう言う。「やっと楽になれたね」と。つまり、男も女も亡くなって初めて周囲から人生を肯定してもらえるのだ。エルフリーデには、誰が〝死んで楽になれた人〟かわかっていた。この数年の間に棺桶に入り、彼女から聖水をかけてもらった人のほとんどがそうだった。けれども、彼女の夫だけは例外だった。夫は肺がんで長い闘病生活を送り、最後はほとんど意識がない状態だったが、それでも「楽になったね」とはどうしても言えなかった。多くの人から、喪中にこう声をかけられた。「少なくとも、旦那さんはもう痛みに苦しまなくていいのよ。楽になれたわね」と。その考え方は正しいのかもしれないが、夫の死はやはり彼女にとっては〝楽になること〟ではなかった。夫の葬儀のあとの茶飲み会でもくつろげなかった。それは、請求書が全部自分のところに回ってくることだけが理由ではなかった。

今回の葬式は、これまでのものとは違っていた。ヴァハターは亡くなったが、彼はまだ若かった。しかも、彼は殺されたのだ。エルフリーデ・ジーバーは紺色の服に着替えながら、気味の悪い考えを頭から追い払った。黒い洋服を持っていないので、また今日も黒いコートを着なくてはならない。これまで何度も葬式に出席しているのに、黒い服を買おうと思ったことは一度もなかった。黒いコートがあるからいいと思っていた。そして今日は曇り空だから、コートを着ていてもおかしくはない、と自分に言い聞かせた。

エルフリーデは分厚いカーペットが敷かれた階段を上り、いつものようにソファーに腰かけて大音量でテレビを見ている姉のもとへ行く。

「ボリュームを下げてちょうだいな。自分が話している声すら聞こえないわ」とジーバーは叫んだが、姉は反応しない。

「ボリュームを下げて」相手の耳もとでもう一度言うと、姉はようやく理解した。姉は耳が遠く、歩くことさえおぼつかない。介護をするのは大変なのだが、それでも家に家族がいるというだけでエルフリーデはうれしかった。四年前に夫を亡くしてからは一人ぼっちだった。子供はいなかった。それで、老人ホームにいる三歳年上の姉を引き取ることにしたのだ。一人で暮らすよりはましだと思ったからだ。

「これからお葬式に行ってくるわ」と姉の耳もとで言う。

「何だって？」姉は、質問するときはたいていこの言葉しか使わない。

「お葬式。墓地。聞こえる、シリー？　墓――地よ！」

姉はうなずいて立ち上がろうとする。

「いいえ。私が墓地に行くの。あんたは座ってて」エルフリーデはそう叫んで、シリーをベージュと赤と緑の花柄のソファーに押し戻した。クッション付きのソファーの肘掛けはオーク製で、波打つような縁飾りがほどこされていた。

「何だって？」

エルフリーデは頭を振り、トークショーが流れているテレビのボリュームを再び最大にすると、姉の手にリモコンを握らせた。テレビがついている限り、姉はそこを一歩も動かない。実は二年くらい前に一度、姉がバス停まで歩いて行ったことがあった。うまく歩けないにもかかわらず、なんとかそこまでたどり着いたのだ。歩いた距離は、ここ数年間の最高記録だった。シリーを再び家に連れ戻して、脱走の理由に気づいた。テレビが壊れ、画面に何も映らなくなっていたのだ。そこでシリーの口座から預金を引き出し、新しくて性能のいいテレビを買った。もしもあのときシリーがバスに乗っていたら、いったいどこまで行っていただろうか……。

新婚旅行のときにシュヴァルツヴァルト地方で買った鳩時計に目をやると、もう出かける時間になっていた。玄関を出て、曇り空を眺める。雨が降るかもしれないので、傘を持って出る。玄関の鍵を二度回して戸締りをする。それから、バス停へ向かった。

同じ頃、クルフティンガーも刑事局を出た。傘は持って出なかった。雨が降るとは思えないというのが表向きの理由だったが、本当は、傘を見つけられなかったからだ。

クルフティンガーは葬式が嫌いだった。だが今日は、そんなことも言っていられなかった。捜査に役立つような情報が得られるかもしれないのだ。車のドアを開けると、トランクにまだ積んである大太鼓に目が留まる。

「くそっ」と罵った。

時計を見て、大太鼓を車から出すのは葬式が終わってからにしよう、と思う。それでも上から布だけはかぶせておくことにした。大太鼓を見せびらかすようにして墓地に行くのは気がひけたからだ。

大太鼓のいいところは、葬式で音楽隊に演奏してほしいという依頼があっても除外されることだ、とクルフティンガーはバックで駐車しながら思う。葬式で大太鼓も入れて演奏してほしいと言われたことは、これまでに一度もなかった。

★　★　★

エルフリーデ・ジーバーは教会の重い扉を開けた。手を容器に入った聖水に浸し、十字を切ると、あたりをキョロキョロ見回した。教会に入るときは、必ずうしろの扉から入ることにしている。そうすれば、前に歩いていく間に誰が来ているかじっくりと確認できるからだ。座る席もゆっくり選ぶことができる。だが、日曜日のミサは例外だった。座る席を決めていたからだ。左ベンチの五列目の中央通路側と決めていた。

夫は生前、いつも右ベンチの五列目の中央通路側、つまり中央通路を挟んでエルフリーデの〝隣〟に座るようにしていた。なぜなら、男女は別々に座るよう定められていたからだ。左ベンチが女性、右ベンチが男性。少なくとも真面目な夫婦にとっては、それが自明のことだった。だが最近では、手をつないで教会にやってきては同じベンチに並んで座る夫婦もいる。エルフリーデは、そういう夫婦を見るたびに頭を振った。彼女は生まれてこのかた、一度も右ベンチに座ったことはない。女性は左ベンチに座る、そういうものなのだ。でも、なぜそうなのかと訊かれたら答えられなかった。

エルフリーデ・ジーバーが両側のベンチを見てまわる。今日は席を選ぶのが難しかった。葬儀には家族や親戚が詰めかけるので、人でごった返す。こんなのは教会じゃなくてただの人混みよ、とエルフリーデは思った。しかし、前の三列はほとんど誰も座っていなかった。そこに写真で見たことがあるヴァハターの娘たちがいるのを見かけた。しかも二人は右側に座っていた。

葬儀には、エルフリーデがヴァハターの家で会ったことがある人がたくさん来ていた。

同僚や友達や知り合い。市長も総務部長を引き連れて参列していた。ヴァハターは有力者だった、とエルフリーデが誇らしげに思う。そして横目で、左ベンチに座っている一人の人物のほうを見た。シニアお茶会で知り合ったリナ・リートミュラーだった。思わず手を振りたくなる。普段ならすぐにも彼女に駆け寄っただろうが、今日はやめておいた。思わず手を振りたくなる。自分は、ヴァハターの家族も同然なのだ。そこで、ヴァハターの娘たちがいる列の次の列に座ることにした。だが、座ったのはもちろん左ベンチだった。座るやいなや、ハンカチを取り出し、周囲に聞こえるくらい嗚咽して泣き始めた。娘二人が振り向いた。エルフリーデは悲しみにくれた顔で、娘たちのほうにうなずいてみせた。

★　★　★

葬儀の最中、クルフティンガーは自分の葬儀は今日の牧師とは別の人間に執り行なわせるよう遺言書に書いておこう、と思った。彼は教会の最後方の出口の前に立って、葬儀を見ていた。席がなかったわけではない。葬儀にはめずらしく教会は人であふれていたが——野次馬も多かった——それでもまだ座れる席はあった。しかし少し距離を置いて葬儀を見たかったので、立っていることにしたのだ。

牧師はたった今説教を始めたところだった。説教だと！　こんなのは説教ではない、とクルフティンガーは思う。もちろんいつも教会に通っているわけではないが、それでも刑事局の部下や同僚よりは多く足を運んでいた。音楽隊に興味を持ったのも、教会に行ったことがきっかけだった。教会では祭事や〝大神事〟が長々と行なわれるのが常だが、それはまったく気にならなかった。教会にいるだけで、クルフティンガーの頭はよく働くようになるのだ。だが、それはなぜか儀式が行なわれている最中に限られていた。一度大きな問題を抱えたときに、解決策が見つかると期待して人のいない教会に行ってみたことがあるが、うまくいかなかった。

　アルトゥスリートの牧師が説教をしている間は、考え事に没頭することができた。それは、牧師が話す内容が十年、いや十五年前から変わっていないからかもしれない。ときには牧師も、話のまくらに中東問題や最近人気のテレビ番組を取り上げたりすることもある。そんなときは聞き耳を立て、考え事をやめ、注意をそちらに向けようとするのだが、すぐに牧師の話は内容のないただの音の流れに変わってしまう。クルフティンガーは、牧師の秘密を発見したただ一人の人間だった。これまでに何度も観察してきたが、それはいつも同じだった。牧師は、教会の時計に合わせて説教をする。原稿も見ないで話を始め、時を告げる鐘が鳴ってしばらくすると説教をやめてしまう。特に日曜日の十時半のミサでは、これが厳重に守られていた。最近ではこの鐘が、考え事をやめ、目の前の儀式に意識を戻す合図になっていた。そのパターンは今日も同じだった。説教の出だしに耳を傾けると、牧師がいつものように死者の人となりを上手に説明できず、短い紹介だけでごまかしていることに気づいた。そこで、クルフティンガーは考え事を始めた。

葬儀の参列者に目を向ける。ヴァハターの娘たちは、刑事局で見たときのような気丈さをなくしているようだった。父親を亡くしたショックを、今になってようやく感じているのかもしれない。参列者の中で、娘二人だけが心底取り乱しているように見えた。いや、もしかしたら若い娘たちのそばに座っているエルフリーデ・ジーバーも同じ気持ちなのかもしれない。

仕立てのいいダブルブレステッドの濃い灰色のスーツを着て、中央の席に座っているバルチュに目をやる。彼の横にはシェーンマンガーが、さらにその隣にはスーツを見事に着こなした金髪の若者が座っていた。それはシェーンマンガーの息子なのだが、クルフティンガーはこれまで一度も彼を教会で見かけたことがなかった。見知らぬ人間は他にもいた。友達や家族に殺人事件の被害者の葬儀に参列してきた、と言いたい人間がたくさん来ているのだ。そう考えると、心がちくりと痛んだ。

クルフティンガーはさらに教会を見渡すが、他に興味を引かれる人間がいないので、仕方なく教会の中央付近の天井に目を向けた。天井に描かれた絵は、見るたびに素晴らしかった。だが、これが優れた芸術なのかどうかは知識がないために何とも言えなかった。それでも素晴らしい絵であることに変わりはない。描かれた教会の守護聖人、聖ブラジウスに目を止める。聖人はひだのある服をまとい、司教杖を持ち、後光をたたえ、身を前にかがめて二本のろうそくを子供に授けている。子供は驚いているように見えた。クルフティンガーは聖ブラジウスの伝説を知っていた。窒息しかけた子供に祈りを捧げ、命を救った逸話だ。兵士に捕えられた聖ブラジウスは牢獄で、魚の骨が喉に刺さって死にかけている子供の命を助けたという。確か、四世紀頃の話だった。クルフティンガーは、学校の宗教のテストではいつもいい点数を取っていた。だから、こうして聖ブラジウスの恩恵をありがたく受けることができた。牧師がこう述べるそのそばで。「聖ブラジウスに代わり、神が喉の痛みと悪から御身を守り給わんことを」

絞殺されたヴァハターの葬儀がこの教会で行なわれることになったのは、運命の皮肉と言ってよかった。クルフティンガーは、ヴァハターがこれまでに一度でも聖ブラジウスの恩恵を受けたことがあっただろうかと考える。受けたことはあったかもしれない。だが神が、ヴァハターを絞殺から守ろうとしたとはどうしても思えなかった。そう考えて笑い出しそうになった自分に気づいて、罪悪感を感じてあわてて祈りを捧げた。

★　★　★

エルフリーデ・ジーバーは、教会を出ようとした牧師に感謝の気持ちを込めてうなずきかけた。説教は素晴らしかった。今日も牧師は素晴らしい言葉を述べた、と思う。神と愛についての言葉……でも、それは牧師にしか見つけることができない言葉だった。エルフリーデはヴァハターの娘たちの横を通り過ぎ、墓地へ向かう人の列に加わった。外に出ると、昨日話をした警部がいることに気づいた。話しかけたかったが、警部が市長と話し込んでいたのでできない。仕方なく、うつむいて牧師のあとから墓地へと向かった。

★　★　★

教会の中での葬儀が終わると、クルフティンガーは誰よりも先に教会の外に出た。目立ちたくなかったということもあるが、何よりも参列者をじっくりと観察したかったからだ。教会の表玄関を出て墓地の入口前まで行くと、霧雨が降り始めた。背広の襟を立てる。妻がこれを見たら、そんなことをしていったい何になるの、と言うに違いない。だが無防備に雨にさらされるよりはましだろう。

墓地の入口の前には、すでに教会の儀式をはしょって埋葬だけに参列する人が何人か集まっていた。牧師の説教を聞き飽きた人たちに違いない。

クルフティンガーは、そこにいたエレガントな身なりの男女を観察した。ヴァハターのゴルフ仲間なのだろう。「こんにちは」と言ってみたが、誰も反応しなかった。すると突然、誰かに肩を叩かれた。「おまえも来ると思ってたよ」と低い声がする。音楽隊の第一トロンボーン奏者パウルだった。

クルフティンガーがため息をつく。知り合いに出会ったことはうれしかったが、次に何が起こるか予測できたからだ。それはすぐに始まる。「なあ」パウルが暗い声で言い、肩に手を回してくる。「捜査はどこまで進んでるんだ？　具体的に何かわかったのか？」

クルフティンガーが訴えかけるような目で相手を見つめる。

「パウル、俺が何も教えられないことくらい、おまえもわかってるだろう」

「ちょっとくらいいいじゃないか。容疑者がいるかどうかくらいは教えてくれてもいいだろう？」

「捜査はいろいろな方面で進んでいる。具体的なことは、まだ何も明らかにされていない」

そう言ってはみたものの、これだとローデンバッハーが報道陣に対して何も言いたくないときによく使うセリフみたいだ、と思った。

パウルにも、そういう印象を与えてしまった。「俺と話すときに報道陣の前にいるみたいに話さなくてもいいだろう」パウルはそう言って、教会の入口に陣取っているアルゴイのローカルテレビ局チームのほうへ顔を向けた。ここにまで来ているのか。クルフティンガーは報道陣にちらりと目をやった。

「なあ、パウル、あの夜のことなんだけど、バタバタしていて連絡できなかったんだ……」クルフティンガーが話をそらそうとする。

「もちろん、わかってるさ。殺人事件が起きた夜だからな。でも、電話一本くらいくれてもよかったんじゃないか」パウルは怒っているように見えた。電話しなかったのは、事件について話したくなかったからか、それとも音楽隊の練習に参加したくなかったからなのか、クルフティンガー自身にもよくわからなかった。おそらく、両方の理由で電話しなかったのだろう。

そこで「ピー」と口笛が聞こえたので、話が途切れた。音楽隊で管楽器を担当する三人が、パウルに向かって手を振っている。「あとでまた話さないとな」と、きつい口調でパウルが言った。

クルフティンガーもパウルについて教会の正面玄関へ戻った。三つの扉から、人がどんどん流れ出てくる。その中に、市長のディーター・ヘシュもいた。クルフティンガーは市長が来ていることを知らなかった。市長に向かって軽く会釈する。市長はそれに気づくと、参列者の波を押しのけて警部のほうに近づいてきた。クルフティンガーは思わず逃げ出したくなり、助けを求めるように周囲をキョロキョロと見回した。

「やあ、クルフティンガー。元気か？ それで、捜査はどこまで進んだんだ？」ヘシュはずけずけとものを言う男だ。

「やあ、ディーター、まあ、そこそこだな」

「そこそこ？ なんだその煮え切らない言い方は。手がかりはつかんだのか？」

クルフティンガーが市長を見つめる。左右に伸ばした口髭の先端を、カタツムリのようにカールさせている。バイエルンの伝統的なスーツを着ているせいで、普段より一層ヒョロヒョロして見える。滑稽としか言いようがない。実は、市長はブレーメン出身だった。口髭と民族衣装をいつも勲章のように身に着けている。自分は〝プロイセン人〟だが、バイエルン州の一市長として権力を委ねられたのだ、と主張したいのだろう。それともそういう人形劇みたいな衣装を着た自分をとても気に入っているだけなのかもしれない。

「ディーター、おまえも知っているだろう。今はまだ何も言えないんだ」捜査の極秘情報についてたずねられるのは今日二度目だったが、一度目同様、二度目もうまくかわそうとした。すると、市長の顔が怒りで赤くなった。

「クルフティンガー、俺を誰だと思ってるんだ。俺の前で警部面《づら》するのはやめてくれ。この市で事件が起きれば、俺には当然、極秘情報を知る権利と義務がある」

　ヘシュはクルフティンガーをにらみつけた。クルフティンガーは、市長が激怒した話を何度も聞いたことがある。だからほとんどの者はおそるおそる市長と接していたが、クルフティンガーだけは違った。

「警察にも仕事上の権利がある」そう言って、市長の〝権利〟と〝義務〟の発言に反論した。クルフティンガーは、自分の担当した事件に関して、政治家から何かを言われることに慣れていなかった。彼がこれまでに担当してきた事件のほとんどは小さな事件だったからだ。同僚からは、助言や推薦やお願いという〝問題のない形〟で事件の捜査をコントロールしたがる人間がいると聞いたことはあった。しかし、クルフティンガーはそんな人間に出会ったことがなかった。内心、市長の不当な要求ですらコントロールとは思っていなかった。それどころか、市長が事件に興味を持つのは理解できた。事件が起きたのが自分の市の中なのだから当然だった。しかしクルフティンガーは、ヘシュが自分を、政治家として市長以上の地位に就く能力のある人間と思い込んでいるという噂も聞いたことがあった。州議会議員や連邦議会議員の座を狙っているという。党の幹部になるという噂すらあった。要するに、ヘシュもクルフティンガー同様、スキャンダルを避けたがっているのだ。むろん、二人がそう思う理由は違うものではあったが。

そうは言っても、クルフティンガーは市長に対する態度をすぐに変えるわけにはいかなかった。市長が何か言い返そうとして息を吸い込んだそのとき、警部は唇に人差し指を当てると顎をしゃくって、教会の正面玄関に目を向けた。牧師もヴァハターの娘たちも他の参列者と一緒に教会を出て、墓地に向かっていた。警部も一行に続いた。市長がうしろでブツブツ言っているのが聞こえた。内容は理解できなかったが、ローデンバッハーという言葉だけは聞き取れた。

参列者が墓地に集まったときもまだ霧雨は降り続いていたが、そのときほんの短い間、太陽が顔を出した。そのおかげで、山の上に虹がかかった。フィリップ・ヴァハターの墓は第三高台の墓地の入口前にあった。そこからは、天気がよければ周囲の山々の頂上も見渡せた。虹は、ツークシュピッツェの山頂から親指ほどの高さで弧を描いていた。クルフティンガーは、こんな墓地よりもツークシュピッツェの山頂に立っていたいと思った。そして、山頂に立つ自分の姿を思い描いた。山の空気を胸一杯に吸い込む。山頂で登山者が手を振っている。また手を振る、手を振る、手を振る……。そこで、クルフティンガーは夢想から覚めた。現実の世界に、自分に向かって手を振っている人物がいたからだ。

★　★　★

エルフリーデ・ジーバーはヴァハターの娘たちのあとに続いて、まだ土を入れていない墓に向かった。大きな穴のそばに置かれた檀の上に、棺桶が載せられていた。エルフリーデは中を見てショックを受けた。彼女の第二の居間とも言える場所で起こった犯罪の残酷さを痛感したからだ。体の隅々まで衝撃が行きわたった。もしあの日、あの家で仕事をしていたらどうなっていただろうか？　犯人が身を屈めて、死んだヴァハターを見ているときに自分が居間に入っていたら？　そう考えると、急に気分が悪くなった。フィリップ・ヴァハターだけでなく、自分の葬式もここで行なわれていたかもしれないなんて……。

エルフリーデは周囲を見渡し、別のことを考える機会を与えてくれるものがないかと探した。そうでもしないと、不安とショックで墓穴に落ちてしまいそうだった。そんなことになったら、首の骨を折るか、恥ずかしさに耐えられなくて死んでしまうかのどちらかだろう。

そのとき、エルフリーデは虹が出ていることに気づいた。ああ神様、なんて美しいのでしょう。これは何かの知らせに違いないわ。彼女は、虹を橋に見立てて、その橋を渡っていくフィリップ・ヴァハターが天に昇っていくところを想像した。ヴァハターの魂が虹の上を進むのを目で追う。虹の先端のある谷底からだんだん上へと昇っていく……。その瞬間、不意にあたりが静かになった。少なくとも、エルフリーデはそう感じた。まるで、周囲の雑音が一瞬のうちに消えてしまったかのようだった。というのも虹の真ん中に、他の参列者とは付かず離れずの位置に、一人の男が立っているのが見えたからだ。エルフリーデが知っている男だった。事件の前日に、ヴァハターの家を訪れた男だ。

もちろん、ヴァハターの家に誰かが訪ねてくるのは珍しいことではなかった。エルフリーデは、雇い主の友達と同僚の顔はみんな知っていた。しかし、その日の訪問客の顔は知らなかった。ヴァハターが客を招くのは、たいていエルフリーデがいるときだったのに、わざわざいない時間に招いたというのも妙だった。ヴァハターは家政婦が来ない日に恋人を家に呼んでいたらしいが、エルフリーデはそれを信じないようにしてきた。掃除をしているときに、女性を家に招いた証拠――たとえばシルクのストッキングとか――を何回か見つけたことはあったが、見て見ぬふりをするようにした。

それはともかく、犯行の前日にやってきた男は普通の訪問客ではなかった。その日ヴァハターは、大事な用があるから午後には家に帰るようにと、エルフリーデに指示した。エルフリーデは何の用事かは訊かなかった。そんな好奇心は持ち合わせていなかったからだ。とはいえ、関心がまったくなかったわけではない。そこで買い物のあと、ヴァハターの家にもう一度戻った。そのとき、居間から男の怒鳴り声が聞こえた。扉の隙間から――偶然にも――若い男性の顔が見えた。その男が今、虹の下に立っていた。

エルフリーデは、男の顔を初めて見たときから怪しげだと感じていた。黒い目に太くて黒い眉毛。それは今でもよく思い出せた。豊かな髪も黒だった。また、背が高いことも印象的だった。男の顔を見てしまったエルフリーデは、マンションを急いで出ることにした。ヴァハターに見つかり、聞き耳を立てていたと誤解されるのが嫌だったからだ。

なぜこんな大事なことを今になって思い出したのだろうと考えてみるが、年のせいだと自分を納得させた。そして今、あの日見た男が数メートルしか離れていない場所に、どこか白けた様子で立っていた。男は埋葬をまともに見ていなかった。なぜかはわからなかった。そして、気づいた。男は悲しんでいないからだ。

どうしよう? エルフリーデは、警部から強く言われたことを思い出した。どんな小さなことでも、気づいたら必ず報告すること。しかも今、彼女が気づいたことは、小さなこととはとても言えなかった。

警部! そうだ、彼も葬儀に来ている。エルフリーデは教会から出るとき、警部の姿を見ていた。そこで、参列者に目を向けた。警部はどこにいるの？　棺桶のすぐそば、前列にいる家族や関係者の中にはいない。他の知人の中にもいない……いた！　警部が見えた。墓を挟んで向こう側の、左後方に立っている。エルフリーデが立っているところから見ると右側、虹が出ているほうだ。警部は男を怪しむだろうか……？　それはない。なぜなら、警部は彼のことを知らないからだ。

でもいったいどうしたら、二十メートルも離れた場所に要注意人物がいると警部に伝えられるだろう？　何もしなければ、警部が男に気づくことはありえない。エルフリーデは一つの方法しか思いつかなかった。コートのポケットから手を出し、その手を腰の高さまで上げ、身体からなるべく離さないようにして振った。

クルフティンガーは目の前の景色が変化したのに気づいて、いったい何が変わったのだろうと眉をひそめた。そのとき、手を振っている女が目に入った。ヴァハターの家政婦だった。何という名前だったろう？　ビーバーじゃなくて、ジーバーだ。ジーバーが――ファーストネームは思い出せない――元の雇い主の墓のそばで手を振っていた。滑稽な光景だった。黒いコートを着て、小さな帽子をかぶった華奢な老女が夢中で手を振っている。クルフティンガーはうしろを振り向いた。誰もいない。そこで警部は気づいた。彼女は自分に手を振っているのだ！

クルフティンガーは事情がわかって顔を赤らめた。ばつが悪かった。目立たないように、わざと参列者から距離を置いていたのに。家政婦には気づかれたくなかった。だが、見つかってしまった。警部は軽く会釈をしてあたりを見回し、他に彼女が手を振っていることに気づいた者がいないかを確認した。

そして、また視線を戻したところで、クルフティンガーは青くなった。家政婦はまだ手を振っている。何てこった。

牧師が別れの祈りを捧げ、それに合わせて参列者が一斉に頭を下げた。その間に、クルフティンガーは家政婦に向かって三度か四度、激しく手を振った。そうすれば、家政婦も満足して手を振るのをやめるはずだと考えたからだ。

するとしばらくの間、家政婦は確かに手を振るのをやめた。ところが「……永遠の光が御身を照らさんことを。アーメン」という牧師の祈りのあと、下げた頭を元に戻すと、家政婦は手こそ振ってはいなかったが、今度は頭をさっきと同じくらい目立つ形で振り始めた。家政婦の目は警部を見つめていた。

クルフティンガーの体がかっと熱くなった。あの女は、どうしても俺の気を引きたいのか？　家政婦の横にいる中年の女性も彼女のおかしな行動に気づいたようだ。ところが彼女も家政婦と短く話をすると、突然同じ行動を始めた。クルフティンガーは我慢できなくなった。胸の前で十字を切り、黙禱を捧げるように深く頭を垂れた。そして、目が痛くなるほどの上目づかいで、家政婦の行動を下から観察した。彼女が動きを止めたのが見えたので、ほっと胸をなで下ろす。一度深呼吸してから、頭を起こした。ところが、身を起こした瞬間、家政婦がまた頭を振り始めた。こんな状況でなかったら、クルフティンガーは、とっくに笑い出していたに違いない。それくらい家政婦の行動は変だった。下顎を突き出し、その顎の先端を下から上に弧を描くように持ち上げ、最後にすばやく右上に突き出している。それを何度も繰り返すのだが、それをやるたびに家政婦は目を見開き、苦しげな顔つきになった。目はぴたりと警部に据えられている。

あの家政婦は合図を送っているように見える。だが、何の合図なのだろう？　何か言いたいことがあるのか？　クルフティンガーは左右を見渡したが、何も変わったことは起きていない。こうなったら仕方がない。「すみません」と蚊の鳴くような声でつぶやきながら、参列者の群れを潜り抜けて、ジーバーのいるほうへ向かった。墓に近づくにつれて人の数も増え、周りから奇異の目で見られた。家政婦もこっちに歩いてきてくれればいいのに、とクルフティンガーは思った。

ようやく家政婦のもとにたどり着いた。「いったい何なんです？」と、警部はかすれた声で言った。それが思ったよりも大きな声だったので、牧師にジロリとにらまれてしまった。

「あの、おど、おどご」ジーバーが小声で言ったが、腹話術師のようにほとんど口を開けないので、クルフティンガーには理解できなかった。

「何を言っているのかわかりません。もっとはっきり話してください」とイライラしながら警部は言った。

「あの男。あの男を知ってるんです」家政婦が前よりもはっきりと答えた。

「誰を？」家政婦は返事の代わりに、頭を左から右に振り、下顎をとある方向へ突き出した。クルフティンガーはそちらに目を向けたが、家政婦が誰のことを言っているのかまだわからなかった。

「あー、もう、いったい誰のことを言ってるんだね？」クルフティンガーが声を荒らげる。

「あそこ、あの男よ！」家政婦が突然叫んで指差した。参列者が一斉にビクっとして、警部と家政婦のほうに目を向けた。

クルフティンガーは息をのんだ。血が上って頭がカッカとしてくるのをなんとか無視して、ジーバーの右手の人差し指が示している方向を見た。家政婦が誰のことを言っているのか、すぐにわかった。墓のうしろには人が少なかったせいもあるが、それだけではなかった。男が、〝まずい、見つかった！〟という目をしたからだ。男の目は驚きで見開かれていた。クルフティンガーはこれまでにも、それと同じ目つきを犯人逮捕の際に何度も見たことがある。参列者たちも同じ方向に目を向けたが、家政婦が誰のことを指しているかはわかっていなかった。しかし、クルフティンガーにはわかった。相手も、警部だけがわかっていることを理解した。警部はゆっくりと体の向きを変えた。

「動くな！」クルフティンガーが叫ぶ。「そこを動くな」

男はこちらに背を向けることなく、突然走り出した。右方向、墓地の出口がある方向へ。クルフティンガーもすぐに反応した。勢いよくエルフリーデ・ジーバーを押しのけ、「どいて、どいて」と言いながら、墓のそばにいる参列者を肘でかき分けて進もうとした。だが、参列者は道を開けるために動こうとはしなかった。誰もが仰天して身をこわばらせ、立ち往生していた。そこでクルフティンガーは本能のままに行動した。参列者の群れを押しのけたところで、思いがけず牧師の胸に衝突する。よろけた牧師が祈禱書を落とし、それがぶつかった聖水桶がひっくり返ったが、意に介さなかった。ようやく人の群れから抜け出すと、男が走り去った方角を見た。男は下の墓地へ降りる階段を駆け下りようとしているところだった。階段は、クルフティンガーがいる場所からは生垣に隠れて見通せなかった。

急がなくては、男を捕まえることはできない。だが、男はクルフティンガーよりも明らかに若いので、逃げ足は断然早い。そこで近道を通ることにした。いくつかの墓を飛び越え、先回りして階段に近づく。男の姿は見えなかったが、遅れは取り戻せたはずだ。もはや階段とクルフティンガーを隔てるものは、しおれた花輪が飾られた、土を盛ったばかりの新しい墓だけだった。それを飛び越えようとする。

しかし飛んですぐに、飛び越えられないことがわかった。湿った砂利を踏み台にして飛び上がろうとして足を滑らせ、上体がうしろに傾いてしまったのだ。墓の真ん中くらいで、ジャンプの勢いがなくなっていくのを感じる。墓の上にまかれた花びらに、自分が近づいていくのがわかる。雨に濡れた新鮮な土の香りもしてくる。その瞬間、クルフティンガーの体は大きな音を立てて墓の上に落ちた。大きな音がしたのは、完成前の墓に置かれた木製の仮の十字架の上に落ちたせいだった。膝に何かが刺さるような痛みを感じると同時に、目の前で緑の星がチカチカとまたたいた。

一瞬、あたりは静けさに包まれた。のちにクルフティンガーはこの瞬間のことを、冗談めかして死の静寂と呼ぶようになるのだが、落ちた瞬間は冗談などとても言える状態ではなかった。立ち上がろうとしたが、足に力が入るまでは土をただ蹴っているだけだった。ようやく隣の墓石に手をついて体を支えると、よろめきながら立ち上がった。足をひきずりながら階段まで行く。男の姿はもうなかった。

クルフティンガーが罵り声を上げた。右足がひどく痛い。膝を押さえ、足をひきずりながら階段を上る。上り切ると、参列者の驚きの眼差しに迎えられた。口をポカンと開け、目を見開いて、声もかけられないといった風情だ。クルフティンガーは、自分の姿を確かめた。ズボンは墓土で黒く汚れ、靴は二つの大きな泥の塊のようになっていた。スーツのジャケットはもっとひどい状態で、左の袖は肩のあたりで破けていた。おそらく立ち上がろうとしたときに、木の十字架につかまったからだろう。十字架に貼ってあった、亡くなったばかりの老女の写真まで袖にくっついていた。クルフティンガーは、毒虫でも見つけたみたいに、とっさに写真を袖からはらい落とした。写真が地面に落ちると、誰かが悲鳴を上げた。クルフティンガーがあわてて写真を拾い上げ、それを下の墓地の荒らされた墓の上に落とした。

目の粗い生地でできたコートには、乾燥した花や葉がこびりついていた。

クルフティンガーはこれが夢であることを願った。今は大勢の人から見つめられてはいるが、それもいつかは目が覚めて終わるはずだ。だが、目の前の現実は終わってくれなかった。人々の目はなおもクルフティンガーに注がれていた。震える手でコートについた花や葉をつまみ取り、それをさっきまで自分が寝そべっていた墓の上に振りかけた。どうしていいかわからずに、痛めていないほうの足で道の土を片づけた。なんとか笑おうとしたが、しかめっ面しかできなかった。

クルフティンガーは、石のように硬直した参列者の顔を一人一人眺めていった。中には批判がましい顔つきをした者も何人かいた。やがて、よく見知った顔に行き着く。トロンボーン奏者のパウルだ。伸ばした腕に、トロンボーンをぶら下げている。

「吹いてくれ」クルフティンガーが小さな声で言う。パウルは知らん顔をする。だが、警部のすがるような目を見て、音楽隊のメンバーに演奏開始の合図を送った。管楽器から出

そひそ話し始めるが、残りの者は胸の前で静かに十字を切った。みんなが突然、動き出す。何人かはひ

る音が人々の緊張を解くきっかけになった。みんなが突然、動き出す。何人かはひそひそ

クルフティンガーはとにかくこの状況から逃れたかった。急いでエルフリーデ・ジーバーがいる、人々の群れにもぐり込み、彼女の腕をやや強引につかむと、墓から離れた場所へ連れて行った。そのそばを、牧師が祈禱書についた水を祭服の袖でふき取りながら通りかかった。クルフティンガーは牧師の顔を見ようともせずに、声を荒らげて言った。「葬儀を続けてください」そして、エルフリーデを連れて上の墓地へ続く階段を上った。そこなら生垣で囲われていて、他の人からは見えない。そこでようやく、家政婦の腕から手を放した。

クルフティンガーは話を始める前に大きなため息をついた。「ジーバーさん……」家政婦が怯えているので、声を荒らげないよう精一杯優しく語りかけた。女は小刻みに何度もうなずくだけだった。

「あの男は誰なんです?」

家政婦が肩をゆっくりとそびやかして、〝知らない〟という仕草をする。

なんてこった、とクルフティンガーは思ったが、それでも冷静に訊き返す。「知らないんですか?」

「し……知りません。でも、あの、一回だけ見たことがあります」ジーバーが徐々に落ち

着きを取り戻していく。

「あの男は誰なんですか？」クルフティンガーは強く言い、下の墓地を指差した。

「一度、一度だけ見たんです。偶然。事件の前日でした。あの人がヴァハターさんに会いにきて、ケンカが始まったんです……」家政婦が目を見開く。「警部さんはあの男を犯……？」言葉につまったのは、家政婦にはさっきまで犯人と向き合って立っていたという事実を認めたくない気持ちがあったからだ。

「畜生」クルフティンガーはそう吐き捨てると、携帯電話をズボンからひっぱり出した。刑事局の番号を押すと、自分の失態に対する激しい怒りが湧き上がってきた。俺は犯人を逃がしてしまったのか？　男が犯人かどうかはわからない。だが、何らかの形で事件に関係しているのは明らかだった。そうでなければ、逃げたりはしなかっただろう。呼び出し音が鳴り、局員の誰かが電話に出るのを待つ。その間に、今にも泣き出しそうなエルフリーデ・ジーバーに向かって、「ご協力ありがとうございました」と声をかけた。

★　★　★

それから十五分と経たないうちに、クルフティンガーは部下に取り囲まれていた。二台のパトカーが墓地の入口の前に停まり、一人はその横で待機し、もう一人はパトカーの中でジーバーと話をしていた。実は、警官たちは葬儀中すでに墓地の出口で待機していたのクルフティンガーは刑事局に電話して、男の追跡を要請しようと思ったのだが、電話で局員と話している間に、男についての情報が何もないことに気づいた。少なくとも自分はこの目で男の顔を見たのだから、今はそれを思い出すことに専念するしかなさそうだ。

シュトローブルとマイアーも墓地に来ており、ヘーフェレは刑事局で待機中だった。

「リヒャルト」クルフティンガーがマイアーに訊く。「葬儀はもう終わったのか？」

「もう少しで終わると思います。最終楽章ってとこですかね」マイアーは何気なくそう言ってから、音楽隊に所属する上司にピッタリの言葉を選んだことに気づき、得意気に笑って見せたが、警部は何の反応も示さなかった。

「葬儀が終わったら、参列者全員のリストを作ってくれ。何か手がかりがつかめるかもしれない」

マイアーはうなずくと、ヴァハターの墓へと向かった。歩きながら、またボイスレコーダーに向かって何か話している。

「容疑者のモンタージュ写真をできるだけ早く作りたい」とクルフティンガーがシュトローブルに言った。「署に電話して、準備するよう伝えてくれないか」

「もう伝えました」

「オイゲン、助かる」クルフティンガーがシュトローブルの肩を叩いた。こういうときに信頼できる部下がいることがうれしかった。

突然、墓地の下段から大きな声が聞こえてきた。「みなさん、聞いてください。まだ帰らないでください。個人情報の提示をお願いします。また、事件解決に役立つ何らかの情報をお持ちの方はお知らせ願います」

それは墓地全体に響き渡るようなマイアーの声だった。クルフティンガーとシュトローブルは、マイアーの大声を止めようとあわてて階段を降りた。今の状況では、関係者に対してもっと気を遣う必要がある。二人は、角を曲がったところで見えた光景に、目を疑った。マイアーが参列者の注意を引こうと、さっきまで棺桶がのっていた壇の上に立っていたのだ。こいつは一度も葬式に出たことがないのか？　怒りで顔を真っ赤にして、クルフティンガーがシュトローブルを見た。

「私にまかせてください」シュトローブルが警部をなだめる。

クルフティンガーは、ため息をついてうなずいた。これが今の最大の問題ってわけじゃないんだから、ムキになる必要はないと自分に言い聞かせた。パトカーに戻ろうとすると、うしろから激怒した女の金切り声が聞こえてきた。「こんなこと、耐えられないわ。もう嫌。犯人が見つからないのは、警察が無能だからなのに、それを棚上げにしてお葬式を台無しにするなんてひど過ぎる」ヴァハターの娘たちがクルフティンガーを追いかけてきた。声を張り上げているのは姉だけだったが、二人とも怒っているのは明らかだった。

「刑事局に、警部さんについての苦情を申し出るつもりです。これはもう確定ですから」

そう言って、妹も姉の肩をもった。クルフティンガーは冷静さを保とうと努めた。葬儀の前までは比較的落ち着いていた娘たちでさえも、今は悲しみに暮れているのだ。特に姉のほうはそんなふうに見えた。それでも、これは少々言い過ぎだ。

「聞いてください」クルフティンガーが冷静に、しかも自分でも驚くほどキッパリと娘たちに説明した。「一度だけ言わせていただきます」「私の任務は、お父様を殺害した犯人を捕まえることです。そのためにはどんなことでもします。冷静に考えればご理解いただけるでしょうが、お二人は可能な限り私に協力すべき立場にいるのです。もしご協力いただけないなら、警察はあなた方を捜査の妨害者、いや、それどころか容疑者と見なすかもしれません」

最後の部分は言うのがためらわれた。この言葉のせいで、あとで問題が生じる可能性もあった。墓地で男を捕まえ損ねたことは問題にはならないだろう。やれるだけのことはやったのだから。だが今の発言は……クルフティンガーは姉のほうに目を向けた。姉は啞然とした表情だった。

すると予期せぬことが起こった。姉の目から涙があふれ出したのだ。涙腺が完全にゆるみ、クルフティンガーの目の前で泣き崩れた。女が泣き始めると、警部といえどもどうしていいかわからない。だからとりあえず、理性的な人間ならすると思われることをやってみた。彼女に歩み寄り、肩に手をかけた。

　翌週、クルフティンガーの気分は歓喜と憂鬱の間を行ったり来たりする状態だった。具体的な手がかりを得て喜ぶ一方で、それをもとに捜査しても何も進展がない、という状況に陥ったのだ。葬儀のあとすぐに、逃げた男のモンタージュ写真を作成し、多くの人にその写真を見せてまわったが何の情報も得られなかった。クルフティンガーは、墓地で男を取り逃がしたことを悔やんだ。警察病院の医者にテープをグルグル巻きにされた膝はまだ痛んだ。だが、あの日に受けた痛みの中で、すぐにも記憶から消し去りたいものは膝の痛みだけではなかった。

　クルフティンガーが葬儀での騒動について話すと、妻は「人の葬式を台無しにするなんて、それが最近の警察のやり方なの……」とショックを受けた様子だった。妻は体裁を気にしていた。葬儀が終わって半日もすると、墓地での騒動は町中に知れ渡るに違いない。買い物に行くと、きっと好奇の目で見られるようになる、と妻は思い込んでいた。

「少なくとも俺は殺人犯じゃない、殺人犯を追っている人間だ」クルフティンガーは皮肉を込めて、妻の批判に反論した。だが実は、自分でもそれほどわり切れているわけではなかった。部下や同僚は墓地での騒動については一切触れようとしなかったし、友達も騒動についての話を避けていた。それが逆に不愉快だった。気まずかった。それ以上に、気ま

★　★　★

ずく感じている自分に腹が立った。

しかし一番腹が立つのは、あんな騒動まで起こしたのに、何の結果も得られなかったことだった。墓地にいた男は何者だったのか？　男は事件の前日、どんな理由でヴァハターと口論したのか？　家政婦がもっと好奇心旺盛に聞き耳を立てていたらよかったのに、と警部は思った。

男の追跡と同時進行で、ヴァハターの女性関係についての調査も進んでいたが、捜査の手がかりになりそうなことはまだ見つかっていなかった。何人かの元恋人を探し当てたが、犯人とは思えない女性ばかりだった。それでも、ヴァハターの派手な女性関係の証拠は突き止めることができた。とにかく何か役立ちそうな情報があるかもしれない、と捜査を続けていた。

もしかしたら、もしかしたら、もしかしたら……。だが、一週間経つと、捜査が一向に進んでいないことを認めざるをえなかった。

その一方で、家では妻が「あなたが行かないなら、私はあなた抜きで旅行に行く」とクルフティンガーにさらに圧力をかけていた。妻が夫を置いて旅行に行くなどということはこれまで一度もなかった。アンネグレートと旅行に行くと知らされたとき、警部はショックを受けた。それでも、自分のせいで夫婦同伴の旅行はあきらめざるをえなかったのだから、妻を責める資格は自分にはないと思うのだった。

実は、妻はそれでもまだ報復が足りないとでもいうように、〝餞別〟として別のものを用意していた。夫を残して旅立つ妻二人の門出を祝って、なんと妻とアンネグレートは夫同伴の夕食会を開く予定を立てていたのだ。しかもそれが、土曜日の今日だという。

★　★　★

クルフティンガーは昼寝から目覚めると、まだ少し腫れている膝をさすりながら風呂場に行こうとした。すると、あまり嗅いだことのない変な臭いがするのに気づいた。その臭いは台所からきていた。台所では、妻が鍋と野菜と食器の山に囲まれて立っていた。

「何かあるのか？」クルフティンガーが訊く。

「言ったじゃない。今晩、ラングハマー夫妻が来るって……」

「そうだったな。忘れることなんてできないさ」

妻は夫の皮肉を無視する。

「……それで、今日は特別な料理を作ってるの」

「何を？」夫が疑わし気な目で、台所に置いてある食材を眺めた。大量の米とタマネギと緑色の正体不明の野菜と、どうやら貝であるらしい黒光りする物体。クルフティンガーはその貝が食用ではなく、デコレーション用であることを願った。そして、ザリガニ。緑がかった灰色の生きものはコンロの横のまな板の上に転がっていて、死んだ目で台所をじっと見つめていた。体からは触角か触手か何だかわけのわからないものが、四方八方へ飛び出していた。クルフティンガーは嫌な予感がした。

「海鮮パエリヤよ」妻は小鳥がさえずるような声でそう答えて、タマネギを刻んだ。

「何だ、それは?」

「パエリヤよ。スペインの伝統料理」夫に目も向けずに答える。

「そいつも……そのザリガニも入れるのか?」夫が慎重に訊く。

「これは大エビよ。もちろん入れるわ。イカもね」そして流しに置かれたナイロン袋を指差した。「あと、その貝も」

畜生、貝もか。スライムみたいな生きものがずらりと皿にのって出てくるのを想像しただけで鳥肌が立った。

「パンとハムの盛り合わせも作ったほうがいいんじゃないか?」クルフティンガーが渋い顔をして言う。

妻は答えない。「エリカ? パンとハムの盛り合わせも作ったほうがいいんじゃないか、って言ってるんだがね」

やっと妻が振り向き、こわばった顔を夫に向けて言った。「作らないわ」そしてまたすぐに料理に戻り、小鳥のような声で、いかにも楽しそうに鼻歌を歌い始めた。

「流しにあるナイロン袋を取ってくれる?」妻が夫に頼む。

クルフティンガーはちょっとためらったが、顔を背けて指先だけで袋をつかみ、それを妻のところに持って行った。中にイカ、いわゆる海の化け物が入っていると考えただけで胃がムカムカしてきた。袋を妻に手渡すときに、値札の数字が目に飛び込んできた。「おまえ、バカなのか？　それとも、頭がどうかしちまったのか？」思わず口走ってしまう。「十五ユーロも、こんな……ネバネバした……化け物に払ったのか？」

そこでとうとう妻の怒りが爆発した。妻は包丁を思いっきり、まな板の上に振り下ろした。夫から袋をひったくると、中のイカを取り出して、夫の鼻先に突きつける。「聞きなさいよ」妻が怒りの金切り声を上げる。「月曜日から私、旅行に行くわ。あなたは時間がないから置いていく。ありがたいことに、アンネグレートが一緒に行ってくれるの。だから今、彼女への感謝の気持ちを込めて料理を作っているわけ。この料理が高級過ぎると言うなら、私がいない十日間はパンと水だけで過ごしなさいよ。さあ、ここまで言われたらあなただって何も言えないでしょう。それでもまだ文句を言うなら、私、もうこの家に帰ってこないから」妻は一言言うたびに手に持ったイカを夫の顔の前で振り回した。イカの足が四方八方にブラブラして、まだ生きているように見えた。

クルフティンガーがつばを飲み込む。この状況で間違った言葉を口にすれば、とんでもないことになる。だから、胸のムカつきを我慢して声を絞り出した。「もう何も言わないよ。俺はただ……」

「それなら、魚料理の本をこっちに持ってきてよ」話をはぐらかすように、妻が言った。

「どこにあるんだ?」夫が小さな声で訊く。

「本棚にない?」不愛想に、妻が訊き返した。

夫は居間にある本棚の前へ行く。そして一目見て責任重大な大仕事をまかされたことに気づいた。本は縦にも横にも積み重ねられ、大きな本の隣に小さな本が、分厚い本の隣に薄い本があったりする。この混沌の中に小さな秩序を見つけ出すのは至難の業に思えた。

「何だよこれは。本棚の整理くらいしろよ」クルフティンガーが愚痴を言う。

「何か言った?」妻が台所から叫んだ。

「すぐに見つかる、って言っただけだ」と夫が小さな声で答えた。そして、本を探し始めた。

『七本のヤシの木の秘密』という本がまず目に飛び込んできた。その横には『コサックの愛』。どちらも、あのハインツ・G・コンザリクの本だ。さらに『ヤコブの女たち』や『無敵の女』といった男社会批判のウッタ・ダネラの著書や、映画化されたのでクルフティンガーも知っているピルチャーのいくつかの作品が目に留まった。妻がこういうくだらない作品を読んで何を感じているのか、クルフティンガーにはよくわからなかった。だが『海辺の夏/突然の出会い——二作収録』というタイトルを見て、「よし」とうなずいた。妻が二作収録本を買って、節約しようとしたことがわかったからだ。節約は、妻に身に付けてほしい習慣の一つだった。この二作はドラマ化されていて、クルフティンガーは両方とも大嫌いだった。妻にイギリスへ旅行に行こうとせがまれ、その後この二作の舞台がイギリスのコーンウォールであることを知ったのだが、だから嫌いになったわけではない。クルフティンガーは妻の節約嫌いと張り合えるほど、根っからのイギリス嫌いだった。これまでイギリス人とは少なからず知り合いになったが、それでイギリス嫌いが変わることはなかった。スキー場ではしょっちゅう、ジーンズをはき、ぎこちない動きで無鉄砲に滑る、場違いなイギリス人に出会ってきた。

だが、ピルチャーの作品のドラマ化にはイギリス人は出てこない。ジョンやエミリーやモーティマーやロード・サウスベリー・アール・オブ・メインといった人物たちを、ドイツ人俳優が演じているからだ。しかも、ドラマの開始時間が〈タートオルト（ドイツで人気の刑事ドラマ）〉と同じ時間なので、必然的に妻とテレビのリモコンの取り合いになった。〈タートオルト〉は見なければならない。でもそれは、そのドラマが好きだからではない。好きになんて絶対になれない。クルフティンガーが〈タートオルト〉を見るのは、テレビの刑事ドラマがいかに非現実的であるかを雑談のネタにするためだった。

とはいえ、ピルチャーのドラマにもいいところはあった。〝仲直りのチャンス〟を与えてくれたからだ。妻を怒らせたときには、「ハニー、今日の夜はゆっくり家で過ごして、ピルチャーのドラマを二人で見ようじゃないか」と言えばよかったからだ。そんなふうにドラマを見ようとする姿勢を見せると、たいてい妻は機嫌を直して、〝多少はロマンチックなところもあるじゃない〟という顔をしてくれるのだ。今、本を探しながら、クルフティンガーはそのことを思い出してニッコリした。

だが、料理の本は見つからなかった。うなって痛みに耐えながら膝を折って、下の段を見ようとする。そこも乱雑なまま放置されていた。ヴァハターがいつもそうしていたように、アルファベット順に本を並べる必要はない。だが、もう少し規則性みたいなものがあっても……そう思った瞬間、クルフティンガーははっとした。とても大事な考えが頭をよぎったのだ。何だったろう？　必死に思い出そうとする。他の考えをすべて頭から消し去る。体が動かない。いや、動かしてはいけない。その考えが頭をよぎったときの姿勢を保つようにする。そして、思い出した。額を叩く。「そうだ。なんでこんなことを見逃していたんだろう？」クルフティンガーは大きな声で言った。

警部は膝の痛みも気にせずに勢いよく立ち上がると、急いで玄関に向かった。車の鍵を握って、「すぐに戻る」と台所に向かって叫ぶと、玄関を出てドアを閉めた。

「どこ行くの？　七時から夕飯よ！」妻が叫んだ。

だが、その声はクルフティンガーの耳には届かなかった。

★　★　★

ヴァハターのマンションに入ると、手が震え出した。クルフティンガーは興奮していた。しかしそれは、大事なことを見逃した自分に腹を立てていたからではなかった。もちろん、腹を立ててもおかしくない状況ではあった。だが手が震えたのは、確かな手がかりをつかめる予感がしたからだ。クルフティンガーはこういう予感が大好きだった。もっともそれは、猟師が獲物を捕えるときの予感とは違う。クルフティンガーは猟師ではないし、猟師が抱く予感を想像できるわけでもなかったが、なぜかそのことはわかっていた。今自分が抱いているのは、興奮を抑えきれないほどの待ち遠しさだった。それは、テストでは十分な手ごたえを感じたが、成績はまだわからないというときの感覚に似ていた。今、彼は手の中に成績表を握っている。あとは封筒を開けるだけなのだ。

クルフティンガーは居間の扉を開けて、部屋全体を見渡した。ヴァハターの娘たちは、父親の家の片づけができるほどには立ち直っていないようだ。好都合だ。犯行現場は、犯行当日と少しも変わっていない。もちろん、死体はもうなかったが。クルフティンガーは居間に一歩入る前に、しばらくその場に立ち尽くした。もう一度、自分の印象を確かめるためだった。そして、うなずく。自分は正しかった。

間違いない。死闘が繰り広げられたのだ。この部屋で。だが、ここには犯行日の午前中から変わったところがある。それを見逃していたのだ。いや、見ていたのだろうが、その意味に気づかなかった。だが今は、すべてが明白だった。ここで、誰かが何かを探したのだ。本棚を。それが殺人者であったことは疑いようもない。

本棚に近づき、床に落ちている本を見てから、本の並び方を確認する。ヴァハターはアルファベット順に本を並べていた。警部は床から本を拾い上げ、それを本棚にしまい始めた。

ヴァハターの本棚にある本は、タイトルや著者名を見る限り、警部が持っている本よりもアカデミックな感じがした。クルフティンガーは本をしまい終わると立ち上がり、胸を張って勝利の気分に酔いしれた。本棚の一部分が、ぱっくり口を開けていた。

再びしゃがみ込んで、欠けている部分の両側にある本を確認する。それはアルバムだった。みんな同じ紺色で、金の飾りがついている。どれも分厚くて重そうだった。クルフティンガーは、中の一冊を取り出してみた。表紙の上に金色の文字で年号が記されている。一九五九～六九。アルバムの最後のページを見ると、大きく引き伸ばされた若い夫婦の写真があった。男は明らかにヴァハターだった。ヴァハターは若いときから老け顔だったのか、あるいは若いときの顔をそのまま保ってきたかのどちらからしい。写真は自分が撮った六〇年代の写真同様、ピンクに変色していた。クルフティンガーは、そのアルバムを閉じて別のアルバムを取り出した。一九四七～五八年。それから、残りのアルバムを取り出して表紙の年号を確認した。アルバムは全部で四冊あった。欠けているのは一九七〇年から八六年だった。警部は、四冊のアルバムを抱えて刑事局に戻った。

★　★　★

「まあ、とうとう奥さんに追い出されたんですか？」

クルフティンガーは玄関当番をしている部下からそう質問されて、一瞬意味が理解できなかった。でもすぐに、両手と顎で抱えているアルバムのせいであるのがわかった。作り笑いをして、質問の意味を訊き返したが、防弾ガラスの向こう側にいる部下には聞こえなかった。

「どういう意味だよ、それは？」クルフティンガーは質問を繰り返したが、ガラス戸が閉まる音しか聞こえなかった。今は、部下と雑談をしている場合じゃない。いつもなら三階のオフィスへ行くのに必ずエレベーターを使うのだが、今日はすぐに階段を上った。クルフティンガーは興奮していた。

オフィスに入ると、まず自分のデスクの上にアルバムを並べた。年代順に並べ、足りない十七年分のところに一冊分の空白を作った。まず一九四七年〜五八年と記された一番古いアルバムを開いてみる。最初に見つけたのは、ヴァハターと思われる赤ん坊の白黒の写真だった。それから、初めて歩いた日、入学式、聖体拝領といった一般的な子供時代の行事の記録。特に変わった写真はなかった。だがクルフティンガーは、自分はこんなに子供時代の写真を持っていない、と思った。ヴァハターの両親はよほど金持ちだったに違いない。それは写真の数が多いだけでなく、写真に写っているものを見ても明らかだった。メルセデス・ベンツのドライバー席で、満面の笑みをたたえて座っている少年ヴァハター。

クルフティンガーは、こういう古い写真から何らかの手がかりをえられるとは期待していなかったが、それでも写真を一枚一枚丁寧に見ていった。いや、本当はこんなことをしても無意味だとわかっていた。なぜなら本当の手がかりは、アルバムが一冊欠けているという事実なのだ。今やらなければならないのは、この時代にヴァハターの身に何が起きたかを調べることだった。

それでも、クルフティンガーはアルバムをめくり続けた。写真を見続けたのは、家族や同僚や友達から事情聴取をするよりも、このほうがヴァハターの人格に迫れそうな気がしたからだ。一九五九年～六九年のアルバムを開く。写真はカラーになり、若いヴァハターがスーツを着て古いポルシェ－カブリオレの前に立っていた。ヴァハターの両親はかなりの資産家だったに違いない。というのも、年代から見て、それらの写真はヴァハターの兵役時代のものだったからだ。クルフティンガーは、自分が兵役についていた頃を思い返した。なけなしの俸給しかもらえず、節約して生活するしかなかった。

さらに気になったのは、その頃から写真に登場するようになった美少女たちだった。だが、彼女たちが平均的な魅力しか持たない若いヴァハターに本気で引かれていたのか、スポーツカーに引かれていたのかは、写真を見るだけではわからなかった。

アルバムの最後のページには、自由の女神の前に立っているヴァハターや、グランドキャニオンではしゃいでいるヴァハターの写真が貼られてあった。エッフェル塔やイギリスの王宮らしき宮殿の前で撮られた写真もあった。兵役を終えたヴァハターは贅沢な海外旅行を楽しんだようだ。

その後の十七年間が空白だった。クルフティンガーはなくなったアルバムの中身を想像した。まず大学時代の写真。それから娘たちは今、三十歳と二十六歳だから、二人の誕生写真も含まれているに違いない。子供時代の写真も。あとはどんな写真があるだろうか？　仕事で成功したときの写真？　恋人の写真？　クルフティンガーにはわからなかった。ただわかっているのは、この殺人事件が過去と関係しているということだけだった。

次のアルバムは一九八七年〜九五年。知っている顔を見つける。シェーンマンガーとヴァハターが、大きなホールのようなかつての乳製品工場の前に立つ写真が一枚出てきた。当時、新工場の建設に一部の住民が反対したことが記憶に残っている。のちに煙突が何本もある新工場は、住民から〝ひっくり返った牛の乳房〟と呼ばれるようになった。だが八〇年代の終わりか、九〇年代の初めに撮られた写真には新工場は写っていなかった。

そしてまた女性の写真が出てきた。美人揃いで、ヴァハターよりおおむね二十歳は若く見えた。このアルバムは捜査の進展に役立つかもしれない、と警部は思う。表紙に一九九六年〜と記された最後のアルバムにも、女性との写真が多く見つかった。

しかし、ヴァハターが次女と孫と一緒に写っている写真を貼った数ページだけは異彩を放っていた。場所はイタリアだろう。そこまできてようやく、長女との写真が一枚もないことに気づいた。しかしクルフティンガーの心を捉えたのは、やっと家族写真が見つかった事実ではなく、そこで見たヴァハターの印象だった。彼が初めて幸せそうに見えたのだ。

★ ★ ★

クルフティンガーは時計を見てギクリとした。こんな時間になってしまった。家での夕食会はもう始まっているだろう。アルバムをデスクの引き出しにしまい、オフィスを出る。階段へ向かう途中で、シュトローブルに電話をかけた。携帯電話からかけると電話代が高くつくので、本当ならオフィスからかけたいところだが、今は一分でも時間を節約する必要があった。妻の聖なる怒りを止めるためには、一分たりとも無駄にはできなかった。大通りへ出て、アイススケート場の方角へハンドルを切りながら、シュトローブルに明日の午前中にヴァハターの娘たちを刑事局に呼ぶよう頼んだ。「事は一刻を争う」クルフティンガーはいつになく気取った言い方をしたが、それは目下彼自身が置かれた苦境を少なからず言い表わしていた。

★ ★ ★

クルフティンガーがおずおずと玄関の扉を開けると、居間からナイフとフォークが皿に当たる音や笑い声が聞こえてきた。ラングハマー夫妻はもう来ていて、食事も始まっていた。それがクルフティンガーの立場を一層難しくした。だがお客がすでに来ていることはありがたかった。妻の怒りの爆発が、ほんの数時間とはいえ先延ばしされるからだ。とはいえ、客を尊重する気持ちもそう長くは続かなかった。もし彼らがここへ来なかったら、自分はこんな苦境に陥らずにすんだのだから。

居間へ入るドアのノブに手をかける。本当はトイレに行きたかった。だが我慢して、深呼吸してから居間に入った。突然、会話がやんだ。

「やあ、こんばんは！」沈黙の中、クルフティンガーが軽い調子で呼びかけ、妻の頬にキスをし、いつもの暖炉の前の椅子に腰を下ろした。子供の頃、地下からものを取ってくるよう親に頼まれたときに、よく聞こえないふりをしたものだが、今の気分はそのときのものに似ていた。妻は黙ったまま、目を合わせようともしなかった。だが、彼女の視線がときどき自分に注がれるのは感じた。いかにも気を悪くしたような表情を浮かべたラングハマー夫妻の顔を見て、クルフティンガーはドキリとした。挨拶の声だけかけて握手しなかったのを侮辱と感じたからだろう。彼らは、妻いわく「堅実で、教養があり、お上品に人づきあいする」人種なのだ。マイナスポイントをまた増やしてしまった。しかし席についてしまったクルフティンガーには、今さらどうにもできなかった。

「ああ、クルフティンガーさん、あなたはすごくおいしいスープを飲みそこねたんですよ。エリカ、何ていう香辛料が入っていたんだっけ。そう、サフラン。素晴らしい味でしたよ」そして、ラングハマーの陽気な語りが始まった。クルフティンガーは自分の耳を疑った。ラングハマーは、妻にファーストネームで呼びかけた。自分が知らない間に、彼らの親交がそこまで深まっていたなんて。どうして妻は、彼らにそんなにも心を許してしまったのだろう？　間違いを犯したクルフティンガーに、味方はいなかった。

「そんなにおいしかったんですか？」クルフティンガーは、〝エリカ〟という呼びかけを聞き流したふりをしてそう言うと、無理やり笑みを浮かべた。

「そうですよ。こんなこと、おたずねしていいか……」陽気なおしゃべりを止められないラングハマーが、笑いながら大声で訊いた。「今まで事件の捜査をしておられたんですか？」

クルフティンガーは顔をこわばらせた。ラングハマーの質問に答えられなかった。というのも、妻が「あなたはもういらないわね」と言って、夫の前のスープ皿を片づけたからだ。冷ややかな声だった。明らかな警告。だから夫は、質問に「そうです」と手短に答えるしかなかった。

とにかく、貝のスープを飲むのは免れた。だが、スープを飲みたくなかったのは妻の料理の腕を信用していないからではなかった。むしろクルフティンガーは、妻の料理の腕を高く評価していた。完璧な腕前――自分の母親の域にはわずかに達していないだけだと思っていた。だがそれは、妻が普通の料理をこしらえたときの話であって、今夜のように映画でも見たことのないような生きものを、行ったこともない国で採れた聞いたこともない名前の香辛料で味付けし、無理やり夫に食べさせるような場合は例外だった。

なぜ、郷土料理のジャガイモ団子では駄目なのか。食べ慣れたパンとハムの盛り合わせではいけないのか？　ドクター・ラングハマーだって、村祭りではいつも民族衣装の革のズボンをうれしそうにはいているではないか。なぜ食事のことになると、アンチ郷土にになるのか。クルフティンガーが思わずニヤリとする。自分の考えの正しさを確認したからだ。だが残念ながら、この考えをこの場で口にすることはできなかった。

「ということは、犯人はもう特定できたのでしょうか？」ラングハマーが質問を続けた。

「まあ、警察には税金をたくさん支払っているのですから、犯人を早く見つけてもらわないと」ラングハマーはそう言って、他の二人に同意を求めた。

宣戦布告。ドクターはケンカをしかけているのだ、とクルフティンガーは確信した。

「早く食べてください。お腹、空いているんでしょう」とラングハマーの妻が話をそらそうとする。

確かに、クルフティンガーのお腹はグーグー鳴っていた。料理を大きなスプーンですくうと、それをむしゃむしゃと食べ始めた。そして、まるで紳士のように妻にお世辞を言ってから、ラングハマーに向かって、「何のお話でしたっけ？」と、よく聞いていなかったふりをした。クルフティンガーは自分の巧みな対応ぶりに満足し、香辛料の利いた外国の料理に驚きながらも二口目を口に運んだ。

ラングハマーの顔から一瞬、自信満々の笑みが消えた。

「まあ、私は死体の確認をした最初の人間ですから。私の知識がお役に立つなら、いつでもご協力しますよ。むろん、刑事局にも豊富な知識をお持ちの方はおられるとは思いますが」

こいつは、黙っていればいつまでも大口をたたき続ける男だ、とクルフティンガーは思った。

「そういえば、シュトローブルはよくなりましたよ。ウルムの専門医のところに行ったんです」クルフティンガーは、ケンカになりそうなテーマをあえて口にした。シュトローブルが腰の不調を抱え、最初に行った医者がラングハマーだったことを知っていたからだ。

妻二人の顔つきが暗くなる。

「それはよかった。で、犯人はいったい誰なんです？」ドクター・ラングハマーが相手を抑えつけるような口調で強く訊き返す。

「現時点では何とも言えませんね。現実は推理小説とはわけが違います。警察は地道に仕事をしていますす。ご理解いただけないかもしれませんが、今回の事件はかなり複雑なんです」クルフティンガーは、刑事局の見学に来た学生に対するような大声で言った。

しばしの沈黙。

「マヨルカには、素敵な砂浜がたくさんあるんですって」アンネグレートが沈黙を破った。

「そうよ、夫も旅行会社でそのことを聞いてから、マヨルカがいいって言い出したんですもの。ねえ、ダーリン、そうよね」クルフティンガーの妻が嘘をついた。

クルフティンガーは不意を突かれ、黙ってうなずき返した。これまで妻から「ダーリン」などと呼ばれたことは一度もなかったからだ。とても不安になった。

「ねえ、ハニー、おいしい?」妻がさらに訊いてくる。クルフティンガーは、妻の心中で怒りの嵐が吹き荒れていることを確信した。客が帰れば、嵐は夫に襲いかかるだろう。その予兆として、妻はこんなオーバーな愛情表現を示しているに違いない。

これでは、飲まないとやっていられない。クルフティンガーは皿の横にある赤ワイン用の大きなグラスに目を向ける。彼は、一人では決してワインを飲まない。ワインが嫌いだからだ。なぜ妻が、こんなグラスを六つも買ってきたのか理解できなかった。脅しか何かのように、ワイングラスが目の前に置かれている。クルフティンガーはグラスを持って席を立ち、台所へ向かった。妻もあとからついてきた。

妻は持ってきた皿を流しに置いただけで、夫には目もくれなかった。ただ、台所を出るときにこう言った。「子供じみた下品な真似はしないでね。それだけは言っておくわ」

怒りをぶつけられると思っていた矢先に言われた何気ない一言には、叱責以上の怖さがあった。クルフティンガーは、妻の怒りの的《まと》になったときの対処法を心得ていた。この何十年かの間に、妻の怒りから自分の身を守る方法はいくつも構築していた。どれも、犬が飼い主に甘えるのと似たようなものばかりだったが。でも、今回はそのどれも使えないパターンだった。だから、ただ茫然と台所に立ちすくむしかなかった。気分が悪くなる。悪意なんてなかった。ケンカをしかけてきたのはラングハマーのほうだ。それは妻にもわかっていたはずなのに。

冷蔵庫からビールを取り出し、祭りのときだけ使う陶器のビールジョッキを食器棚から手に取る。このビールジョッキで飲むのも、客に対するある種の配慮だった。罪悪感と現状を改善するという使命感を持って居間に戻る。

居間では休暇前の楽しい会話が始まっていて、妻の心の内は読めなかった。妻はラングハマーの妻と、バレアレス諸島の天気について楽しそうに話をしていた。クルフティンガーは赤ワイン用のグラスを横にどけ、持ってきたビールをジョッキに注ぐ。すると三人から〝なぜ〟という目で見つめられた。「最近、ワインを飲むと調子が悪くなるんでね」そう弁解したが、残念ながらみんなの反応は鈍かった。

「ねえ、エリカ。私たちの旅行中、やもめ男二人も何か一緒にすればいいんじゃないかしら。そう思わない？　一緒に料理を作るっていうのはどうかしら？　そうでもしないと、私たち女が豪勢なビュッフェを堪能している間、男どもはひもじい思いをしなくてはならないでしょう」

「いい案だ。クルフティンガーさん、あなたもそう思いませんか？」ラングハマーが答えた。クルフティンガーには、彼が本気でそう言っているように聞こえた。

「ええ、いいでしょう。ええ……いい、と思います」クルフティンガーは、汗がにじみ出るのを感じながらそう答えた。

「でも、少しはひもじい思いをしてダイエットするのも悪くないかもね」エリカが男たちを見て、ニヤリとしながら夫のお腹を触った。クルフティンガーは、自分の腹は〝ぽっこり腹〟程度と考えているのだが、陰ではもう〝太鼓腹〟と呼ばれていた。

クルフティンガーが顔を赤らめる。「そう、そうだな」とにかく今は、何に対してもうなずくしかない。ラングハマーがニヤリとした。

しばしの沈黙のあと、渋々ながらホスト役を務めるべく、クルフティンガーは口を開いた。「今日は、休暇前なのにわざわざ来ていただいてありがとうございます」そう言って、立ち上がる。

「あら、あなた、立ったついでに冷蔵庫からチーズの盛り合わせを持ってきてくれない？」妻がうれしそうに言って、夫がそつなく夕食会を終わらせようとするのを阻止した。

「チーズでしめるのはいいですね。実にいい。実にいい」ラングハマーはそう言って、チーズの盛り合わせを持って居間に戻ってきたクルフティンガーを歓迎した。エリカが、そのスペイン産チーズは町にある唯一の高級食材店で買ったものだと説明する。クルフティンガーは値段を訊きたいと思うが、その気持ちをグッとこらえた。

「その店で今、最高級の熟成パルメザンチーズが買えるんだ。エリカ、絶対に試したほうがいい。最高においしいから」とラングハマーが言う。

クルフティンガーの頭の中では、まだ計算機がカチャカチャ音を立てて作動していた。目の前のチーズの盛り合わせの値段をなんとかして見積もろうとする。だから、ラングハマーのチーズ談義をところどころしか聞いていなかった。「発酵成熟」、「塩の結晶」、「二年もの自然発酵」、「選り抜きの、美食、プロの味」といった断片しか耳に入ってこない。

「クルフティンガーさんも、高級パルメザンチーズを食べてみたいとお思いでしょう?」

ラングハマーに話をふられて、やっとクルフティンガーは頭の中の計算をやめた。質問を全部聞いていなかったが、テーマがパルメザンチーズということだけはわかっていたので、思わずこう答えてしまう。

「ええ、ええ、もちろんですとも。まだ冷蔵庫に一パックあると思います。召し上がりますか?」クルフティンガーの妻がギクリとし、それでも作り笑いをして、「あれは粉のパルメザンチーズでしょう」と言った。ラングハマー夫妻は大笑いした。

クルフティンガーは状況をうまく飲み込めなかったが、妻の態度を見て、また場違いなことを言ってしまったことに気づいた。確か、パルメザンチーズと言っていたな。パルメザンチーズは小さな袋に入っていて、インスタントパスタにかけて食べるもので、クルフティンガーが定期的に食べる数少ない〝異国〟食材の一つだ。だが、パルメザンチーズに固形で切って食べるものがあるのは知らなかった。今、話題に上っているのは粉チーズではなく、固形チーズのことだったはずだ。

「はっ、はっ、はっ」クルフティンガーは、わかってるよ、冗談さと言うように、他の三人と声を合わせて笑い出した。

「クルフティンガーさん、我が家においでいただければチーズをご馳走しますよ。ワインセラーにいいワインがあるので、一緒に飲もうじゃないですか」とラングハマーが提案した。

「それなら、私がケーゼシュペッツレを作りますから、こちらへもいらしてください」とクルフティンガーが思わず言い返し、すぐに何てことを言ったのだろうと後悔する。ケーゼシュペッツレを自分で作ったことなど一度もなかった。

「パック入りの粉パルメザンを振りかけないと約束していただけるのであれば……」そこでまた笑いがはじけたが、しばらくするとまた沈黙が落ちた。

「三度の沈黙、家に帰れ」とクルフティンガーは冗談半分にことわざを言って、客が古人の知恵に感化されて腰を上げることを祈った。そして、客が腰を上げやすいよう、そのあとはなるべく口を開かないようにした。

ところが夕食会は、その後も何度か沈黙を繰り返しながら続き、ラングハマー夫妻は一向に帰る気配がなかった。夜更けになって、ようやく夫妻は腰を上げた。ラングハマーは、帰る間際にクルフティンガーの肩を叩いてこう言った。「妻たちが留守の間に何か一緒にやりましょう。連絡します。男子会なんていいかもしれないですね」

クルフティンガーは断わることができず、「楽しみにしています」と疲れた声で答えるしかなかった。客が帰ると、家は静かになった。妻は無言でテーブルの上を片づけている。

「俺がやるよ」とクルフティンガーが言う。

妻は「よろしく」と冷ややかに言って夫の提案を受け入れると、風呂場に姿を消した。

クルフティンガーは、今日のところは妻と話し合いをしないほうがいいと思った。食器を片づけながら、妻が布団とまくらを居間に移動させていないことを確認してほっとした。弁解の余地はまだあるらしい。

クルフティンガーがベッドに入って妻の体をそっとなでると、妻は腕に顔をうずめて熟睡したふりをした。やがて、妻が軽くため息をついた。それは、田舎者丸出しのクルフティンガーの今日の言動をとりあえずは受け入れた印だった。

★　★　★

クルフティンガーの妻は、目を覚ますとコーヒーの香りが漂っていることに気づいた。バスローブを着て居間に行く。今日は日曜日だった。夫婦は日曜日の朝は他の日と違い、居間で朝食を取ることにしていた。テーブルの上にはすでにフォークやナイフや皿が並んでいる。クルフティンガーが洒落たコーヒーポットを持って居間に入ってきた。この小さな気遣いが、妻にとっては何よりも大切なことだった。テーブルの上に並んでいるものよりも、朝一番にパン屋で買ったプチパンよりも、彼女のために注がれたオレンジジュースよりも、皿の上に盛ってある新鮮な果物よりも、洒落たコーヒーポットでコーヒーを飲むことが大事だった。妻はこのコーヒーポットを、クリスマスやイースターや誕生日などの大事な祝日、家族や親戚が集まったときにだけ使っていた。

クルフティンガーは、なぜ特別な日には、普段使っているコーヒーメーカーに付属している実用的なガラスポットからコーヒーを注いではいけないのか、まったく理解できなかった。そのため、洒落たコーヒーポットを使うたびに、コーヒーメーカーで作ったコーヒーを、どれだけ入ったか確認できないような冷たい陶器のポットにわざわざ移し替えることが、どんなに非実用的なことかを妻に説明しなくてはならなかった。だが、今日は言われないうちに自分から洒落たポットにコーヒーを移し替えたのだ。妻のために。妻は、夫は少々荒っぽいけれど少しは紳士的なところもあると思い、夫の肩に触れながら「おはよう」と喜びに満ちた声で言った。それを聞いた夫は、妻の心の嵐が夜の間にやんで、日差しが再び射したことに満足するのだった。

女性はなんて単純なんだ、という思いがふつふつとわいてきたが、今はそれを頭から消し去り、妻が休暇旅行に出かけてから思い出して心ゆくまで味わおう、と夫は思った。

「休暇旅行に出る前に、あなたとこんなにのんびり日曜日を過ごせるなんて素敵だわ」と妻が言った。

今朝早くシュトローブルから電話があり、ヴァハターの娘が紛失したアルバムのことで十時に刑事局に来ると言われていたのだが、とりあえずそれは妻に言わないことにした。居間の時計は八時半を指していた。遅くとも一時間後には、妻に今日の予定を話さなければならないが、それまでは自分の努力の賜物であるこの平和な時間を維持したかった。

穏やかな朝食の時間を五十五分過ごしたのち、クルフティンガーは仕事に戻ることを告げる時間だと決断した。胃の不調を感じ始める。これ以上不調を感じたくなかったので、男として言うべきことをはっきり言う覚悟を決めた。

「ハニー、怒らないで欲しいんだが、俺はこれから……」こう言った瞬間、妻が怒るどころか激怒するであろうことがわかった。

クルフティンガーは先を続けられず、暗い表情に変わった妻を見つめた。妻が怒りも露わに口を開いた。

「ねえ、嘘でしょう。これから仕事に行くなんて言わないわよね。まさか今日は行かないでしょう。昨日の私は、あなたをあれほど寛容に許したのよ。仕事になんて行かせないわ！　この素敵な日曜日を、私はあなたと過ごすと決めたのよ！」

クルフティンガーは、妻の金切り声を聞きながら車をガレージから出した。

★　★　★

刑事局に着くまでに、ヴァハターの娘とどう話を進めるか決められなかった。

クルフティンガーは、刑事局の中がいつでも仕事モードにあることがうれしかった。祝日と日曜日もパン屋は開店していいという許可を国が出して以来、クルフティンガーは日曜日の朝、新聞を買いに行くついでにパン屋で焼きたてのプチパンを買ってきて朝食をゆっくり取ることがたまにあったが、本当はそういう日曜日の優雅な朝食の必要性をあまり感じていなかった。プチパンを買ってくるのは、たいてい息子が家にいるときだけで、夫婦は日曜日でもプチパンを買わないことのほうが多かった。黒パンのほうが健康的だし、昔は白いプチパンなど食べなくても暮らしていけたのだから、というのが夫婦の暗黙の了解事項だった。

だが息子のマルクスが家に帰ってくると、父親らしく愛する息子においしい朝食を食べさせてやりたいと思うのだった。今日のように、妻に謝らなければならない日曜日も、妻がまだ寝ている間にパン屋へ行き、プチパンを買ってくるようにしていた。クルフティンガーは、日曜日の朝のパン屋の雰囲気が好きだった。男たちの絆を感じるからだ。仕事のない日曜日の朝に、家族のためと思いパンを買いにくる誠実な父親たち。彼女とロマンチックな夜を過ごしたあと、ガソリンスタンドでバラの花束を買い、彼女のために典型的な〝女王様〟の朝食を用意するためにパン屋に来る恋に恋する若い男たち。ロッククライミングや自転車でのツーリングツアーの前に力をつけるためにパン屋を訪れる、エネルギッシュな若いスポーツマン。そんな男たち全員に共感を覚えた。スポーツマンに会うと、このまま車に乗って山に行き、ロッククライミングをしたい衝動に駆られたりもした。だがクルフティンガーが本当に共感を覚えるのは、やはり自分と似た境遇にある男たちだった。家族のためにパン屋に集まる男たちだ。ゴルフGTIやプジョー二〇五やオペル・カリブラ、地面につきそうなほど車体が低い車、エンジンがもう一つ必要ではないかと思わせるほど大きなカーステレオを載せた車に乗っている、普段なら共感できない男たちも、日曜日の朝にパン屋で出会えば寛容に受け止めることができた。なぜなら、彼らも家族のためにパンを買いにきた同志だからだ。

クルフティンガーは日曜出勤の署員に挨拶し、ヴァハターの娘たちが来たら上階へ案内するよう指示すると、ひと気のない上のフロアへ向かった。

上に着くと、シュトローブルがコピー機の前にいた。部下は上司に挨拶し、朝の電話の寝ぼけた声とは一変した明瞭な声で、三十分前にユリア・ヴァーグナーから電話があり、妹は来られないと言ってきたことを知らせた。妹はボーデン湖の友達のところへ行き、そのままイタリアへ帰るという。

「それで姉のほうが、自分一人で行くことになるがそれでもいいか、と電話で問い合わせてきたんです」と無精ひげを生やしたシュトローブルが言った。週日は気を遣って毎日髭をそっている部下だが、今日はさぼったようだ。

「それで何て答えたんだ?」

「あなた一人で十分だと答えましたが、よかったでしょうか」

「いいさ。彼女一人で十分だろう」

二人でクルフティンガーの部屋へ行き、しばらくすると制服警官がユリア・ヴァーグナーを案内してきた。

ユリアはまた堅苦しい黒いスーツを着ていた。クルフティンガーは、彼女がデスクの前の椅子に座るか座らないかのうちにアルバムを見せ、それを見て何か思いつくことはないかとたずねた。ユリアはとりあえず二冊のアルバムを手に取ってめくる。

「これは私たち家族のアルバムです。どれも見たことのある写真だから、何か思いつくかと訊かれても、どう答えればいいかわかりません。見る限り、写真は全部そろってますし、はがされた写真があれば、余白ができるので誰でも気づきますよね……」

「ヴァーグナーさん、実は一九七〇年から八六年のアルバムが見当たらないのです。あなたなら、その理由をご存知かと思いまして。お父様のマンションにはありませんでした。お父様の本棚はアルファベット順に本がきちんと並べられていますから、どこか他の場所にあるということは考えられません。アルバムの中身をすべてご存知なら、なくなったアルバムにどんな写真が収められていたのか教えていただけないでしょうか？」

「私も、全部の写真を記憶しているわけではありません。でも、ここにあるアルバムと同じような写真だけだと思います。私と妹の写真や休暇中の写真やパーティーの写真などでしょう。普通の家族写真です。私たち家族は当時、夏になるとお隣のルッツェンベルク家と旅行し、二、三週間を一緒に過ごしていました。旅行の写真が一番多いと思います」

「その写真を隠したいと思う人がいるでしょうか？」

ユリアが笑い出す。「私と妹は隠したいと思うかもしれません。だって、隣の家の男の子たちと真っ裸で子供用プールに入っている写真なんかもあるんですから。もしかしたら、お母さんとルッツェンベルクおばさんも隠したいと思うかもしれませんね。二人は当時流行ったとんでもない髪型をしていましたから。警部さん、そんな写真に家族以外の誰が興味を持つでしょう？」

「ただ私は、あなたが写真を見て何か思いつかないかと思っただけです。勘違いでした、ヴァーグナーさん。ところで、そのお隣の家族とご両親は仲がよかったんですか?」

「ルッツェンベルク家ですか? 当時は仲がよかったですね。息子さんも私たちと同じくらいの年齢でしたし。それに、ルッツェンベルクおじさんと父は大学の頃からの友達で、親友でした。ルッツェンベルクおばさんと母も仲よくしてました。彼らとの旅行は、それはそれは楽しかった。母はショッピング友達が、父はテニス友達が、私たちは遊び友達が一緒だったんですから」

「ルッツェンベルクさんは、お葬式に来られていましたか?」クルフティンガーが明確な意図もなく思いつくままに質問した。直観頼みだった。

「いいえ。来てなかったと思います。連絡はずいぶん前に途絶えてしまってますから。今、道端でルッツェンベルク夫妻に会っても、私は気づかないでしょうね」

「つまり、お父様はそんなにも仲のいいお友達との関係を自然消滅させてしまったわけですね?」

「自然消滅ではありません。二人の間で諍《いさか》いがあったんです。それ以来、私たち家族はルッツェンベルク家と交際しなくなりました。仕事が原因だったのだと思います。絶交するまでは、二人は一緒に働いていましたから。もしかしたら、ルッツェンベルクおじさんは父の成功を妬んでいたのかもしれない。おじさんはその後も、仕事で問題を抱えていたようです。だからおそらく、成功者である父とは馬が合わなくなったんだと思います」

「ルッツェンベルクさんとの連絡が途絶えたのに、なぜその後の彼が仕事の問題を抱えていたことをあなたはご存知なのですか？」警部は質問を続けた。

「父が同僚から聞いた話によると、ルッツェンベルクおじさんは西アルゴイの小さなチーズ工場の経営を引き継いだようです。とてもいいチーズを製造しているのですが、経営は苦しいようです。食品化学の修士号を持ってはいても、所詮おじさんはただのチーズ職人だったんです」

クルフティンガーのルッツェンベルクへの関心が俄然高まってきた。

「ルッツェンベルクさんが今どこにお住まいかご存知ですか？」

「知りません。さっきの情報も父が第三者から聞いたものなので。でも、彼のチーズ工場の場所なら知っています。町の名前が変わっていたので覚えています。確か、ベーゼシャイデッグとかそんな名前だったと思います。リンデンベルクの近くです」

クルフティンガーの頭の中が急にクリアになる。ルッツェンベルク氏から何らかの情報を入手できるかもしれない。

ユリア・ヴァーグナーに礼を言い、引き続き協力してもらうことを確認してから、ドアの前で別れを告げた。彼女が立ち去ると、会話中は何も言わずにソファーに座って耳を傾けていたシュトローブルに目を向けた。

「なあ、どう思う」クルフティンガーが訊く。

「わかりません。とりあえずルッツェンベルク氏から事情聴取すべきじゃないですか。そのチーズ工場がある場所なら、私にもわかります。ベーザーシャイドエッグ。シャイドエッグ市の北部にある町です。スイスから戻ってくる途中、妻と立ち寄ったことがあります。工場ではパルメザンチーズまで製造されているんですよ」シュトローブルが答えた。〝パルメザン〟という言葉を聞いて、クルフティンガーは目を丸くした。

「じゃあ、明日行ってみようじゃないか。逃げた男の追跡調査の結果をただ待っているよりはいいだろう」

クルフティンガーはシュトローブルを家に帰すと、オフィスの窓を閉めて、急いで車に向かった。妻は家で腹を立てて待っていることだろう。だが警部は、ヴァハターの娘との話がうまく進んだことで浮かれていた。それで、もう古くなった愛車のパサートのディーゼルエンジンを暖機するのを忘れて、車が大きな音を立てて黒い煙を吐いてもニコニコとしていた。

★　★　★

刑事局の駐車場を出て道路に乗り入れたところで、クルフティンガーは妻のもとに平和的に帰る画期的な方法を思いついた。その方法を実践するためには、数年前に町はずれにできた大きな売店付きガソリンスタンドに立ち寄る必要があった。そこでセロファンに包まれた一本のバラを買う。四ユーロ五十セントという値段に面食らったが、緊急事態では多少の投資も仕方ないとあきらめた。レジの前に行くと、人工シルクのジャージを着た若い男がCDプレイヤーとマルボロを二箱買っていた。警部はこの男の意図を知りたいと思った。タバコを買いに売店に立ち寄ったが、電化製品も売られていたので思わず買ってしまったというわけか？　「バカだな」クルフティンガーはそうつぶやいて車に乗り込み、アルトゥスリート方面へ車を走らせるとホッと一息ついた。

クルフティンガーはバラのアイデアを思いついて悦に入っていた。妻は、日曜日にバラを持って帰ってくる夫の真摯な態度に感動するに違いない。微笑んでバラを渡しても、妻の怒りは治まらないかもしれないという可能性はとりあえず排除した。アルトゥスリートに到着し、クルフティンガー家がある住宅街の静かな道に入る。自信満々の顔で車を家の前に停めた。

「ただいま」と叫んで、上機嫌で家に入る。だが、返事がない。「帰ったぞ！　俺だ」返事がない。すると突然、寝室のドアが開いて、妻が出てきた。夫の顔も見ずに通り過ぎて居間に入り、大きなスーツケースを下げて出てくるや、また寝室に戻ってドアを閉めた。

クルフティンガーは眉をひそめた。午前中のケンカはまだ続いていた。ため息をついてジャケットをコートハンガーに掛け、妻を追いかけて寝室へ行った。スーツケースと旅行カバンがベッドの上にのっていた。その横には、たくさんの服が分類して並べられている。

何を基準にして並べられたのか、クルフティンガーには理解できなかった。

「もう荷づくりかい？」見ればわかることをわざと質問して、会話を始めようとする。

「いいえ。帰りに荷物を詰める練習をしているの」と妻が不愛想に答えた。

クルフティンガーはあえて言い返さないようにする。今は懺悔のつもりで、妻の怒りに耐え忍ぶときなのだ。

「手伝おうか？　タンスから必要なものを取ろうか？」そう言って、素早い動きでタンスに駆け寄り、従順な態度を見せつけた。

「結構よ」

そこでクルフティンガーは、今こそバラの出番だと判断する。「なあ、プレゼントがあるんだ……」そう言って、バラを差し出す。

「花瓶に挿しておけば。そうすれば、私が旅行から帰ってくるまでもつかもしれないわよ」妻が冷たく言った。

人生は、クルフティンガーが思っているよりも複雑であるらしい。確かに、妻が言うことは正しかった。彼女は明日から旅に出るのだ。バラを今もらっても意味がない。でも、愛の証と見てくれてもいいではないか。夫は肩を落としてベッドに座った。

「駄目よ！　座っちゃ駄目」とエリカが叫び、クルフティンガーは毒グモに嚙まれたかのようにギョッとして立ち上がった。そこに危険なものがあるのを妻が警告してくれたのかと思ったが、そうではなかった。妻は、布団の下のパジャマを取り出したかっただけだった。

クルフティンガーは仕方なく椅子に座った。「もしものための薬も入れたのか？」これは旅行前に妻がいつもする質問だったが、今回は役割が逆になった。

「入れたわ」

「下痢止めも？　外国の料理に腹がびっくりするかもしれないからな」

「入れたわ」

「塩素剤がいいらしいよ。水道水に少し入れると除菌できるって、テレビで言っていた」

「私はマヨルカ島に行くのよ。戦地に行くわけじゃないわ」

「でも、あの辺の水もここに比べたら安全じゃないって聞いたぜ」

妻は手を止めると、腰に手をあててきっぱりと言った。「マヨルカ島はスペインよ。ヨーロッパの真ん中にあるの。伝染病なんてないの」

そうはっきり言われると、クルフティンガーには言うべき言葉がなかった。そこで、ちょっとした強硬手段に出ることにした。

「俺は迷信を信じる人間じゃないけど」妻の迷信深さを知っていて、あえてそう言った。「ケンカしたまま旅行に行くとよくないって言うぜ」

ブラウスをスーツケースの右上に入れようとしていた妻の手が止まった。妻もこの迷信を知っていた。クルフティンガーも妻から聞いて知ったのだから、当然のことだった。妻は夫が、自分の機嫌が直るようにそう言っただけであるのはわかっていたが、それでも夫の言い分が正しいことを認めないわけにはいかなかった。

妻は夫を見つめ、夫も妻を見つめ返す。

「私だって、ケンカなんてしたくないのよ。でも、あなたがいろいろ言うから」

クルフティンガーはしめしめと思うが、それを顔には出さない。妻は迷信を心底信じていたから、クルフティンガーは、たとえばクリスマスの連休に靴下を洗いたいときは、洗面台でこっそり洗ってカーテンのうしろの暖房の上で乾かさなければならなかった。というのも、妻は祝日には決して洗濯をしなかったからだ。祝日に洗濯ものを干せば家族の誰かが死ぬ、と固く信じ込んでいた。合理的な根拠などなかった。クルフティンガーは夢に歯が出てきても、絶対に妻には話さなかった。話しでもしたら、妻は親戚全員に電話をかけて、みんな無事か、とたずねるに違いなかった。歯が出てくる夢は死の予告なのだそうだ。そうかと思えば、夢の中で数字を見ると大喜びし、それをもとに宝くじの番号を選んだりもする。

「なあ、聞いてくれ。今この町には殺人犯がうろついているんだ。おまえだって、犯人が逮捕されるのを望んでいるだろう？　極悪非道の犯人が今、警察に対して戦いを挑んでいるんだ」

「私だって……もちろん、犯人が逮捕されるのを望んでるわ。でも、私たち夫婦にもプライベートな生活があると言いたかっただけよ」と妻がおずおずと答えた。

夫の勝利だった。夫の権威を再び勝ち取ることができた。クルフティンガーは自分を誇らしく思う。心理戦の戦い方は、夫婦ゲンカで学ぶのが一番だ。尋問の際にも活かすことができる。一石二鳥だ。

「これで、俺たちは仲直りできたかな?」答えはわかっていたが、わざとたずねた。

妻がクルフティンガーの膝の上にのって、口を尖らせて言う。

「もちろんよ。ねえ、あなたのためにメモしておいたわ。大事なことは全部書いてあるから」そう言って、ナイトテーブルの引き出しからメモの束を取り出した。「これをドアや冷蔵庫に貼っておけば、あなたも注意するでしょう」

「俺は一人で何でもできるぞ。何日かおまえがいなくても平気さ」

「そんなこと、私にもわかってるわ、くまちゃん。念のためよ」

妻が一枚目のメモを読み上げる。「家を出る前はコーヒーマシンの電源を切って、戸締りをする」

「自動マシンガンの電源をオンにする、が抜けているぞ」夫がおどけて言う。

「私は真面目に書いているのよ」妻が怒ったふりをする。

「俺だって真面目に受けとっているさ。でも、他にもっといい置き土産はないのかい?」

妻が立ち上がり、夫の手を取る。「一緒に来て」

二人一緒に地下室に行く。妻が冷凍庫の扉を開けた。少なくとも一ダース以上のプラスチックの容器が並んでいて、そのどれにも寝室で見たようなメモが貼られ、曜日が書かれていた。

「料理を作っておいたわ。最初の週はとりあえずこれでもつでしょう。あとは刑事局の食堂で食べてね」

クルフティンガーは感動した。感謝の気持ちが込み上げてきて、そのあとは「水曜日はゴミ箱を家の前に出してね」「週末はベッドカバーを変えてね」といった注意をただ無言で聞いているだけだった。そしてとっさに、今夜は夕食を外で食べようと提案した。この際、節約なんてどうでもよかった。

★　★　★

月曜日の朝、クルフティンガー家の目覚まし時計が五時に鳴った。エリカ・クルフティンガーは優しくキスをして夫を起こそうと寝返りを打った。だが、夫はいなかった。そのとき、いきなり寝室の明かりがついた。まぶしくて、寝ぼけ眼《まなこ》をしばたたかせる。夫はすっかり着替えて、戸口に立っていた。

「おはよう、お寝坊さん」クルフティンガーは優しく声をかけ、ベッドの上に身をかがめて妻の頬にキスをした。

「おはよう」驚きのあまり、妻はそれしか言えなかった。こんなふうに起こされたことはもう久しくなかった。普段は妻が夫を起こす。夫は朝が弱いほうではなかったが、何か特別なことでもない限り、六時より前に起きることはなかった。山登りだけは例外で、出発の日はどんなに朝早く起きても平気だった。でも、今日は何なの？　妻は微笑みながら、さっきまで夫が立っていた戸口を見つめる。なんていい気分。私が旅行に出るから興奮しているのね。

エリカ・クルフティンガーの想像は、一部は当たっていた。クルフティンガーは興奮していた。だが、それが旅行のせいなのかどうかは、妻にも確信はなかった。早起きの理由を話してくれるような夫ではない。実は、クルフティンガーは眠れない夜を過ごしたのだ。だがそれは、先週の夜のように捜査が進まなくて不安だったからではない。まったく逆だった。ヴァハターの娘と話している間に重要な手がかりをつかんだと確信し、神経が高ぶっていた。時計を一時間早めたいと思うほど眠れなかった。子供の頃、クリスマスになると早起きしたものだが、そのときの感覚を思い出した。早起きすると、プレゼントをもらうまでの時間をより長く〝楽しめる〟。父親は、プレゼントを開ける時間については厳格だった。八時前に開けることを決して許さなかった。「この家は、アルトゥスリートの中で一番遅く天使様がプレゼントを運んでくる家なんだよ」と、父親は一度、待ちきれない息子にそう説明した。幼いクルフティンガーは、そんなのは不公平だと思い、クリスマス前の待降節のミサでは、「どうか今年は天使様が一番先に家に来てくれますように」と何度も祈ったものだった。だからといって、何も変わらなかった。天使が来るのが遅かった理由は、大人になってからようやくわかった。父親は、クリスマス・イブに友達とカードゲームをするので、クリスマスの当日は朝寝坊したかったのだ。その習慣は、今でも変わっていない。変わったのは、クリスマスの天使がプレゼントを運んでくるわけではないことをクルフティンガーが知ってしまったことだった。

エリカが台所に行くと、コーヒーの香りがただよい、テーブルにはナイフとフォークと皿が並んでいた。夫はコーナーベンチに座って新聞を読みふけりながら、頭を振っていた。

「どうかしたの？」妻がたずねる。

「例の事件の記事だよ。捜査は進展していないとさ。こんな書き方じゃ、まるで警察は何もしてないみたいじゃないか。葬式の一件のことまで書いてやがる」

エリカはため息をついた。でも、夫がいつもどおり振る舞ってくれるおかげで、夫を残して旅に出る寂しさが和らいだ。旅行から帰ったら、二度とこの事件の話を聞かなくてすみますように、と妻は無茶な祈りを捧げた。それまでに事件が解決する可能性がないこともない。妻は夫を誇らしげに見つめた。もちろん夫は、仕事の場で自分を安売りし過ぎている。そのことはこれまで何度も批判してきた。だが今は、そんなことを言っている場合ではない。事件の解決が先決なのだから。

「何だい？」クルフティンガーは妻に見つめられていることに気づいて、そうたずねた。

「あなた、私がいなくなると寂しい？」と妻が訊く。

「そんなこと、言わなくたってわかってるだろう」

「わからないわ」

「寂しいと思うさ……」

妻が微笑む。

「……家に帰って、誰も食事を作ってくれていなかったら」

妻が不満そうに唇を尖らせる。

「エリカ、俺が寂しがるのはわかっているだろう。あたりまえじゃないか。でも君は、浜辺でおいしい食事をしてるときは、俺のことなんか考えちゃ駄目だよ……」

妻は立ち上がって、夫の膝の上に座った。「私、旅行には行かずに、あなたのそばにいたくなっちゃった。だって、あなたは家のどこに何があるのかも知らないし……」

「今さら、そんなことを言うのはやめてくれよ」クルフティンガーは、妻の言葉をさえぎって立ち上がろうとした。妻の様子が急に変わったのでうろたえてしまったのだ。「何も問題ないさ。俺は一人でも大丈夫だ。もし大丈夫じゃなかったら、スペインの警察の同僚に頼んで、君をドイツへ連れ戻してもらうよ」

妻が微笑み、夫を抱きしめようとしたところで、クラクションが鳴った。「あいつは近所じゅうをたたき起こしたいのか」クラクションの発生源が何かを悟ったクルフティンガーがなじった。Eクラスのメルセデス・ベンツに乗ったラングハマーが、今が早朝であることなど忘れて鳴らしているのだ。

「ねえ、スーツケースを下ろしてくれない。私はもう一度、メモを確認するから」そう言って、妻が廊下へ駆け出した。妻につられてあわてふためくのが嫌だったクルフティンガーは、わざとゆっくりとした足取りで寝室へ行き、世界一周旅行ができるほどの大きさのスーツケースを二つ持って外に出た。

ラングハマーはトランクを開けて待っていた。クルフティンガーを見ると、手をこすりあわせながら大きな声で、「やあ、君たちもいい朝を迎えられたかい？」と言った。冷えた空気を吸いながら言ったので、最後は声がかすれていた。

「まあね」とクルフティンガーはうなずいて、スーツケースを二つトランクにのせようとした。スペースは十分あるのに、ラングハマーはトランクの中のものを整理し直して、新たにスーツケース用の場所を作った。

妻はバタバタと出発したので感傷的にならずにすんだ。クルフティンガーの望んだとおりになった。時間が押しているので、窓から顔を出した妻の唇に軽くキスするやいなや、ラングハマーのメルセデス・ベンツは動き出した。

「今晩、あなたが困るといけないから短いメモを書いておいたわ。何がどこにあるか書いてあるからね。あと、大太鼓はそろそろ車から出したほうがいいと思うわ」と妻は最後に大声でそう言い置いた。

夫が最後に見たのはラングハマーの笑みだった。エリカの心配性を面白がっていたに違いない。

クルフティンガーは通りに立ち、車が角を曲がって見えなくなるまで手を振り続けた。

★　★　★

妻が出発して数分と経たずに、クルフティンガーは刑事局に向かっていた。今日も一番乗りに違いない。朝の静けさの中で、今日の計画を立てたかった。

「警部は最近、早起きになられたんですね」出勤してきた秘書のヘンスケ女史が言った。

「おはよう。ヘンスケ女史。早起きは三文の得って言うからね」クルフティンガーが優しい口調で答える。

ヘンスケ女史は疑い深げな目で警部を見つめた。警部の言葉が真面目なのか、冗談なのか判断がつかなかったからだ。局の同僚は、東ドイツ出身のヘンスケ女史がことわざを苦手にしているのを知って、よく間違ったことわざを使って彼女をからかっていた。以前シュトローブルが、「人を呪わば石に当たる」という言い回しを彼女に教えたことがあったが、当時彼女は東ドイツからケンプテンに移ってきたばかりの新人だった。彼女は同僚との食事会の席で、シュトローブルから教わったことわざを披露して大笑いされ、やっとからかわれていたことに気づいたのだった。それ以来、ヘンスケ女史はことわざの扱いにはとても慎重になった。

だが、今日の警部には人をからかっている様子は見られない。機嫌も良さそうだった。だから、ヘンスケ女史はこう答えた。「でも、三文くらいじゃ、三分で使いきっちゃいますね」

クルフティンガーが変な顔をしたので、ヘンスケ女史は自分のダジャレが受けなかったことに気づき、すぐに話題を変えた。

「それで、うまくいっているのですか？　捜査は進展してるんですか？」

「そうだね。妻が私を一人残して、マヨルカに十日間の旅行に出てしまったことを除けばうまくいってるね」クルフティンガーはわざと事件から話をそらすような答え方をした。

「それなら、警部はその間、ご自分で料理とか洗濯をしなければならないんですね？　一籠ぐらいなら引き受けてもいいですよ。つまり、洗濯ものを一籠ということです。私は、そういうことは平気ですから」

クルフティンガーはうなずいただけで自分の部屋へ入ったが、ドアは開けたままにしておいた。ヘンスケ女史に、そっけないと思われたくなかったからだ。

「コーヒーを淹れましょうか？」ヘンスケ女史がドアから顔を出して訊く。

「いや、もう自分で淹れたから」

「何かあったら、言ってくださいね」

クルフティンガーは少々苛立ちを感じて、デスクから顔を上げた。

今朝は、秘書に対して少しなれなれしくし過ぎたのかもしれない、と思った。同僚がみんな出署したところで、今日の仕事を分担する。マイアーは、昨日ヴァハターの娘から聞いたローベルト・ルッツェンベルクのチーズ工場の住所をすでに入手していた。

「さあ、行くぞ、リヒャルト」住所を受け取ると、クルフティンガーはマイアーに言った。

「僕もご一緒するのですか？」マイアーが信じられない、という言い方をする。

「そうだ」そう答えて、クルフティンガーは大喜びする息子を遠足に連れていく父親のような気分になった。そしてすぐに、なぜシュトローブルを誘わなかったのかと後悔した。だがマイアーの最近の仕事ぶりは、葬儀の一件を除いては評価できた。警部もマイアーに事務仕事ばかりさせたくはなかった。

★　★　★

車が走り出して数分間、二人は無言のままだった。クルフティンガーは沈黙を楽しんでいた。とても天気のいい日で、空は白と青の絶妙なコントラストを描いていた。ヘレンゲルスト地区でアウトバーンA九八〇線を下りると、〝ヴァイトナオアー谷へようこそ〟と書かれた看板が見え、景色が急に山岳地帯近郊特有のなだらかな緑の丘陵地に変わった。クルフティンガーには西オーバーアルゴイと西アルゴイがいまだに観光スポットになっていないのが理解できなかった。東アルゴイは、メルヘンのお城、ノイシュヴァンシュタイン城があるフュッセンのおかげで誰でも知っている。最近では、ルートヴィヒ二世のミュージカルまで上演されている。オーバーアルゴイにはケンプテンとオーベルストドルフがあり、特にアルゴイ・アルペンが人気の観光スポットになっている。ウンターアルゴイはメミンゲン市にアウトバーンのインターチェンジがあるために、少なくとも名前だけは知られていた。西アルゴイだけが、その他のアルゴイ〝姉妹都市〟のようには観光地化されていなかった。それは、もしかしたらいいことなのかもしれない。アウトバーンが建設されてからは、ここ西アルゴイの田園地帯でも交通騒音という形で時代の進歩を確認できたのだから、それで十分なのだとクルフティンガーは思った。そしてアウトバーンの左右に設置された大型トラック用の駐車場を見て、かつては荒野だった場所が、今は高速道路の排気ガスに汚染されていることに改めて気づいて気持ちが沈んだ。

ゼルトマンズ村で左に曲がった。クルフティンガーは、地元の住民には〝隠れ近道〟と呼ばれているこの田舎道が好きだった。だが、本当に近道かどうかは定かではなかった。というのも近道についてはいろいろな見方があり、近道だと言う人もいればそうでないと言う人もいたからだ。だが一つだけ確実なのは、この道には二度と来たくないと思った者は一人もいないということだった。景色がいいという点からも、クルフティンガーのお気に入りの道になっていた。

「私たちが交通警察でなくて、こいつらはラッキーですよ」マイアーの声で、クルフティンガーは我に返った。

マイアーは、同僚から事前に聞かされていたことを今自分で目のあたりにしていた。一台の大きなトラクターが坂道を下りてこちらに向かってくる。運転席のあるキャビンの外側に、男が一人座っていた。座っているというより、トラクターと道路にはさまっているような感じだった。二人とも、あきれ顔で首を振った。だが、クルフティンガーには自分も若いころにそんな命知らずな乗り方をした覚えがあった。

坂道をほぼ登り切ったところで、クルフティンガーは車のスピードを急に下げた。肥満体の女性が自転車を押して坂道を登っていたからだ。クルフティンガーは、マイアーが女をどう見ているか訊こうかどうか迷った。女性の尻は、たすき掛けカバンのように垂れ下がっていた。だが、こんなところでマイアーの冗談を聞くのは気が進まなかった。だから、黙って心の中で笑うことにした。

「わー」クルフティンガーが突然叫んだ。マイアーがビクッとする。クルフティンガーが急ブレーキをかける。突然、緑色のメルセデス・ベンツが横道から前に飛び出してきたのだ。ベンツのドライバーは急いでいたようだったのに、そこからは急に時速三十キロほどに速度を落としてノロノロ運転を始めた。

バカ観光客。クルフティンガーはそう叫びそうになるが、ナンバープレートのリンダウの文字を見て、その言葉を押しとどめた。

「こんな田舎で、なんて走り方をするんだ」そう言い換えた。そして何度もクラクションを鳴らして、怒りを吐き出した。

レーテンバッハ手前の〝山間道〟の坂になった狭いカーブを曲がると、鉄道模型の景色を思わせる美しい木組みの家が並ぶ谷が目に飛び込んできた。そこでようやく、クルフティンガーの怒りはおさまった。

「さあ、卵に向かって走りましょう」マイアーが再び口を開いた。

クルフティンガーはマイアーが何を言っているのか理解できなかった。目に入ったのは、道標に書かれた〈エッグ方面〉の文字だけだった。

「そう、エッグですよ。エッグは英語で卵、わかりますか?」と言って、マイアーが笑い出したが、クルフティンガーは面白いとは思わなかったので咳払いしただけだった。

「ガソリンを入れるぞ」警部はマイアーの下手なジョークを無視して、道路の左側に見えてきたガソリンスタンドのほうに目を向けた。「ここはガソリンが安いんだ」とマイアーに説明する。もちろん刑事は、仕事で発生した交通費を経費として国に請求することができる。だが、誰のためであっても節約することは警部にとってこの上もない喜びなのだ。

数キロ走って、リンデンベルク方面とヴァイラー方面へ分岐したロータリーに差しかかったところで、クルフティンガーはマイアーに、「どっちに行けばいいんだ?」とたずねた。ロータリーをグルグル回りながら返事を待つ。マイアーは膝に地図を広げて見入っていた。

「わからないのか?」マイアーが答えないので、警部は苛立った。

マイアーは額に汗をかき始めていた。ロータリーを三回も回ったので、気分が悪くなったのだ。

「えーと……僕が思うに……」マイアーが言葉につまる。

「早く言えよ」クルフティンガーが厳しい口調で言った。

「あっちです」マイアーがあわてて答える。当てずっぽうだった。それでも、クルフティンガーはその方向へハンドルを切った。

「えっ、僕を信じないでください」マイアーが諭すように強く言った。

マイアーは落ち着きなくボイスレコーダーをいじり始めた。クルフティンガーにも、マイアーが嫌な気分でいるのが感じ取れた。もっともそれは部下の問題であって、上司である自分の問題ではない。だが、マイアーがボイスレコーダーをいじり続けるのは問題だった。

「まったく、今そんなものが必要なのか？」クルフティンガーが声を荒らげたので、マイアーはあわててボイスレコーダーを落としそうになった。そして警部に何か言おうとしたとき、緑の道標が見えてきた。そこには黄色の字で、〈ベーザーシャイドエッグ〉と書かれていた。マイアーがほっと胸をなでおろす。すると、チーズ工場も見えてきた。工場のそばのマロニエの木の下に車を停めて、二人は工場の入口へ向かった。扉は閉まっていた。ギラギラと光る金属製のミルクタンクの前をとおって、工場の裏へ回ってみる。裏にはさまざまな大きさのミルク缶が並んで置かれてあった。新しいものもあれば、さびついた古いものもある。一つの扉の前には、いくつもの台車が積み重ねられていた。鶏が二、三羽裏庭を駆けまわっている。

扉は閉まっていなかったので、男性一人と女性一人が工場の中で銅製の桶を洗っているのが見えた。

中に入ると、強烈な臭気がした。クルフティンガーはその臭気をたっぷり吸い込んだ。この臭いが好きだったからだ。一気にいろいろな種類のチーズの臭いを嗅ぐと、鼻が曲がりそうになった。クルークツェルのチーズ工場は臭いが制御され、なんとなく人工的な感じがしたが、ここは違った。強烈な臭いが苦手な人間もいるらしく、顔をしかめているマイアーを見て、それに気づいた。マイアーはバーデン＝ヴュルテンベルク州の出身なので、チーズのよさを知らないのだ。

「こんにちは」クルフティンガーがタイル張りの区画の中で叫ぶ。染みのついた白いエプロンを付けた男女が振り向いた。

「今日は休業してるんだ」男が不愛想に言って、ホースで床に水をまいた。

「わかってます。わかってます。チーズを買いたいわけじゃない。ルッツェンベルクさんに会えるかどうか訊きにきたんです」

男と女が顔を見合わせた。

「もうここには住んでいませんよ」女が首を横に振りながらそう言ってから、男に向かって、「低地のほうに引っ越したんじゃなかったっけ？」とたずねた。

「たぶん、そうだろう」男が女のほうを見ずに答えた。

「もしかして、ルッツェンベルクさんの住所をご存知ないですか？　ここは、彼のチーズ工場ではないのですか？」

「はは、笑わせてくれるね」男が笑みを見せるでもなく言った。「あんたはルッツェンベルクをあまりご存知ないらしいね。俺の知る限りじゃ、あの人がチーズ工場に興味を持ったことなど一度もなかったよ」

「ここは、彼のチーズ工場ではないのですか？」

男が笑い出した。「もちろん違うさ。ここは俺たちのチーズ工場だからね」

男の態度に我慢ならなくなったマイアーが、警察手帳を取り出す。「ローベルト・ルッツェンベルクと話をする必要があるんだ。今すぐに」

クルフティンガーは部下に向かってうなずき、落ち着けと手で制した。「そういうことではないんです」

男は水道の蛇口を閉めた。「警察手帳を見せられても、住所は教えられないね。なぜって、ルッツェンベルクは九カ月前に亡くなったんだから」

クルフティンガーも、何が何だかわけがわからなくなる。「でも、さっき言ってたじゃないですか。彼は……その……低地のほうに引っ越したって」

「ええ、息子さんがです」女が口をはさんだ。「息子のアンドレアスはそこに住んでます。学校の教師をしていると思います。昔はここにもときどき来ましたけど、父親が亡くなってからは一度も顔を見せていません」

「あなた方は、このチーズ工場を彼の父親から買われたんですか？」

「引き継いだ、と言ったほうが正しいだろうね。ルッツェンベルクはこの仕事を続ける気がなくなったんだよ。それで、この工場が信頼のおける人間の手に渡るよう全力を尽くした。ルッツェンベルクは最高級のチーズだけをここで作ろうとした。その評判が広まったおかげで、ここは大規模なチーズ工場や乳製品工場にも負けずにやってこれた。今は、まずまずの規模のチーズチェーンと提携を結んでいて、直接売れなかったチーズはそこが全部買い取ってくれている。一日の生産量は五百キログラムで、直売店に二十四時間出して売れなかったものはそこへ届けるようにしている。でも、ルッツェンベルクはそういう企業提携はしていなかった。どうやって採算を取っていたのか、俺には見当もつかないよ」

男は、刑事に質問された以上のことを話してしまったことに気づいて、言葉を付け足した。「俺はルッツェンベルクのもとで長い間働いてきた。彼に腕を買われていたんだ」

「息子さんの住所はご存知ですか？」とマイアーが質問し、男の口元にボイスレコーダーを当てた。

「いや、知らんね。だが、この近くのヴァイラー村に家を持ってるはずだ。たぶん、大叔母か大叔母が住んでいると思う。その人なら何か知っているかもしれない」ボイスレコーダーを向けられた男は、できる限りの標準語で話した。

「わかりました。では、そこへ行ってみます」クルフティンガーはそう言って出口のほうに向き直った。そして、出口の前で振り返った。

「ああ、そうでした」急に思い出したように言ったが、本当は来てからずっと言いたかったことだった。「お宅のチーズを少し頂戴してもよろしいですか？」

★　★　★

数分後、クルフティンガーとマイアーは工場でもらったパルメザンチーズをのせて車を走らせていた。シュトルと名のったチーズ職人は、あのあとクルフティンガーを地下へ案内した。そこはチーズの楽園というしかない場所だった。警部は目の前に広がる光景に息をのんだ。二部屋あったが、どちらも天井まで、金色に光る大きくて丸いチーズの塊で埋め尽くされていた。意外なことに、そこはチーズの臭いがまったくしなかった。ただ鼻にツンとくるような塩の臭いが漂っているだけだった。それは、チーズに吹き付けられた塩水の臭いだった。

シュトルは新鮮な丸いチーズの塊にナイフを入れ、その一部をクルフティンガーにプレゼントした。クルフティンガーは代金を払おうとしたが、シュトルはどうしても受け取ろうとしなかった。警部はこの最高級のパルメザンチーズのためなら大金を払う覚悟をしていた。ラングハマーに、これ以上田舎者扱いされたくなかったからだ。

チーズ職人の夫婦はヴァイラー村のルッツェンベルク家の住所を知っていたが、行き方までは知らず、おおよその方角しか教えてくれなかったので、二人は道に迷ってしまい、人にたずねなくてはならなかった。ダックスフントの散歩をしている中年の男を見つけると、パサートを道端に停め、マイアーがザンドビュール通りへの行き方をたずねた。

「誰がそこに住んどるんだね？」男は方言丸出しで答えて、無精ひげの生えた顔を車の窓から突っ込んできた。

「そんなことはどうでもいい。我々が知りたいのはその通りがある場所なんだ。誰が住んでいようと、あんたには関係ないことだろう」とマイアーが言った。

クルフティンガーは目を丸くした。これから何が起こるか予測できた。

「おまえたちみたいな足の汚い野郎は、どこにいても理屈をこねるんだな」男はいかにも不満そうにそう言うと、突っ込んだ顔を車の窓から引っ込めた。

マイアーの顔が赤らんだ。足の汚い野郎と言われて腹が立ったのだろう。しかし、アルゴイ人がヴュルテンベルク人をそう呼ぶのはよくあることで、マイアー自身もときどきその表現を使って自虐ネタを披露していた。実はマイアーが一番腹を立てたのは、二十年以上も前にヴュルテンベルクからアルゴイに引っ越しているのに、今も堂々と〝アルゴイ人〟であると名乗り切れない自分の不甲斐なさだった。二十年経っても、マイアーのヴュルテンベルクなまりは消えていなかった。そのせいで劣等感を抱えていたのだ。そう、今のように。

「気を悪くしないでくださいよ」マイアーが努めて標準語を使って言い返した。「私たちの質問が不躾《ぶしつけ》だったなら謝ります。つまるところ、あなたはザンドビュール通りをご存知ないのですね」

クルフティンガーは啞然とした。これまで、マイアーの口から〝不躾〟なんて言葉を聞いたことは一度もなかったからだ。部下がそんな難しい言葉を知っていたことが信じられなかった。もしかしたら、意味もわからずに使ったのかもしれない。中年男に仕返しするために。クルフティンガーはマイアーに、どこでそんな言葉を習ったのか訊きたかったができなかった。というのも、クルフティンガー自身、"不躾"が何を意味するのかよくわかっていなかったからだ。

　中年男は一瞬あっけに取られたようだったが、吐き捨てるように、「そうかい、わかったよ。あんたら、そんなに賢いなら、自分で探しな」と言うと、すきっ歯の口で口笛を吹いて犬を呼び、立ち去った。

　マイアーが警察手帳を出して車を降りようとしたので、クルフティンガーが引き止めた。「リヒャルト、そんなことしても意味がないだろう」とマイアーをなだめる。「西アルゴイ人ごときに、おまえが振りまわされる必要はない」マイアーが納得していないようなので、こう付け足す。「西アルゴイ人はみんな意固地なのさ。こっちが横柄な態度に出ると、向こうは意地を張ってしまうんだ。そうなったらもう、こっちの負けさ」

　クルフティンガーは車を走らせ、中年男の横を通り過ぎながら〝すまなかった〟というように会釈した。

　次の通行人にはクルフティンガーが質問したので、難なく期待通りの回答を得ることができた。「さすがだろう！」マイアーに向かって、そう言わずにはいられなかった。

　ザンドビュール通り九番は豪奢な最高級の木造家屋だった。漆喰《しっくい》が少し剝がれ落ちていたが、それ以外は非の打ちどころがなかった。クルフティンガーはこんな家で老後を過ごせたらと夢見た。決して叶えられない夢ではない。

玄関の呼び鈴を鳴らしても誰も出てこないので、二人は家の中の様子を外から見てみることにした。

「誰かいますか？」

「こんにちは？」

「手伝ってもらえるのかい？」突然、庭のほうから声が聞こえた。しばらくすると、声の主が姿を見せた。それはなんとも目を見張る光景だった。色彩豊かなスモックを着て、しわくちゃの腕と肩をむき出しにした八十歳ぐらいとおぼしき老女。髪は全部、空に向かって突っ立っている。足を引きずりながら家の角まで来て、二人の刑事を見つめた。手にはさまざまな草がこびりついた小さな熊手を持っていた。

「こんにちは。我々は、ルッツェンベルクさんに会いにきたのですが」クルフティンガーが沈黙を破り、優しく老女に微笑みかけた。

「ええ、ルッツェンベルク家はここですよ。あの人はここにいます」老女はそうつぶやきながら二人の刑事に近づいてきた。クルフティンガーはその歩き方を見て、重労働を経験してきた女性だと推測した。あるいは、そう見えたのは腰痛を抱えているせいか、もしくは短い足をすっぽり丸太のような長靴の中に収めているせいかもしれない。

「そこの君、どんなご用ですか？」老女がそうたずねながら、さらに近づいてきた。クルフティンガーにも、髪の束が汗で老女の額にこびりついているのが見えた。

警部は自分と部下の名を告げて、要件を手短に伝えた。老女はリナ・ルッツェンベルクという名で、亡くなったローベルト・ルッツェンベルクの叔母だという。警察と聞いて目を丸くしたが、とにかく二人を家の中へ招き入れた。

　家に入って、クルフティンガーは驚いた。古い民家で嗅いだことがあるようなかびくさい臭いはしたが、家の中はとても美しく整えられていた。老女から受けた第一印象と、家の中の様子に大きな隔たりがあった。クルフティンガーは、偏見に目を曇らされた自分を責めた。

「そこの君、お入りなさいな」老女がまず警部を、次にマイアーを手招きして居間に招じ入れた。そこではじめて、クルフティンガーはさっきから老女が〝君〟と呼びかけているのに気づいた。アルゴイの老人には〝そこの君〟と呼びかける習慣があることは知っていたが、その呼び方にはどうしても違和感を覚える。昔から、本当にそんな言い方をしていたのだろうか？　想像できなかった。もしかしたらそれはただの老人の習性で、自分も年を取れば急にそんな呼び方をするようになるのかもしれない。

　老女が刑事たちにソファーに座るよう促す。二人は何度も断わったが、結局ハーブティーのもてなしを受けることになった。老女が居間を出て行ったので、二人で部屋の中をじっくり観察した。気温は高いのに窓が閉め切られているため、重苦しくて蒸し暑い空気が充満していた。これも老人の習性なのか、とクルフティンガーは思う。警部の両親も、家の中を亜熱帯気候にするのを好んでいた。

かなり高価なアンティーク家具と思われるタンスの横に、同じく高価そうな大時計が立っていて、十一時十五分を指していた。クルフティンガーが自分の腕時計を見て、大時計が一分も狂っていないことを確認する。

「時計の時間は合っていますよ」突然、背後から声がした。クルフティンガーは老女が居間に戻ってきたことに気づかなかった。丸太のような長靴を履いているのに、床一面に敷かれたカーペットが分厚いせいで足音が聞こえなかったのだ。「ターゲスシャオのニュースが始まる時間に時計を合わせているんです」老女は大時計を見ながら言った。

老女は熱々のハーブティーをテーブルに置いた。

「庭で摘んだニワトコの花とシナノキの花のミックスハーブティーです。飲むと汗をかくので、腎臓にもいいのよ」老女はそう言うと、折り畳み式の木の椅子に腰を下ろした。クルフティンガーは、彼女が髪をとかしてきたことに気づいた。エプロンの上から黒いカーディガンを羽織っている。警部には、なぜ彼女がこの暑さでのぼせないのか不思議でならなかった。

「おいしいでしょう?」老女はまずマイアーを、次にクルフティンガーを期待に満ちた眼差しで見た。警部はティーカップを見つめた。黒い液体から湯気が立ち昇っている。それを見ただけで汗が出てきた。木からはいだばかりの樹皮を連想させる甘ったるい花の匂いを嗅ぐと飲む気がしなくなったが、客に自家製ハーブティーを振る舞い、感想を心待ちにしている老女を失望させたくなかった。

二人の顔に浮かんだのは、笑みと言っても虫歯の痛みを我慢しているときのような苦笑いだったが、それでもハーブティーに少しだけ口をつけた。すぐに、「これはうまい！」と言って飲むのをやめた。

老女は満足そうだった。

こうして話をする環境を整えると、クルフティンガーは老女から情報を訊き出す心の準備をした。大きく息を吸い込み、リナ・ルッツェンベルクに亡くなった親戚について質問しようとしたところで、彼女が先に口を開いた。

「警察のお仕事ってどうなんです？　やっぱりすごく危険なの？　そういう話をよく聞きますものね。テレビでもやっているじゃないですか。本当に大変な事件ばかり起きますからね」

クルフティンガーはテレビの情報は誇張されていると言おうとしたが、その前に老女が話し出した。

「そこの君、何てお名前でしたっけ？　マイアーさんでしたか？　フリードリンの親戚じゃない？　フリードリンの娘は、私の生徒だったんですよ。いい生徒でした。えーと……何て名前でしたっけ？　そうマイアーだわ、今思い出した。そうね、フリードリンはもう亡くなったんだったわ。何で亡くなったのかは知らないけど。一度調べてみないと……」

「ルッツェンベルクさん、そうですね、今度、調べてみましょうね」とマイアーが話をさえぎり、警部に目で合図した。この人からは何の情報も得られそうにないですね、とマイアーは無言で伝えてきた。「今お訊きしたいのは、あなたの甥ごさんのことなんです。甥ごさんについてです」マイアーが一語一語はっきりと発音し、最後の言葉を特に大きな声で言った。

「聞こえてますよ」リナ・ルッツェンベルクが答えた。「私が年寄りだからって、そんなに大声を出す必要はありません」

クルフティンガーは苦笑いを押し殺すためにハーブティーを一口飲んだ。

「それじゃあ、次はハーブ酒にしましょうか」老女が話を打ち切ってしまう。二人の刑事は断わるに断われず、〝自家製酒〟のグラスを受け取ってしまう。

二人は勇気を出して中身を飲み干した。唐辛子を食べたときのように喉がヒリヒリし、あわててハーブティーを飲む。クルフティンガーは、夏用の薄手のジャケットを脱がざるをえなかった。シャツのワキの下に汗の染みができているのを見られても構わなかった。耐えられない暑さだった。

「そんなに暑いですか？」リナ・ルッツェンベルクが、口の端に泡をためて微笑んだ。立ち上がると、「暑いなら、そうおっしゃってくれればよかったのに」と言って窓に向かう。

助かった。警部は涼しい風が熱を持った額を冷やしてくれることを期待した。ところがその期待は、シャッという音とともに打ち砕かれた。老女は窓を開けずに、カーテンを閉めたのだ。クルフティンガーはパニック発作に陥る体質ではなかったが、このときばかりは息をするのも苦しくなった。マイアーに、気分がよくない、と目で合図する。

警部は立ち上がって、部屋の中を歩き始めた。汗が滝のように眉毛へ、頬へ、背中へと流れていく。

「ルッツェンベルクさん、どうか甥ごさんの話を聞かせてください。たとえば、学生時代の話とか?」

老女はうつむいて、考えにふけった。その隙をついてクルフティンガーはタンスの上にあった写真立てをつかみ、それをうちわのようにあおいで暑さをしのいだ。

「そうね、何か覚えていることがあるかしら? そう、あの人はミュンヘンにいたわ。私も小さい頃、ミュンヘンにいたことがあるのよ。あれは確か……」

「ルッツェンベルクさん、お願いですから、甥ごさんの話に限定してください。甥ごさんの学生時代の友人の名前など覚えてないですか? たとえば、ヴァハターとか?」クルフティンガーの忍耐力は尽きかけていた。老女が今すぐ必要な情報を提供してくれなければ、ここを出て行くしかなかった。写真立てであおぎ過ぎて、手首が痛くなってくる。

「ヴァハター? 名前のほうは何ていうんです?」

「フィリップ」マイアーが素早く答えて、話の核心に迫っていく。「フィリップ・ヴァハターです」

「ああ、あのフィリップね。すっかり忘れてたわ。昔はここにもときどき遊びにきたものよ。まだ、ローベルトの妻が生きていた頃はね。彼女は大変な事故に遭ってしまって。ローベルトにとっては悪夢のような出来事でした。そう、それでフィリップは今どうしてるのかしら？　フィリップはとてもいい子でしたよ。確か、姓はヴァハターだったと思いますけど」

クルフティンガーが目を丸くする。これ以上ここにいても意味がない、警官を一人呼んで老女と話をさせ、調書を書かせたほうがいいだろう。そうすれば、自分はその調書に目をとおすだけでいいのだから。

警部は写真立てをタンスの上に戻しながら言った。「ありがとうございました。今日は大変助かり……」

そこで突然、手を止めた。うちわ代わりに使っていた写真立てをひっくり返して、はさんである写真をもう一度見直した。山頂に立つ十字架。その前に五十歳くらいの男が立っていて、若い男の肩に手を掛けている。二人とも、カメラに微笑みかけていた。その若い男をクルフティンガーは知っていた。葬儀から逃げ去った男だ。

驚きのあまり、体が震え出した。暑さで頭はぼんやりし、興奮したせいで気分が悪くなったが、クルフティンガーはなんとか冷静さを保とうと努めた。彼は精一杯落ち着いた調子でたずねた。「この写真の人物は誰ですか？」老女は写真を手に取り、額がしわくちゃになるほど目を凝らした。写真はもう何年も前からタンスの上にあったはずだから、老女の口からすぐに名前が出てきてもおかしくなかった。だが老女は、ゆったりとした動きでエプロンから眼鏡を取り出すと、ぎこちない手つきでそれを耳にかけ、写真をじっと見つめた。警部は、やっとの思いで冷静さを保っていた。

上司が興奮しているのを見てとったマイアーが、急いで近づいてきて、老女と上司の顔を交互に見やった。警部は首を振って、〝今は何も訊くな〟という無言の合図をマイアーに送った。何が起きているのかわからないまま、マイアーは黙って老女の答えを待った。

「それは、ロビーとアンディよ」老女はようやくそう言うと、まるで難しい問題でも問いたかのように満足そうに微笑んだ。

「ロビーとは……ローベルト・ルッツェンベルクのことですか？」と警部が確認する。

「ローベルトとアンドレアス・ルッツェンベルクです」と老女が答えた。

クルフティンガーは眉をひそめた。老女の答えを理解するのに数秒かかった。「つまり、これはルッツェンベルク氏とその息子さんということですか？」

「もちろんよ。それ以外の誰だと言うんです？　ああ、アンディ」老女がため息をついた。

「そろそろ訪ねてきてもいい頃なのに」

「彼の住所をご存知ですか？」と警部がすかさず訊く。

「ちょっと待ってください」老女がタンスの前に行って引き出しの中を探っている間に、マイアーが上司に小声でさっきできなかった質問をする。

「写真の男は誰なんです？」

「葬式で逃げ出した男だよ」クルフティンガーが小声で答えた。

マイアーは目を丸くした。

「ほら、ありましたよ」老女がマイアーに紙片を手渡す。住所は、戦前使われていたジュターリン書体で書かれていた。マイアーは解読できず、紙片を上司に渡した。

「これで、あいつに会えるな」クルフティンガーはそう言って、紙片をトロフィーのように宙に掲げた。

「ルッツェンベルクさん、ありがとうございました」警部は老女がまた何か言い出す前に、すばやく別れを告げた。玄関のドアが閉まり切らないうちに、部下の手に車のキーを握らせる。「おまえが運転するんだ！」そしてすぐに携帯電話を取り出し、ケンプテン市とアンドレアス・ルッツェンベルクが住んでいるというメミンゲン市の同僚に電話をかけた。車がまだヴァイラーの道標に差しかからないうちに、クルフティンガーは警察の同僚にアンドレアス・ルッツェンベルクのアパートメントの前で待機するよう指示した。

「やつが逃げるようだったら、すぐに逮捕してくれてかまわない」警部は携帯電話に向かって大声で言った。窓から吹き込んでくる風が、汗まみれのクルフティンガーには救済のように感じられた。

★　★　★

クルフティンガーとマイアーは二時頃、メミンゲン刑事局に到着した。駐車場に車を停め、ルッツェンベルクのマンションまで案内してくれる同僚を待つ。待っている間、毎度のことながら新築の建物をうらやましく思う。数年前に新築祝いに来たときにオフィスの中まで入ったことがあるが、素晴らしかった。明るくて、何もかも新しかった。

ケンプテンはここととは正反対だった。クルフティンガーは茶色の建物が嫌いではないが、ケンプテンの刑事局はあまりに茶色過ぎる。ここの刑事局の壁はモダンなグレーに塗られていた。一番気に入っているのは、建物前の芝生の上に置かれた警察のシンボルの星を象《かたど》ったオブジェだった。クルフティンガーは芸術については無知だが、その作品が芸術かどうかくらいは判断できた。

同僚がやってくると、クルフティンガーは車を降りて出迎えた。

「シュミートです。ようこそ、クルフティンガーさん」

「シュミート？　ヘラルド・シュミート？」クルフティンガーがこれまでメミンゲン刑事局に電話するたびに話をした相手のようだ。

同僚が微笑む。「そうです。それが私です」

「やっとお会いできて、うれしいですな」クルフティンガーが心をこめて言った。これまで電話でしか話したことのない人に会うのは、警部にとってこの上もない喜びだった。もっともそれは、好奇心が旺盛だからではなく、想像力が豊かだからだ。警部といえども、声だけで相手の容姿を知ることはできない。だから会ったことのない電話の相手の顔は、知っている人間の顔を当てはめて想像することが多かった。たとえば、ラジオパーソナリティのように。バイエルン1のリスナーの多くは、ラジオパーソナリティは誰でもギュンター・コッホのような容姿をしていると思っている。警部も、ギュンター・コッホはテレビによく出ているので顔は知っているが、他のラジオパーソナリティの顔は知らなかった。そのせいか、顔をあわせたことのない電話の相手を想像しようとすると、ギュンター・コッホの顔が浮かんでくることが多かった。

「私がこんな姿でがっかりしましたか?」シュミートがクルフティンガーの探るような目つきを見てたずねた。

「いいえ、その逆ですよ。いや、逆とかではなくて……お会いできてうれしいだけです」

警部は同僚の顔を見つめ過ぎたことに気づいて恥ずかしくなった。

だが、シュミートはコッホには似ていなかった。背の低い男だった。決して長身ではないクルフティンガーがそう思うのだから、かなり低いと言える。口髭をたくわえ、カトリックの修道士のように黒髪の頭のてっぺんが丸くはげていた。短い白髪頭のギュンター・

コッホではなく、はげ頭の俳優ヴァルター・セドルマイアーと言ったほうがふさわしかった。太っているところもセドルマイアーに似ていた。今日を限りに会わないことになれば、シュミートはクルフティンガーの心の中で、俳優ヴァルター・セドルマイアーとして生き続けるに違いない。

「じゃあ、行きましょうか」とクルフティンガーは言って、手をシュミートの肩に置いて車に向かった。警部は初対面の相手とは、最初は距離を置くタイプなのだが、シュミートに対しては違っていた。すぐに好感を持てた。ずっと前から知り合いのような気がした。もちろん、会ったことがなかっただけで知ってはいたのだが。

シュミートはクルフティンガーのパサートの後部ドアを開けたが、乗り込もうとはせずに、訴えかけるような眼差しで警部を見た。

「どうかしましたか？」クルフティンガーが車の中を覗くと、前に倒した後部座席の上に大太鼓がのっていた。

「ああ、すみません。私の大太鼓なんです。降ろしておくつもりだったのですが」と、警部はシュミートに布に覆われた大きなものが何なのかをとりあえず説明してから、「あなたは助手席に座ってください。私がうしろに座りますから」と言った。

警部は大太鼓をできるだけ反対側の席に寄せ、手前側の座席をなんとか元に戻してそこへ体を押し込めた。座っているというよりは、膝を曲げてうずくまっているような姿勢になった。

「うちの車を出しましょうか?」クルフティンガーがおかしな姿勢で座っているのを見て、シュミートが言う。

「いや、大丈夫です」警部は繰り返しそう言うと、話題を素早く切り替えた。「マイアー、シュミートさんだ。シュミートさん、マイアーです」メミンゲンの同僚だけが〝さん〟付けされたのでマイアーが口をへの字に曲げたが、クルフティンガーは気づかなかった。バックミラーを見れば気づいただろうが、体を小さく縮めて座っているために見えなかった。

数分走って、メミンゲン市役所の前で車を停めると、クルフティンガーはホッとした。変な姿勢で座っている上に、車内の蒸し暑さに我慢できなくなっていたのだ。身をかがめたまま後部座席を出ると、スーツのしわを伸ばした。そして今夜こそは、大太鼓を車から降ろそうと心に誓った。

「あれからこのアパートをずっと見張っていたのですが、アンドレアス・ルッツェンベルクは出入りしていません」シュミートが報告した。「どうやら留守のようですね。窓から中を覗いても、人のいる気配はありません」

「仕事に行っているのでは」とクルフティンガーが推測する。

「それはないでしょう」シュミートが答える。「教師なら、今はちょうど……」

「……夏休みに決まってるじゃないですか」とマイアーがその先を引き継いで言った。

シュミートの目に苛立ちの色が表われたので、クルフティンガーは首を振って応えた。

「ルッツェンベルクについて、何か気になる情報はないですか？」

「書類はすべてチェックしたが、特に変わったことはないですね」

警部はシュミートが、自分の大嫌いなチェックという言葉を使ったので眉をひそめた。こいつも他の連中と同じなのか？　だが今回は初対面ということもあり、大目に見てやることにした。「中に入りましょう」

マルクト広場の端にある教会の向かいに何軒か建物が並んでいたが、その中の古い一軒がルッツェンベルクの住むアパートメントだった。警官二人が数メートル離れた場所で、マルクト広場の石畳と小川を区切る保護柵に体をもたせて待機していた。シュミートがうなずき、三人の刑事は玄関の前に立った。クルフティンガーが呼び鈴を鳴らす。「裏にも誰か待機させているのですか？　やつが逃げ出す可能性もありますよね？」

シュミートは無言でうなずき、呼び鈴に誰かが応えるのを待った。呼び鈴に応じる者も、階段の踊り場に出てくる者もいない。クルフティンガーが玄関扉を押してみると、鍵は掛かっていなかった。五人できしむ木の階段を六階まで上がり、ルッツェンベルクのアパートメントの入口のドアを叩いて名前を呼んだ。だが、反応はなかった。

「中に入りましょう。その前に家宅捜索令状を取ります。アパートの管理人も呼んでこないと」

一時間後、裁判所から家宅捜索令状を取得した刑事たちは、再びルッツェンベルクのアパートメントの入口の前に立った。管理人にドアを開けさせる。しかし管理人が何が起こったのかとあまりにしつこく訊いてくるので、クルフティンガーは同僚に頼んで管理人を外に出させた。中に入って、思わず息をのむ。屋根裏にあるアパートメントの暑さは半端ではなかった。かびの臭いが部屋中に充満していた。おそらく何日間か、窓を開けていないのだろう。警部はすぐにアパートじゅうの窓を開けてまわった。

アパートメントの中のものは少なく、きちんと整理整頓されていた。クルフティンガーには何かが気になったが、それが何かはわからなかった。すべての部屋を見終えたところで、それに気づいた。どこを見ても個性が感じられないし、特徴的なものが何もなかった。ルッツェンベルクはここに住んでいるのに、部屋には写真もメモも絵葉書も新聞も見当たらなかった。家具は新しく、比較的高価なもので、モデルルームのようにも見えた。クルフティンガーは台所のテーブルの椅子に腰掛けて部屋を見渡した。その間に、メミンゲンの警官たちはタンスの中やソファークッションやベッドのマットレスを調べた。

「指名手配をしましょう。どう思いますか？」クルフティンガーがメミンゲンの同僚シュミートに承諾を求める。

「それが一番だと思います」シュミートが賛成する。「クルフティンガー警部の話を聞くうちに、ここが犯人のアパートだという気がしてきましたよ」

クルフティンガーは黙ってうなずき、マイアーのほうを見た。マイアーはすぐに了解し、携帯電話を取り出した。

「警部……」居間にいた警官がクルフティンガーに呼びかけた。

「何かあったのか？」クルフティンガーとシュミートが同時に反応して、椅子から立ち上がる。二人は顔を見合わせてニッコリとする。「あなたがこの事件の主任ですから」シュミートがクルフティンガーに先を譲った。

警官の一人が床にしゃがみこんで、本棚の一番下の段から取り出したファイルを見せる。

「書類の詰まったファイルをいくつか見つけました。金融機関からの手紙など、個人的な書類ばかりですが。ご覧になりますか？」

クルフティンガーは首を横に振った。「書類は全部押収しよう。うちの刑事局の同僚に調べさせます」そう言って振り返ったときに、本棚の中にまだ残っていたものに目が留まった。

「それを見せてくれないか？」クルフティンガーが警官に言う。

「この本ですか？」警官が本を手渡す。青い表紙には金色の文字で年号が書かれていた。

クルフティンガーは「一九七〇年～八六年」とつぶやいた。

それは本ではなく、ヴァハターの家から消えたアルバムだった。「できるだけ早く、ケンプテンの刑事局に書類を全部送ってください」クルフティンガーがシュミートのほうを見て言った。

「了解です」

そしてメミンゲンの同僚に「ありがとう」と丁寧に礼を言うと、うしろも振り返らずそそくさとアパートメントを出た。

「あとちょっとだ」階段の踊り場で手すりにもたれて電話をしていたマイアーにそう声をかける。「行くぞ。本棚でこれが見つかった」クルフティンガーが勝ち誇ったように、アルバムを持った手を上げる。マイアーはそれが事件にどう関係するのか知らなかったが、とにかく大事なものが見つかったことだけは理解した。電話を手短に済ませ、上司のあとを追った。

★　★　★

「おまえが運転しろ」クルフティンガーがマイアーに命じる。メミンゲンを出て、ケンプテンまでの一番早い近道、アウトバーンA7を目指して走る。無線から、アンドレアス・ルッツェンベルクの南ドイツ全域での指名手配の告知が聞こえてきた。

「オーストリアとスイス！　オーストリアとスイスもだ！」クルフティンガーが繰り返し叫んだので、運転に集中していたマイアーはびっくりして肩をすぼめた。家畜用のトレーラーを牽引するヴォルクスワーゲンのジェッタを抜かそうとしているところだった。ディーゼルエンジンの馬力が弱いために、家畜の重みでスピードを出せないようだった。

「えっ？　何ですって？」

「オーストリアとスイスだ。オーストリアとスイスを含めた国際指名手配が必要なんだ。あとで変更しておいてくれ。インターポールをとおして指名手配するんだ」警部はそう部下に説明しながら、そんな仕事をまかせられる部下がいてくれることをうれしく思った。クルフティンガーは、書面や電話で外国人とやり取りするのが大の苦手だった。外国の同僚とファックスやメールでやり取りをすることが日常的になってからは、その手の仕事を引き受けるのを断固として拒否していた。

アウトバーンに乗り入れると、クルフティンガーが窓を少し上げた。ラジオから流れてくるバイエルン1放送の音楽が車のモーター音にかき消されてしまう。警部はサンバイザーを下ろし、サンルーフを閉め、頭をヘッドレストにもたせて目を閉じた。

状況は一変した。クルフティンガーとマイアーは、数時間前までは葬式から逃げた男が誰かをまったく知らなかった。そして偶然、彼の名前と住所を見つけた。指名手配によって男を逮捕できたら、事件は解決したも同然だ。犯行動機は、アパートメントで見つけた書類の中に隠されているに違いない。それにしても、若い教師を殺人に駆り立てた動機とはいったい何だったのか？　これまでに明らかになった事実をまとめるとこうなる。ルッツェンベルクはヴァハターの首をカーテンのタッセルで絞めた。つまり、父親のかつての親友の首を絞めたのだ。ヴァハターの家政婦は埋葬の場でルッツェンベルクの存在に気づき、彼がヴァハターの家に犯行日の前日にいたことを警察に証言した。しかも、ヴァハターとルッツェンベルクは言い争っていたという。いったい何を言い争っていたのだろう？若いルッツェンベルクとヴァハターとは、犯行当日までどんな関係だったのか？

クルフティンガーには車の騒音もあまり気にならなかった。車内の熱気、エンジンの豪快なとどろき、窓ガラスを少し開けているので聞こえてくる耳障りな風の音、音楽と声が混ざり合って内容も聞き取れないラジオの音。それらすべてが、警部に心地よい眠気をもたらした。それは色彩豊かなドラッグムービーを見て、徐々にトランス状態に陥る感覚に似ていた。警部は半覚半睡の状態で考えにふけった。

ルッツェンベルクとヴァハターのつながりは……おそらくヴァハターの人生の数々の挫折と、もしくはまったく予想外のことと関係しているのだろう。指名手配は……そのうちに功を奏すはずだ……アルバムだって見つかった……間接的事実もある……証拠は……証拠はあるのか？　まだないが、そのうち見つかるだろう……絶対に見つかる。……どこかで……必ず、どこかで……だが、いったいどこで？　指名手配……してよかった……インターポールは……きっとやつを見つける。どこかにはいるのだから……事件は父親と関連しているのか……でも父親は死んでいる……それともヴァハターの娘たちと関連しているのか？　それはないだろう……いや、ありうるかもしれない。父親……ヴァハターとルッツェンベルクの決別……絶交……やっぱり事件は父親と関連しているのだろう……ヴァハターの職業上の挫折……ルッツェンベルクはすでにその前に挫折していた……小さな工場のチーズ職人……二人の家族は仲が悪くなった……ここを調べないと、徹底的に調べないと……ベーザーシャイドエッグのチーズ職人と食品デザイナー……品質のよい製品……パルメザン……パルメザンの試食……ケーゼシュペッツレに合うかも……パルメザン入りケーゼシュペッツレ……ラングハマーに……

そのとき、クルフティンガーはぎょっと目を覚ました。ラングハマー。くそっ。ラングハマーとケーゼシュペッツレを食べる約束をしてしまった。うとうとしている間にそれを思い出して、目が覚めるほどびっくりした。よりによってこんな緊迫した状況で、あの気取り屋の存在を思い出すとは。

突然、急ブレーキがかかってクルフティンガーの体が座席から浮いた。うしろの車の運転手がクラクションを鳴らして不満を表現する。クルフティンガーは首を振った。マイアーは運転が苦手なのだ。

マイアーを無視して、後部座席の大太鼓の上からアルバムを取り上げた。青いアルバムを開いてめくってみる。ユリア・ヴァーグナーが言っていた写真が出てきた。二つの家族で行ったイタリア旅行、テニスコートや海外のゴルフ場で撮られたヴァハターとルッツェンベルクの写真。たぶん、一生でそう何度もない楽しいひと時だったのだろう。当時アルゴイにはゴルフ場はなかった。ヴァハターとルッツェンベルクのキャリアがわかる写真も出てきた。二人は白衣を着て、試験管や実験用具を手にしている。また、おそらく何かの表彰式なのだろう、テレビの賞金番組でよく目にする厚紙でできた巨大な紙幣と表彰状を多くの人の前で受け取っている写真もあった。そこまで見ても、クルフティンガーは事件と写真の関連性を見つけられなかった。それでもこれらの写真は、アンドレアス・ルッツェンベルクと被害者の関係を明らかにする手がかりであるに違いない。アルバムを調べ尽くし、事件の鍵を握る秘密の暗号を見つけ出す必要があった。

車の騒音も気にならないほど考えにふけっていたクルフティンガーは、突然、不快な現実を意識した。徐々に気分の悪さが戻ってきた。車の騒音、単調なラジオ番組、蒸し暑さ。なぜ、車の中で写真など見てしまったのか？　地図を見るだけで気分が悪くなる自分が。窓から入ってくる風に顔を当ててみる。息ができなくなる。喉も渇いてきた。そこで一度効果のあった呼吸法を試してみた。深呼吸する。吸う息と吐く息の量を同じぐらいにして、呼吸することだけに意識を集中する。しかし、吐き気はそこで頂点に達した。マイアーがケンプテンのアウトバーンの出口で、かなりの高速で急カーブを回ったからだ。

次のファストフード店で停車するようマイアーに命じるべきだろうか？　今はまだ何とか吐き気をこらえることができるが、そこを過ぎてしばらくトイレがなかったら、我慢できるかどうかわからない。だが、マイアーには恥ずかしい姿を見られたくなかった。そうこうしているうちに、右側に見えてきたマクドナルドを通り過ぎてしまう。刑事局に行くまで、トイレはもうない。こうなったら我慢するか、それとも大惨事を引き起こすかしかなかった。外の景色に意識を集中する。ベルリーナー広場の殺風景な建物、交わった複数の車線、ロレンツ教会のバロック様式の堂々たる門、教会とケンプテン市のシンボルの座を競い合う斬新な中央ビル。やがて、イラー橋が見えた。もうすぐだ、とクルフティンガーは思う。意識をさらに景色に集中する。イラー川のほとりのボルツ広場では、青空の下でサッカーをする子供たちが、彼らには大き過ぎる大人用のゴールにシュートを決めようとしていた。ほとんど毎日車で走っているこの環状道路の風景を、こんなにも集中して眺めたことは長い間なかった。左側には火葬場が、右側には競馬場が見えてくる。若い女性が茶色の馬に乗って、赤と白のポールでできた障害物を跳び越えている。その先の左側には、墓地の周りの生垣があり、その前は道路に沿って大型トラック専用の待機所になっていた。そこに〈シェーンマンガー、アルゴイの味〉と大きく書かれたミルクタンカーが停まっている。クルフティンガーはマイアーのほうを向いた。マイアーには、すぐに警部が言わんとしていることがわかった。

「あの会社はもう一度調査したほうがいいですよね。アポを取りましょうか？」マイアーが真面目に質問する。いつもなら上司の意図をすぐにくめると得意げになるマイアーが、今日は別人のようだった。

「ああ、あとで話そう」クルフティンガーがやっとの思いで口にする。救いの岸辺はもう目の前に見えていた。信号が青に変われば、あと十秒で刑事局にたどり着く。いつもならとても心地よい自分の車の中が、今日は地獄に思えた。もうすぐ、そこから逃れられる。

マイアーがエンジンを止めるやいなや、クルフティンガーはドアを開けて、新鮮な空気を吸うために外へ飛び出した。

「どうしたんですか！　顔が真っ青ですよ！　体調が悪いんですか？」マイアーが、駐車場を囲う金網に弱々しくもたれかかった警部を見て言った。

「いや、そうじゃない、ちょっと暑かっただけだ。何も食べてないし、飲んでもいないから。でも、大丈夫だ」新鮮な空気に癒されながら、上司はそう答えた。

★　★　★

「今日はやることがいっぱいあるんだ、ヘンスケ女史。捜査に新たな展開があった」オフィスに入ったとたん、クルフティンガーは興奮気味にそう言った。マイアーはヘンスケ女史とは口もきかずに別の部屋へ行ってしまった。インターポールの手配をすませたかったからだ。警部の前に立ったヘンスケ女史は、なぜ二人がいきなり忙しそうになったのか理解できなかった。

「警部、急に忙しくされて、何かあったんですか？」とヘンスケ女史が、〝新たな展開があった〟のを疑うような口調でたずねた。警部が現状を手短に説明し、一時間後の十六時に会議を開くことと、ユリア・ヴァーグナーに連絡をしてほしいことを伝えると、ヘンスケ女史はようやく事の重大さを理解した。

ヘンスケ女史はうれしかった。刑事ではなく、総務を担当しているだけなのだが、急に仕事が忙しくなると胸が躍った。エキサイティングな職場で働いている、そう友人や知人から思われるのがヘンスケ女史の夢だった。またもや、そういうチャンスがめぐってきた。ヘンスケ女史はよく、会議や記者会見の手配であわただしくなると、〝自分が重大な出来事の真っ只中に立っている〟と感じられてうれしいと言っていた。

会議室にはすでに部下が集まっていた。警部が新情報を得たと知って、詳細を聞くのを心待ちにしていた。クルフティンガーはヘンスケ女史からミュンヘンのユリア・ヴァーグナーと連絡が取れなかったこと、会議のあとに再度連絡を取るつもりであることを伝えられると、十六時ちょうどにマイアーを連れて会議室に入った。マイアーは、〝メミンゲン在住アンドレアス・ルッツェンベルク容疑者の国際指名手配〟に必要な手続きを、これほど短時間のうちに終わらせることができて満足そうだった。

ヘンスケ女史は警部の隣に座り、ノートを開いて議事録を取る準備をした。

クルフティンガーは集まった部下に簡単な挨拶をすると、すぐに捜査結果の説明に入った。「葬儀の最中に墓地から逃走した男は、アンドレアス・ルッツェンベルクであることが判明した。ルッツェンベルクは、家政婦の証言によると、犯行のあった前日にフィリップ・ヴァハターと口論していたという。また、ヴァハターのマンションから消えたアルバムがルッツェンベルクのアパートメントで見つかった。こうした事実を考慮すると、アンドレアス・ルッツェンベルクが犯人である可能性がきわめて高い」

部下の間でどよめきが起きた。

クルフティンガーの説明は、いかにもプロフェッショナルならではのものだった。もしここに妻がいたら、夫を誇りに思ったに違いない。警部は部下たちに今日の仕事の分担を振り分けた。部下のうち二人には、ルッツェンベルクの周囲からできるだけ多くの情報を集め、勤務先の学校でも調査を行なうよう指示した。ルッツェンベルクのアパートメントは、メミンゲンの同僚に二十四時間監視させることも伝えた。

「とにかくそういうことなんで、まあ、うまくやってくんなさい」警部がそう言うと、部下たちは、上司がユーモアと人間味あふれる普段の状態に戻ったとわかってホッとした。急にプロフェッショナルっぽく振る舞いだした上司を、どう扱っていいかわからなかったからだ。警部がいつもの状態に戻ると、会議のテンポも普段どおりに戻った。

「まあ、濃霧注意報でも出ない限り、もうすぐメミンゲンのアパートメントからルッツェンベルクが持っていた書類が送られてくるはずだ。オフィスの〝引きこもり部隊〟は書類の中身を詳細に調査してくれ。調査には、あとでマイアーとシュトローブルとヘーフェレも協力する。必要なら、彼らが調査を引き継ぐ」警部がそう言うと、ヘンスケ女史は「〝引きこもり部隊〟という言葉は議事録に入れなくていいですよね」とでも言いたげに、警部のほうをうかがった。内勤の警官はそれぞれの分野でプロとして仕事をしているのに〝上級の〟刑事たちからは〝引きこもり部隊〟や〝お座り屁こき部隊〟と呼ばれていた。とはいえ、そういう表現が内勤の警察官を小バカにするものではないことを、刑事はみんな心得ていた。刑事たちはむしろ内勤の警官の緻密な仕事ぶりに敬意を払い、彼らがする細かい調査がなくては捜査が進展しないことをわかっていた。内勤の警官たちも刑事たちのそんな気持ちを知っていたから、妙な呼び方をされても聞き流すことができた。

しかし、ヘンスケ女史は冗談を聞き流すことができなかった。だから〝引きこもり部隊〟に次いで〝濃霧注意報〟という言葉にもひっかかり、議事録にもきちんとそう記載していた。でも、どこかしっくりこなかった。ヘンスケ女史は、わからないことがあってもそれをすぐに人に言わない性格なので、休憩時間になるのを待って、みんなの前で質問した。「警部、それにみなさん、濃霧注意報がなぜここで問題なのかわからないんですけど。今日は晴れてますし、霧なんて出るはずがないですよね？　議事録にはどう書けばいいでしょうか？」

それを聞いたみんなは笑い出し、警部はヘンスケ女史が嫌な思いをしないように手短に説明しようとした。ヘンスケ女史にだけ冗談が通じないのは、彼女が東ドイツ出身だからではなく、この土地での生活には慣れても土着のユーモアにはまだ馴染み切れていなかったからだ。ヘンスケ女史はメミンゲンとケンプテンの間に氷河期に削り取られた岩石や岩屑が堆積してできた丘状の氷堆丘《モレーン》があり、それが特に冬になると天候の境目になることを知らなかった。ケンプテンのある〝オーバーラント〟では冬も日差しが照り付け、キラキラと輝く雪や山岳地帯の景色を堪能できるのに、メミンゲンのある〝ウンターラント〟は濃い霧に包まれることが多い。天候を分けるこの境界線は〝アルゴイの門〟と呼ばれ、モレーンの特定の位置に立つとアルゴイのアルペン山脈を一望できるので、観光スポットにもなっていた。オーバーアルゴイ人はウンターアルゴイ人をバカにしていた。ウンターアルゴイには有名な山もスキー場もないが、オーバーアルゴイは常に観光客で賑わい、特に山間の美しい村々では、人が多く集まるために飲食代や土地代やマンションの家賃が高騰し、それが地方の経済力の要になっていた。

「ヘンスケ女史、濃霧のことは議事録に記載しなくていい」クルフティンガーが真面目な顔をして答え、それを見て、ヘンスケ女史は質問するタイミングを間違えたことを悟った。

警部はマイアーとシュトローブルに、会議のあとに少し話をしたいと伝えた。ヘンスケ女史は場違いな質問をしてしまったことで落ち込む様子もなく、今回の件をメディアにどう伝えるべきかと警部に質問した。

クルフティンガーは、広報の担当ではないヘンスケ女史がそんな質問をしたのを不思議に思った。それどころか、驚いたと言ったほうがいい。的を射た質問だったからだ。本来ならクルフティンガーが部下に、今後のメディア対処法を多少なりとも指示すべきだった。だが、興奮していてすっかり忘れていたのだ。

「ヘンスケ女史、ありがとう。メディアのことをすっかり忘れていたよ」警部がニッコリと笑って感謝の眼差しを向けると、ヘンスケ女史はそれを賞賛と受け取り、すぐに微笑み返した。「もしメディアが連絡してきたら、容疑者が一人浮上したとだけ伝えてくれ。それで十分だ。それ以外は何も言わなくていい。そんなことを言うと、メディアはますます質問してくるだろうが、早とちりして彼らの質問に答えてしまうと捜査の妨げになりかねない。メディアからの質問については慎重に対処しよう」クルフティンガーはそう言って締めくくり、会議を終えた。

そのあとマイアーとシュトローブルを呼び出し、指名手配を徹底させ、中間報告をすぐに提出するよう指示した。そしてオフィスに戻り、ヘンスケ女史から渡された番号に電話をかけた。ヘンスケ女史は信じられないスピードで記入した議事録――彼女の速記はまるで両手で文章を書いているかのようだった。この点については、クルフティンガーも彼女に敬意を払わずにはいられなかった――のまとめに取りかかっていた。警部がかけた電話番号の持ち主はユリア・ヴァーグナーだった。呼び出し音をしばらく鳴らし続けていると、誰かが電話に出た。意外にも、それは男性だった。クルフティンガーは驚いたが、なぜ自分が驚いたのか、その時点ではわからなかった。そしてすぐに、彼女が結婚していることを思い出した。これまではユリア・ヴァーグナーとだけ話していたので、そのことを忘れていた。夫と話したことはまだ一度もなかった。

「ヴァーグナーです！」夫はそう言って、電話に出た。クルフティンガーが「ユリア・ヴァーグナーと話したい」とだけ告げると、夫は「少し待ってもらえれば、妻は電話に出られそうだ」と答えた。そこで、しばらく待つことにした。クルフティンガーはユリアの夫の声を聞いて、スポーツキャスターのギュンター・コッホを思い出した。二人の声の質、もしくはバイエルンなまりが似ているからかもしれない。

電話の向こう側はしばらく静まっていたが、突然聞き慣れたユリアの声が聞こえた。

「警部さん、お待たせしてすみません。仕事がたまっていたので、仕事部屋にいました。今、ミネラルウォーターを一ケース持って上がってきたところで、息が荒くってすみません。ところで、警部さん、どうかしましたか？」

クルフティンガーは、水一ケースくらい若い夫に運ばせたらいいのにと思いながら話を切り出した。

「ヴァーグナーさん、手がかりを一つつかみました。でも、残念ながら警察には守秘義務がありますので詳細はお伝えできませんが、ご理解ください。捜査をさらに進めるためには、あなたからお父様についての情報をもっといただかなくてはなりません。つまり、お父様のプライベートな生活についてです」

「警部さん、警察の守秘義務は私にも理解できます。でも本当に犯人の可能性が高い容疑者が見つかったのですか？」

「まあ、なんと言いますか、とにかく捜査は今日の段階で劇的に進展しました。でも、まだ不明な点が数多くあるのです。それらを明らかにするためには、お父様について、お父様の生前の生活について、もっと詳しく調査する必要があるのです。ヴァーグナーさんのご協力がどうしても必要です」クルフティンガーは、なるべく事件の核心にはふれずに説明した。今の段階でユリアに、ルッツェンベルクが容疑者であるとは言えなかった。警察がつかんだのは手がかりと間接的な事実だけであり、証拠はまだ見つかっていないからだ。

「警部さん、捜査に新たな展開があったと聞いて安心しました。私も全力で協力したいと思います。ところで父について、具体的には他に何をお知りになりたいのですか？」

クルフティンガーは守秘義務のことも忘れて、率直に質問した。

「旧友、つまりルッツェンベルクさんとの絶交についてもっと詳しく話してもらえないでしょうか」

「すでにお話ししたとおり、ルッツェンベルク家とはケルンに住んでいた頃は仲がよかったのです。ヴァイラーにあるルッツェンベルクさんのご実家にもよく遊びに行きました。

金曜日にケルンを出て、週末をアルゴイで過ごしました。二家族が寝泊まりしても問題ないほど広い家でした。私たち子供はその古民家で遊ぶのが大好きでした。アンディは男の子だけれど、私たち姉妹ととても気が合いました。まるで大家族のようでした。

あの頃は、ほとんどの休暇を二つの家族が一緒に過ごしました。だから、いきなり絶交状態になったことが理解できませんでした。私たち姉妹には何が何だかわからなかった。母は一番仲がいい女友達を失くしたことを悲しんでいました。ルッツェンベルク家は、私たち家族と絶交したあとすぐにアルゴイに引っ越してしまいました。ルッツェンベルクさんは父と一緒に働いていた研究所を辞めたことで、次の仕事を見つけるのに苦労されたようです」

「二人が働いていた研究所とはどういった種類のものだったのですか？」

「食品研究所です。ある企業に属する営利目的の研究所でしたが、どこかの大学とも共同研究をしていたようです。少なくとも、大学と密接な関係にあったようです。それ以上のことは私も知りません。企業の名前は調べればわかると思いますが、そこで具体的に何が起きたのかはわかりません。父とルッツェンベルクさんの間で確執があったことは間違いありません。でも当時の私は、その内容を知りたいとは思いませんでした。絶交したことだけは理解できましたけど、父からその詳細を訊き出すには私は幼な過ぎました。絶交のことも、時間が経つと忘れてしまいました。父はその後もしばらく同じ研究所で働いていました」

「ヴァーグナーさんはそれ以来、ルッツェンベルク家の人とは一度も会っていないのですね?」

「会っていません。彼らはアルゴイのヴァイラーに、私たちはケルンに住んでいましたから。私たちがアルゴイに引っ越したときには、私の家族は別の問題を抱えていたので彼らのことを考える余裕もありませんでした」

「なるほど。息子さんとも再会しなかったわけですね……?」クルフティンガーはそう言ってから、言い方を変えただけで同じ質問を繰り返したことに気づいた。

「子供の頃に会ったきりです」

警部はユリアに礼を言って電話を切った。

そして素早く電話から離れると、これからやるべきことをメモした。ユリアと話している最中に、新しいアイデアが浮かんだのだ。

クルフティンガーが書く字は、息子に小学生の字だと言われるほど汚かった。まるで、字を習い始めたばかりの小学生のようだった。そんな字でこう記した。

・研究所を見つける。

・そこで何が起きたのか、絶対に調べ出す(昔の資料や専門誌を調べ尽くして、ヴァ

ハターとルッツェンベルクの足跡をたどる)
・チーズ工場――シェーンマンガーの経歴を徹底的に調べる!!!
・バルチュ?

こうしたことを電話している最中に思いついたのだが、クルフティンガーは他の多くの男同様、電話をしながらメモすることができなかった。同じく、テレビを見ながら歯磨きをしたり、ラジオを聴きながらしゃべったり、新聞を読みながら誰かの質問に答えたりすることも苦手だった。一方、妻はこれらすべてを難なくやってのけた。そういうわけで、メモを取るのはいつも電話が終わってからにしていた。しかも、自分専用のメモ用紙を使っていた。それは〈アルゴイ・ビール酒場〉のロゴが付いた、もともとは酒場のウェイターが注文を書き付けるときに使うものだった。カードゲーム仲間の一人がビール酒場で働いていて、メモ用紙を一箱注文してくれたのだ。クルフティンガーは、家でもこのメモ用紙を使っていた。薄くて、軽くて、フォーマットが実用的なところが気に入っていた。財布にも入れられる大きさだった。同僚はそんなクルフティンガーを見て、頭がおかしいんじゃないかと首を振ったものだ。刑事局にもメモ帳は十分用意されているのに、ペラペラのメモ用紙をわざわざ持参してくるのを誰も理解できなかった。

シュトローブルに内線電話をかける。ヴァハターが働いていたケルンの研究所の住所を調べて情報を集め、遅くとも明日か明後日にそこの代表と面談を取りつけるよう指示した。それから、情報課に内線電話をかけた。昔の情報課は新聞や、ニュースをまとめた紙資料で埋め尽くされていたが、今はすべてコンピューターで情報管理していた。〝引きこもり部隊〟に、ヴァハターとルッツェンベルクの名前が出てくる新聞と専門誌をすべて見つけ出すよう指示する。ケンプテン刑事局の情報課はバイエルン警察本部の資料室とネット回線でつながっているため、ここ十年間に公表された特定の人物や事件についての資料を数時間足らずで収集することができた。とはいえクルフティンガーには、インターネットやイントラネットやデータバンクなどというものはボヘミアの村ほど縁遠いものだった。

それから、さっきまで国際指名手配の件を何やら処理していたマイアーにも——しばらく電話が話し中だったのでそう推測した——クルークツェルのチーズ工場に連絡を取り、シェーンマンガーとの面談を数日以内に設定するよう指示した。これは本当ならばヘンケ女史の仕事なのだが、なぜか十五分くらい電話がふさがっているので仕方なかった。新しい求愛者でも現われて、その男に仕事で遅くなることを弁解しているのだろうか。ヘンスケ女史は、バイエルン州が電話代を払っていることを忘れて長電話しているのか。だが彼女は、ボーイフレンドに仕事場には電話しないよう話してあると言っていた。その男は刑事局から数メートルしか離れていない、オーバーアルゴイ自動車運行許可所に勤めていた。そこはケンプテン刑事局の出先機関で、二人は電話で話す機会が多かったことで次第に親しくなったということだった。

クルフティンガーはもう一度ヘンスケ女史に内線電話をかけてみたが、まだ話し中だった。ヴァハターの同僚であり、死体の第一発見者でもあるローベルト・バルチュの電話番号を知りたかったのだ。そこで仕方なく椅子から立ち上がり、ヘンスケ女史の部屋へ向かった。警部はヘンスケ女史が、ヴァハターの仕事やプライベートについて、何か新しい情報をくれるのではないかとちょっぴり期待していた。ところが、クルフティンガーが席に近づいてくるのを見たヘンスケ女史はあわてふためき、明らかに友人と思われる相手との電話を急いで切ると、口をつぐんだ。今日の会議で恥ずかしい思いをして、仕事中に友達に電話したくなるほどストレスをためていたのかもしれない。たとえ、その原因が〝冗談〟だったにせよ……。長電話はいけないと彼女に改めて注意しておくべきだったのかもしれないが、クルフティンガーはそうしなかった。ヘンスケ女史がバルチュに電話することを承知し、気まずさの混じった笑顔を見せると、警部は背を向けて自分の部屋へ戻った。ヘンスケ女史がいつものようなユーモアとお色気たっぷりの弁解をしなかったことで、彼女が反省しているのはよく伝わってきた。

電話の呼び出し音が鳴ると、クルフティンガーはすぐに受話器をつかんだ。バルチュは名前だけでなく、自分の職種まで名のった。警部が質問を始める機先を制して、捜査の進展状況を訊いてきた。「新しい展開はあったのですか？　メディアは何の情報も伝えてくれませんから。手がかりは見つかったのですか？　それともまだ推理小説の警部のように、暗中模索されているのですか？」バルチュの声は信じられないほどリラックスし、はずんでいた。深刻で、悲惨な出来事について話しているとは思えないような口調だった。クルフティンガーは、これを詳しい情報を訊き出すチャンスと捉えた。

「バルチュさん、捜査は進展しています。お気遣いありがとうございます。実は今日あなたにお訊きしたいのは、ヴァハターさんがアルゴイに引っ越す前の仕事とプライベートのことです。もしかしたらヴァハターさんは、バルチュさんにケルン時代の話をされたこともあるのではないかと思いまして」

「もちろん、彼がケルンで働いていたことは知っています。業界の人間なら誰でも知ってることです。食品研究で功績を上げた男ですから。でもそのあとに、やっかいなことが起きたんです……」

「仕事についてはもちろんですが、ケルンでのプライベートな面についても、何かご存知でしたら話していただきたいのです。御社で一度、面談させていただいてもよろしいでしょうか？」

「どうぞ、いつでもいらしてください。毎晩六時までは会社におりますので……」

「ありがとうございます。では、改めて連絡を差し上げます。今日はここまでということで。それではまた」

クルフティンガーは、面談の約束を取りつけられてよかったと思った。自分はもともと、オフィスで電話とにらめっこして仕事をするタイプではない。オフィスにあまり長くいると、頭の回転が遅くなる気がする。自分の才能は、直接人と会うことで発揮できた。相手の見振りや表情や態度から――これを息子は〝非言語性コミュニケーション・シグナル〟と呼んでいたが――重要な情報を入手するのだ。クルフティンガーのこの性格は、事務職嫌いで一日中外で仕事したがった元警察官の父から受け継いだものかもしれなかった。

★　★　★

翌日、クルフティンガーはいくつかの報告書にサインし、やりかけの事務処理を終わらせるために少しの間だけオフィスで仕事をした。チーズ工場の社長との面談のアポがあったので、しじゅう時計が気になった。ビール酒場のメモ用紙をポケットに入れると、マイアーの席へ向かう。マイアーは午前中にチーズ工場にアポの再確認の電話をかけたのだが、老社長は得意先を訪問中で工場を留守にしていた。

クルフティンガーには、社長がいるかどうかは問題ではなかった。とにかく工場へ行きたかった。老社長が戻るまでチーズ工場を見学するか、バルチュと面談してもいいのだから。「じっとしていても仕方がない」と、警部はマイアーに言った。

マイアーはまだ国際指名手配の事務処理をしていた。国際案件といえども、結局は役所の手続きにほかならない。クルフティンガーがマイアーに、クルークツェルのチーズ工場へはシュトローブルを伴うから、引き続き国際指名手配の手続きをやるよう指示すると、マイアーはがっかりした様子だった。だが、事件に関する事務処理のすべての管理を君にまかせると言われて機嫌を直した。それは小さな昇進とも受け取れたからだ。少なくとも悪いことではなかった。クルフティンガーはマイアーに、何かあれば携帯電話で知らせるように言い置き、シュトローブルを連れてオフィスを出た。

★ ★ ★

パサートをクルークツェルのシェーンマンガーのチーズ工場の中庭に駐車した。前に来たときよりもひと気がなかった。酪農家たちは、まだこの時間は農場で仕事をしているらしい。ミルクタンカーが数台、製造工場の前に並んでいた。

二人の刑事がチーズ工場の翼部にある管理事務所へ行くと、まず受付係に呼び止められた。年老いた男は二人をけげんそうにじろじろ見たが、その表情は機嫌がいいとも悪いとも言えなかった。機嫌なんてものは持ち合わせていないのかもしれない。要は、無表情な男なのだ。男が着ている合成繊維製の半袖シャツは色あせていたが——といっても最初から色鮮やかではなかったろうが——とりあえずボタンだけは上から下まできちんと留めてあった。シャツから突き出したしわだらけの顔は冷たい汗にまみれていた。顔色は青白く、唇だけが赤々として光沢《つや》があった。

なかなか面白いものを見せてもらったと思いながら、クルフティンガーは警察手帳を取り出して、それをガラス越しに示した。

「警察だ。秘書課に、我々が来たことを伝えてくれ！」クルフティンガーは警官口調でそう言ったものの、階段を上りながら思わず笑ってしまった。演技は警部の趣味の一つだった。アルトゥスリートの野外劇場では四年ごとに住民による演劇会が開かれ、クルフティンガーもそれに参加していた。稽古の間は演技に没頭するが、それ以外のときも今のように演技はできるのだ。

シェーンマンガーの秘書は刑事を出迎える準備をすでに整えていたが、その表情は冷たかった。

「シェーンマンガーは大事な会談があって得意先に出向いています。いつ戻るのか、今日戻ってくるのかどうかもはっきりしません。お待ちになっても意味がないと思います。今日の朝、電話でお伝えしたはずなのですが」

そのとき、老社長の部屋の横のドアが開いて、上品な黒いスーツ姿の日焼けした若い男が現われ、秘書のところへやってきた。男はスーツの下に、派手な黄色のベストを着ていた。ベストのボタンは、光沢のある紫色のネクタイの結び目まできちんと留められていた。訪問者に気づくとそっけなく挨拶しただけで、秘書に茶色の封筒を渡して、今日じゅうに送るよう指示を出した。

クルフティンガーとシュトローブルは、その男がマーケティングを担当しているという老社長の息子だろうと推測した。

「シェーンマンガーさん、こちらは刑事さんです。お父様とお話しされたいとのことなのですが。お父様は一度会社に戻られるでしょうか?」

「モーザーさん、私がそれを知っているとでも? 私は父の秘書でしたっけ?」と秘書に嫌味を言った。今、手渡した手紙の内容が好ましいものではなかったからに違いない。シェーンマンガー・ジュニアの機嫌がそれを物語っていた。クルフティンガーは今出会ったばかりであるのに、息子に好感を持てなかった。それでも、彼と少し話をしようと思った。そうこうしているうちに、父親が戻ってくるかもしれない。

「ああ、あんたが社長の息子さんだね。警部のクルフティンガーですよ。ほんのちょっとでいいから、時間を割いていただけないですかね。少したずねたいことがあるんで」クルフティンガーは攻撃的に標準語で話す者に対しては、無理やり方言で話すことにしていた。革ズボンをはいた田舎者、頭の悪い農夫を装うことで相手を油断させるためだった。もしここに妻がいたら、胸をしたたかに叩かれたかもしれない。妻は夫が人前で田舎者っぽく振る舞うのをとても嫌っていた。

「いいでしょう。私が警部さんのお役に立てるとは思えませんが。ぜひとも話したいというのなら、私のオフィスに来てください。モーザーさん、コーヒーを一杯淹れてくれませんか？ 今度はミルク抜きで」シェーンマンガー・ジュニアはコーヒーもすすめずに、刑事たちを自分のオフィスに案内した。

二人の刑事は度肝を抜かれた。七〇年代風の建物の中に、いきなり九〇年代後半風の部屋が現われたからだ。よく磨かれた金属の棒に支えられたガラス製の巨大デスクの上に置かれているのは、特殊鋼製の超薄型PCモニターだけだった。部屋の角にはトルコ革製のソファーセットが置かれ、床には灰色の絨毯が敷かれていた。絨毯の上にはターコイズブルーの矢印が描かれ、ソファーセットとデスクのほうを指していた。クルフティンガーには、それが駅のホームやデパートの床に描かれた安っぽい足形の道案内にしか見えなかった。もちろん、これが上質のデザインだということはわかっていた。インテリアデザイナーに、ターコイズブルーの矢印を部屋中に描きませんかと提案されたのだろう。信じられないほど高価そうな抽象画も、窓に取りつけられた縦型の布製ブラインドもターコイズブルーを基調としていた。この部屋にいる限り、ここがチーズ工場だとは思えなかった。老社長の部屋にたくさん飾られていたチーズの木箱は、ここにはほとんどなかった。壁に飾られた抽象画の横には、奇妙なほど角ばった四角いランプが吊り下げられている。スイッチを入れるとターコイズブルーの光を放つに違いない、とクルフティンガーは想像した。時計はあくまで装飾であり、とても時計には見えなかった。小さなプロジェクターがターコイズブルーの時計盤を壁に映し出し、しかもその中には小さな泡が立ち昇り、紫色の小さな丸が現在の時間を示していた。

三人は、部屋の隅にある派手な色彩のソファーセットに腰を下ろした。

「あの、私は本当に時間がないんです。何をお話ししたらいいんでしょう?」とジュニアがまた嫌味を言った。

「私が知りたいのはですね……」クルフティンガーは方言で話し始めたが、少し考えて言い直した。「フィリップ・ヴァハターさんの以前の仕事について、どこまでご存知なのか知りたいのです」

「警部さん以上のことは知らないと思いますよ。彼は有能な食品デザイナーでした。彼を雇うことができたのは、我が社にとって幸運でした」

「幸運、とおっしゃいましたが、具体的にどういう経緯で彼は御社で働くことになったのですか?　よりによってこんな田舎の会社で働くことになったきっかけは、いったい何だったのです?」クルフティンガーはそう質問して、マーケティング担当重役がこの嫌味にどう反論するか待ち構えた。

「警部さん、よりによってこんな田舎の会社なんて、なぜそんな言い方をされるのです?　我が社は名を知られた一流企業です。最近は、画期的な新製品をいくつも出しています。業績を見ていただければ明らかです。二流、三流企業とは呼ばれたくありません。そんな言い方をされるのは心外です」

クルフティンガーの嫌味は想像したよりも効果があった。そこへ秘書のモーザーが、左右非対称で角ばったターコイズブルーのカップに入れたコーヒーを運んできた。もちろんそれは、ジュニアのために淹れたミルク抜きのコーヒーだった。

「シェーンマンガーさん、私はただ、御社はこの地方の乳製品工場の中ではどちらかというと小さいほうだと言いたかっただけです。ネガティブにとらえないでください」

「他の企業はみんな、大手コンツェルンの子会社です。我が社は個人経営ですが、受注数はかなりのものです。そのあたりをぜひ考慮していただきたいですね。国内のディスカウント・スーパー大手二社とも提携しており、前途有望なんです。私が言うのもなんですが、我が社はいずれそのうちにグローバル企業になりますよ。ヴァハターもここで働けたことを喜んでいるに違いありません！　これ以上お話しできることはありません。正式な尋問ではありませんからね」ジュニアは、見るからに興奮していた。

突然、ノックもなくドアが開いた。老社長が入ってきて、驚きの眼差しで息子を見た。社長は愛想よく刑事二人に挨拶してから、息子に何があったのかをたずねた。

「パパ――」クルフティンガーは、ジュニアが〝パパ〟と呼ぶのを聞いて思わずニヤリとした。「お二人が、うちの会社は田舎の弱小企業だとおっしゃるので、訂正してたんです」

カール・シェーンマンガーは、短気で経験不足の息子の無礼をわびた。そして自分の部屋に移って話そうと提案した。特殊な分野で働いている息子より、自分のほうが捜査に協力できるだろうと言った。その言い方に腹を立てた息子は、父親の古めかしい部屋に移動する三人についてきた。

★ ★ ★

老シェーンマンガーと二人の刑事はソファーに腰掛けたが、息子は落ち着かない様子で一人立ったままだった。それでも、口をはさみたくてうずうずしているように見えた。

クルフティンガーは、今回はシュトローブルに最初の質問をさせた。ヴァハターの過去についての質問だった。

「刑事さん、彼の過去については遅かれ早かれ明らかになるでしょうが、それが我が社の名誉を傷つけることにはならないはずです」カール・シェーンマンガーは、息子に口出しされる前に答えた。

「なんでパパが、俺たちには関係のない昔のことを刑事さんに話さないといけないんだ？　正式な尋問じゃないんだぜ」

息子にそう言われて、父親は強く反論した。

「話せる話せないは、私が決める。刑事さんに対する態度を改めなさい。私は真剣に怒っているんだぞ。これについては、あとで二人で話そう。おまえは黙って聞いていればいいんだ！ クルフティンガーさん、率直に申し上げます。ヴァハターさんはご存知のとおり、スキャンダルで転職もままならなくなるまでは、食品業界では有名人でした……」

「パパ、僕にも言わせてくれ。会社のことを考えるんだ。そんなことまでしゃべったら、社名に傷がつくじゃないか！ やっと事業が軌道に乗ってこれからってときに、なんでまた過去をほじくり返すようなことをするんだよ！ 話す必要なんてないんだ。警察に出頭しろというなら、行ってやるさ。僕らは何も悪いことなんかしていないんだからな！」

クルフティンガーは、息子の言動をつぶさに観察していた。相手からこれほどまでの嫌悪感をぶつけられたことは長い間なかった。しかも相手は、犯人や共犯者とはまったく考えられない人物なのだ。息子の言動は理解不能としか言いようがなかった。九〇年代には都会派若者のエリートとして〝ヤッピー〟と呼ばれたであろうこのジュニアが、何かを隠していることなどあるだろうか？ この面談は、もしかしたら予想以上の結果をもたらすかもしれない。

「クルフティンガーさん、シュトローブルさん、気になさらないでください。息子はいつも自分が主役でないといけない性格でして。でも、我が社の代表はあくまでも私ですから」

カール・シェーンマンガーには、クルフティンガーが共感を持てる男らしさがあった。

自分の会社とともに地道に成長してきたこと、いくら金をつまれても自社を売り払うことなどしないという信念を持っていることなどが、話の端々からうかがい知れた。また彼は、倹約家として知られる実業家でもあった。その一方で、正しい目的のためなら惜しみなく寄付を行なっていた。そのことは、地元の住民もよく話題にしていた。とはいえ、彼はアルトゥスリートの濃密なコミュニティからは距離を置いて生活していた。あくまで地位も名誉もあるブルジョワジーであり、その肩書きがアルゴイの小さな村社会とは相容れなかったのだ。逆に、息子の評判はあまり芳しくなかった。ビール酒場や祭りに顔を出しても、金持ちであることを鼻にかけた態度を取るからだ。そんなこともあって、シェーンマンガーに寄付を求める人の数も次第に減っていた。警部は話が大きな展開を見せたこの面談を、ヴァハターに関するより多くの情報を得る絶好のチャンスととらえた。息子が口を閉ざせば、反対に父親は社長としての威厳を保とうと口を開くだろう。息子はできることならこの場で父親の口を封じ、今日か明日にでも父親を引退させ、自分の野望を実現させたかったに違いない。カール・シェーンマンガーは、息子が企業のトップに立つ才覚を持っているのを知りながら、経営のすべてを委ねるのを長年拒み続けているようだ。この先話がどう展開するのか、警部はドキドキしながら待ち構えた。

「ヴァハターはケルンの研究所で、ヨーグルトや硬質チーズ、軟質チーズなどの乳製品の発酵過程を大幅に短縮する方法を開発しました。それは大変画期的なものでした。発酵過程が二、三日短縮されるというようなレベルではなく、超高速製造と言ってもいい方法だった。化学は私の専門ではないのですが、この新技術を導入する前は少々不安だったので、勉強していろいろと調べました」

ペーター・シェーンマンガーは怒りをふつふつと煮えたぎらせているようだったが、そ
れでも口出しはしなかった。

「どんなやり方で、発酵過程を大幅に短縮できたんだ？」

「乳製品に添加する細菌の組み合わせを変えたんです。細かいことは訊かないでください。細菌は研究室で特別に培養されたものらしいのですが、最も効率のいい最新の乳製品製造法だと賞賛されました。専門誌でも、この方法は画期的で、詳しくは専門家に訊いたほうがいいでしょう。この方法の欠点については誰も気にしなかった。なにしろ、経済的に大きな利点がありましたからね。想像してみてください。この方法を使えば莫大な費用を節約できるだけでなく、以前よりも短い期間で製品を市場に出すことができるのです。中小企業にとってこんないい話はありません。あっという間に、牛乳が発酵するんですから」

クルフティンガーは圧倒されていた。カール・シェーンマンガーの話を止めることはもう誰にもできなかった。息子は、汚い言葉を吐いて部屋を出て行った。

「しかし、その方法で製造された製品が市場に出まわると問題が浮上しました。製品が健康によくないというのです。老人や免疫不全患者の胃腸障害の誘因になることがわかりま

した。なぜ試験段階でそれが発見できなかったのかは、私にもわかりません。そのために、この方法を導入した企業は利益を得るどころか、損失を負うはめになったのです。受注が減り、経営が成り立たなくなった。それで、ヴァハターは職を失ったのです」

多くの企業を巻き込んだ、謎めいたスキャンダルというわけか。それにしても、ヴァハターはどういう経緯でクルークツェルの工場で働くことになったのだろう？ クルフティンガーは質問しかけたが、その必要はなかった。カール・シェーンマンガー自らが話し始めたからだ。

「私は当時、ヴァハターが転職先を見つけられずに途方にくれているとの噂を聞きつけた。彼を雇おうとする企業は一つもなかった。彼を雇ってまた同じようなことや、それ以上のことが起きたら、企業側ももう弁解の余地はありませんからね。ヴァハターは有能な研究者でしたが、みんな汚名を着せられるのが怖くて彼を雇おうとはしませんでした。もちろん、ヴァハターにも緻密な仕事や実験を怠った部分はあったのだろうと思います。多くの人は、彼がネガティブな研究結果を隠していたのだろうと噂していました。でも私は、そうは思わなかった。ヴァハターが必死で転職先を探していた頃、我が社も新しい人材を探してもなかなか見つからないという状態でした。経営は決して楽ではなかった。昔ながらの製造法でしか製品を作っていませんでしたから。多くの中小企業が倒産する中、我が社はかろうじて耐えていました。市場は、大企業の独占状態になっていた。七〇年代の終わりには、さまざまな味の新製品が続々と登場してきた。企業の経営は、いかによい製品を作るかではなく、いかに経済的に、いかに多くの種類の製品を販売するかにかかっていた。食品をデザインする時代になっていたのです。我が社も手遅れになる前に、その波に乗らなくてはならなかった。ヴァハターは希望の星だったのです」

「それで、御社はヴァハターをすぐに雇うことができたのですか?」頭の整理をする時間が欲しいなと思いながら、クルフティンガーは質問した。

「すでにお話ししたとおり、人材としてのヴァハターの価値は最低でした。ですから、私たちのような中規模企業でも雇うことができたのです。まずはお金をかき集めて、商品開発部を作らなければならなかった。ヴァハターを雇うまで、我が社には商品開発部はありませんでしたから。私たちには、設備投資をして成長するか、大手企業に買収されるかの二つに一つしか道は残されていなかったのです。商売敵に四方八方からにらまれる中、一つの希望にかけることにしました。その希望が、食品デザイナーのヴァハターだった。絶望しかけていた彼に、以前の職場と同じ職を与えました。ヴァハター自身も、自分が我が社にとってどれほど重要であるかを理解していました」

シェーンマンガーはそこでいったん話を中断した。疲れているように見えた。「これでヴァハターの以前の仕事については、すべてお話しできたと思います。その後のことは、刑事さんもご存知のとおりです。私が言えるのは、ヴァハターという人材は我が社にとって害ではなく、大きな利益だったということです。もちろん最初は社員たちも、ヴァハターを雇うことにした私たち幹部を批判的な目で見ていました。でも、ヴァハターのおかげで仕事の質が高まり、会社側は最終的に社員を納得させることができたのです」

シェーンマンガーは話を終える時間がきたというそぶりを見せた。時計をチラチラ見るようになり、ソファーの上で落ち着きなく体を動かし始めた。そこでクルフティンガーは、何も隠さず話してくれたシェーンマンガーに丁寧に礼を言ってから、最後に一つだけ質問をした。シェーンマンガーは予期せぬ最後の質問に、少し苛立ちながら耳を傾けた。

「ルッツェンベルクさんをご存知ですか？」

「ルッツェンベルク？　どこかで聞いたことがあるな。誰なのか教えてください」

「ローベルト・ルッツェンベルクです。ヴァハターと一緒に、ケルンの研究所で働いていました」

「そうだったな。知ってますよ。彼は食品デザイナーを辞めて、ベーザーシャイドエッグの工場を引き継いだんだ。でも、工場で働くことはなかった。ほとんど隠遁生活のような暮らしだった。ここ数年は、上品ぶってはいても成功とはほど遠い生活を送っていたようです。ひっそり暮らしていたというよりは、不幸な生活だったようですね。重い病気にかかって最近亡くなったと聞いています。業界紙から得た情報ですがね。彼とは、どこかのレセプションで二度会っただけでした。でも業界内では、いろいろな噂を耳にしますから。

業界紙によると、ベーザーシャイドエッグの工場の後継者は、今後もルッツェンベルク氏の地域密着型の経営方針を引き継ぐそうです。それが悪いとは言いません。考え方は人それぞれですから。彼らの忍耐力には脱帽するしかありません。刑事さん、すみません。もう出かけなくては」老社長はそう言って、腕時計を見た。

★　★　★

クルフティンガーは刑事局に戻る車中で考えごとができないので苛立っていた。一人ではないからだ。一人きりでないと、考え事ができない質《たち》なのだ。車にいるのが妻ならよかった。夫婦なら、三十分ぐらい何も話さなくても問題はない。夫は今日は何も話したくないのだと、妻が思うだけだからだ。以前妻から、無言で何時間も座って景色を眺めているインディアンの酋長みたいだと言われたことがある。妻に言わせると、インディアンは酋長が「ウフ」や「フゥー」と口にするだけで、今日は酋長に話しかけてはならない日だと理解するという。

クルフティンガーは不機嫌だった。考え事をしようとすると、シュトローブルが話し出す。なぜ三分ごとに、たわいもないことを口にする必要があるのか？　シュトローブルは、クルフティンガーが事件について話したがらないのを心得ていた。だからといって、対向車のことやケンプテンの汚水処理場の衛生管理の問題などについて話す必要があるのか？

クルフティンガーは車を降りると、そそくさとオフィスの自分の部屋に引きこもった。今は一人きりになって考え事をしたかった。

ところが、落ち着いて考えられない時間が一日じゅう続いた。しょっちゅう何か邪魔が入る。そのほとんどが、ルッツェンベルクの書類に関することだった。さらに今日は複雑な事務処理があり、それに思ったより時間がかかってしまった。夕方になると、クルフティンガーはついに我慢できなくなった。ヘンスケ女史に内線電話をかけ、容疑者が出頭したなんてことがない限りは電話も入室も断わるように指示した。

それから、全員を集めて午後八時に会議を開きたいと付け加えた。これは終業時間が八時十五分より前になることはないことを意味していた。終業時間が遅くなって、いい気分になる者はいないので、ヘンスケ女史にわびておく。他の部下は就業時間が延びるのはめずらしいことでなく、それがケンプテン刑事局では通例のようになっていた。むろん若い局員の中には、仕事帰りに恋人とのデートなどの予定を入れている者も少なくないはずだが、むしろ残業となると、中年の部下たちのほうが、七時のニュースを見過ごす程度の支障しかないのに、ひどく落ち込む様子を見せるのだった。とはいえ、部下は全員こういった特別指令に従わなくてはならないことを承知していた。今回のような重大事件が起きたあとではなおさらだった。

クルフティンガーは靴を脱ぎ、シャツの一番上のボタンをはずし、誰に見られる心配もないのでベルトをゆるめてから、腹を締めつけているズボンのボタンをはずした。そして、ソファーに横になって考えにふけった。

突然、電話が鳴った。びくっとして、クルフティンガーは身を起こした。少しうとうとしていたようだ。時計を見ると、もう七時五十七分だった。電話をかけてきたのはヘンスケ女史で、会議の開始を知らせてきたのだ。クルフティンガーはあわてて咳払いをした。腹が減っていた。居眠りしたとは意外だった。今日は手に入った情報が多過ぎて、疲れていたのかもしれない。本当は会議の前に報告の内容をまとめるつもりだったのだが、それができなかった。

会議室には、すでに全員が集まっていた。ヘンスケ女史だけが会議室の前で待っていて、警部が来てから一緒に中に入った。八時十分を過ぎていた。まずクルフティンガーは、シェーンマンガーのチーズ工場でえた最新情報について報告した。意外にも、準備してこなかったわりにはうまく説明できた。部下は真剣に話に耳を傾けてくれた。ようやく何らかの成果を報告できたことに満足する。報告を終えたクルフティンガーがそれほどホッとしたのには、もう一つ理由があった。クルフティンガーが報告を始めるとすぐに、ケンプテン地方刑事局長のローデンバッハーが会議室に入ってきて、入口付近の椅子に腰かけて耳を傾け始めからだ。ローデンバッハーはここ数日の捜査報告書を受け取ってはいたが、警部がたった今報告した内容については知らなかった。だから、最後まで何も口をはさまずに聞いてくれた。

　ひき続き、部下たちがそれぞれの調査結果を報告する。マイアーが最初だった。

「アンドレアス・ルッツェンベルクに前科はありません。警察とは無縁の人物です。一つ目についたのは、一度だけスピード違反をしてかなりの額の罰金を払っていることです。その交通違反がいつ、どこでなされたのかを調べたところ、ヴァハターの葬儀終了時刻のすぐあとでした。アウトバーンを走るつもりだったのでしょう。ディートマンスリートで光電センサーにキャッチされています。一般道で時速八十八キロ出していました」

　ヘーフェレは調査がうまく進んだらしく、メミンゲンについての報告書をほぼすべて書き終えていた。

　ヘーフェレの報告はこうだった。ルッツェンベルクは家宅捜索以降アパートには戻っておらず、知人や同僚への聞き取り調査も行なったが有用な情報はえられなかった。聞き取り調査をされると誰もが驚き、警察がルッツェンベルクについて調べているのを不思議がった。ルッツェンベルクは独身で、一年前に長く付き合った彼女と別れていた。仲のいいカップルだったが、彼女が子供が欲しいと言い出し、ルッツェンベルクはどうしてもそれを受け入れることができなかったということらしい。

「ルッツェンベルクが勤務する学校の副校長とも話しました。副校長によると、ルッツェンベルクは優しくて信頼のおける、熱心な教師だそうです。副校長は警察が聞き取り調査を行なう理由を知りたがりました。私は、〝行方不明だから〟と答えておきました。副校長は驚いて、かなり心配している様子でした。というのも、ルッツェンベルクは夏休みの週に一度の電話当番を進んで引き受けたにもかかわらず、当番の当日に登校しなかったからです。副校長はルッツェンベルクに限ってそんなことはないと思いつつも、休暇旅行に出かけて、当番を忘れたのだろうと考えていたそうです」

「それで知人は？　彼が行方不明であることについて、何か言ってなかったか？」

ヘーフェレの報告によると、何人かの知人は数日前から彼と連絡が取れないのに気づいていたが、その理由は知らなかった。それでも、誰一人真剣に心配した者はいなかったという。

「ルッツェンベルクは大の旅行好きなんだそうです。だから友人たちは、彼が休暇中に旅行していないことのほうがおかしいと思っていたようです」ヘーフェレはそう話をまとめた。

最後にクルフティンガーは、ルッツェンベルクの個人情報を調査した部下たちにも現状報告をするように命じた。彼らは新情報を大量に入手していた。

ルッツェンベルクはヴァハターのアルバムを持ち去っただけでなく、ヴァハターの住所や口座番号や電話番号まで自分の住所録に記載していたという。

ルッツェンベルクのコンピューターの分析にはまだ時間がかかっていた。それでも、電話局の請求書にあった電話番号の通話記録を調べたところ、数週の間にルッツェンベルクがヴァハターに何度も電話していることがわかった。電話はいつも夜にかけられていた。電話局がまだ請求書を発行していない最近の記録を調べると、その期間もルッツェンベルクはヴァハターに電話をかけ続けていたことがわかった。クルフティンガーは部下たちに、コメントは付けずに礼だけ言い、明日も調査を続けるよう指示した。ヴァハターのキャリアについての報告は、明日に回すことにした。部下も警部自身も疲れ切っていた。

クルフティンガーが「おやすみなさい」の言葉で会議を終えると、ケンプテン＝オーバーアルゴイ地方刑事局長がおもむろに口を開いて、みんなをがっかりさせた。

刑事局長は、どれも「希望にみぢだ」報告だった。みんなよく「努力じでぐれだ」、と言い、調査の進展を喜んでいるとコメントした。

その場にいた全員が、刑事局長からまさかそんなほめ言葉をもらえるとは予想していなかった。刑事局長は続けた。

同事件が「どんなに深刻がは」言うまでもない。各々が適切に「ぞれを自覚じ行動じでぐれる」ことを願っている。残業代は、全員に支払われるので心配ない。とにかく全力を尽くしてほしい。みんなを「信頼じでいる」。

そして、「気を付げで帰っでぐれだまえ」と言って話を締めくくった。

そのあとローデンバッハーはクルフティンガーを呼び止めると、本件の解決を他の事件に優先するよう指示した。クルフティンガーの反応はそっけなかった。さっき部屋でうとうとした以外、今日は一日出歩いていたので疲れ切っていたからだ。一方ローデンバッハーは、一度家に帰って妻のおいしい手料理を味わってから会議に顔を出したに違いなかった。

クルフティンガーは全員に「さよなら」を言うやいなや帰途についた。腹ペコだった。

★　★　★

ガレージに車を停め、助手席の上に置いていたパルメザンチーズの袋を手に、書類カバンは――本当は今日じゅうに目をとおしておきたい書類があったのだが――あえてトランクの中の大太鼓の隣に残して家へ入った。居間のドアを開けて妻を呼ぼうとしたが、妻が旅行中なのを思い出す。自分の体は、毎晩、妻に迎えられることに慣れてしまっているらしい。心理学を勉強中の息子なら、これを〝信号刺激〟とか〝コンディショニング〟といった言葉で説明するかもしれない。

腹が減ってどうしようもないので、妻のいない台所へ行く。しばらく考えてから地下室へ下り、冷凍庫からタッパーウェアを一つ取って戻ってくる。タッパーウェアに貼り付けてあるメモには、妻の字で〝下ごしらえ済みケーゼシュペッツレ〟と書かれていた。ケーゼシュペッツレを毎週月曜日に食べるという慣習を今日も守れば、一日のあわただしさを少しは忘れられるかもしれない。

オーブンの温度を二百五十度に設定し、ケーゼシュペッツレを出発前に妻が教えてくれた耐熱皿に移し、それをオーブンの中に入れた。それが済むと、急にコーヒーかお茶が飲みたくなり、急いでその欲求を満たした。飲み終わり、眼鏡を頭の上にのせたままにしていると気分がよくなった。これをすると妻からしかられるので、結婚してからはやらないようにしていた。

しばらくすると、また激しい空腹感が襲ってきた。ケーゼシュペッツレが解凍され温められるのを待てないくらいの激しい空腹感だった。オーブンの前にしゃがみ込んで中を覗きこんでも、扉をときどき開けて指で熱さを確認しても、ケーゼシュペッツレが早く温まることはないのに気づいて、仕方なくパルメザンチーズを包みから取り出して切ってみることにする。硬質チーズは中で塩が結晶化してしまっているので、包丁ではなかなか切りにくい。ラングハマーがあれほど絶賛していたチーズが、こんなにも硬いものとは知らなかった。不吉な予感がした。それでも、クルフティンガーは試してみたかった。空腹を少しでも和らげるために、黒パンの切れ端にのせて食べよう。だが、パンケースの中には硬くなった古いプチパンがいくつか入っているだけだった。保存食置き場へ行き、非常食セットからライ麦クラッカーを一枚取り出した。

クラッカーの上に、丁寧にパルメザンチーズをのせる。味は、どうということはなかった。乾いていて、口の中でボロボロに砕けた。塩辛い。もう一口食べる前に冷蔵庫からビールを取ってきてジョッキに注ぎ、味わって飲んだ。

やつらは変人だ。アルゴイにはおいしい昔ながらのチーズがいくつもあるのに、わざわざイタリア人を真似て、こんなボロボロに砕けるチーズを作るなんて。トマトソースをかけたパスタに削って振りかけるのは、スパイスとして許せる。だが、こんなふうにそのまま食べるのはどうかしている。クルフティンガーには、パルメザンチーズはルッコラやラテ・マキアートやアセト・バルサミコ同様、外国の食文化に精通し食通であると見せかけたい人間のための流行食材にしか思えなかった。妻もよくトスカーナ産の食材を買ってきたが、ほとんどがまずかった。妻が最近開店したばかりのイタリア食材店で調達し、サラダと一緒に食卓にのせたグリッシーニもその一つだった。それは、乾いた味けないパンをスティック状にしたものだった。妻に言わせると、サラダやワインの付け合わせに最高なのだという。そんな言葉を聞くたびに、クルフティンガーは妻の友達との耐え難い会食の数々を思い出した。妻の客はみんな例外なく、外国の食文化に精通し食通であると見せかけようとした。クルフティンガーはグリッシーニを買ってきた妻に、「こんなまずいものを買うくらいなら、塩プレッツェルを買ってきてくれ」と言っただけだった。妻はこの言葉を聞いて、夫を材料にした美食実験の一つが失敗に終わったことを悟った。

やがてようやく、クルフティンガーの美食の時間がやってきた。オーブンの前に行く。

パルメザンチーズを食べ、それを酷評している間にケーゼシュペッツレは出来上がってい
た。耐熱皿の端にあるチーズは、ジュージューと音を立てていた。完璧だ。すぐにオーブンの扉を開け、耐熱皿に手を伸ばした。その瞬間、意識が体から抜け出し、まるでスローモーションの映像のように耐熱皿が手から滑り落ちて、焼き網の上に着地するのが見えた。これが、いつも幼い子供を観察していてよく驚かされる〝時間差反応〟だった。何かにぶつかって、泣き始めるまでの間に時間差があるのだ。何が起きたかを徐々に理解し、どこかおかしいとわかると、用心のために声を上げて人の注意を引くわけだ。クルフティンガーは子供ではなかったが、それでも声を上げずにはいられなかった。指を五本とも火傷《やけど》していた。

「このへなちょこ皿、バカ野郎！」

すぐに指を水道の水にさらす。これから二、三日、痛みに耐えなくてはならないことは明らかだった。二百五十度の熱さだった。指先がペチャンコになったように感じた。

家には自分しかいないので、誰かのせいにすることもできない。朝になるまで、指がどれほど痛いか、火傷のレベルが一なのか二なのか話して聞かせる相手もいなかった。

「バカ野郎」クルフティンガーはもう一度言うと、鍋つかみを使って耐熱皿を食卓にのせた。ケーゼシュペッツレは、思ったとおりには出来上がっていなかった。表面は乾いてほとんど焦げかかっているのに、中はベチャベチャだった。スプーンですくって皿に移すと、

すぐにそれがわかった。

そのうえ、大事なものが抜けていることに不意に気づいた。妻が冷凍したのは、まだタマネギを入れていないケーゼシュペッツレだった！　タマネギの入っていないケーゼシュペッツレなど、甘いマスタードソースが添えられていない白ソーセージのようなものじゃないか。そんなのは食べ物じゃない。

タマネギをきつね色に炒めればいい。確かに、それぐらいはクルフティンガーにもできるだろう。

しかし保存食置き場へ行き、壁に吊り下げられている七宝焼きの籠からタマネギを二、三個取り出そうとしたとき、問題を一番早急に解決する手段が突然目に飛び込んできた。デンマーク産のタマネギチップスが詰まったプラスチック容器だ。それは、イケアで食べたタマネギチップス入りのホットドッグが気に入って、妻が購入したものだった。あれからもう九カ月は経ち、ずっと棚に置かれたままだった容器には埃がたまりかけていた。模範的な専業主婦のエリカは、タマネギチップスを買ったものの、でき合いのものを食卓にのせるのは気がひけて使えずにいたのだ。妻はイケアのタマネギチップスを、保存食置き場でもう百回以上目にしてきただろう。それでも、タマネギチップスは自分で作り続けた。クルフティンガーにとって、この展開はラッキーだった。食卓の上でプラスチックの容器を開け、中身の三分の一をケーゼシュペッツレにふりかけた。これまでに一度でも容器を開けていたら、もう中身は食べられなかったに違いない。

味は悪くなかった。手作りのタマネギチップスよりカリカリして、味に深みもあった。手作りのタマネギチップス同様、こんがりと焼けていて油っこかった。

しゃもじ三杯のケーゼシュペッツレを皿に盛って食べたところで、ちょっと休憩する。家の中は静かで、物音一つ聞こえない。ラジオをつけ、チャンネルをバイエルン1に合わせたが、またチャンネルを変えた。クルフティンガーは音楽ではなく、声が聞きたかった。バイエルン5のほうがいい。

ラジオは話し相手にはならないが、気は紛れた。寂しさもいくらか和らぐ。ケーゼシュペッツレを平らげたあとも、しばらく座ったままでいる。タマネギチップスが入ったプラスチック容器に、〈そのまま食べても美味しい〉と書かれているのを発見して、デザートとしてそのまま食べることにした。

汚れた皿を食洗機に入れて扉を閉めると、誰かと話したい衝動に駆られた。

電話の受話器を取り、「スペインのホテルに電話したければ、ここへかけてね」と妻から渡された電話番号を見ながら、かけるかどうか思いあぐねる。だが、クルフティンガーは格安国際電話のアクセス番号を知らなかった。妻と電話で話すためには、相当の手間がかかることが予想された。ホテルのフロントは英語しか話せないかもしれない。電話をかけるのはやめることにした。もしかしたら、明日かけるかもしれない。とにかく今日はやめておこう。

急に、長い間したことがないことをやってみる気になる。両親に電話してみることにした。

クルフティンガーは番号を押してソファーに腰を下ろした。電話をかける前に、タマネギチップスをそばに置いておいた。足をサイドテーブルにのせ、今夜は誰からも文句を言われないのをうれしく思った。

「インガー？ はい？ もしもし？」受話器の向こうから声が聞こえた。

「父さん、電話がかかってきたら、まず着信ボタンを押すんだよ。何度言ったら覚えられるんだい。俺だよ、俺」

「あー、おまえか。ところで、しばしのやもめ生活はどんな具合だ？ 母さんも、今晩おまえに電話して何か足りないものはないか訊こうとしてたところさ。で、問題なくやっているのか？」

「大丈夫、問題ないさ。父さんと母さんはどう？」クルフティンガーは答えた。父親と電話で話すことに慣れていなかった。父親が電話してくることはほとんどなかった。クルフティンガーはいつも思うのだが、父親は息子の電話番号を覚えてないに違いない。

父親は、重大な用件があるときだけ仕方なく電話してきて、話が二、三分ですむように要点をまとめて伝えた。一方、クルフティンガーは男にしてはめずらしく、母親とは長電話ができた。両親とクルフティンガーの関係は理想的で、唯一父親と電話でまともな話ができないことだけが問題だった。理由は誰にもわからなかった。正直なところ、それはクルフティンガーと息子の関係にそっくりだった。

「わしらは元気さ。ところで、事件の捜査は進んでるのか？　ニュースでは何も言ってなかったが。どこまで進んだんだ？」〝母さんにかわるよ〟という言葉を期待していたクルフティンガーは、そう問いかけられてたじろいだ。返事をするまで少し間《ま》が空いた。

「父さん、捜査は今日いくらか進展したよ。一日じゅう、大変だったんだ」

「詳しく話す必要はないが、進捗状況くらい説明してくれてもいいだろう」

クルフティンガーは疲れていたので、事件について一から説明する気は毛頭なかった。だが、引退してからもうだいぶ経つ父親の心に刑事魂が復活していることに気づいて、失望させたくないと思った。そこで、これから言うことは誰にも言わないでと念を押したうえで、今日起こったことを手短に説明した。

「メミンゲンのアパートは監視させているのか？」と父親が訊く。

「父さん、俺が忘れるとでも思っているのかい？」

「人間だから、忘れることもあるだろう。そんなときに、犯人に逃げられるんだ」その瞬間、クルフティンガーは父親に事件のことを話したのを後悔した。ここで話を終わらせないと、経験豊富な元警官の善意の、だが面倒な助言を延々と聞かされることになる。

「父さん、俺はうまくやってるから心配しないで。ところで、母さんはいるのかい?」クルフティンガーは苛立ちを隠すように、なるべく優しい声でたずねた。

「いるさ、いるとも。そうだな、わしらは農道で立ち話をしてるわけじゃないんだからな。ちょっと待て。母さんを呼んでくる」クルフティンガー・シニアは受話器を置き、大声で妻を呼ぶ。父親はコードレス電話を居間に持って行くことにまだ慣れていなかった。だから電話は、ダイヤル電話の時代同様、いつも廊下でしていた。廊下で、母親に受話器を渡す。母親のほうはコードレス電話に慣れているので、居間に行ってソファーに腰かけてから話し始めた。

「あら坊や、元気なの。どうしてる?」母親は五十代の息子をまだ〝坊や〟と呼んでいた。

「元気だよ。ストレスはすごくあるけどね。父さんは相変わらずだな。息子にまともな挨拶もできないんだから」

「いいじゃないの。父さんのことは、あんたもよくわかってるでしょう。あの人はいつもああなのよ。今回の事件のことを心配してるの。あんたがテレビに出てからは、家でも事件の話しかしないわ。おじさんにも、つい最近電話で、あんたはよくやってるって自慢してたわよ。テレビカメラの前でうまく話せたわね。かっこよかったわよ。でも、仕事に根をつめ過ぎて大変なんじゃないの?」母親は心配そうにたずねた。母親はクルフティンガーが高校生のときも、警察学校の生徒だったときも、勉強に根をつめ過ぎるのを心配していた。

「もちろん大変さ。でも、やらないわけにはいかないだろ？」

「誰かに助けてもらったらいいのよ。全部、自分でやろうと思わずに。今はエリカも旅行中だし。それは仕方ないけどね。着るものはあるのかい？　母さんが洗濯してあげようか？」

「母さん、よく考えてよ。エリカはじきに戻るんだから」

「わかってるわ。でも、訊くぐらいいいでしょう。食事はどうしてるの？　家に食べるものはあるのかい？」

「ケーゼシュペッツレを作って食べたよ」

「おまえがかい？　うまくできたの？」

「エリカが作って冷凍しておいてくれたから、俺はオーブンに入れただけさ。でも、耐熱皿を触って火傷しちゃったよ」

「冷たい水。冷たい水で冷やしなさい」

「母さん、やったよ。それでそっちはどうなの？」

「こっちは……変わったことはないわ。父さんは今日、二本も歯を抜かれてね。まあ、もう役にも立たない歯だから、仕方ないね。でも、抜歯は痛くなかったそうよ。私は今日一日、窓掃除をしてたわ。あのスチームクリーナーでね。あんたたちが誕生日にプレゼントしてくれたやつよ。あれ、いいわね。アイロンにもなるんだから」

クルフティンガーはホッと胸をなで下ろした。会話がやっといつもの調子に戻ったからだ。日常のどうでもいい話。しばらくそんな会話が続き、クルフティンガーもリラックスして、子供の頃から知っていて、最近亡くなった両親の友達の葬式や庭仕事や地方行政について話した。

だが、やがて息子は母親の母性本能がまた働き始めたのに気づいた。

「でも、冷凍したものばかり食べるのはよくないわ。新鮮なサラダや肉が必要でしょう。特にストレスを抱えているときは。果物を食べなさい。毎朝リンゴを食べて、刑事局にはバナナを持って行きなさい。3チャンネルの番組でも、つい最近、バナナは健康にいいって言ってたわ。必要な栄養素を全部含んでいるんですって」

「母さん、俺はもう子供じゃないよ」

「でも、ちょっとくらい心配したっていいだろう？　体にいいものを食べていないのは事実なんだから。明日の夜は家においで。私が何か作っておくから。時間はあるかい？」

「明日の仕事がどうなるかわからないんだ。また電話するよ」

「とにかく、家に来なさい。何を食べたい？」

今は、明日食べたいものを言えるような状態ではなかった。ケーゼシュペッツレで腹がいっぱいだった。だが、満腹でもタマネギチップスをつまむのはやめられなかった。

「今は何とも言えないな。母さんにまかせるよ。とにかく、明日、電話するから」

「でも、父さんを買い物に行かせたいから、早めに連絡ちょうだいね」

「母さん、わかったよ。じゃあ、またね」

「そうね、またね。あ、そうだ、バナナを必ず持って行くのよ。体にいいんだから。気をつけてね、坊や。また明日。おやすみ」

「母さん、おやすみ」

クルフティンガーはテレビのリモコンに手を伸ばして音量を上げた。ザッピングする。ザッピングなんて言葉は自分では使ったことはないが、それをするのは好きだった。妻は嫌な顔をするが。とりあえず、少しはましなチャンネルを一つ見つけた。

クルフティンガーは目を覚ました。いつ眠り込んでしまったのかわからなかった。テレビの画面には、わけのわからない番組が流れていた。スイッチを切って立ち上がる。腹の上にのせていたタマネギチップスがいつ床に落ちたのかも覚えていなかった。

寝ぼけ眼で風呂場に行って歯をみがき、渋々パジャマに着替えて零時七分に消灯した。寝返りを打つと胸焼けがしそうな気がする。クルフティンガーは、二度とタマネギチップスを一パック一気に食べるようなことはしない、と心に誓った。

★　★　★

妻がいない二日目の朝も変な感じがした。とはいえ、すべてうまくいった。今朝もエリカの声ではなく、ラジオのピーピーという耳障りな音を目覚まし代わりにして、問題なく起きることができた。朝食は抜いた。食べる時間は十分あったが、あれほど油っこいものを夜遅く食べたのがまずかった。もう二度と食べないと心に誓った。

「おはよう、ヘンスケ女史」警部はオフィスの入口にあるコピー機の前に立っていた秘書に優しげな声で言った。今日は気分がよかった。両親が旅行に出て、少しの間大人気分で暮らせるのを喜んでいる中高生のような気持ちだった。だが、それだけが気分のいい理由ではなかった。今日はやるべきことがはっきりと決まっていたので、捜査が進展しなかったらどうしようと思い煩う必要がなかったからだ。この数日間思い煩って過ごしたので、もうこれ以上苦しみたくなかった。

「報告書は届いてるかい？」クルフティンガーはドア越しに秘書にたずねた。ヴァハターとルッツェンベルクのことが書かれた新聞記事をまとめた報告書を待っていたのだ。

サンドラ・ヘンスケが分厚い紙の束を持って、警部の部屋へ入ってきた。「さっきコピーを取りました」秘書は上司の機嫌がいいことを喜んでいた。彼女は他人の気持ちに同調しやすい人間であることを自分でも公言していたが、特に仕事場では警部の気分に自分を合わせてしまうようだった。「昨日、同僚の一人が記事を全部すぐ入手できるように手配してくれたんです」とヘンスケ女史は言い足した。

「ありがとう。できれば、これから数時間は私に電話を回さないようにしてくれないかな」と、クルフティンガーが優しく秘書に言った。

紙の束を開いて、すぐに読み始める。一枚目は一九七五年六月一日発行のアルゴイ新聞の地方欄だった。紙面をひと目見て、クルフティンガーの顔がほころんだ。昔のアルゴイ新聞は今とは紙面構成がずいぶん違っていた。右上に、〈細菌に向けられた情熱〉という見出しの記事があった。〈食品業界期待の星はアルゴイ出身者〉という小見出しが付いている。記事本文には、ヴァハターとルッツェンベルクが共同研究で素晴らしい成果を収め、食品業界後援の科学賞を受賞したと書かれていた。ローベルト・ルッツェンベルクは〝まさか成功するなんて思っていませんでした〟という謙虚なコメントを述べている。一方、フィリップ・ヴァハターは〝私には、重大な研究をしているという自覚が常にありました〟と、自信をうかがわせるコメントを残していた。また同業者の一人は、〝同様の研究は他の研究者も行なっていますが、この二人のアルゴイ人ほど成果を上げた人はいません。彼らの研究を後押ししたのは、酪農を間近に見て育ったという子供のころの生活環境でしょう〟とコメントしていた。

当たり前じゃないか、とクルフティンガーは目を丸くして思う。俺たちアルゴイ人はみんな、多かれ少なかれ酪農家精神を持ち合わせているはずだろう？　とはいえこの考え方は、酪農業を営む両親のもとで育ち、乳製品の製造とその多様さに子供の頃から強い影響を受けてきたルッツェンベルクには当てはまっても、ヴァハターには当てはまらなかった。たとえば、ルッツェンベルクは〝チーズ、バター、クリーム、ヨーグルト。こういうものすべてが「もともと」は牛乳だったなんて信じられますか〟と述べていた。

警部はペラペラのメモ用紙に重要事項を書きとめ、専門用語にはクエスチョンマークを付けた。あとで、研究所の人間に質問するためだ。記事を読み進めて一番気になったのは、ヴァハターとルッツェンベルクが共に過ごした時間だった。アルゴイ新聞の記事の二、三日後に全国紙に掲載された記事には、二人は学生時代に知り合ったと書かれていた。それはユリア・ヴァーグナーの証言とも一致していた。研究に対する野心と喜びが二人を結びつけ、同じ職場で仕事をするようになったということだった。だが問題は、二人のうちのどちらが野心を持ち、どちらが喜びを持って研究していたのかという点だった。

科学賞の受賞については、複数の新聞と専門誌が取り上げていた。情報が次第にまとまってくる。ヴァハターとルッツェンベルクは同じ専攻の学生として出会い、将来に関して同じビジョンを持つ親友になった、というのがすべての記事に共通する情報だった。二人ともアルゴイ出身だが、ヴァハターはケンプテン、ルッツェンベルクはヴァイラーで育ったので、子供時代に面識はなく、ミュンヘンの大学でゼミのレポートの作成を一緒にやることになって初めて知り合ったという。二人は卒業前には、ドイツ国内の大手企業から多数のオファーを受けるほど成績優秀だった。オファーを出した企業の一つが、ケルンにある乳製品の大手企業だった。資料にはっきりと書かれていたわけではないが、そこから読み取れたのは、ルッツェンベルクが研究したい一心で就職したのに対して、ヴァハターは金に釣られて入社した可能性があるということだった。もちろん、この推測は間違っているかもしれない。

警部はコーヒーをカップに注ぎ、それを飲みながらまた資料をめくった。興味は尽きなかった。次に出てきたのは専門誌に掲載されていた記事で、研究内容について書かれていた。警部はさっと目をとおすだけにする。読んでもわからないからだ。詳しく知りたかったのは、シェーンマンガーが話していたスキャンダルがなぜ起こったかということだけだった。スキャンダルが露呈するきっかけになったのは、一九八七年一月にケルンのローカル新聞が掲載した記事だった。〝いくつかの老人ホームで胃腸炎が流行している〟と書かれていた。まずは食中毒が疑われ、それから数日後に老人ホームが乳製品の注文先を変更したばかりであることがわかった。その後に出た記事には、新しい注文先から買った乳製品が胃腸炎の原因だったと書かれていた。そして、同じ症状で苦しんでいる人は保健所に申し出るようにとの告知が出されていた。それからしばらくして、悪の根源が明らかになる。それは、ある企業が販売しているヨーグルトだった。

「どれくらい読み進められましたか？」

クルフティンガーがびくっとする。シュトローブルが部屋に入ってきたのに気づかなかった。

「緊急の問題でなければ、もう少し一人にさせてくれないか」記事を読むのに集中している警部は言った。

「わかりました。私はこれからルッツェンベルクのアパートメントから押収した書類に目をとおします。大変な作業ですがね」

「オイゲン?」警部がシュトローブルを呼び止めた。「リヒャルトにも手伝わせろ」こうしておけば部下の仕事の配分も平等だし、何よりもマイアーに邪魔されないですむからだ。

警部がまた資料に目を向ける。指でなぞりながら、読むのを中断した場所を探す。その後の記事には、原因調査の詳細が書かれていた。ヨーグルトを製造していた企業は製品を市場から回収し、販売を中止した。その責任を取らされたのが二人のアルゴイ人研究者だった。同製品を開発したのが彼らだったからだ。

さらに資料をめくると、警察の書類も出てきた。ケルンの警察から入手したものらしい。この資料をまとめた部下は、全力で仕事をしたに違いない。警部は、誰がやったかあとで調べて、その部下をほめてやろうと思った。

原因調査では、二人の食品開発者の過失を証明することはできなかった。だが、彼らのキャリアはそこで終わったのだ。専門誌の一つは二人が解雇されたことを伝えていたが、アルゴイのローカル紙にも全国紙にもそのことは書かれていなかった。クルフティンガーはそれを変だと感じたが、もしかしたら八〇年代にはまだ食品問題に関心を示す人が少なかったからかもしれない。企業側は問題を巧みに処理したらしく、最終的な解決についてはどこにも書かれていなかった。いくつかの記事には、発がん性物質が含まれていたとあったが、最終的には証明されなかったようだ。

クルフティンガーは手を止めて、しばらく考え込む。思い出す限り、学生時代に食べ物や栄養に気をつけるよう誰かから注意されたことはなかった。もちろん「バターを食べなさい。体にいいんだから」とか、「一日一個のリンゴで医者いらず」などとは言われたことがあった。だが、それだけだった。当時は、スーパーで食品を買うときに成分を確認する人など一人もいなかった。少なくとも、クルフティンガーはそんな人間を知らなかった。みんなが成分を気にし始めたのは、食品業界で社会問題になるような大スキャンダルが発覚してからだった。七〇年代にもスキャンダルはあっただろうか？　思い出せなかった。

クルフティンガーはなおも考える。おかしなワインが売られたのは七〇年代だったろうか？　オーストリアで、凍結防止剤入りワインが売られたんじゃなかったか？　確かグリコールと呼ばれる化学物質だった。一カ月くらい、その話題でもちきりだった。当時若かったクルフティンガーは、オーストリア産ワインを買ったら飲まないで、車の冷却水に使ったほうがいいと冗談を言ったものだった。

だがすぐに、クルフティンガーは〝いや、あれはもっとあとだったかもしれない。八〇年代前半に違いない〟と考え直した。

それなら、七〇年代の食品業界はすべてうまく機能していたのだろうか？　誰も何も考えていなかっただけだ。クルフティンガーは一人の学友のことを思い出した。マーティン・クロイツァーという名だったが、父親から農場経営を引き継ぎ、その農場を大規模農場に変革したいと考えていた。クルフティンガーも当時マーティンとそのことをよく話し合った。マーティンは、農業学校の先生から言われた〝事業を合理化して拡大し、大量生産する〟という言葉をお題目のように唱えていた。彼の専門は養鶏で、のちにアルゴイ最大の養鶏所を作り、一万羽も鶏を飼っていた。もちろん、檻の中でだ。動物保護や有機農業や生態学などという言葉を口にする者は当時存在しなかった。専門知識を持ったマーティンすら、そんな話はしなかった。だが、養鶏所の経営がうまくいったのは七二年か七三年にスキャンダルが発覚するまでだった。鶏を飼う環境が悪かったためにサルモネラ菌が大量に卵に付着し、それが社会問題になったのだ。それをきっかけに食品問題を真剣に考える者が現われ始めたが、食品業界に対する決定的な影響力にはならなかった。だが、クルフティンガーの知る限り、マーティンの養鶏所はこのスキャンダルによって立ち行かなくなった。マーティンは今、北ドイツの大規模な養豚場で働いている。それ以上のことはわからなかった。

サルモネラ菌のスキャンダルが終結したあとは、クルフティンガー自身も食品問題について考えたことは最近までほとんどなかった。七〇年代と八〇年代はそんな具合だったので、ケルンのスキャンダルについても、現代なら相当叩いたであろうメディアも、それほど騒ぎ立てなかったのだろう。ヴァハターとルッツェンベルクは幸運だった。職場をクビにはなったものの、メディアに叩かれ、世間から糾弾されることはなかったからだ。アルゴイ地方では、ケルンで起きたスキャンダルのことを知る人間も少なかったに違いない。クルフティンガーも知らなかった。だから、シェーンマンガーもヴァハターの過去とうまく折り合いをつけることができたのだ。業界内ではヴァハターの名は知られ過ぎ、キャリアへの道は閉ざされていた。それを利用することで、クルークツェルの工場は普通なら雇えない人材を獲得することができた。そうこうしているうちに、BSEや養豚スキャンダルやポテトチップスに含まれる発がん性物質が社会問題になり、ケルンで昔起きた小さなスキャンダルは忘れ去られてしまった。

ここまで資料を読んでも、クルフティンガーはまだ満足できなかった。ヴァハターとルッツェンベルクがキャリアの道から脱落した経緯はよくわかった。だが二人が絶交した理由はわからなかったからだ。

クルフティンガーは資料を読み続けた。それでも、絶交の理由を明らかにする具体的な情報はえられなかった。ただ、研究上の意見の食い違いから二人は争うようになったという報告があっただけだった。それ以上のことはわからない。

そこでファイルを閉じた。以前よりも詳細にわたる情報を手に入れたことで、ほんの少し頭がクリアになった。時計を見ると十二時十五分前だった。時間が経つのを忘れていた。資料調査をするのは得意ではないが、興味深い内容だったことは確かだった。

クルフティンガーはあくびをしながら椅子から立ち上がると、背伸びをした。それから隣の部屋を覗いた。マイアーとシュトローブルとヘーフェレが書類と紙と本とメモ書きの山の前に座っている。大体の道筋はついたのかと訊きたくなるがやめておく。

その代わりに、「どうだ？」と軽く訊いてみた。

「ちょうどいいところにいらっしゃいました。面白いものが見つかったんです」

シュトローブルが立ち上がり、何枚かの紙をクルフティンガーに見せた。警部は数秒経ってようやく、それが銀行口座の入出金明細だと気づいた。

「これがどうかしたのか？　早く説明してくれ」クルフティンガーが待ちきれずにたずねた。

「ルッツェンベルクは整頓好きな人間のようです。少なくともお金に関しては」シュトローブルが説明を始めた。「彼は、口座の入出金明細をきちんとファイルに綴じていました。そこで、ここ数カ月の入出金明細を見て、基本的なお金の出し入れを調べてみました」そう言って、指で数字をなぞっていく。「給与、家賃、電話代、ATMからの引き出し、クレジットカードでの支払いが確認できました。ここまではいたって普通ですが、次が肝心です。この六週間の間に入金がかなりありました。少ない額ではありません。ここです」

シュトローブルはいくつかの数字を指し示した。五百ユーロから最大一万四千ユーロの入金が複数あった。「これについては、おかしな点が三つあります。一つは、我々が過去の明細を調べた限り、以前のルッツェンベルクは現金で入金することなどありませんでした。二つ目は、銀行は犯罪収益移転防止法にのっとり一万五千ユーロ以上の入金については顧客に報告を義務付けていますが、どの入金も一万五千ユーロを超えないようにしてあります。三つ目は、これらの入金額を合わせるとちょうど……」そこでシュトローブルは意識して間を空け、一緒に資料を確認した同僚二人のほうを見た。「この六週間の内に入金された額は、全部で十万ユーロです」

クルフティンガーは歯の隙間からプッと息をもらした。「どうして、すぐに俺に報告しなかったんだ？」

「邪魔されたくないって、おっしゃったじゃないですか」と、シュトローブルが少し機嫌を損ねて答えた。

部下は、上司が新たな発見を喜んでくれることを期待していたのだから無理もなかった。そこで警部は言い足した。「よくやってくれた。ありがとう」

部下の機嫌が再びよくなった。

「それで、この先どう調べを進めるんですか？」とマイアーが訊いた。

警部は天井を仰いで、少し考える。「金の出所がわかれば一番いいのだが。それを突き止めるのはどう考えても難しい。ルッツェンベルクを逮捕して訊き出すしかないだろうな。それまでは、財務関連の書類を調査するしか手はない。やつはその金で何をするつもりだったのか？　旅行のパンフレットがアパートにないか？　車の販売店に行った形跡はないか？　最近何か高価なものを買っていないか？　旅行の予約を入れていないか？　知人やアパートの隣人にたずねる必要がある。まだ送られてきていないクレジットカードの明細も確認できるか？　もしかしたら、ルッツェンベルクにはいわゆる……副業があったことを知る人物がいるかもしれない」

クルフティンガーは天井から目をそらして、部下たちのほうを見た。部下たちも興奮気味に警部を見つめていた。「まず、それから片づけるぞ！」警部はそう言って手を叩いた。書類を手にして部下たちの横に座り、一緒に読み始めた。

★　★　★

「こんにちは、クルフティンガーさん。あなたはドイツ語を話されますよね。違いますか？」クルフティンガーは、そんな返事が返ってくるよう天に祈った。たった今、妻が泊まっているホテルの十四桁の電話番号を押したところだった。家に帰ると、妻に電話したくて我慢できなくなったのだ。今日は一日、ずっと自分との戦いだった。本当は英語を話したくないので、妻から電話がくるのを期待していたのだが、もう待てなかった。旅行用の辞書から必要な英語の表現を書き取り、メモをお守りのようにそばに置いて電話番号を押す。英語を話さなくていいことをひたすら願った。

ところが、クルフティンガーを待ち受けていたのはもっと悪い展開だった。相手は英語とスペイン語が混じった言葉で応答したのだ。「ウェル、エー……ザ・ルーム・オブ・ミセス・クルフティンガー、プリーズ……何だって？……クルフティンガー！……そう、クルフティンガー。エリカ……クルフティンジャー。エリカ・クルフティンジャー。ケー・エル・ユー・エフ・ティー……イエス。クルフティンジャー・エンド・ラングハマー……サンキュウ・ベリー・マッチ、グッド・ナイト」

ついにやった！　呼び出し音が聞こえてくる。妻の部屋に電話がつながった。

「ハロー？」

「ようやくつながったよ。何でフロントの人間はドイツ語を使わないんだ！　ハニー、もうクタクタだよ！」

「こんばんは、クルフティンガーさん。エリカにかわりますね。ちょっとお待ちになって！」

クルフティンガーは身をこわばらせた。俺は、ラングハマーの妻をハニーと呼んでしまったのか？　ハニーなどと呼びたくはないが、妻が喜ぶと思って、無理をしてそう呼んだだけなのに。屈辱感にさいなまれて体が震えた。ラングハマーの妻は、きっとこのことを夫に話すに違いない。

妻が電話に出たので、クルフティンガーの嫌な想像はいったん打ち切られる。「あら、あなた。元気？　問題なくやってる？」

「大丈夫さ、エリカ。とりあえず食事には困っていない。事件については進展があったよ。葬儀で逃げた男が誰なのかわかったんだ」

「犯人をもう捕まえたの？」

「まだだよ。容疑者が浮上しただけだ。とにかく、事務所の中はてんてこ舞いだ、信じられないくらいにね！」また、刑事局と言わずに事務所と言ってしまった。アルゴイ人はどんな仕事をしていても、仕事場のことを事務所と呼ぶ。

「で、容疑者は誰なの？」

「やつの友人の息子だ。考えられないだろう」

「やつって？」

「おいおい、やつだよ、ほら……ヴァハターのことさ」

「まあ！　何てこと。私がいない間に、あなたたち、頑張ったのね。いつもあなたのこと思ってるわ、おちびちゃん！」

「ラングハマーの女房もそこにいるのか？　そばで話を聞いているのか？」クルフティン

ガーがあわててたずねる。

「ええ、もちろん聞いてるわ」エリカはケンカになるのを避けたくて、それ以上は言わなかった。妻は普段なら二人きりのときにしか使わない〝おちびちゃん〟という呼び名を、今日はあたりまえのように人前で使ったのだ。

「ありがとうよ。彼女の前でよく言ってくれたな。何度、そんな呼び方はするなと言えばわかるんだ。人前で呼ぶなって言っただろう！　俺は五十代の中年男だぞ。ラングハマーの妻が夫に告げ口するじゃないか！　俺に恥をかかせたいのか？」

「ごめんなさい」妻がささやくように言った。それからすぐに、まるで何事もなかったかのように口調を戻した。クルフティンガーが話を戻して、事件の詳細を話し始めると、さっきの失敗の埋め合わせをするかのように、「記者会見」や「州刑事局」や「テレビで？」と、夫の言葉をオウム返しに言って相づちを打った。そうしながら、妻は話題が自分に振られるのを待っていた。

「それで、そっちはどうなんだ」クルフティンガーが質問して、ようやくエリカは話し始めた。「ええ、素晴らしいところだわ。贅沢三昧よ。ホテルは最高級。朝からマッサージやエステサロンが開いてるの。申し分ないわ」

「そうか」クルフティンガーにはそれしか言えなかった。妻の感想は、旅行パンフレットをそのまま読み上げたみたいだった。

「それに、親切な人ばかりよ。食事は、そう、まるで芸術だわ。食材はすべて新鮮。サラダもフルーツも盛り沢山。朝食には、しぼりたてのフルーツカクテルまで出るのよ。ホテルの庭にオレンジの木が生えているなんて、あなたには想像もできないでしょう。すばらしい庭よ。今日は島の内陸部に遠足に行ったの。搾油所見学をしたわ。ここではまだ、馬が石うすを回しているのよ。オイルを一本買ったから楽しみにしていて。おいしいのよ。なんと言っても無添加だから」

エリカ・クルフティンガーの話は止めどなく続いた。ハイテンションで旅のあれこれをほめまくり、夫のほうは妻の言葉の大半を聞き流しているだけだった。もし今誰かに妻は何を話しているのかと訊かれたら、ほとんど何も答えられないに違いない。クルフティンガーはときどき「あー、そう」、「へー」、「ふーん」、「うーん」と相づち——息子が言うところのコミュニケーション維持のための非言語型冗長表現——を打った。

「ラングハマーの妻はどうだ？　彼女とうまくやってるのか？　イライラさせられているんじゃないのか？」

「私たち、すごく相性がいいみたい。心配いらないわ、ダーリン！　親切な人たちとも知り合ったし」

クルフティンガーはそろそろ電話を切る頃合いだと思う。今話しているエリカは妻のエリカではない。〝フルーツカクテル〟に〝贅沢三昧〟なんてどうかしている。

「じゃあ、そろそろ」夫がそう言い、妻は電話を切るときがきたことを理解したが、ラングハマーの妻が電話口に向かって質問してきたので、それを夫に伝えた。

「そう、そう。ところで、あなた方やもめ男二人は料理を一緒に作って食べたの？」

そんなこと今訊く必要があるのか？　夫はまた電話すると約束し、さよならを言って電話を切った。受話器を置いて、電話料金のことを数秒間考える。なんと、格安国際電話サービスを利用するのを忘れていた……。

★　★　★

次の日、クルフティンガーが出署すると、部下たちはもう仕事を始めていた。もう九時だった。寝坊してしまったのだ。目覚まし時計を間違えて設定したに違いない。寝ぼけ眼で時計の針を見て驚いた。八時十五分。最速で服を着替えて刑事局へ向かった。

部下たちがニヤニヤしているのがわかる。何か言われる前に手を打っておきたかった。

「すまん。ちょっと緊急でやることがあって。今から会議を始めるぞ」

「髭をそり忘れるくらいの緊急事態だったんですね」シュトローブルがいたずらっぽく言い、同僚の笑いを誘おうとする。クルフティンガーが口をへの字に曲げる。畜生、髭か。急いでいて、すっかり忘れていた。寝坊したことがすっかりばれてしまった。緊急でやることがあったなんて嘘はもう通用しない。そこで電動髭剃りが壊れていたと言って、嘘を修正しようかと思ったが、あえて何も言わないことにした。こうなったら、部下にいじめられたってかまわない。

「で、何か新しい展開はあったか？　ルッツェンベルクの行方はつかめたのか？」警部が質問する。

「残念ながら、まだです」ヘーフェレが答えた。彼もまた無精髭を生やしていた。ヘーフェレの妻も旅行に行っているのだろうか。クルフティンガーはそう考えて、あとで訊いてみようと思った。もしかしたら、ヘーフェレと今の気持ちを分かち合えるかもしれない。

「ルッツェンベルクの書類については、昨日、警部ともしばらく一緒に確認しましたが、結局、旅行の計画を裏付けるものや、その他気になるものは見つかりませんでした」とマイアーが言った。そして、「今日、例のルッツェンベルク周辺の聞き取り調査をした同僚と話をしたのですが」と先を続ける。クルフティンガーはなぜマイアーが〝例のルッツェンベルク〟などとわざわざ言う必要があったのかを考える。

「彼らもまた……」そこでマイアーは話を中断し、ボイスレコーダーを取り出してスイッチを入れると、何かを聞いてからスイッチを切って話を続けた。「……気になる情報は何もえられなかったそうです」

「どうやら、ルッツェンベルクはおとなしく暮らしていたようですね。この数週間、いや数カ月間も、何も変わった様子は見られなかったそうです」そこでマイアーの報告は終わった。

「わかった。俺は今日、ヴァイラーにもう一度行ってみる。ローベルト・ルッツェンベルクの叔母が住んでいる家だ。この間はリヒャルトと一緒に行ったんだが、見たところ、そこにもアンドレアス・ルッツェンベルクの部屋があるらしい」と言うと、マイアーがうなずいた。「もしかしたら、何か見つかるかもしれない」

「家宅捜索令状は必要ですか？」ヘーフェレが訊く。

「いや、いらない。あのばあさんなら、家の中を少し見てまわるくらいは許してくれるだろう。これからすぐに出かけてくる」そして「オイゲン、おまえも来てくれ。他の者は書類の調査を続けてくれ」

警部はシュトローブルを連れて出口へ向かう途中、マイアーが悲しそうな目をしているのに気づいた。マイアーは今回も、ヴァイラーへ自分を連れて行ってくれるのを期待していたのだ。クルフティンガーはすまないことをしたと思い、マイアーがこのことを落第点をもらったように受け取らないことを祈った。ただ今日は、マイアーと彼のボイスレコーダーに耐えられる自信がなかったのだ。

★　★　★

クルフティンガーは、今日も〝ひそかに迷いつつ〟運転していた。シュトローブルはこの地域の地理に詳しくないようで、警部が運転している間、ヴァイラー近郊や村々の珍しい名前を見つけては面白がっていた。特に変わった名前の村を見つけると、大声で読み上げた。だから走っている最中の会話は、ジブラッツホーフェン、ビシュレヒト、エプラッツホーフェン、ハルバッツホーフェン、キムプフレン、ヴィグリス、ドライハイリゲンといった村の名前の話題に限定された。

リナ・ルッツェンベルクの家に着くと、警部は家に入る前にジャケットを脱いで車の座席の上に置いた。先日の訪問の際の〝サウナ状態〟の記憶がまだ鮮明に頭に残っていた。玄関の呼び鈴を押して空を見上げた。今日は前のときほど暑くはなく、好天とも言えなかった。地平線には黒い雲がそそり立ち、太陽は乳白色の丸い薄片にしか見えなかった。風は吹いていないが、まだ午前中だというのに空気は重苦しく、蒸し暑かった。クルフティンガーは呼び鈴をもう一度押して、ため息をついた。何をするにも、ここでは時間がかかる。二日前と同じ服装の老女がようやくドアを開けた。まずは戸惑った顔で二人を見たが、少しして警部のことを思い出して目を輝かせた。

「あら、まあ、刑事さん、またいらしたのね。そこの君、どうぞお入りなさいな」シュトローブルが警部に不安そうな目を向けた。警部は肩をそびやかせて、〝話し方は変だが、心配ない〟という合図を送った。

「お茶を淹れたところなのよ。殿方もご一緒してくださいい」老女は予期せぬ来客を喜んでいるようだった。

「いえ、いえ、お茶は結構です」クルフティンガーが即座に答え、老女が悲しまないよう言い足した。「ルッツェンベルクさん、今日は急いでいるんです」

老女がその言葉も耳に入らなかったように台所へ姿を消したので、クルフティンガーとシュトローブルはあとを追った。「甥ごさんから連絡はありましたか?」シュトローブルが訊いた。

老女が面食らった表情をしたので、クルフティンガーがあわてて部下を紹介した。「これはオイゲン・シュトローブルです。私と同じく、ケンプテン刑事局で働いています。ここ最近、甥ごさんから連絡はありましたか?」

「どの甥のことを言っているのかしら? 私のことをリナおばさんと呼ぶ人はたくさんいますからね……」老女は眉をひそめて、真剣に考え込んでいる様子だった。

「私たちが言っているのは、この間お話しした甥ごさんのことです、アンドレアスさん」

警部がなんとか老女の頭の回転を速めようとする。

「ああ、アンドレアス……」クルフティンガーとシュトローブルが〝やった〟とばかりに目を見合わせる。「……でも、もうここには長い間来てないわ」リナ・ルッツェンベルクはそこで言葉を切った。「今、どこにいるのかしらね。それにしても、連絡がないのはおかしいわね」

「アンドレアスさんがこの家に置いているものがあったら見せていただけませんか？」シュトローブルがたずねた。

「あの子がここに何を置いているかなんて、私にはわからないわ。彼の部屋には入りませんから」

「彼の部屋がまだあるんですか？」とクルフティンガーが訊く。

「もちろんですとも。子供部屋がありますよ。そこがずっとあの子の部屋でした。それとも、そこの君、今は誰か他の者がその部屋に住んでいるとでも思ったの？」

クルフティンガーはその問いを無視した。「部屋を見せていただいていいでしょうか？」

「どうぞ、どうぞ」老女は手招きして二人の刑事を階段の前に案内すると、手すりにしっかりとつかまり、ゆっくり一段一段上り始めた。クルフティンガーとシュトローブルはジリジリする。老女はようやく階段を上り切ると、廊下の一番奥にある部屋を指差した。

「あれがアンドレアスの部屋です。でも、刑事さん、どうかちらかさないでくださいね」

そう言って顔の前で指を振った。

部屋の中にはものがあまり置かれていなかった。部屋の真ん中に鉄製のベッドがあり、入口から見て右側の壁は大きな古い整理ダンスで占められていた。ベッドの前には、大きな洋服ダンスが置かれている。床には分厚いカーペットが敷かれ、ベッドのうしろには大きな窓とバルコニーに続く扉があった。クルフティンガーはカーテンを開けて外を見た。空は暗く、紫色がかった灰色をしていた。家の前に立つ木々は、ピューピューと吹き始めた強風に枝先をゆさぶられ、葉をざわめかせている。嵐が今にもやって来そうだった。

「おまえは洋服ダンスを調べてくれ。俺は整理ダンスを見るから」クルフティンガーはそう言うと、タンスの一番上の引き出しを開けようとした。なかなか開かないので、真鍮の取っ手を強引に引っ張った。引き出しの中には、手縫いの分厚いソックスがきれいに並べられていた。二十足はあるに違いない。警部にはそれが尋常ではない数に思えた。

次の引き出しを開ける。柄物のシャツとネクタイが出てきた。その次には白のオーソドックスな下着。時代遅れの衣類を見て、クルフティンガーはそれをここに置きっぱなしにしているルッツェンベルクの気持ちが理解できた。そして、最後の引き出しを開けた。

妻がよく言う〝ガラクタ入れ〟に間違いなかった。妻に言わせると、そういう引き出しはどんな家庭にも一つはあるという。少なくとも三カ国の小銭から、クリップ、ボールペン、セロファンテープ、封筒、錆びついたカギまで、普段はあまり使わないが、捨て難いものがつめ込まれているのだ。だが、その引き出しは半分しか開かなかった。中で何かが引っかかっている。膝をつくが、あわてて手を床についた。変な姿勢を取ったために、葬式でケガをしたところが少し痛んだからだ。目の高さの位置にある引き出しを覗くと、暗くてよく見えないが、一番奥に何かある。手を伸ばすと、段ボール箱だとわかった。ゴム紐で縛ってある。指を紐に引っかけて、箱をなんとか取り出そうとする。

「何か気になるものがありましたか?」上司が整理ダンスの中身と格闘しているのに気づいたシュトローブルがたずねた。

「わからない」そう答えて、警部は黒い段ボール箱を取り出した。ゴム紐を外して、ふたを開ける。「ああ、見つけたぞ」中身をちらっと見て、警部が言った。しばらく沈黙が続く。二人の鼻息しか聞こえない。すると突然、とどろくような音がして二人ともビクっとした。数秒経って、それが雷の音だったことに気づいた。

「どこかに雷が落ちたようですね」シュトローブルが言った。

クルフティンガーは黙ってうなずき、箱の中身を見つめた。何かの文字が書かれた紙や新聞紙がつまっている。その一番上に写真があった。それは、若い頃のルッツェンベルクとヴァハターの写真だった。

クルフティンガーがその写真の若者がヴァハターだとわかったのは、彼のマンションから消えたアルバムの中にも同じ写真が貼られていたからだ。その写真を見ていなかったなら、ルッツェンベルクの横に立つ男が誰かわからなかっただろう。なぜなら、ヴァハターの顔は切り取られていたからだ。

「なんてこった」シュトローブルがそれを見て、首を振りながら言った。

「もっと驚いてくれてもいいんだぞ」クルフティンガーは相手に背を向けたまま答えると、

興奮で震える手で紙と新聞紙を取り出していく。新聞の切り抜きの中には見覚えのあるものがあった。昨日読んだものと同じものだった。ほとんどの記事に、手書きの文字が記されていた。インタビューでヴァハターが答えたコメントの横には、いくつも〝嘘つき！〟と書かれている。線で消してあるだけの部分もある。裏にも何か書いてあった。

「犯行の動機がわかりそうですね」とシュトローブルが言った。クルフティンガーも同感だった。警部は箱のふたを閉じてそれを脇に抱えると、「他に何かあるか？　ないなら帰るぞ。これを詳しく調べたいからな」と言った。シュトローブルが首を横に振る。階段を降り、リナ・ルッツェンベルクに別れを告げようとしたところで電話が鳴った。

老女がゆっくりと電話へ向かう。それがまた警部を苛立たせた。早く刑事局に戻って、証拠品を調査したかった。だからリナ・ルッツェンベルクに目で軽く合図し、せめて手だけ振って家を出ようとした。ところが手を上げようとした瞬間、「アンドレアス？　あら、坊や、どこにいるの。全然、顔を見せてくれないじゃないの。また遊びにきなさいな」と老女が言ったのだ。

クルフティンガーは、雷に打たれたかのように驚愕した。シュトローブルに箱を渡して電話機に近づくと、老女の手から受話器を取り上げた。

「もしもし？　ルッツェンベルクさんですか？」

返事がない。

「ルッツェンベルクさんですか？　ケンプテン地方刑事局のクルフティンガーです。ルッツェンベルクさん、ご本人ですよね？」

受話器の向こうでしばらく沈黙が続く。クルフティンガーが次の言葉を口にしようと息を吸った瞬間、返事が返ってきた。

「そうです」

「ルッツェンベルクさんですね。今、どこにいらっしゃるのですか？」

「それは言えません。刑事……」

「クルフティンガーです。ルッツェンベルクさん、あなたは今、自分の首を絞めようとされているんですよ。会って話しましょう。居場所を教えてください。お約束します、絶対に……」

「……約束などできませんね」ルッツェンベルクがクルフティンガーの言葉をさえぎった。「あなたに会えば、やつらも私を見つけるでしょう。私の居場所を知られてしまうんですよ。そんなこともわからないんですか？　あなたに会うことはできません、絶対に！」ルッツェンベルクが最後の言葉を大声で吐き出したので、受話器の振動板がブルブルと震えた。

「やつらとは、誰のことですか？　こんなことをしていても意味ありませんよ。お願いですから……」クルフティンガーは一瞬、〝自首〟という言葉を使うべきかどうか考えたあと、こう続けた。「私たちのところへ来てください。私たちはもうすべて知っています。あなたの書類も見つけました」

「あなた方は何も知らない」受話器から聞こえてきたのは、低くて小さな声だった。「もしあなたがすべてを知っているというのなら……」そのときどこかでサイレンが鳴り、ルッツェンベルクは話を中断した。まもなく、サイレンの大音量に負けないくらいの声で話を再開した。「もしあなたがすべてを知っているというのなら、私が今どこにいるかもおわかりなのですね。真実は、ひと目見ただけでわかるようなものではないんですよ」そして、受話器からブチッという音がすると、急に静かになった。クルフティンガーはまわりにも聞こえるほど大きく息をついた。「驚いたな。本当にびっくりしたよ」

「彼は何と言ったんですか?」シュトロープルが聞きたがる。

「我々警察は何も知らない、とさ。不安でたまらないという感じだった」そう言って、警部は首を横に振った。警部の頭の中はあれほど整然としていたのに、電話でルッツェンベルクと話したあとは大混乱に陥っていた。

★　★　★

アンドレアス・ルッツェンベルクは受話器を置いた。深呼吸をする。体が震えていた。刑事がヴァイラーの家にいるとは思ってもみなかった。手のひらで額の汗をぬぐった。汗の玉ができていた。さあ、これからどうする？　ヴァイラーの家には帰れない。メミンゲンのアパートにも戻れない。ヴァイラーにはもう刑事が来ているのだ。では、どこに行けばいい？　捕まるはずがない。でももし捕まったら……ルッツェンベルクは首を振った……先のことを考え過ぎるのはよくない。だがそれなら、どこへ行けばいいんだ？　可能性は一つしかなかった。ルッツェンベルクはうなずいた。山小屋。頭の整理ができるまで、あそこに身をひそめていればいい。今は静かな場所が必要だった。ただひたすら考えたかった。次のステップがすべてを決定することになるだろう。慎重に計画を進めなければならない。だが今の時点では、成功させるのは難しいというのがルッツェンベルクの見方だった。今は静かに考える時間が必要だ。そうすれば、何をすべきかが見えてくるかもしれない。うまくいけばすべてが終わる。電話ボックスの扉を開けて外に出た。雨は降り始めたばかりだった。大粒の雨粒が乾いたアスファルトを濡らしていく。深呼吸をする。ルッツェンベルクは新鮮な夏の雨の香りが大好きだった。空を仰いで顔を濡らす。雨粒の冷たさが心地よかった。

★　★　★

「彼はあなたに、今いる場所を言いましたか？」警部がリナ・ルッツェンベルクにたずねた。

「いいえ。あなたに受話器をひったくられましたからね」と老女は答えた。

老女の言い分は、ある意味正しかった。もしかしたら、二人にそのまま話をさせていたほうがよかったのかもしれない。そうすればもっと情報をえられた可能性もある。もしかしたら……。

クルフティンガーは自分に腹が立った。失敗したのだ。ルッツェンベルクは今、指名手配されている。だから、もっと慎重に行動すべきだった。電話で直接話したことで、さらにやっかいな事態になってしまった。

「警部？」

シュトローブルの声で、クルフティンガーは我に返った。部下に声をかけられたのはわかったが、言っていることは耳に入っていなかった。

「何か言ったか？」

「そろそろ帰りませんか？　それとも、彼がどこにいるかわかるんですか？　また電話をかけてくるとでも？」

クルフティンガーには何もわからなかった。もう一度電話がかかってくるとも思えなかった。

「行こう」と警部は言った。「その箱は持って帰るぞ」

二人の刑事の姿が見えた。アンドレアス・ルッツェンベルクが身を隠している場所からは、あたり一帯を見渡せた。刑事の一人は小脇に何かを抱えている。警部が電話で話していた書類に違いない。一瞬、警察に出頭したらどうだろうという考えが頭をよぎったが、あわてて打ち消す。警察に、事件の責任をすべてなすりつけられることは明らかだった。そんなことは最初からわかっていたのに、ルッツェンベルクがそれを確信したのは葬儀が終わってからだった。葬儀の場で警部に告げ口をした老女が誰なのかはまだわからなかった。毅然とした態度でいればよかったのかもしれない。もしかしたら老女は人違いをしただけの可能性もあるのだ。でも、あのときは走り出さずにはいられなかった。もっと冷静にならなくては。今の状況は危険に満ちている。もう一度深刻な危機に直面する可能性もないとは言えない。だから出頭などできるはずもない。情報がもっと必要だった。

灰色のパサートが視界から見えなくなっても、ルッツェンベルクは一時間ほどその場を動かなかった。それから、ようやく歩き始めた。

★　★　★

刑事局に戻る車の中で、クルフティンガーは電話の会話をもう一度完璧に思い出そうとした。マイアーのボイスレコーダーがあれば、電話の内容を録音し、巻き戻して会話をすべて聞き直せたのに。そうはいかないので、自分の記憶を頼りにするしかない。頭から離れない言葉が一つあった。それが記憶にまとわりついてきて、他の部分を忘れてしまうほどだった。そこでまず、それ以外の言葉に意識を集中するようにした。そうでないと、今警部の頭の中をグルグル回っているその言葉が、その他の記憶をすべて消し去ってしまうような気がしたからだ。しかし結局、頭から離れないその言葉こそが最も重要なのだと伝えてくる自分の直観に従うことにした。「真実は、ひと目見ただけでわかるようなものではないんですよ……」

「何か言いましたか?」警部がその言葉をつぶやくと、シュトローブルが訊いてきた。

「何だ? あ、そう。……真実は、ひと目見ただけでわかるようなものではない、とルッツェンベルクは言ったんだ」

「あたりまえのことを言っているようにも聞こえますが」

「そのとおりだ。だがルッツェンベルクは、この言葉で我々に何かを伝えたかったんじゃないだろうか」

「どういうことですか?」

「わからない。たとえば、警察が何かを見落としているとか。いや、わからない。本当にわからない」そう言って、警部はルッツェンベルクの部屋から持ってきた箱を拳《こぶし》で叩いた。

シュトローブルは黙って両手でハンドルを握り、道路を見つめていた。

「他にもいろいろ言われたんだが。何も心に引っかからないんだ。でも電話中に、何かが……」警部が眉間にしわを寄せる。

「彼が言った何か、ですか？」シュトローブルが、警部が思い出すのを助けようとする。

「やっぱり……やっぱり何もわからない……」

★　★　★

カバンの中の鍵をしっかりと握る。自分の車に向かいながら冷たい金属を握りしめると、ほんの少し安堵した。気持ちが落ち着いてくる。鍵は、一日の終わりに小さな安らぎをもたらしてくれる場所があることを教えてくれるからだ。

重大な決断をしたことは間違いなかった。それはわかっていた。一時間ごとに危険は迫っていた。それでも、今日はまだ一息つくことができる。

アンドレアス・ルッツェンベルクは大叔母のことを思って微笑んだ。お茶を淹れてくれようとして、泊まっていかないかと訊いてきた。恵まれた人間。彼女が住む世界には、苦悩など存在しないのだ。ここに来たことは誰にも言わないで欲しいという言葉を、大叔母が真剣に受け止めてくれることを切に望んだ。

彼女の世界に生きられたらどんなにいいだろう。路地の角を曲がりながら、アンドレアス・ルッツェンベルクは思った。だが、決断したのだ。とにかく、原因をつくったのは自分だった。ヴァハターを追いかけまわしたりしなければ、今頃は……。

アンドレアス・ルッツェンベルクの顔がまた暗くなる。俺は正しいことをしたのだろうか？　すべてそのままの状態にしておくべきだったのではないだろうか？　どうしても復讐したかった。そうしなかったら、何もしないで見ていたら、どうにかなっていただろう。父のように破滅したかもしれない。父が没落していく姿をずっと目にしてきた。ヴァハターに裏切られたことによる心の傷――息子はそう呼んでいたが、父は一度も心の傷という言葉を口にしたことはなかった――はどうしようもなく深かった。その傷は二度と癒えなかった。父は、いつだって人生をやり直そうと思えばできたはずだ。なぜなら、ヴァハターとなした成功を支えていたのは父の頭脳だったからだ。そう息子は確信していた。その証拠に、ヴァハターはそれ以後、同レベルの発明をしていない。

ヴァハターは、寄生虫のように父の知性から栄養を吸い取って生きていたのだ。父は責任感の強い研究者だった。ヴァハターのような恥知らずではなかった。父は、自分たちの発明にリスクがあることを知っていた。発がん性があることも指摘していた。息子は当時、偶然父と交わした会話の中でそれを聞かされていた。

だが、ヴァハターはどうしても金が欲しかった。その一方で、大金を払って二人に研究を依頼した乳製品工場は、今か今かと結果を待ち望んでいた。そして、ヴァハターは父の助言を無視して、研究結果にゴーサインを出したのだ。ヴァハターが安全性試験をどうやってかわしたかは、父も知らなかった。

アンドレアス・ルッツェンベルクは、ヴァハターが安全性試験の結果報告書を偽造したのだと考えていた。長期試験は公には必要ないとされていた。なぜなら、父は危険が存在するのを疑いつつも、一度もそれを公表していなかったからだ。実はヴァハターも、その危険性を父以上によくわかっていた。それなのに、休暇中の父に何の連絡もせず、ヨーグルトの販売を一人で勝手に許可した。父が休暇から戻ったときはもう遅過ぎた。恥知らずな友のために、安全性を信じるふりをしなくてはならなかった。父を絶望させたのはキャリアからの転落ではなく、大の親友から裏切られたという事実だった。父は死ぬまで、その絶望から抜け出せなかった。

自分の車が見えてきた。雨はとっくにやんでいたが、まだ湿った土の香りがした。深呼吸をする。病院に入院していたときの父の写真を見る。疲れた目をしてこちらを見ている。このときでさえ、父はかつての同志を思い、「もういいんだ」と息子にかすれ声でつぶやいた。アンドレアス・ルッツェンベルクには、父がこの言葉で何を伝えたかったのかを理解できた。それが父の最後の言葉だった。だからこそ、息子は父と果たせない約束をしなくてもすんだ。

車に乗り込む前に、しばらくその場に立ち尽くす。うなずいて自分に言い聞かせた。俺は正しいことをしたのだ、と。

★ ★ ★

「まったく、これからどうやってルッツェンベルクを見つけたらいいんだ？」クルフティンガーは前に集まった部下に向かってそう言ったが、本当は自分に対してした質問だった。「指名手配をしたあとも、情報はまだ何も入ってきていません」とマイアーが言い、そしてこう付け加えた。「国内でも、外国でも」

クルフティンガーは立ち上がって、自分のデスクのうしろを歩きまわり始めた。「それで、電話局から最近の通話記録は入手できたのか？」

「いえ、まだ待っているところです」部下にはさまれて座っているヘーフェレがうなずいた。「電話局は難しいと言っています。とにかく、すぐには出せないそうです」

「それでは意味がない。今すぐ情報が必要なんだ。だったら、これを調べてくれ」クルフティンガーはそう言って、デスクの上の箱を叩いた。リナ・ルッツェンベルクの家で見つけた箱だ。

「じゃあ、ヘーフェレにこれを……な、なんだ！」クルフティンガーは話を中断した。緊急出動したパトカーのサイレンが中庭で鳴り響いたからだ。オフィスの中でも話ができないほどの音量だった。警部は窓の前へ行って手を伸ばし、そのままの姿勢で動きを止めた。

「俺はバカか!」とクルフティンガーが叫んだが、騒音で部下には聞こえなかった。警部は窓を閉めて、部下の前に戻った。「ようやく、ずっと心に引っかかっていたことがわかったぞ」

部下たちが驚いて、上司を見つめた。

「ルッツェンベルクの電話のあと、何かまだ見逃していることがあるって言ったが」クルフティンガーはシュトローブルに話しかけた。シュトローブルがもの問いたげに眉をひそめた。

「サイレンだ!」クルフティンガーはそう言って、今閉めたばかりの窓を指差した。「サイレンだ!」もう一度繰り返す。「アルゴイの全消防署と連絡を取って、この一時間半の間の出動記録を確認してくれ。出動がなかったなら、国内の全消防署に連絡を取れ」

シュトローブルとマイアーとヘーフェレが戸惑ったように目を見合わせた。クルフティンガーは、部下たちが消防署に連絡を取る理由を理解していないことに気づくと説明を加えた。「ルッツェンベルクと電話で話していたときに、サイレンが鳴って一度話を中断したんだ。消防車のサイレンだった。どこで鳴ったか調べれば、やつの居場所がわかるかもしれない」

★
★
★

山小屋の中は、涼しいというより寒かった。ルッツェンベルクは少し震えていた。それは、もしかしたら三週間前から抱えている精神的緊張のせいかもしれなかった。襟が皮脂で汚れたジャケットを脱いだ。二、三日前から同じ服を着たままだった。古くて、表面がささくれだったタンスを開けて、どんな服があるか見てみる。真冬用のセーターが引き出しの中で一番幅を取っていた。毛皮の上着がハンガーに掛かっている。この山小屋は冬しか使われていないのだから、冬物しかないのは当然だった。ヴァハターはここに来たことが一度でもあっただろうか。ルッツェンベルクはふと考える。しばらく服探しを続けて、ようやく夏に着ても暑すぎない服を一着見つけた。着古した短襟の格子模様のシャツだった。着ているTシャツを脱ぎ、外の洗い場へ体を洗いに行く。水を浴びると生気がよみがえった。体をさっぱりさせてからベランダに立つと、何日かぶりに気分がよくなった。美しい景色を堪能する。ここなら誰にも見つからない。ここは平和という光に包まれていた。この上もない安堵感を覚えた。空を見上げる。黒い雲が再び垂れ込めていた。今にも雨が降り出しそうだった。そのとき、車の音が聞こえた。

★　★　★

「もしかしたら、これかもしれません」ヘーフェレが紙を握ってクルフティンガーの部屋に入ってきた。警部もヘーフェレのほうへ近づいて行く。「リヒャルト、オイゲン、こっちに来れるか？」クルフティンガーが隣の部屋にいる部下たちに呼びかけた。

「では、ご説明します」ヘーフェレが伸び放題の口髭を撫でながら、心の準備をする。重大な情報を伝えられることがうれしそうだった。「ここアルゴイでは、警部がおっしゃった時間の消防車の出動は二カ所だけです。一つ目はカウフボイレンですが、これは無視していいでしょう」

「なぜだ？」クルフティンガーが訊く。

「それはですね、屋根から下りられなくなった年配の女性の飼い猫を助けただけだからです。だから、サイレンは鳴らしていません」ヘーフェレはそう言ってニッコリする。目のまわりの笑いじわがより際立つ。だが、警部がこの話を面白がらないことに気づくと、咳払いして話を続けた。

「残りは一カ所しかありません。どこだと思われますか？」

「まったくクイズ$ミリオネアじゃあるまいし。どこなのか早く言えよ」クルフティンガーが苛立った。というのも、ヘーフェレの態度を見れば、重大な情報を手に入れたことが明らかだったからだ。

「わかりました。では、手短に話します」と、少し気を悪くしてヘーフェレが言った。

「えーと、話はどこまでいってましたっけ？」

クルフティンガーは怒りをぐっとこらえた。顔が赤らんでくる。

「あ、そうでした。二カ所目ですよね。では、よく聞いてくださいよ。それが、ヴァイラーなのです」

警部、シュトローブル、マイアーの三人が、同時に目を丸くした。ヘーフェレは上司と同僚のこの驚きぶりをしばし堪能してから話を続けた。「正真正銘の消火のための出動でした。二台の消防車が出動しました。もちろんサイレンを鳴らして。火災の発生現場は納屋でした。そばにあった木が真っ二つにわれたそうで、というのもそこへ……」

「……雷が落ちたんだろう」クルフティンガーが話を締めくくった。今度はヘーフェレが驚いた。巻き毛に手をやって頭をかく。「なぜ、それをご存知で……？」

「あたりまえだろう。雷が落ちたとき、俺たちはルッツェンベルクの大叔母のところにいたんだからな」シュトローブルがヘーフェレの言葉をさえぎって答えた。そして息を大きく吸い込むと、しばらく口をぽかんと開けたままでいた。「ということは、ルッツェンベルクはまだ……？」

「俺も今そう考えていたところだ」クルフティンガーが答えた。「行こう」警部はドアの前へ行き、洋服掛けからジャケットをひっぱり出した。だが、数メートル歩いたところで、またオフィスに引き返し、デスクの引き出しを開けて拳銃とホルスターを取り出した。クルフティンガーは武器が嫌いだったが、今日は携帯したほうがよさそうに思えた。

「どこに行くんですか？　何が何だか、僕にはさっぱりわからないんですけど」というマイアーの声がうしろから聞こえた。「今は説明している場合じゃない」クルフティンガーが答えた。

「俺たちが持って帰ってきた箱を調べておいてくれ」

警部とシュトローブルは廊下の角を曲がった。

マイアーの、「僕はいつだって、わけのわからないものの調べをさせられるんだ」という愚痴は二人の耳には届かなかった。

★　★　★

山道に差しかかると、雨が激しく降り始めた。大粒の雨が車のフロントガラスを叩きつける。土砂降りだった。ほとんどの人が外には出たくなくなるレベルの雨だった。だがクルフティンガーは、自然が猛威を振るうと、「ほら、この雨を見てごらん!」と喜んで妻を窓辺に呼ぶような性格なので、この程度の雨に動じたりしなかった。クルフティンガーは山小屋の鍵をもてあそびながら考え事をしていた。鍵はリナ・ルッツェンベルクだった。

「あなたの甥ごさんか、甥ごさんの子息なのかはわかりませんが、アンドレアスさんは今大変危険な状態にあります。私たちが彼を助けますから」と説得して手に入れた合い鍵だった。リナ・ルッツェンベルクはなかなか〝うん〟と言わなかったが、それは老女が、今何が起きているのかすぐには理解できなかったからだと警部は思った。だが、最終的にリナ・ルッツェンベルクは、アンドレアスが危険な目にあっているのなら仕方がないと、彼との約束を破って、彼が家に来たことを刑事に打ち明けた。そしてヴァイラー北部のオーストリアとの国境近く、ヒンターシュヴァインヘーフにある山小屋の話をした。そこは、ルッツェンベルク家が何世代にもわたって別荘として使っていたものだった。

車が激しく揺れたので、クルフティンガーは我に返った。シュトローブルを見ると、困ったことになったぞというように、苦笑いを浮かべていた。「どうやら……はまってしまったようです」部下はためらいがちにそう言って、なおもアクセルを踏み続けた。エンジンがうなり声を上げ、タイヤが空回りする。大雨で地盤がゆるみ、ぬかるみにはまってしまったのだ。クルフティンガーがあたりを見回す。そこは山道で、巨大なモミの木に囲まれ、その先には細い道が続いているだけだった。空を見上げる。土砂降りの雨がまだ降り続いていた。警部は〝またか〟と思った。

「泣きっ面にハチだ」警部が吐き捨てるように言った。「仕方がない。歩こう。もうそう遠くはないだろう」

シュトローブルは、こんなことになったのは自分のせいだと思っていたので、反論もせず車を降りた。クルフティンガーは薄緑色のシャツの上にバイエルン風の上着ヤンケルを、シュトローブルは薄手の春コートを襟を立てて羽織っているだけで、二人とも雨具は何も身に着けていなかった。くるぶしまで足が埋まってしまうほどの水溜りを避けながら、ゆっくりと進んで行く。雨靴を履いていないので仕方なかった。しかし数メートル進んで、靴下が洗ったばかりのように濡れてしまうと、二人ともどうでもよくなり、普通の速さで歩き始めた。少なくとも、普通の速さで歩いているつもりだった。

今日は濡れるか、濡れないかのどちらかよ。クルフティンガーは今朝、母親から電話で言われた言葉を思い出した。まだ雲が少ししか出ていない時間に、母親は傘を持っていくようすすめてくれたのだ。

「畜生、泥だらけだ」左足のショートブーツをずぶっとぬかるみに沈めてしまい、クルフティンガーはそう叫んだ。足をぬかるみから抜くと、足だけ抜けて靴はぬかるみの中に沈んだままだった。白いソックスを履いた左足を、茶色の水につけないよう片足でバランスを取ろうとする。だが、バランスを取るのは難しかった。雨が顔に容赦なく叩きつける。

やがて、クルフティンガーは自分の体が徐々に左に傾いていくのに気づいた。腕をバタバタと振りまわしてみる。それでも駄目だった。体はゆっくり左に傾き、ついにはうしろへと倒れていった。倒れていきながら、警部は大声を上げて目を閉じた。

「危ない」シュトローブルが叫んだ。そして、すんでのところで警部を受けとめた。クルフティンガーは微笑み、背後にいる部下に礼を言った。「とんだことになるところだったよ」

だが、シュトローブルに体を起こしてもらったのはいいが、靴はまだぬかるみの中だった。警部が一人で立てたのを見て、部下はさっそく歩き出したが、なぜか上司がついてこない。
「どうしたんですか?」シュトローブルが訊く。
「俺の靴が」クルフティンガーが答えた。「靴がないんだ。そんなことってあるか。俺の
靴! 俺の靴!」何度もその言葉を繰り返すので、シュトローブルは警部がヒステリーを
起こしたのかと思った。仕方なく上司に手を貸す。
「ここにあるじゃないですか」シュトローブルはそう言って、クルフティンガーがさっき
はまったぬかるみを指差した。悪天候のせいで気温は下がっていたが、警部の体は急に熱
くなった。顔は真っ赤になり、鼻の毛細血管までふくらんできた。シュトローブルが拾い
上げた靴は泥まみれのぼろ雑巾のように見えたが、かろうじて靴と認識できた。なんてこ
った。クルフティンガーが腹を立てる。せめて履けるように靴から泥をできる限りぬぐい
落とそうとするがうまくいかない。
「行くぞ!」クルフティンガーはシュトローブルに向かって叫ぶと、靴を左手に持ったま
ま荒い鼻息で歩き始めた。しかめ面をして顎を突き出し、地面を踏みしめながら歩く——
片足だけ靴を履いて。
シュトローブルは上司の数歩うしろを歩いた。笑っているのを気づかれたくなかったか
らだ。

「ここに違いない」森の中にぽっかりと空いた伐採地に入ると、クルフティンガーが叫んだ。伐採地の奥に山小屋が見えた。山小屋の壁は周囲の木々と区別がつかないほど風化している。その瞬間、クルフティンガーは靴のことを忘れた。こんな山小屋に住んでみたいと前々から夢見ていたからだ。もしかしたら、いつか手に入れられるかもしれない……。

「あそこに車が」シュトローブルがクルフティンガーを白昼夢から目覚めさせた。赤のライトバン。ルッツェンベルクのオペルに違いなかった。警部がぎこちない足取りで木の間に隠れる。「こっちへ来い。やつに見つかるぞ」上司はそう小声で言い、部下を手招きした。「木の間を歩いて山小屋へ近づき、入口の近くまで来たら伐採地に出よう」警部はそう言って、指で進むべきルートを空中に描いて見せた。シュトローブルがうなずいた。彼はホルスターに入れた拳銃に手を置き、無言で警部に銃を確認するよう促した。警部がうなずく。銃はホルスターにきちんと収まっていた。

身をかがめ、木々の間をぬって山小屋へと近づいていく。クルフティンガーは歯を食いしばらなくてはならなかった。先の尖った枝や石が、靴下を突き破って足の裏に突き刺さったからだ。森の中にこんなにたくさんの石が転がっているなんて、これまで考えたこともなかった。それでも、次にとる行動に意識を集中していたので痛みはあまり感じなかった。

「今だ」山小屋の入口近くまで来ると、警部が合図した。二人は走り出した。入口までは草むらをはさんで三十メートルはあった。クルフティンガーにはそれが長距離走であるかのように感じられた。できるだけ速く走ろうとするが、左足が濡れた草むらの地面に足を取られるたびに転ばないよう飛び跳ねなくてはならなかった。「よいしょ」と小声で言って、シュトローブルのあとを追い、入口にたどり着いたときには息がゼーゼーいっていた。この息切れが興奮のせいなのか、腹についた十五キロほどの贅肉のせいなのかはわからなかった。

クルフティンガーとシュトローブルはしばし顔を見合わせた。どちらもノックしようとしない。とうとう、クルフティンガーが心を決め、拳でドアを連打した。「警察だ、開けろ！」

言うやいなや、クルフティンガーは警察と口走ってしまった自分を責めた。ノックだけすればよかった。ルッツェンベルクを不必要に混乱させてしまったに違いない。ところが、山小屋の中からは物音一つ聞こえてこない。

「ルッツェンベルクさん、あなたがここにいることはわかっているんです。あなたの車だってあるじゃないですか。開けてください！」

何も聞こえない。

クルフティンガーが部下に「ドアを開けろ」と顎で指示した。シュトローブルは一つ深呼吸すると、ドアのノブをゆっくりと回した。そしてドアを勢いよく開けて、山小屋の中へ拳銃を向けた。「警察だ。ルッツェンベルク、手を上げろ。中に入るぞ」シュトローブルの声は少し震えていた。山小屋の中はまだひっそりと静まり返っている。クルフティンガーが落ち着かない様子で、ホルスターに収めた拳銃に手をやった。

クルフティンガーとシュトローブルは目を細くした。山小屋の中は薄暗かった。空が雨雲に覆われているために、外からの光もほとんど入ってこない。薄闇に目が少しずつ慣れてくると、二人には部屋の中に誰もいないことがわかった。

「畜生、ありえない」シュトローブルは、部屋の張り出し部分にも、ベッドの下にも誰もいないことを確認すると悪態をついた。食卓の椅子に腰を下ろして、拳銃をホルスターに戻した。

「ルッツェンベルクは、私たちに気づいて逃げたんでしょうか？」

「いや、違うだろう。もしそうなら窓から逃げただろうが、窓は閉まっている」とクルフティンガーが言った。シュトローブルが納得したという目でうなずく。

「それで、これからどうします？」シュトローブルが訊く。

クルフティンガーが下唇を噛んで考え込む。

「応援を呼ばないとな。おまえは車に戻って、応援を要請してくれ。ルッツェンベルクが戻ってくるかもしれないから、俺はここに残る」

「本当に戻ってきたら、一人でどうするつもりですか？」

クルフティンガーはできることなら聞かなかったふりをしたかったが、シュトローブルの質問はもっともだった。ルッツェンベルクが戻ってきたら、自分はどうするつもりなのだろう？

「そうなったときに考えればいい。急いで応援を呼んできてくれ。俺が長い間、一人でここにいなくていいように」

シュトローブルがうなずいた。入口から顔を出し、左右を確認すると雨の中を走り去った。

突然、クルフティンガーは重要なことに気づいた。外へ出てぬかるみの中を数メートルよろよろ歩くと、大声で部下を呼んだ。「靴を一足持ってくるよう、誰かに伝えてくれ。あと、靴下も」

家に戻ろうとしたとき、クルフティンガーの目にそれが飛び込んできた。山小屋に来たときは気づかなかった。薄暗いうえに、雨が激しく降っていたので見逃したのだ。

クルフティンガーの目の前のぬかるみに、死体が横たわっていた。

「オイゲン。オイゲン、待て」クルフティンガーは部下を引きとめようとするが、声がかすれてうまく出てこない。咳払いをする。「オイゲン！」

シュトローブルは森の入口にさしかかったところで上司の声を耳にした。振り返ってすぐに、重大なことが起きたことを感じた。クルフティンガーは部下のほうには目もくれず、地面を見つめていた。シュトローブルはびしょ濡れの顔を手でぬぐった。警部がそれほど意識を集中して見ているものが何なのかわからなかった。それでも、さっきまで真っ赤だった警部の顔から血の気が引いていることだけはわかった。クルフティンガーが顔をそむけて膝をつき、吐く直前のように前かがみになったのを見て、シュトローブルは上司のほうへ駆け出した。

「いったい、何が……？」シュトローブルは問いかけようとしたが、言葉が続かなかった。警部が見ているものが何かわかったからだ。悪寒が走った。すぐ目の前のぬかるみに死体が横たわっていた。二人とも、木の間から山小屋の入口へ向かって走ったとき、数メートル先にそれがあったのに気づかなかったのだ。だが、死体を見過ごしたのは二人に注意力が欠けていたからではなかった。死体の男は——シュトローブルは衣服と体格を見て男だと判断し、それが誰かもおよそ予測できた——泥まみれで、一見泥の塊にしか見えなかった。つまり、死体は見過ごされても当然の状態だった。顔はぬかるみに埋まり、よほど目をこらさないと死体と認識できなかった。さらに注視しない限り、死体の頭が完全に打ち砕かれていることにも気づかないだろう。

「なんてこった……」シュトローブルがようやく口を開いた。「なんてこった……こんなのは見たことがない」そして、死体の周囲を回って、クルフティンガーのそばへ行った。「大丈夫ですか？」優しく言って、上司の肩に手を置く。

クルフティンガーが体を起こしてうなずいた。

「これが誰か、わかるだろう?」警部はそう言って、死体があるほうへ振り返った。

「まだ、わかりませんよ。こんな状態では。でも、少なくとも状況から判断して……」

「……ルッツェンベルクである可能性が高い」クルフティンガーがシュトローブルの代わりに続けた。それから、苦笑いを浮かべて言った。「俺たちが追ってきた殺人犯だ」

★　★　★

森の伐採地に数十人の警官が駆けつけてくるのに、一時間もかからなかった。雨はやんだが、地面はまだぬかるんでいたので、警官たちは歩くのにも苦労していた。そうこうするうちに、最初のパトカーと救急車が到着した。警官の一番乗りは、シュトローブルの車が立ち往生している場所からここまで歩いてきていた。残りの警官が道をふさいでいる車を引き上げる作業をしていたのだが、パトカーと救急車が到着したところを見るとどうやらうまくいったらしい。

クルフティンガー、シュトローブル、マイアーの三人の刑事と証拠保全担当官が二人、山小屋の中にいた。警部は椅子に座って、タオルで足を拭いていた。もとは白だったとわからないくらい汚れたソックスは脱いで、テーブルの上に置いてあった。それを見た証拠保全担当官は嫌な顔をした。

「轍《わだち》の確認は？」クルフティンガーがそのうちの一人にたずねた。

「できませんよ、こんな天気では。砂吹雪のなかで、砂の城を探すようなものです」

男は難しい比喩を使ったが、言いたいことは理解できた。

制服警官の一人が玄関のドアから顔を出す。

「死体はどうやらアンドレアス・ルッツェンベルクのようです」そう言って、財布を刑事たちのほうに投げてきた。マイアーがそれをキャッチし、警部に渡す。クルフティンガーはしばらく財布を見つめてから舌打ちをした。「こんなのはゴミだ」

シュトローブルとマイアーも同じ意見だった。ヴァハターの殺人事件の最有力容疑者であるルッツェンベルクが、ヒンターシュヴァインヘーフの森の伐採地の真ん中で、〝湿地遺体〟として発見されるとは誰も予想していなかった。

「それで、これからどうするんですか？」マイアーが弱々しい声でたずねる。

クルフティンガーは大きくため息をついた。「仮にルッツェンベルクがヴァハター殺しの犯人だとしても、こっちの殺人事件では彼は被害者なんだ」苦し紛れの言葉だった。

「こちらの事件は、ヴァハター殺害事件と関係があるのでしょうか？」シュトローブルがたずねた。

「わざわざ訊くまでもないだろ。関係があるのは明白だ。電話で話したとき、ルッツェンベルクはひどく不安そうだったとおまえにも話しただろう。つまり、こういうことだったんだ」

クルフティンガーは、またルッツェンベルクの言葉を思い出した。「真実は、ひと目見ただけでわかるようなものではないんですよ」皮肉たっぷりの言葉が、警部の耳の中でこだまする。二時間前までは、殺人犯を捕えるのは時間の問題だと思っていたのに、二体目の死体を発見してしまうとは。

「それで、何か見つかったのか？」クルフティンガーは、道具をカバンにしまい終えた二人の証拠保全担当官に訊いた。

「何も見つかりません。指紋はたくさん見つかりましたが、その中から犯人の指紋を見つけ出すのは、マイナウ島で花を一つ見つけるのと同じくらい難しいですね」

クルフティンガーが首を振った。変な比喩ばかり使うやつだ。

警部が立ち上がった。「解剖医は来てるのか？」

「はい。しばらく前に来て死体を検分中です」

みんなで山小屋を出ようとしたところで、警部がたずねた。「誰か靴を持ってきてくれたのか？」

「あー……それは……興奮していて」マイアーがおろおろとして答える。

クルフティンガーは、「もういい」と手を振って外へ出た。

「なんて恰好してるんです。もしかして、ダイエット中ですか。足裏マッサージが効果的だと誰かから聞いたとか？」クルフティンガーの姿を見て、ゲオルク・ベームが言った。解剖医のゲオルク・ベームは、こういう状況で冗談を飛ばしても警部から非難されないただ一人の人間だった。クルフティンガーはこの若い解剖医をかわいがっていた。三十代でスポーツマンのこの医者は、独特のユーモアセンスでいつも警部の世界観をほんの少し広げてくれるのだ。もちろん、医者という立場からだが。

「原始人のように生きたいと思ってね。服なんか着ないで。それで、まずは靴なしで暮らすことから始めたのさ」警部も冗談を言い返した。

「ズボンなし生活に移るときは事前に言ってくださいよ。コンタクトレンズを外しておきますから」

クルフティンガーは吹き出すしかなかった。ベームに一本取られた。

「それで、何かわかったのか、ショルシュ？」警部はベームが嫌がるのを承知で、わざとあだ名で呼びかけた。

ベームは、こげ茶のふさふさの髪と日焼けした顔を雨から守っている青い野球帽をかぶり直すと、こう答えた。「ほぼ見たままです。死因は殴打で、そこにある杭が凶器のようです」そう言って、死体の横に転がっている、かなり先の尖った垣根用の杭を指差した。日曜大工用品が凶器に変貌したらしい。

クルフティンガーはしばらくベームの青い目を見つめた。この無惨な死体を見ても、何の哀れみも感じていないようだった。もしかしたら、近頃の若者は昔の人間より冷淡なのかもしれないと警部は思った。

「一つだけわかったことがあります」ベームが言い足す。「犯行時間は警部がここに到着する少し前です。一時間か二時間前。死後そんなに長くは経っていません」

クルフティンガーは返事をしなかった。もともと最悪の気分だったから、どんなに悪い知らせを聞いても気にしなかった。ベームの肩を叩き、「ありがとう。ドクター」と言うと、警官軍団のほうへよろよろとした足取りで歩いて行った。右側に立つ誰かが、自分の歩き方を真似ているのがチラッと見えた。ずぶ濡れのヤンケルを着て、しかも裸足で歩いているのだから、滑稽に見えて当然だった。怒る気もしなかった。

「警部、泥パックですか？」中の一人が笑いながら言った。

だがそれを言った警官は、こういう状況で警部に冗談を飛ばしてもいい人間のグループには属していなかった。

「それで、おまえたちは何か見つけたのか？」クルフティンガーが挑発的な口調でたずねる。そこには、こんなに時間をかけても何の手がかりも見つけられない警官たちへの非難が込められていた。

「見つけたじゃないですか、アンドレアス・ルッツェンベルクのものだと思われる財布を」

「それだけか？」クルフティンガーが怒鳴った。警官の顔から笑みがかき消えた。

「他に何があるっていうんです。証拠はみんな、雨で流されてしまったんですよ」と警官の一人が言い返した。

クルフティンガーは納得してうなずいた。もう天気さえ、自分の味方にはついてくれないようだ。

★
★
★

やっとのことで車に乗り込み、ケンプテンの刑事局へ向かったクルフティンガーは、体は乾いても気分は一向によくならなかった。そこでリナ・ルッツェンベルクの家に寄って、甥の死を知らせることにした。そういうことは部下にまかせず、自分でやりたかった。だがそれは、悪い知らせを人に届けるのが好きだったからではない。ただ部下の感情表現の能力を十分信頼していなかったからだ。けれども結局、知らせを届けるのは部下でも誰でもよかったことがわかる。というのも、リナ・ルッツェンベルクは甥の死の知らせを受けても少しも驚かなかったからだ。これには警部もまごついた。もしかすると、リナ・ルッツェンベルクは自分が言ったことをちゃんと理解できなかっただけなのかもしれない。もしそうなら、それは彼女にとって、ある意味よかったのかもしれない。

刑事局の中央棟からオフィスへ行くためには、難関をくぐり抜けなければならなかった。

部下や同僚は、警部の服装について〝気の利いた〟コメントを容赦なくぶつけてきた。「シャワーを浴びたところなのか？」から「いったい奥さんは何日旅行に出かけてるんです？」までさまざまだった。秘書だけは何も言わなかった。ただショックを受けて何も言えないのかもしれない。

ようやく自分の部屋に戻ると、クルフティンガーはとりあえず髪を乾かし、緊急用にロッカーに入れていた服——高価なスーツ——に着替えた。それはバイエルン州の内務大臣が選挙のキャンペーンでケンプテン刑事局を訪れて以来、ロッカーに常備していたものだった。内務大臣が訪れた日、二日間の休暇明けだったクルフティンガーはそのことを知らされていなかった。だから緑のシャツとグレーのセーターしか着ておらず、その恰好で内務大臣のうしろに立って撮られた写真が新聞に掲載されてしまったのだ。それを見た妻は泣きそうになった。今後は緊急用のスーツをロッカーに常備しておくと約束することでなんとか妻には許してもらえたが、もしそうしなかったら妻はハンガーストライキを決行していただろう。

ジャケットを羽織ったところで、刑事局長のディートマー・ローデンバッハーが部屋に入ってきた。局長は愕然として立ちすくんだ。スーツ姿のクルフティンガーを久しぶりに見たからだが、すぐにその上品な姿に満足した様子だった。クルフティンガーはスーツを着ている理由を言わないことにした。

「とんでもないことになったな」ローデンバッハーが切り出し、眉間にしわをよせた。ハーフフレームの眼鏡を外してそれをクルクルと回しながら、三分間ほど長口舌《ちょうこうぜつ》をふるう。――事件についてはすぐに次の手を打たなくてはならない、メディアにも今回の殺人事件がヴァハターの殺人事件と関係がある可能性が高いこと、事件解決に向けて捜査は進んでいることを発表しなくてはならない、というのがローデンバッハーのおおよその主張だった。ローデンバッハーの決まり文句〝結果を出さなくては〟の各種バージョンを一度にこれほどそろって聞いたことはこれまでなかった。

「みんなはもう会議室に集まっています」ヘンスケ女史がそう言って、刑事局長の長口舌を中断させた。秘書は、〝私が上司の集中攻撃から救ってあげたのよ〟と言わんばかりにクルフティンガーに微笑みかけた。

三人で会議室に入ると、部屋の中は物音一つ聞こえないほど静まり返った。クルフティンガーは、部下が現状報告をする間はあまり口をはさまなかった。ローデンバッハーにすべてをまかせた。しかし一度だけ、どうしても口を出さなければならない場面があった。高揚した刑事局長が今こそ全力を尽くすべきだとまくしたてたので、全力の尽くし方をクルフティンガーが具体的に説明してやったのだ。警部は顔も上げずに一気に説明した。

「明日までに、ルッツェンベルクに関する情報をすべて集めるんだ。この数日間どこにいたのか？　彼の車を調べればわかるだろう。ガソリンスタンドのレシートはないか？　クレジットカードを使わなかったか？　誰に電話したか？　何を食べたか、いつトイレに行ったか。とにかく必要な情報が集まるまで調べまくれ。ヴァイラーの家から持ってきた箱の中身については、中の記事をファイルに収め、記事の出所を確認し、明日の朝八時までにまとめて私の机の上に置いておくこと」

演説を中断されたローデンバッハーは唖然として、鼻まで下げた金縁の眼鏡の上から会議室のテーブルの端に座っているクルフティンガーを見つめていた。

「話はそれだけですか？」それは、新人局員が上司に意見を言っていいか問いかけるような口ぶりだった。クルフティンガーにはそれが気持ちよかった。部下たちもそれに気づいた様子だった。

「では、ぞういうごどで頼んだぞ」ローデンバッハーが話を終えて会議室を出て行く。クルフティンガーも局長と一緒に部屋を出たが、そのとき部下たちから賛嘆の眼差しで見つめられていることに気づいた。

会議室を出ると、ローデンバッハーがクルフティンガーを廊下の端に呼んだ。

「マズゴミにづいでは君にまがじでもいいがな？」と警部にたずねる。「彼らにはヴァハターどルッツェンベルクの確執にづいでば言わないでぐれ。息子の死因を伝えるだけで十分だ。詳細は言わなぐでいい」

クルフティンガーがうなずこうとすると、ローデンバッハーがこう付け加えた。「君はどう思うがね？」

クルフティンガーが眉をひそめた。ローデンバッハーが意見を求めてきたことなどこれまでなかったからだ。スーツを着ていると、刑事局長の態度まで変わるのだろうか。それは何とも言えなかった。

「それでいいと思います」と警部は答えた。

「それなら、君にずべでまがず」ローデンバッハーはそう言うと、数分前よりも自信ありげな顔つきになった。局長は、別れ際にクルフティンガーの肩を叩くと、廊下の角を曲がって姿を消した。警部はローデンバッハーのうしろ姿を見送ってから、そこを立ち去った。

★　★　★

実家に向かう途中で、クルフティンガーは車の窓を少し開けた。もう夜も遅く、九時を過ぎており、雨はやんでいた。湿ったアスファルトの匂いと新鮮な草の香りがする。

クルフティンガーはクルークツェルとアルトゥスリートの間の道で不意に、まだだいぶ曇ってはいるが、今日のこの時間はなんと美しいんだと思った。静かで、平和だった。だがその感動も、実家の玄関のドアを開くと消えてしまった。

「何、今来たの。オーブンのスイッチを消して、ケーゼシュペッツレを冷蔵庫に入れたところよ。もちろん、おまえのために作ったのよ」母親にいつもの口調で迎えられた。「おまえのために卵を二個も入れたのよ。昨日は暑かったから、ケーゼシュペッツレなんておいしくなかったろうけどね。今日はお父さんもおいしい、おいしいって、炒めたタマネギを全部食べちゃったのよ。サラダはまだ残ってるわ。ケーゼシュペッツレは温め直すわね」

そこで母親はクルフティンガーに視線を向け、息子の服装がいつもとは違うことに気づいた。

「どうしたの、何でそんな恰好をしてるんだい？　式典でもあったの？」クルフティンガーは自分の姿を改めて見直して、まだ黒いスーツ姿であることを不快に感じた。「式典じゃあないさ。いつも着ている服が仕事中、暴雨で濡れてしまってね。いや、泥だらけになったんだ。それで着替えるしかなかった」

「風邪をひかなければいいがね。まあ、靴下も履いてないじゃないの。汚れ物、私が洗おうか？　またすぐに着たいでしょ」母親はすぐに世話を焼きたがる。

「いや、いいよ。エリカが洗濯の仕方は教えてくれたから。自分でやるよ」

「おまえがかい？　いいのよ、坊や、そんなことしなくても。結局は洗濯しないで、汚れ物の袋を車の中に置きっぱなしにするんでしょう。そんなことしたら、染みになっちゃうわ」

クルフティンガーは、今でも実家に住んでいるような気持ちになった。昔いたときも、母親は息子の身の回りの世話を焼きたがった。クルフティンガーは声を張り上げて、そんなことくらい全部自分でできると言いたくなった。だが、口調を変えて説得することにした。

「母さん……自分でやるよ。大丈夫だから、ね？」

「遠慮はいらないよ、私がやりたいんだから。まあいいわ、おまえの好きなようにしなさい。とにかく中にお入り。お父さんの毛糸の靴下を持ってくるわ。まだ夏だけど、靴下を履かないでいるのはよくないわ」

靴下については、息子も異論はなかった。

マリア・クルフティンガーが、新しいタマネギをむいて炒め始める。待っている間、〝坊や〟は、実家にいた頃は自分の席だったコーナーバンクの短い辺側の窓辺の席に腰をおろして、少ししなびたサラダを食べた。自分でも意外だったが、今日はケーゼシュペッツレをあまり食べたいとは思わなかった。死体の映像が脳裏に焼きついていたこともあるが、ケーゼシュペッツレを最近食べ過ぎたというのが一番の原因だった。それでも、クルフティンガーは喜んでいるふりをした。母親は手間をかけて息子の好きな料理を作ったのだ。父親に油っこいケーゼシュペッツレを食べさせると、胃炎とコレステロール値の上昇とタマネギによる鼓腸を引き起こすおそれがあった。そんなリスクをおかしてまで、母親は息子のためにケーゼシュペッツレを作ろうとした。もしクルフティンガーが食べたくないと言ったら、がっかりしてしまうに違いない。

「話してくれよ」父親が台所へ入ってきた。「今日は何があったんだ？」

「父さん、聞いてくれ。今日は大変だったよ。殺人犯が殺されたんだ。考えられるかい。偶然犯人の居場所を突き止めたんだが、山小屋の前のぬかるみで死んでたんだ。本当に大変な騒ぎだった。もうクタクタさ」

「殺人犯って？　容疑者のことを言っているのか」

「ああ、もちろんだよ、父さん」

「警察学校で、一人の容疑者に固執しちゃいかんって教わらなかったのか。早とちりは絶対にするなって。常に複数の可能性を頭に入れておかなければいけない。わしはいつもそのことを肝に銘じて仕事してたぞ」

「じゃあ、一人でも二人でもいいから、父さんが別の容疑者を見つけてくれよ！　そうしたら、別の可能性についても調べてみるさ。それに、俺が容疑者を殺人犯と言ったのは、言葉でそう言ってるだけで、心の中では容疑者だと思ってるさ。その男が殺されたのは間違いないが、それでもそいつがヴァハターを殺していないとは言えない。問題は、もう一つ解決すべき殺人事件が増えたということさ」とクルフティンガーが苛立ちながら答えた。

「二つの事件の間に関連性がないか、考えたほうがいいんじゃないか。わしも一度、そういう事件を担当したことがある。もう少し考えてみろよ」

「父さんが？　殺人事件を担当したの？」

「いや、殺人事件じゃない。わしは刑事ではなかったからな。だが、担当した放火事件に似たような展開があったのさ」

「まったく、父さんたら」クルフティンガーはカッとしたが思い直し、口調をいくらか和らげて先を続けた。「俺たちだって、二つの事件に関連性があることくらい考えてるさ。五〇年代の放火事件を、現代の連続殺人事件と比べないでくれよ。父さんは有能な警官だったかもしれないけれど、お願いだから、俺の仕事に口出ししないでくれ」

二人の口論はそれ以上エスカレートしなかった。クルフティンガーが疲れていたこともあるが、何より母親が〝家の男ども〟がケンカすることを嫌って止めに入ったからだった。

クルフティンガーは、口論を打ち切るためにも家に帰ろうと思った。

「また殺人事件があったんなら、おまえは明日もテレビに出るわね。そのスーツ、明日も着てったほうがいいわよ！　似合ってるわ。馬子にも衣装って言うもんね。どこで買ったんだい？」母親は、息子が玄関に向から間も話し続けた。

「忘れたよ。たぶん、ホルテンだ。バーゲンセールで買ったのは覚えている。エリカが気に入ったのを見つけられただけで、俺は満足さ。高くなかったし。エリカはブランドものが安く買えるメッチンゲンまで行きたがったんだけど、その前にいいのが見つかって、遠くまで行かなくてすんだんだ。本当によかった。俺がこのスーツを気に入ってるかって？

ヤンケルだって同じくらい着心地はいいよ」

「でも、テレビに出るのに、ヤンケルはやめてよ。明日も同じのを着てね。そのほうがいいと思うわ」

「わかったよ」

クルフティンガーが玄関に出ようとすると、母親がすがるような目で息子を見つめ、手を差し出してつぶやいた。「これを」

クルフティンガーは目を丸くした。「ママ、俺は小遣い《ミルヒゲルト》なんていらないよ。ちゃんと給料をもらってるんだから」

母親が不機嫌になる。「でも昔は、学校に行く前に小遣い《ミルヒゲルト》をあげたら、いつも喜んでくれたじゃないの。だからときどき……」

「昔は確かにそうだった。でも、俺はもう五十六だ。ガキじゃないんだよ」

母親は納得できないようだった。「じゃあ、もういいわ」と突き放すように言うと、紙幣をさっとエプロンのポケットにしまった。五〇ユーロ札だった。

クルフティンガーはいらついた。今日はここに来るべきじゃなかったのかもしれない、と思った。

★
★
★

警部の部屋の電話が鳴った。

「クルフティンガーですが？」

「もしもし、シュトルです。一度お会いしましたが、もうお忘れでしょうか。ベーザーシャイドエッグのチーズ工場の責任者です」男の声は暗かった。「警部さん、あなたにお伝えしたいことがあります。山小屋での殺人事件については新聞で読みました。殺されたのはルッツェンベルクの息子ですよね？」

クルフティンガーは驚いた。被害者がルッツェンベルクであることは誰も知らないはずだった。被害者の名前は公表しなかったからだ。

「シュトルさん、それをどこでお知りになられましたか？」クルフティンガーはすぐに訊き返した。

「本当にとんでもない話ですな。警部さん、こんなことになったのには、私にもいくらか責任があると思うんです。そればかり考えてしまって」シュトルが言った。警部にはまだシュトルの意図がつかめなかった。彼が殺人事件にどう関係しているのか、なぜ電話をかけてきたのか？　警部は気持ちが昂ぶっていた。

「聞いてますよ……それで？」

「ええ、警部さんは一度同僚の方とこちらにいらっしゃいましたよね。そのとき私はあなた方に、ルッツェンベルクがときどきヴァイラーの叔母の家に行くという話をしましたよね」そこで、シュトルは言葉につまった。

「ええ、それで？」

「帰られたあと、警部さんと話したことをもう一度考えてみたんです。そのとき、ルッツェンベルクの父親が生前、山小屋のことをときどき話していたことを思い出しました。息子のほうが、今もまだそこへ行っているかどうかはわかりません。でも、ちょっと考えればわかる話です。ルッツェンベルクの息子はウンターラントに住んでいます。あそこは霧が多いことで有名です。だから息子もときどきは太陽を見るためにオーバーラントの山小屋に行っているはずです。今回の事件を知って、またそのことが気になり始めたんです」

男はさっきよりも落ち着いた口調で話した。

クルフティンガーは男にもっと話をさせようとした。

「シュトルさん、もう少し話を聞かせてください。あなたが山小屋のことを思い出されたことと今回の殺人事件が、いったいどう関係するんです？　なぜあなたは、自分にも責任があると思われるんですか？　シュトルさん、どうか説明してください」

「警部さんが帰られて山小屋のことを思い出したとき、すぐに刑事局に電話しようと思ったんです。それで妻に何度か電話してくれと頼みました」

「それで？」記憶では無口な印象しかない男に向かって、クルフティンガーは言った。

「ええ、まあ、結局、忘れてしまったわけです」

「何を？」

「電話するのを。私たち夫婦の両方が忘れてしまったんです。そして昨日の午前中、男が電話をかけてきました。それで、私は責任を感じてるんです」

「誰からの電話だったんですか？」

「わかりません。名前は言いませんでした。ただアンドレアス・ルッツェンベルクの親友だと名乗りました」

「男は何か訊いてきたんですか？」

「ええ、警部さんと同じことです。ルッツェンベルクがメミンゲンのアパートにいないので探しているんだが、どこにいるか知らないかと。彼をすぐに見つけないと大事な委託の件で大金を失うことになると言ってました。それで私はその男に、ルッツェンベルクの叔母がヴァイラーに住んでいることを教え、もしかしたらルッツェンベルクは山小屋にいるかもしれないと話しました。私は山小屋の場所をだいたい知っていたので、行ってみることをすすめました。場所については、叔母にも訊いたほうがいいとも言いました。そこで気づいたんです。ルッツェンベルクは教師なのに、委託の件というのも変な話だと。でもそのときは、自分には関係ないことだと思ってしまったんです。

でも、ルッツェンベルクの居場所を教えたのは私だから、私が彼を死に追いやったのではないかと責任を感じています。電話の相手は殺人犯だったかもしれないのだから」

「お気持ちはわかります。でも、私たちと話していたときは山小屋のことは思い出さなかったんですね？」

「まあ、そうです」

「シュトルさん、あなたの電話で相手の番号を確認できますか？」

「できません。チーズ工場の電話は、まだダイヤル式ですから」

「声に聞き覚えはありませんでしたか？　標準語でしたか、それとも方言でしたか？　あるいは、外国人だったとか？」

「いやいや。標準語を話していたと思います。でも、もしかしたらこの地方の人間だったかもしれない。よくわかりません」

「男は他に何か言っていませんでしたか？」

「いいえ。ありがとう、と最後に礼を言われただけです」

クルフティンガーはそれ以上何を訊いたらいいかわからなかった。そこでチーズ職人には、男の声の確認のためにいずれ出頭してもらうことがあるかもしれないとだけ伝え、礼を言って電話を切った。チーズ職人はこれからも、ルッツェンベルクを死に追いやったのは自分だと後悔し続けるだろう。だが、そのことは深く考えないことにした。

クルフティンガーはしばらくデスクにうつ伏せになっていたが、やがて顔を上げて目をこすった。ベーザーシャイドエッグに行ったときにもっと突っ込んだ話をすべきだったのだろうか？　そうしていたら何かが違っていただろうか？　だが、あのときの自分たちはルッツェンベルクの息子に関心など持っていなかったのだ。シュトルが情報を全部提供していないことを、どうして知ることができただろう？　自分を責めても仕方がない。とはいえ、シュトルに電話をかけてきた男は、ルッツェンベルクの居場所をどうやって突き止めたのだろう？　老女と話をしたのだろうか？　もしそうなら、老女はクルフティンガーにそのことを伝えたはずだ！　今になって思えば、もしかしたら警察は老女を信用し過ぎたのかもしれない。地元の警官には老女の家の周辺のパトロールをさらに厳重にするよう頼んであったが、それも、老女なら何があっても警察に伝えてくるという前提のもとに行なわれていたのだ。

クルフティンガーは十一時半に会議を始める予定だったが、そこで新しい報告が聞けるとは思っていなかった。ノックの音がして、シュトローブルとマイアーが部屋に入ってきた。二人はヴァイラーのルッツェンベルク家で見つけた箱を徹底的に調べたという。

マイアーは暗い声で、ルッツェンベルクと並んだヴァハターの顔が消された写真以外は、何も気になるものはなかったと報告した。

「記事には全部目をとおしました。ほとんどが、ヴァハターとルッツェンベルクが共同研究していた時代の新聞記事です。息子は父親が保管していた記事を見つけたか、もしくは自力で資料館や図書館から記事を集めて、コメントを書いたのだと思います」とマイアーは言った。

「具体的にどんなコメントを書いていたんだ？　父親のほうがそのコメントを書いた可能性はないのか？」

シュトローブルがマイアーよりも先に答えた。

「それはないです。息子が書いたものです。息子の字と父親の字は似ていますが、メミンゲンから押収した書類をもとに筆跡鑑定をしたところ、コメントは息子の字と判明しました」

そこで、マイアーが負けじとばかりに口をはさむ。

「ルッツェンベルクが書いたコメントはどれも同じです。父親にとって不利な内容はすべて横線で消されています。ヴァハターが特に賞賛されている記事には、いつも〝厚顔無恥〟〝大嘘つき〟〝ブタ野郎〟と書かれています。ヴァハターのインタビューが引用された箇所の横にも、同じコメントが見られます。ルッツェンベルクの犯行の動機は、ヴァハターに対する個人的な憎悪でしょう。ヴァハターがこれ以上成功することに耐えられなかったのだと思います」

「それは父親が社会的な成功をえられなかったからかな？　彼は進んで研究職を捨てて、小さなチーズ工場を経営することにしたそうだが」クルフティンガーは部下から答えをもらえるはずはないと知りつつ質問してみた。

「実は、記事を二、三回読み返してみて気になったことがあります。もしかしたら僕の思い違いかもしれませんが。記事を読みながら、ルッツェンベルクの息子がヴァハターに対して憎しみを抱くようになった理由を落ち着いて考えてみました。そのあとコメントや書き込みを読んで気づいたんです。乳製品の新製法がまだ開発中の頃は、ヴァハターとルッツェンベルクは一緒にインタビューを受け、二人は常に一つのチームとして公の場に出ていました。そして一緒に、研究プロジェクトとその進捗状況、その成功の可能性について語っていました」

クルフティンガーは熱心に聞いていた。うなずいて、マイアーにもっと話すよう促す。シュトローブルはマイアーの言いたいことをおおよそ知っていたが、警部にならって耳を傾けた。

「しかし、専門誌で新製法が実用化されると公表されてからは、ルッツェンベルクは公の場にほとんど姿を現わしていません。急にヴァハターのコメントばかりが記事に引用されるようになったんです。インタビューでも、ヴァハターは自分が取り組んだ研究と研究所のことしか話さなくなりました。ルッツェンベルクは蚊帳《かや》の外だったんです。普通に記事を読んでいると何も思わなかったかもしれませんが、息子が記事に書き込んだコメントと照らし合わせていて気づいたんです。ところが、スキャンダルが発覚すると、ヴァハターはまた急にルッツェンベルクとの共同研究を強調し始めるんです。それどころか、研究主任はまるでルッツェンベルクであったかのように、彼の名前ばかり口にしています。責任はルッツェンベルクにあったと言わんばかりでした。これが息子を怒らせた理由かどうかは僕にもわかりません。息子は、ヴァハターが父親に責任をなすりつけたと思っていたのかもしれません。もしかしたら、それは彼の思い込みに過ぎなかったのかもしれませんが」とマイアーが話を締めくくった。

「筋はとおっている。そう考えると、なぜルッツェンベルクがヴァハターに近づいたか理解できる。父親の死後、仇を討ちたかったのかもしれない。リヒャルト、いい見方だぞ。実にいい」

マイアーの顔がパッと明るくなった。上司からほめられて悦に入っていた。

「あと、まだ箱の中に入っていたものがあります」シュトローブルが口をはさんだ。

「何だ？」クルフティンガーは部下のやる気に感動していた。

「これです」シュトローブルはそう言うと、写真の束を上司の机に置いた。警部がそれを覗き込む。そこには、打穀場か機械作業室のように見える離れのある、さびれた農家が写っていた。農家の前に幌付きのトラックが停まっている写真。農家からトラックが走り出す場面が写った連続写真。ピントが合っていないものもあった。そのほとんどは、日が暮れてからか、夜明けに撮影されていた。

「どの写真にもこの農家が写っています。どこかはわかりません。これといった特徴もない農家です。かなり離れたところから撮影されていて、しかも車体には何も書かれていないので、トラックの出所はよくわかりません。鑑識課の写真担当者も、ナンバープレートを拡大しても番号までは見えないと言っていました」

クルフティンガーが考えながらつぶやく。

「だが、ルッツェンベルクはなぜこの写真を撮ったんだろう？　なぜこの写真が、ヴァハターとルッツェンベルクの父親の写真と新聞記事の入った箱に入れられていたんだろう？」

「ルッツェンベルクは何かを追跡していたのかもしれないですね」

クルフティンガーは改めて写真をつぶさに観察した。もしかすると、遠足や山歩きの途中でこの農家を見たことがあるかもしれない。場所がわかりそうな景色が見つかるかもしれない。だが結局、何も見つからなかった。農家のまわりには、野原と小さな森しかない。隣家は、遠くに一軒の農家が見えるだけだった。これといった特徴もない農家だった。ブレゲンツ－アウグスブルク間では、こんな風景はどこでも見られた。特徴と呼べるものは一つもなかった。

「まずは写真が撮られた場所がどこなのか、何の写真なのかを調べなくてはな。それがわかれば、捜査はもう一歩前進するだろう。航空写真と比較してもいいかもしれない。アメリカはイラク戦争のとき、イラクのどんな小さな村も——それどころかサダム・フセインが所有するプールの中まで調べ尽くしてフセインを見つけたんだ。それを考えれば、アルゴイで農家を一軒見つけることくらい俺たちにもできるだろう。やってくれるか？」

「もちろんです。何とか見つけ出してみせます」シュトローブルはそう答えて、この仕事は自分が責任をもって引き受けることを態度で示した。

二人が部屋を出て行くと、クルフティンガーは椅子の下のハンドルを動かして反っていた背もたれを少し元に戻した。

山小屋のぬかるみの中で死んだルッツェンベルクがヴァハターを殺した真犯人である可能性は高まった。とはいえ、ルッツェンベルクを殺した人間を逮捕するまではすべてを解明することはできない。クルフティンガーは落胆していた。山小屋に駆けつけたのが二時間、いや一時間遅かっただけで、事件はこんなにも複雑になってしまったのだ。

何はともあれ、追及の余地はまだあった。

茶色のノートを取り出し、〝次の会議で、部下の一人にヴァハターとルッツェンベルクのケルン時代の同僚を見つけ出すよう指示する〟とメモした。研究所で一緒に働いた同僚なら、研究パートナーであったヴァハターとルッツェンベルクが絶交し、ルッツェンベルクの息子が父親が死んでもヴァハターに恨みを持ち続けた理由を知っているかもしれない。もちろんヴァハターの娘が言ったように、二つの家族の社会的なステータスが次第にずれてきたことが絶交の理由かもしれない。クルフティンガーは、ヴァハターの娘たちが絶交の理由をそう信じ込んでいることを確信していた。

ヘンスケ女史に内線電話をかけ、ヴァイラーの役場に連絡を取って、アンドレアスの父、ローベルト・ルッツェンベルクの死因を訊くよう指示した。死因なら、役場に提出された死亡証明書に記載されている。さらに、死亡証明書を出した医者の住所も入手するよう命じた。

とはいえクルフティンガーは、そういった情報が捜査の進展に貢献するとは思っていなかった。ただ、ローベルト・ルッツェンベルクがそんなにも若くして亡くなった理由を知りたかっただけだった。

ヘンスケ女史は完璧に任務を遂行し、三十分後にはルッツェンベルクが胃がんで亡くなったことを知らせてきた。ただし死亡証明書の死因は〝多臓器不全〟で、補足として末期がんが関与したと書かれていたという。その十分後にまた電話が鳴る。ヘンスケ女史がルッツェンベルクのホームドクターに電話をつないだのだ。

ホームドクターはリンダウの方言を話し、スイス・ドイツ語にも聞こえなくはない話し方で、ルッツェンベルクの胃に持病があったことを語った。ドクターによると、患者は何回か胃潰瘍を患い、疝痛《せんつう》にも苦しんでいた。ヘビースモーカーで、常に情緒不安定、緊張状態にあった。あるとき、胃カメラを飲むよう医者が説得し、その結果、胃がんが見つかった。胃の一部を切除する手術が行なわれたが、開腹してみるとほぼすべての臓器に転移していることがわかった。病状は絶望的だった。患者は死ぬ日までタバコを吸い続け、手術の六週間後に自宅で亡くなった。最後は激しい痛みを抑えるために、モルヒネを打つしかなかったという。

クルフティンガーは礼を言って、電話を切った。そうした情報が捜査に役立たないからといって、落ち込むことはなかった。もともとわかっていたことだからだ。

昨日とは打って変わって、金曜日の今日は静かだった。そこで、四時の会議が終わったら家に帰って横になろうと、クルフティンガーは思った。

木曜日の疲れがまだ体の節々に残っていた。もしかしたら明日以降また忙しくなるかもしれない。

それに、今夜は音楽隊の練習日だった。

大太鼓を車に積む作業をしなくていいのがうれしかった。大太鼓はまだ、車のトランクの中に入っていたからだ。

★　★　★

それはクルフティンガーにとって、二週間ぶりというだけでなく、久しぶりに積極的に出たいと思った練習だった。音楽隊の次の出番が間近に迫っていたので、今日こそは練習する必要があったからだ。でも本当は、家で一人きりの夜を過ごさずにすむからだった。

忙しい一日を過ごしたあと、妻と多くを語り合うわけではないが、彼女と穏やかで、気遣いのいらない静かな時間を過ごすと心が休まった。そのことに気づいたのは、妻が旅行で家を留守にしてからだった。とはいえ、結局自分はここにいる男たちと同じで、妻がいないとどうしようもないのだと思うと腹が立った。だが、練習中はそういったことをあまり考えずにすんだ。練習中はみんな、音楽に関する話しかしなかったからだ。

「やっと顔を見せたか。今日は一杯おごってもらわなきゃな」大太鼓を車から降ろしていると、隊員の一人から肩を叩かれた。どこかホッとする。ここにはまだ平和があった。〝一杯おごって〟も解決できない問題など存在しないのだ。

「やったのは俺じゃないぜ」消防署の二階の音楽室に向かう途中、ヨハンが笑いながら話しかけてきた。冗談も、何度も繰り返し言われればちっともおかしくないものだなとクルフティンガーは思ったが、調子を合わせてやった。「それは本当か、ヨハン？　犯人はおまえだという証拠がいくつかあるんだがな……」

ヨハンはみんなから〝のっぽのヨハン〟と呼ばれていた。腕と脚が細く頭がはげているので、実際の身長は一九一センチなのにそれよりも高く見えた。クルフティンガーの答えを聞いて唖然とし、それが冗談だとわかるまで友の顔を見つめていた。それから、咳と間違えそうなかすれた笑い声を上げると、そばにあった椅子を叩いた。ヨハンは、久しぶりにクルフティンガーに会えてうれしそうだった。ぜんそくになってからは、いつもそんな笑い方をするようになった。昔はチューバの担当だったが無理になり、シンバルに変わった。クルフティンガーがいないときは、代わりに大太鼓を叩いてくれている。「クルフティ、出てきてくれてうれしいよ」ヨハンが微笑んだ。

「ありがとうな、ハンジ」クルフティンガーも微笑み返した。クルフティと呼ばれるのが嫌だから、ヨハンが嫌いなあだ名で呼び返してやった。

クルフティンガーはいくつか間違いを犯して指揮者からにらまれはしたが、練習はとどこおりなく進んだ。そうこうしているうちに、楽しみな時間がやってきた。実はみんな、演奏の練習よりはこれを楽しみに集まっていた。要するに、練習はお楽しみの飲み会の口実なのだ。ただの口実なら、こんな手間暇のかかる趣味でなくてもいいのに、とクルフティンガーはときどき思うことがある。

練習のあと、音楽隊のメンバーのほとんどが〝ハーフパイントのビール〟を目当てに、消防署の隣の〈モントヴィルト〉という酒場に集まった。そこで、クルフティンガーは質問攻めにあう。殺人事件の詳細と、みんなが明日の朝食の席で家族に得意気に語ってやれる〝秘密情報〟を少々提供してやった。「誰にも言わないと約束してくれよ」と付け加えながら。クルフティンガーは威張っているとか、失礼な人間だと思われたくなかったから、みんなの質問にはできる限り丁寧に言葉を選んで答えた。

「でも俺は、ヴァハターが死んでよかったと思っているよ」突然ヨハンが言った。すると、数人のメンバーもうなずいて、それに同意した。

クルフティンガーはもっとその先を聞きたいと思った。「ヴァハターを知っていたのか？」

「まあ、あたらずさわらずの付き合いってとこかな」ヨハンがそう言って背筋を伸ばすと、座高が二、三センチ高くなった。みんなから笑いが起きた。

「やつが俺たちの牛乳の価格を破壊したんだ」と、テナーホルン担当の男が話に割り込んできた。グレゴール・メルクだ。しょっちゅう、「テナーホルン、もっと早く」と指揮者に注意されているので、〝テナーホルン〟というあだ名をちょうだいした彼もまた、ヨハン同様、酪農家だった。

「牛乳の価格を破壊したって、どういうことだね？」クルフティンガーは刑事としてではなく、個人的な興味があるようなそぶりで質問した。

「やつがここに来たとたん、チーズ工場は牛乳の買い取り値段を大幅に引き下げたんだ」

「そうじゃない。価格が下がったのは、やつが来てしばらくしてからだった。市場経済なんで仕方がないというのが、やつらの言い分だった。まあ、経済なんてそんなもんだろう。所詮、俺たちは経済的酪農家ってわけさ」ヨハンがむきになってそう言ってから、我ながらうまい表現を考えたと悦に入った顔をした。

「なぜおまえたちは、価格が下がったのはヴァハターのせいだと思うんだ？」クルフティンガーは、さらに具体的な情報を得ようとする。

「ヴァハターに高給を払わなければならないから、工場も節約を始めたのさ」グレゴールが吐き捨てるように言った。「ヴァハターが甘い蜜を吸う間、俺たちは苦汁をなめるしかなかった。全部、ヴァハターのせいだ！」

クルフティンガーは火に油を注ぎたくはなかった。目の前の二人はもう十分激昂していた。それでも、質問を続けたい気持ちを抑え切れなかった。

「ところで、おまえの膝はよくなったのか？」ハーフパイントのビールを飲んで気持ちのよくなったパウルが、ドラ声を上げながらクルフティンガーの座る角のベンチにやってきた。パウルは、「そろそろ警部さんを解放してやれ、テナーホルン」と言ってグレゴールを隅へ追いやった。パウルが訊いているのは、墓地で負った傷のことだった。クルフティンガーがルッツェンベルクを追跡したとき、パウルもその場にいたから心配してくれたのだろう。あのときルッツェンベルクを捕まえていればと思うと、足の痛みよりも屈辱感のほうが心に深く突き刺さった。

「膝は大丈夫だ」クルフティンガーは手短に答えた。

「あの葬式の騒動はすごかったな。あれ以来、音楽隊のメンバーから、何度もおまえはいつ復活するのかと訊かれたよ。あのときの犯人狩りで、おまえは有名人だぜ」

クルフティンガーが苦笑いする。葬儀での騒動の話をされると耳が痛かった。

「そういえば、おまえに訊きたいことがあるんだ」クルフティンガーは今日絶対にパウルに訊いてみるつもりだったことを思い出して、話題を変えた。「もしかして、これがどこだかわかるか？」そう言って、尻ポケットからルッツェンベルクの家から押収した箱に入っていた農家の写真を取り出した。

パウルはいぶかしげに写真の方を見た。「そいつは事件と関係があるのかい？」そう言われて、警部は事件とは関係ない口実を用意してこなかったことに気づいた。思いつきで当たり障りのない説明をひねり出そうとしたが、うまくいかなかった。結局、本当のことを言うしかなかった。「まあ……そうだ」

突然、パウルの顔が明るくなった。「そういうことなら……見せてみろ」と、興奮気味にクルフティンガーの手から写真をひったくる。殺人事件の手がかりを発見できるかもしれない立場におかれたことで、パウルは気分が高揚していた。写真をじっくり眺めては、さかさまにしたり、光に当てたり、裏に何か書いていないかひっくり返したりした。やがて、がっくり肩を落とした。「わからんな」と言ってから、自己弁護する。「俺以上に、このあたりの地理に詳しい人間はいないってことはわかってるよな」

「わかってるさ」クルフティンガーが本気で答えた。そして写真をしまうと、改めて言った。「だから、おまえに訊いたんだ。助かったよ」

ほめられて喜ばない人間はいない。パウルは満足そうにジョッキからビールを喉に流し込んだ。これで警部も、写真の農家がアルトゥスリートにはないことが確信できた。パウル以上にこのあたりのことを知る者がいないのは確かだったからだ。

★　★　★

せっかく上天気の夏日だったにもかかわらず、クルフティンガーは週末をベッドの中とソファーの上で過ごした。この数日間は仕事が思いのほか大変で、疲れていたのだ。土曜日の夜、スーパーマーケットが閉店する直前に日曜日の分の食料が足りないことに気がついた。あわてて店へ駆け込み、ソーセージとパンだけなんとか確保した。日曜日の夜は、一時的なやもめ生活でえた自由を満喫した。自由とはいっても、ベッドに入る時間におやつをつまみながらテレビを見て、汚れた手をジャージのズボンでぬぐい、腹にたまったガスを遠慮なく出すことぐらいではあったが。

月曜日の朝食後、やる気満々のクルフティンガーは、出署する前にシェーンマンガーのチーズ工場に電話をかけ、八時半に工場を訪問する旨を告げた。秘書には、シェーンマンガーとその息子の両方にそれを報告するよう伝えた。だが、面談の時間を二人が取れるかどうかは訊かなかった。時間を取ってくれることを前提にして、とにかく行くことにする。

到着すると、秘書のモーザーはクルフティンガーをすぐに社長室へ通し、ジュニアもすぐに来ると言った。警部の思惑どおりだった。

「クルフティンガー警部、今日はどうされましたか？」シェーンマンガーは目の前の書類を脇へどけて立ち上がると、警部に近づいてきて握手の手を差し出した。

「いくつか質問させていただきたいことがありまして」

「どうぞソファーにお掛けください。コーヒーはいかがですか？」

「ええ、淹れてあるのであれば喜んでいただきます。わざわざ私のために淹れてくださる必要はありませんから」クルフティンガーは、今朝はインスタントコーヒーを一杯飲んだだけだった。新鮮なフィルターコーヒーを淹れてくれる妻がいないからだ。

「全自動のコーヒーマシンがありますので、ボタン一つで新鮮なフィルターコーヒーができ上がります。息子がどうしても欲しいといって、マシンを購入したんです」

クルフティンガーが社長への質問を始めないうちに、秘書のモーザーがコーヒーを持って現われた。まるでカフェで出てくるコーヒーみたいだ、と警部は思った。だがそんなマシンはとてつもなく高価に違いない。

「シェーンマンガーさん、私は、御社が牛乳の買い取り価格について、酪農家とどう交渉されているかを知りたいのです。歩合制ですか、それとも牛乳一リットルごとの金額を個々の酪農家と取り決められているのですか？」

シェーンマンガーはこの質問に驚いた様子だったが、ためらわずに答えた。

「我が社は酪農家とは個々に契約を結んでいます。契約期間が切れた時点で、価格を再交渉する方法を取っています。もっとも酪農家の多くは、我が社の支払いより、国からの助成金で生計を立てているような状態です。少なくともEU諸国ではそういう現状なのです。そうはいっても、彼らにとって我が社は、定期的に牛乳を買い取ってくれる大事な収入源です。EUが定めた助成金は、年に一度しか支払われません。助成金が支払われると酪農家の多くはすぐに使い果たしてしまうので、結局次の助成金が出るまでは経費を節約して細々と事業を続けていくしかないのです」

「牛乳の買い取り価格はどの酪農家も同じですか？」

「大体同じです。でも、もちろん差はあります。たとえば祖父の時代から我が社と仕事をしているような酪農家がいます。彼らの買い取り額は、そう簡単に下げることはできません。我が社にも彼らを守る義務がありますから。牛を六頭しか飼っていない年老いた酪農家もいます。彼は輸送費を節約するために、自分でトラクターを運転して牛乳を運んできます。彼の牛乳は細菌が多過ぎるので廃棄することも少なくないのですが。それでも、彼が酪農を営んでいる限り、我が社は牛乳を買い取るつもりです。そうせざるをえないのです。息子には、そこまでしなくてもいいと言われるんですが」

そのとき、ペーター・シェーンマンガーが部屋に入ってきた。彼は挨拶もろくにせずに、何の話かとたずねた。

「牛乳の買い取り価格についてです、シェーンマンガーさん」

息子も質問の内容に驚き、苛立った様子を見せたが、父親とは違い、警部が買い取り価格のことを知りたがっている理由をたずねた。

「理由も何も。ただ、気になったものですから」クルフティンガーは答えると、父親のほうを向いて話を続けた。「酪農家が、牛乳の買い取り価格が安過ぎることに不満を持っているのをご存知ですか？　私は最近それを知ったので、買い取り価格がどう設定されているのか知りたかったんです」

息子が強い口調で口をはさんだ。「買い取り価格が安過ぎる？　そんなこと、ありえない！　文句を言いたいやつには言わせておけばいい。酪農家は、いつまで経っても酪農家だよ。僕らは、常に採算性を重視しなくてはならない企業なんだ。市場で風当たりが強くなったら、市場経済的に考えて行動するしかない。やつらは市場の風当たりなんか気にしちゃいないさ。国の金で、助成金で生きているんだから。それなのに、買い取り価格を上げろだなんて笑わせてくれる。僕らがいなかったら何もできないくせに。酪農家は僕ら企業に依存しているだけさ。僕らが牛乳を買わなくなったら、やつらはどうなる？　僕はいつも酪農家たちに、君たちから牛乳を買わなくても他からいくらでも調達できると、はっきり言っていますよ」

「でも、この地域の酪農家から牛乳を買わなくなったら、御社はどこから牛乳を調達するのです？」クルフティンガーが、今度はジュニアのほうに直接質問する。

「この国には酪農家はいくらでもいます。牛乳の調達経路はいくらでもあるはずです。僕の考えでは、我が社ではなく、オーバーバイエルンの大企業がここの酪農家から牛乳を買うようになれば、酪農家の生活も楽になるはずです。本当は、そのほうがいい。それなのに父さんは、いまだに〝我らの酪農家〟などとロマンチックなことを言っているんです。そうですよね？」

「おまえがそう言うのなら、そうなのだろう」父親が息子の言い分を認める。「だが我々は企業として、酪農家に対する責任を負っている。彼らはこんなにも長い間、我々とともに仕事をしてきたんだから」

「ありがとうございました。現状はよく理解できました」とクルフティンガーが言った。

クルフティンガーは車の中で、老社長のシェーンマンガーが別れ際に握手をしてくれたこと、息子のほうもうなずき返してくれたことに満足していた。

老社長のシェーンマンガーが経営を息子に譲ったとき、地元の酪農家がどういう反応をするか、しばし想像してみる。ジュニアに怒りの矛先が向けられることは明らかだった。

★　★　★

オフィスに戻ったクルフティンガーは、まず机の上を片づけようと思う。もしかしたら、それは頭の中を整理するという意味もあったのかもしれない。報告書をテーマ別に分け、写真は別のところに集めた。何事もまずは片づけが大事なのだ。洋服掛けの前に行き、ハンガーに掛かっているジャケットの内ポケットから謎の農家の写真を取り出し、それを写真の山の一番上に置いた。一段落して席に戻っても、気持ちが落ち着かなくて仕事を始められない。そこで、机の上を拭くことにした。ポケットに入っていたハンカチを洗面台で濡らし、それに洗剤を付けて机を拭き始めた。机はもちろんきれいになった。それからハンカチをきれいに洗い、椅子の背に掛けて乾かした。息子ならこれを〝逃避行為〟と呼んだことだろう。

改めて席に着いて、謎の農家の写真を手に取って見てみる。だが、気持ちは上の空だった。ただなんとなく、そうしてみたというだけだった。そのとき不意に、警部は立ち上がり、書類入れから農家の写真のネガフィルムを取り出した。書類はすべて整理整頓されているので、探すのに手間はかからなかった。警部はそれに満足した。自分の部屋を出ると、ヘンスケ女史に鑑識課の写真担当者に連絡して、今から自分がそちらへ向かう旨を伝えるよう頼んだ。

「やあ。緊急で頼みたいんだが。このネガを、細かいところまで見えるように拡大できますかい？　焼き増しはいつまでにできます？」ドアを開けるやいなや、警部は言った。巨大なPCモニターのうしろに座っているローランド・ポルシュトが、鼻まで下げたハーフフレームの眼鏡の上から警部をまじまじと見た。

「やあ、クルフティンガー警部。拡大はできますよ。でも、どの写真の焼き増しのことを言ってるんです?」困ったように、ポルシュトがたずねた。

「この写真のここの部分を、拡大して焼き増ししてほしいんです。できれば、すぐに」

「クルフティンガー警部」定年退職間近の老鑑識官は、父親のように優しく微笑んだ。「焼き増しなんてする必要はないですよ。この部分を拡大してスキャンし、プリントアウトすればいい。すぐにやりましょう。ネガをください」

クルフティンガーが想像した現像室はもっと古臭いものだったが、それは彼のロマンチックな幻想に過ぎなかった。暗い地下室の赤い照明の下で、化学薬品を使って写真を現像している人間など、今ではどこにも存在しないのだ。コンピューターでほとんどのことが行なわれている。老鑑識官がそんな目まぐるしい変化にどう対応してきたのか、クルフティンガーには想像もできなかった。彼はアグファクラックからデジタルカメラまで、すべてを使いこなしてきた。新しいテクノロジーもよく把握しているようだった。少なくともクルフティンガーよりはずっと。警部が老鑑識官の長所だと思うところは、急ぎの用を頼んでも、事務手続きにこだわったり、「他にも急ぎの仕事はあるんだ」などと絶対に言ったりしないところだった。

「ああ、この写真だね」ポルシュトはうなずいた。「これは私も下の階で見ましたよ。トラックを拡大しても、残念ながらナンバープレートまでは確認できなかった。一度試してみたが、無理でした」老鑑識官は言った。

「問題はトラックじゃないんです。ここに隣家が見えますよね。一部しか写っていないが。これを拡大することはできますか？　家の周囲に、何かの機械が置かれているんだが」

「やってみましょう。警部はいったい何を探してるんです？」ポルシュトがたずねた。ポルシュトという名は、彼の職業によく似合っていた。似たような名の写真屋チェーンがあるからだ。ポルシュトが何回かマウスをクリックすると、クルフティンガーが求めていた箇所がコンピューターのスクリーンに現われた。

「農業機械のように見えませんか？」

「そのようですね」ポルシュトが警部の意見に同意する。

「これは軽トラックですね。水肥おけ、ピッチフォーク、ヘイレーキ。それから……ちょっと待ってください……トラクターが少なくとも八台」警部がそう言うと、ポルシュトが言い足した。「メーカーは、アイヒャーとポルシェ。アイヒャーとポルシェだけですね。製造年は、一番新しくて一九七〇年」

クルフティンガーはびっくりして、ポルシュトのほうを見た。

「なんで、そんなことがわかるんです？」

「色ですよ、クルフティンガー警部。昔はアイヒャーは青、ポルシェは赤と決まっていた。私の実家は農家だったから、農業機械については結構詳しいのです。どちらのトラクターメーカーももう存在しませんから、このトラクターはかなり古いものです。一九七〇年以降は製造されていません。旧型は丸みをおびているのが特徴です」

「確かにアイヒャーのトラクターはどれも水色でした。子供の頃、干し草の刈り入れどきに、隣人のトラクターによく乗せてもらってましたからわかります」クルフティンガーが思い出す。「だけど、こんな古いトラクターばかりを集めて何になるんだろう？」と眉間にしわを寄せて考える。すると突然、ひらめいた。「もしかして、これは古いトラクターの販売店ではないだろうか？」

「そうですね。もしくは、コレクターの家かもしれないが。でも、コレクターにしては数が多過ぎるから、販売店の可能性が高い。新聞の広告などで、アイヒャーとポルシェのトラクターを買い取る店を探してみてはどうでしょう」

クルフティンガーは気持ちが高ぶった。「そうですね。これで捜査がまた一歩前進するでしょう。ありがとうございます。本当に助かりました」警部はそう言いながら、早くも部屋を飛び出していた。だから、「農業新聞の広告を見たほうがいいですよ。それと、写真をお忘れですよ」というポルシュトの言葉は耳に届かなかった。

★　★　★

サンドラ・ヘンスケが、この数カ月間に掲載された旧型トラクターの販売広告を入手するために、アルゴイ新聞の広告局へ電話をかけようとしたとき、ポルシュトが警部が忘れていった拡大写真を持って部屋に入ってきた。ポルシュトが持ってきた封筒には〝農業新聞に訊いてみたほうがいい。ポルシュトより〟と鉛筆で書かれた黄色い付箋が貼ってあった。ヘンスケ女史はうなずき、ニッコリ笑ってそれを受け取った。

「ちょっとした助言だけど」ポルシュトは自信あり気にそう小声で言って、黄色の付箋を指で叩いた。

サンディー・ヘンスケは受話器を耳に当て、小さい声で返事した。「残念でした。警部ももうそのことに気づいてるわ。でも、ありがとう。ポルシュティは頭が切れるけれど、警部はもっとすごいのよ。でも、農業新聞のアイデアは私のだけどね」ヘンスケ女史が微笑んだ。彼女は刑事局の飲み会でポルシュトと親しくなり、敬語を使わない仲になっていた。「ごめんね。電話を続けないと」秘書はそう言って、新聞社への電話をかけ続けた。

★
★
★

二十分後、クルフティンガーは古いトラクターの販売店の広告を十五種類集めてコピーしてある二枚のファックスを受け取った。それを見て、警部はホッとした。広告が大量に見つかって大変な仕事量になることを心配していたからだ。面白いことに、週刊の農業新聞よりも日刊の地方紙のほうが広告を多く載せていた。日刊紙の広告欄には、どちらかというと新型の大型トラクターの広告が多かった。それだけでなく、牛乳の生産割当量の売買や〝農家にお嫁に行きたい働き者の女性求む〟といった広告まで出ていた。

クルフティンガーは目についた広告に出ている番号に電話をかけた。中には、一目見て不要と判断できる広告もあった。販売されているトラクターが農家の写真のものよりも新しかったり、別のメーカーの製品であったりしたものは除外した。

メンゲレというメーカーのローダーワゴンを販売している人物が気になって、電話してみた。彼は古いトラクター二台と多目的作業車〈ウニモグ〉一台も販売しているという。クルフティンガーは、実物を見に行きたいからと伝えて住所と道順を訊いた。「ゲリスリートです。ケンプテナー・バルト通り。新興住宅地の中にあります。カイザースマード方面から来られるなら、住宅地に入って二つ目の通りを右に曲がってください。テラスハウスの一番奥の家です。トラクターは庭に置いています。ローダーワゴンはガレージの前に停めてあります。誰でも見ることができますよ」

そこで、クルフティンガーはその広告にバッテンマークを付けると、また連絡すると言って電話を切った。そしてこの男の隣人が、彼の不思議な趣味についてどう思っているのだろうかと一瞬想像してみた。

あと二つ、気になる広告があった。一つ目はデューラッハの農業機械販売主で、ベッチガウ近郊の農家に古い農業機械を多く所有していた。二つ目はヴィルトポルトスリートに住む個人で、彼はクルフティンガーに、古い農業機械なら何でも調達できるし、何台か「家の前にも置いている」と語った。さらに、実物を見にきてもらえれば、値段の交渉に応じてやってもいい、とも言った。

「これから家畜のエサやりだが、それが終わったら薪割りをしているから、いつでも来なよ！」と、男はもっとざっくばらんに話そうよ、とでも言うように、警部に向かって友達口調で言った。

クルフティンガーはマイアーを呼んで、二つの住所を確認するように頼んだ。そして、現場に着いたら農業機械を見学しに来たふりをするよう指示した。

「リヒャルト、おまえは農業機械について詳しいか？」とクルフティンガーがたずねると、マイアーは返事に窮した。「わかった。現場に着いたら、俺にしゃべらせるんだ。警察だと気づかれては駄目だ。わかったな」

「わかりました」マイアーが小さな声で返事をした。別人のふりをしなければならないのは気が重かった。それに農家へ行けば、古いトラクターの下の水溜りや肥溜めに足を取られる可能性もあった。

「じゃあ、行くぞ」クルフティンガーは、マイアーのいでたちを上から下まで慎重に確認しながら言った。部下は黄色いシャツの上に、黄色と白の細かい模様が描かれたベストを着ていた。クルフティンガーは洋服掛けの前に行くと、〝スーツに着替えた日〟以来掛けっぱなしだったヤンケルを取り、それをマイアーに渡した。部下は何も言わずにベストを脱ぐと、ヤンケルの袖に腕をとおした。「そのほうがいい」警部がニッコリとする。マイアーは押し黙ったまま自分のデスクへ行くと、引き出しからボイスレコーダーを取り出し、それをヤンケルの右のポケットの中に押し込んでから、警部のあとに続いて外に出た。

★　★　★

「ベッチガウか、ヴィルトポルトスリートか?」マイアーは上司の質問の意味がすぐに理解できず、理解したときには、クルフティンガーはすでにヴィルトポルトスリートに先に行くことを決めていた。二人とも会話をする気分ではなかったので、クルフティンガーはラジオをつけ、チャンネルをバイエルン1の午後のリクエスト・コンサートに合わせた。

ヴィルトポルトスリートに着くと、クルフティンガーはビール酒場のメモ用紙の束をワイシャツのポケットから取り出してマイアーに渡した。「ボッツェンハルトと書かれている用紙を見つけてくれないか」

運動場が見え、左の小さな通りへ入る。園芸店の前を通り過ぎ、鉄道の高架下を潜り抜けると上り坂が続き、道はどんどん狭くなった。左カーブを曲がったあとも、道は数百メートル曲がりくねって延びていて、森に挟まれた隘路《あいろ》になった。

「放牧した牛を歩かせるために作った道だな」クルフティンガーはそう言って、一速までギアを落として上り坂を走り続けた。「トラックはこんな狭い道を走れないから、ここは写真の場所ではないな」と、考えていることを口にした。

「警部、早とちりはいけませんよ。まだわかりません」マイアーが答えた。隘路を走り抜けて高原へ出ると、一軒の農家が見えた。しかし写真の農家とは明らかに違っていた。

「ほら、違うじゃないか。帰ろう。もしかしたら道を間違えたのかもしれない。そうだ、地図があったじゃないか、リヒャルト」

「間違えてないと思いますよ。ほら、そこの下の標識にもフロンシュヴェンデン地区って書いてあるじゃないですか。警部のメモにも、この地区の二軒目の農家とありますよ。僕たちが見たのは一軒目です。もしかしたら、この家の裏にもう一軒あるのかもしれません」

クルフティンガーは一軒目の農家の前でUターンし、部下の助言を無視してベッチガウへ向かおうとする。

「あれだ！　あれですよ」マイアーが不意に声を張り上げた。

「どれだって？」

「あの農家ですよ。写真の。ほら、あの下に見えるじゃないですか」

それは本当だった。高台にある農家の裏にはくぼ地があり、そこに写真で見た二軒の農家が見えた。高台からでも容易に識別できた。ベッチガウへ向かう必要はなくなったのだ。

「よくやった、リヒャルト。これで真相を突き止められるぞ！」クルフティンガーが興奮して叫んだ。さらに深い砂利道へ車を乗り入れると、道が二つに分かれた。右側の道は農業機械に囲まれている農家へ、左側の道は写真でトラックが停まっていた農家へ続いている。クルフティンガーは左の道を選んだ。

とても静かな場所だった。ゆっくりと農家へ向かう。農家は空き家のように見えた。カーテンが一つも掛かっていなかった。色あせた二つの緑色の窓枠は、ネジがはずれて傾いていた。

中庭にある打穀場の前に車を停め、昔は家の入口であったと思われる門まで歩いた。「閉まってるな」クルフティンガーはそう言って、重々しい南京錠が掛かった二本の頑丈な閂《かんぬき》を調べた。その閂は、ボロ民家にはふさわしくないように見えた。

クルフティンガーが窓から中を覗いて見ようと部下に提案しようとしたとき、エンジン音が聞こえ、それがだんだんと近づいてきた。クルフティンガーが乗っているのとほぼ同じ型式の、角ばったパサートがこちらへ走ってくる。色は警部の車とは違い、ワインレッドだった。トラクターのような音を立てている。マフラーが壊れているのかもしれない。

「畜生」クルフティンガーが舌打ちをする。「誰なんだ？」

二人の刑事は謎めいた農家の中を見たくてたまらなかったが、警察であることは伏せておきたかった。車が停まると、小柄でやせた老人――クルフティンガーは六十代半ばと推測した――が降りてきた。ブカブカのズボンと短すぎるジャケットが対になった、色あせた青い作業着を着ている。少し足を引きずりながら、腰をいくらか曲げて歩いた。黒い長靴を履き黄緑色の帽子をかぶっている。近づいてくると、男の前つば付きの帽子にトラクターメーカーの〈ジョンディア〉のロゴが入っているのが、クルフティンガーにも見えた。ここは空き家ではないのか？　今近づいてくる男が、ここに住んでいる農夫なのだろうか？

「こんにちは。何をお探しで？」見知らぬ男がたずねた。

「えー……ボッツェンハルト氏。彼はここに住んでいますか？」クルフティンガーが言った。

「ここには住んでいません。それは、私です。私の住まいはあの上の家です」ボッツェンハルトは自分の家を指差した。「トラクターのことで今日、電話をかけてきたのはあなたでしたか？」

「ええ、そうです。クルフティンガーです。これは知り合いです」警部はそう言って、マイアーを紹介した。

「じゃあ、あっちに来てもらわないと。農業機械はあちらにありますから。見なかったのですか？」

「見てません。てっきり、こっちに置いてあると思ってましたんで。素敵な農家ですね。

今は空き家ですか？　とても静かな場所ですね」

「この家は、あなた方とは関係ないですよ。もう別の人のものだから。売りに出されることはありません」

「私は、ここが素敵な場所だと言っただけです」

「さあ、車であちらの家まで来てください。トラクターを見せますから。トラクターは……」ボッツェンハルトはそこまで言うと、激しく咳き込んでしゃべれなくなり、そのまま車に乗り込んだ。クルフティンガーとマイアーも自分たちの車に乗り込むと、少し車間距離を空けてついて行く。「あの老人は、番犬みたいにここを見張っているわけですね」マイアーがそう言うと、警部がうなずいた。

ボッツェンハルトの家に着くと、警部はトラクターのエンジンがかけてあることに気づいた。古いトラクターのうしろには、赤い油圧式薪割機が連結されていた。そこらじゅうに薪が転がっていた。おそらくボッツェンハルトはクルフティンガーとマイアーが隣の農家へ向かうのを見て、あわてて追いかけてきたのだろう。車を降りたボッツェンハルトは、まだ咳をしていた。

「ガラが喉に詰まって」男は喘ぐようにそう言って、喉を押さえた。

「何ですって？」

「ガラが喉に詰まって、だから咳が」

マイアーが男の言葉の意味がわからずに困惑しているので、警部が説明してやる。「たぶん、卵を食べてカラを喉に詰めたのさ。朝食のときにでも」

「どうしても干し草やワラが口に入るんだ。それが喉に詰まってな」と、男が言った。

クルフティンガーが顔を赤らめる。男は卵のカラではなく、ワラのことを言っていたのだ。マイアーもそれに気づいてニヤリとした。クルフティンガーが、そんなことはどうでもいい、とばかりに手を振った。

「で、どんなトラクターを探してるんだね？」ボッツェンハルトが訊いた。

「えーと……アイヒャーとか」

「大型、小型、旧型、新型、単気筒、二気筒、三気筒、フロントローダー付き、油圧装置付き、何でもある。で、いったい何のために使うんだ？」ボッツェンハルトは冷静さを取り戻したらしく、敬語を使わなくなっていた。

「えーと……木材処理のために」とクルフティンガーが嘘をついた。

「じゃあ、フロントローダー付きかな？」

そこでマイアーが口をはさんだ。「いや、フロントローダーは要りません。ブルドーザーみたいなのが欲しいわけじゃない。トラクターが欲しいんです。木材処理のために。小さいのでいい。ホイールローダーなんて必要ありません」

「何だって？　あんた、フロントローダーが何か知ってるのか？　木材処理のためにトラクターが欲しいんだろう？　フロントローダーが必要じゃないか。フロントローダーってのは、トラクターの前に取り付ける積み下ろし装置のことだ。油圧式ローダーだよ！ホイールローダー付きなんてものは、俺は持ってないぞ」

マイアーは自分がトンチンカンなことを言ってしまったことに気づいた。警部はマイアーをにらみつけてから、なんとかその場をとりつくろおうとする。「トラクターは私が買うんです。この人は偶然家によって、たまたま一緒に来ただけなんです」

「ふーん。フロントローダー付きのアイヒャーか。小型の。今はないな。でも、古いポルシェならある。小型だし。幌付きじゃないが。そんなに高くはない。家の裏にあるから見せてやるよ」

三人は家の角を曲がり、ボッツェンハルトが以前はトラクターだった錆びた赤いものの前に二人を案内した。

「ほお」クルフティンガーが関心を持ったふりをする。「このトラクターは、テュフの安全保証付きですか？」

「えっ、テュフの保証だと？　そんなものが付いてるわけないじゃないか。多少の修理は自分でやってもらわないと」

マイアーはここがチャンスだと言わんばかりに、また口をはさんだ。

「排気ガスはどうなんです？　排ガスの浄化装置は付いているんですか？　付いてないよ

うですね。運転してたら煙に包まれちゃいますね」

ボッツェンハルトはもとより、クルフティンガーもこの質問は無視した。

「製造年は？」クルフティンガーが質問を続けた。

「五八年。二気筒、空冷式。ドイツ製のエンジンに取り換えたから、まだ動くんだ」

「ボッツェンハルトさん、ご了解いただいているとは思いますが」相手が敬語を使わないので、クルフティンガーはわざと丁寧に話した。「私はアイヒャーのトラクターが欲しいのです。実は、あちらの農家の納屋の裏に一台停まっているのを見たんですが」

「ああ、あれは旧型の六気筒だ。それと同じのを俺も持ってるよ」クルフティンガーは話題を隣の農家のことに移したかったのだが、うまくいかなかった。「では、あちらの農家のトラクターは誰が所有されているんですか？　あれは売り物ではないのですか？」

「なんで、あっちの農家のトラクターにこだわるんだ？　あれは別の人間の持ち物だ。もういい。ここにあるトラクターを見て、もう一度検討するんだな。俺は家畜小屋へ行ってくる。いつまでも、あんたたちに付き合ってはいられないからな。何が欲しいか決まったら出直してきてくれ」

ボッツェンハルトは不機嫌になった。エンジンをかけたままのトラクターのところへ行ってスイッチを切ると、牛舎の中へ入って行った。だが、ボッツェンハルトが牛舎の窓からこちらの様子をうかがっていることに気づいたクルフティンガーは、中庭の農業機械を見るふりをしながら、マイアーにもジェスチャーで、演技をしろと指示した。マイアーはすぐに演技を始め、トラクターに座ってハンドルを握った。

「ブルン、ブルン、って子供みたいに言うつもりか、リヒャルト。そんな大げさな演技はしなくていい」クルフティンガーが小声で言う。

警部が〈タイガー〉と記された青いトラクターのボンネットを開けて、興味深げに中を覗き始めると、安心したのか、ボッツェンハルトは窓から離れて牛舎の奥へ入って行った。

「リヒャルト、おまえはもうやつと口を利くな。そうじゃないと、やつは俺たちを相手にしなくなるぞ」クルフティンガーが部下を叱ると、部下は素直にうなずいた。

しばらく二人は古い農業機械を見て行った。やがてクルフティンガーはボッツェンハルトのいる牛舎の中へ入った。マイアーは何も言わずに車に戻った。

ボッツェンハルトは、二階の小窓から干し草を落としている最中だった。クルフティンガーは干し草の山の前で、次の束が落ちてくるのを待って叫んだ。「ボッツェンハルトさん、一つだけ訊きたいことがあります!」

草の茎を口にくわえたボッツェンハルトが小窓のそばに身をかがめた。「何だ。いいのが見つかったか?」

「ええ、タイガーです。タイガーはいくらですか?」

「あの二気筒のか? 値段は相談にのるよ。ゴムワゴンは要るのか?」

　クルフティンガーは干し草刈りをしたことがあるので、農夫がトレーラーのことをゴムワゴンと呼ぶのを知っていた。トラクターではなく、まだ馬が農作業に使われていた時代、荷車は木製だったから、ゴムのタイヤの付いたトラクター用トレーラーは荷車と区別するためにゴムワゴンと呼ばれるようになったのだ。

「いいえ……置き場がありませんから。トラクターだけで結構です」

「待て、今すぐそっちへ行く。値段の交渉をしよう」

　声が少しずつ小さくなっていく。ボッツェンハルトは小窓を離れると、小さな牛舎の奥にある急な木製の階段を下りてきた。牛舎の中には、七頭の牛と三頭の子牛がいた。ウサギ用の囲いもいくつか置いてあった。

「家畜はあまり飼われてないんですね。あなたは他に仕事をお持ちなのですか？」

「俺は酪農家年金をもらってる。干し草のせいで、例の〝酪農肺〟ってやつを患ってるから。家畜と古いトラクターは俺の趣味だ。売れば年金以外の現金収入になるし。若い頃からずっと働いてきたのに、年金なんてスズメの涙だからな」二人はトラクターのほうへ戻った。マイアーは二人の姿に気づいたが、車に座ったままでいた。彼はふてくされていた。

「じゃあ」ボッツェンハルトが交渉を始める。「千二百ユーロでどうだ。整備はきちんとしてあるし。修理に千百ユーロかかったんだ」

「千二百ユーロですって。フロントローダーなしで？」クルフティンガーはへそを曲げたふりをした。

「それが高過ぎるって言うなら、自分で担ぐか、手押し車でも使って木材を運ぶんだな」

相手もなかなか譲らない。「もう一度考えてくれ。俺はどこにも行かないし、あのトラクターを買いたがる者など他には誰もいない。一晩よく寝て考えてみてほしい。だが、これ以上の値引きはごめんだぞ」

ボッツェンハルトは最初は〝交渉に応じてやってもいい〟などと言って強気だったが、今はだいぶ腰が引けている。そこでクルフティンガーはもう一度、隣の農家の話を持ち出すことにした。そうすることで、自分がトラクターより隣の農家に強い関心を抱いていることをボッツェンハルトに気づかれてしまう可能性があったが、それでも一か八かやってみるしかないと心を決めた。

今はボッツェンハルトも、クルフティンガーを対等な相手としてまともに交渉しようとしていた。

「どうでしょう、もしゴムワゴンも一緒に購入すれば……」クルフティンガーが切り出す。「値段を考え直してもらえるでしょうか。ですが、ゴムワゴンを置く場所がないんですよ」と言って、もう一度隣の農家に目をやる。「あの空き家なら場所がありそうですね。ボッツェンハルトさん、あの農家の事情をご存知ですか？　それとも、近くに事情をご存知の方はいらっしゃいませんか？　あそこに置いては駄目でしょうか？　あの農家の持ち主は、いったい誰なんですか？」

ボッツェンハルトは明らかに、クルフティンガーの質問が気に障ったようだった。「牛にエサをやって、乳しぼりする時間だ。仕事をしないとな。あんたは俺を買いかぶってる。俺はトラクターとゴムワゴンなら売るが、それ以上のことはできない。何が欲しいのか、はっきりしたらまた連絡をくれ。今日はおしまいにしよう」

ボッツェンハルトは牛舎へ向かったが、その途中で振り返った。「あんたたちは、まるで何かを探ってるみたいだな。さっきは隣の農家へ行ったし。もう一度言っておくが、あの農家は売りに出されることはないし、あそこに何かを置くこともできない。あの家はあんたたちとは一切関係がない。今日は帰ってくれ」

ボッツェンハルトは厳しい口調でそう言うと、牛舎へ入って行ったが、クルフティンガーが車に乗り込んで走り出すまで窓から様子をうかがっていた。

「何かあったんですか？」マイアーが意気込んでたずねた。

「大したことじゃない」

警部はマイアーの今日の言動をもう一度話題にしたくなかったので、別の質問をすることにした。「それで？　おまえはボッツェンハルトのことをどう思う？」

マイアーが口をつぐむ。

「リヒャルト、聞いているのか！　今はいじけている場合じゃないぞ。やつは事件に関係があると思うか？」

ため息ばかりついていたマイアーもようやく気を取り直し、クルフティンガーのほうを見て口を開いた。「ボッツェンハルトは隣の農家を監視しているようですね。警戒心がとても強い。何か秘密を知っている可能性があります。それが何かはわかりませんが」

「やつは俺たちが警察であることに気づいたと思うか？」

マイアーは警部にちらりと視線を投げ、その質問が自分の下手な芝居に対する批判ではないことを確認すると答えた。「もしかしたら、地上げ屋か何かだと思ったかもしれません」

「それならいいが」クルフティンガーがため息をついた。それから携帯電話を取り出してサンドラ・ヘンスケの番号を押した。

「やあ、ヘンスケ女史。私だ」名乗るまでもなく、ヘンスケ女史はそんなふうに電話をかけてくるのは警部しかいないことを知っていた。「ヴィルトポルトスリートの監視を要請したい。具体的な場所については、戻ってから説明する。とりあえず必要な手続きだけしておいてくれ」

マイアーは嫌な予感がして、心配そうにその会話に耳を傾けた。

「リヒャルト、おまえ、このあと予定があるのか？」クルフティンガーがニヤリとしてマイアーにたずねた。

「僕は……その、えーと……」マイアーが返事に窮する。

「じゃあ、いいだろう」そう言って、クルフティンガーはまるで同志にするように助手席の部下の肩を叩いた。「あの農家から片時も目を離さないようにする必要がある。おまえもそう思うだろう？」

マイアーが唇を噛んだ。うまい返事を懸命に探しているらしかった。だが、上司のほうはそんなことにはいっさいお構いなしに話を進めた。「おまえも、近くにあったトネリコの森を見ただろ？　あそこから監視してくれ。あそこなら誰もおまえに気づかないからな。あとで何人か人を送る。おまえが指揮を執ってくれ。わかったか？」

マイアーは仕方なく「はい、了解しました」と言い、何も反論せずに車を降りた。

「それじゃあ、よろしく」クルフティンガーは穏やかに言った。

「それって、本気なんですよね？」

「リヒャルト、いい空気を存分に吸うことだ。森の中にも過ごしやすい場所はあるぞ。おまえは刑事だから、こんなことくらい平気だろう？　何かあれば電話をくれ」

クルフティンガーは、肩を落として道端に立つマイアーが見えなくなるまで、懸命に笑いをこらえた。

★　★　★

家に戻ったクルフティンガーは気分がよかった。とはいえ、心《しん》から気分がよかったわけではない。ルッツェンベルクの死の記憶が脳裏に焼きついて離れなかった。彼は殺人犯だったかもしれない。だとしても、人間が一人死んだという事実に変わりはなかった。結局、彼を悪人として裁くことができるのは法律だけなのだ、とクルフティンガーは思った。

しかしそんな状況にしては、警部の気分はまずまず悪くなかった。楽なジャージのズボンと古いTシャツに着替えて、裸足で台所へ行く。笑みがこぼれた。もしここに妻がいたら、こんな恰好ではいられなかったからだ。一人でいることがほんのちょっぴりうれしかった。だがすぐに、その気分は妻に対する罪悪感に変わり、妻に電話をしなければ、と思った。そのとき、電話が鳴った。

クルフティンガーは笑みを浮かべながら受話器を取った。

「こんにちは、クルフティンガーさん。ラングハマーです」クルフティンガーの顔から笑みが消える。「それで、やもめ生活はどうですか？　問題ありませんか？」

クルフティンガーは咳払いをして答えた。「大丈夫です」

「実は、今日一緒に素敵な夕食会でもいかがかと思いまして、電話してみました。ご都合はいかがです？　妻たちも私たちが一緒に夕食を食べることを望んでいるようですし」

なんてこった、とクルフティンガーは思った。今夜は駄目だ。今夜は絶対に駄目だ。一人のんびりと過ごしたい。暖かい夏の夜を、バルコニーの寝椅子に座って読書しながら過ごすのだ。そして――もしもそんな気分になったらだが――葉巻を吸おう。クルフティンガーはパニックになりかけた。

「えーと、今日は、その……いや、ちょっと……今日は」緊張した小学生みたいに口ごもる。うまい言いわけが見つからない。何と言えばいいのか？　友達と酒場に飲みに行く――そんな言いわけは通用しない。ラングハマーは酒場まで出向いて、本当にいるかどうか確かめるかもしれない。音楽隊の練習。それもよくない。ラングハマーの隣人も音楽隊のメンバーだからだ。隣人に訊いて嘘かどうか確かめる可能性がある。だが、他に言いわけは……。

「じゃあ、決まりですね。三十分後にうかがいますよ。まだ何も食べないでくださいよ。クルフティンガーさん、いいですね？」そこで電話が切れた。クルフティンガーは手に持ったままの受話器を見つめていた。そうやって、目の前の現実を把握しようとしているかのようだった。硬直した体が少しずつ動き出す。「こん畜生」そう叫んで、クルフティンガーは受話器を投げつけるように戻した。

悪いのは自分だ。適当な言いわけを探すのにあんなにも手間取ってしまったのだから。まったく。どんな嘘でもよかったではないか。やつは何につけても人に無理強いする。なぜ俺は、やつにノーと言えないのか？　まるで人差し指を立てたドクターに、「そんなことをしてはいけませんよ」と始終叱られてるみたいじゃないか。いたずらをして頭をたれている小学生じゃあるまいし。そんな自分に一番腹が立った。バカ野郎と言いたくなった。

冷蔵庫を開けてみる。食材はあまりなかった。それを理由に、せめて〝素敵な夕食会〟の時間を縮めることぐらいはできるかもしれない。

「このとっておきの食材をおまえに食わせてやる」クルフティンガーはそう叫んでから、冷蔵庫の奥にあった食べかけのソーセージをまな板の上にボンと放った。そうしてから、なんとかそれしか食材がないように見せる工作を開始する。冷蔵庫の野菜室にはまだラディッシュが残っていたが、それをフォークとナイフを入れる引き出しにしまった。食後にラングハマーが、冷蔵庫にまだ何か残っていないか覗く可能性があるからだ。やつの思いどおりにはさせない。俺はこう見えても警部だ。やるときにはやる。もっとも、適当な言いわけすら思いつかない気弱な警部でもあるのだが。

玄関の呼び鈴が鳴った。時計を見る。ドクターが予定より早く着いたのだ。電話を切ってから、まだ十五分しか経っていない。クルフティンガーは玄関のドアを開けた。

目の前にあったのは、緑の葉っぱが飛び出た三つの買い物袋に足が生えた物体だった。買い物袋がゆっくりと下がると、ラングハマーの顔が現われた。「気をつけてください。たくさん持ってきたんです」ドクターはそう言って、大き過ぎる眼鏡の下の目を輝かせた。そして警部のジャージ姿を見て「まあ、そんなお洒落をする必要はなかったのに」と言うと、さらに一層目を輝かせた。クルフティンガーの心にまた罪悪感が湧き上がる。悪かったな。そして、鼻息も荒く、ラングハマーのあとから台所へ向かう。

「お先にどうぞ」先を行くラングハマーに、クルフティンガーは不愛想に言った。ラングハマーはそんな嫌みは気にすることなく、目を輝かせたまま買い物袋を食卓の上に置いて、

「ラングハマー特製ネギのキッシュ」と言った。

クルフティンガーは嫌な予感がした。ドクターはこの食材を使ってネギ料理を作る気なのだ。一瞬、警部の目の前に寝椅子と暖かい夏の夜のバルコニーと葉巻が浮かんだ。この調子では、ドクターがいつ帰ってくれるかわからない。

「土を洗い流したら、薄くスライスしてください」ラングハマーはそう言って、ネギを二本クルフティンガーの手に握らせた。

クルフティンガーはドクターの口調が気に入らなかったが、あきらめて言うとおりにする。ラングハマーは満腹になり、面白くないことこのうえない話をいくつかするまでは家に帰らないに違いない。これも運命だとあきらめて、やれと言われたことだけをやろう、とクルフティンガーは思った。そうすることでしか、ドクターの帰宅時間を早めることはできないのだ。

警部は水道の蛇口をひねり、スポンジを手に取ってネギを洗い始めた。

「いったい何をしようっていうんです?」ラングハマーが警部のうしろから声をかける。

「え、何をって、ネギを洗っているつもりですけど……?」

ラングハマーが爆笑する。「面白いですね、クルフティンガーさん。面白過ぎます。あなたには素晴らしいユーモアのセンスがある」

クルフティンガーは啞然としたが、すぐにラングハマーの笑いに便乗する。こいつの前では絶対に恥をさらしたくない。だが、ネギの〝正しい〟洗い方をどうしても思い出すことができなかった。スポンジを使わないとすれば、誰かが洗っていた光景を思い出すしかない。これまで見た光景を思い出すんだ、そう自分に言い聞かせて冷静さを保とうと努める。すると、記憶が少しずつよみがえってきた。一番外側の皮は取って捨てる。それから筋に沿って包丁を入れ、皮を一枚ずつはいで洗う。妻がやっていたのを見たことがあった。これで恥をさらさずにすむ。しかし今夜は、こんなことがもっと起こるに違いなかった。

「今日はいいワインを持ってきたんです」ラングハマーが料理対決の第二ラウンドで、ワインを開けた。クルフティンガーは今夜は料理対決だと思うことにした。ドクターは警部がワイン嫌いなことを知っているのに、わざわざ持ってきたのだ。

「フランスのロゼです。これを今飲んでおけば一級料理がさらにおいしくなりますよ」そう言ってラングハマーは二、三口で飲み切れるだけの量を、クルフティンガーのグラスに注いで、「乾杯」と言った。警部がそのまま飲もうとすると、ドクターがそれを止めた。そしてグラスに鼻をつっこんでワインの香りを嗅ぎ、時計と反対回りにグラスを回して見せる。クルフティンガーはしばらくあっけに取られてそれを見ていたが、グラスを軽く持ち上げると「こんなのは一気飲みだ！」と言って、ひと口で飲み干した。それからまたネギを洗い始めた。

しばらく二人は無言のまま料理を続けた。何も知らない者がこれを見たら、おそらく仲のいい友達に見えただろう。

ラングハマーはちょうど、キッシュの生地を型に敷き込むという一番難しい作業に取り組んでいた。精神を集中させて、生地を型にはめている。クルフティンガーはそれを見るとうれしくなった。というのも、ドクターは手を動かしながら無意識に舌を突き出していたからだ。自分の表情をコントロールすることをすっかり忘れていた。

ラングハマーのこの間抜けな顔がおかしくて、写真に撮れたらいいのに、とクルフティンガーは思った。

「キッシュの具に塩と胡椒を振ってください」警部が何もせずにただニヤニヤ笑っているのを見て、ドクターが言った。

もちろん、そんなことくらいできるさ。それにしてもネギを洗って塩・胡椒まで振ってやるなんて、俺はなんて親切な男なんだ、と警部は思う。それがまるで特別なことであるかのように……。

「それはあんまりだ！」

クルフティンガーはビクッとした。ラングハマーが急に大声を出したので、思わず胡椒入れをキッシュの具の中に落としそうになった。指を切り落としたか、熱いオーブンの鉄板に手を付けてしまったのか、と警部は一瞬思った。

「粉末胡椒はだめです。ペッパーミルはないのですか？　まさか、この家には置いてないなんて言わないでくださいよ」

クルフティンガーはしばらく、ラングハマーがあきれている理由を理解できなかった。ドクターの口に胡椒を振りかけてやろうとさえ思う。胡椒一振りに、こんなにこだわる男に会ったのは生まれて初めてだった。心の中で一、二、三と数える。それは妻から教わった怒りを抑える方法だった。続けて二十一まで数えると、気持ちが落ち着いてきた。

「ペッパーミルですか？」と優しい声で訊く。「ありますとも。はい、どうぞ」クルフティンガーは、ラングハマーが腕と肩に力をこめてミルを三回勢いよく回し、少し考えてから、そうだと言わんばかりに、もう一度ミルを回すのを見て吹き出しそうになった。これで完璧、ということらしい。

ラングハマーは最後にキッシュの具をスプーン一杯すくうと、それをクルフティンガーの口の前へ持っていき、味見をさせようとした。

「自分でやります」クルフティンガーはそう言って、自分の手でスプーンを持ち、口に運んだ。ラングハマーに食べさせてもらうことなど、あり得なかったからだ。

「うまい」クルフティンガーは思わずそう言った。本当においしいのが悔しかった。

「まだ何か足りないな」ラングハマーは不満そうだった。そして塩を一つまみ具に振りかけて再び味見をすると、ニッコリ微笑む。「これで完璧です」

クルフティンガーももう一度味見してから、顔をしかめて、「少し塩辛いかもしれませんね」と言って、黒ビールをひと口飲んだ。

それでも、出来上がったキッシュは美味だった。それがまた、クルフティンガーには腹立たしかった。ラングハマーから何度もおいしいかとたずねられたが、大げさにほめないように努めた。全部食べ終わってしまうと、気まずい沈黙が続いた。クルフティンガーがこれでひとまず終了かと思っていると、ラングハマーがその沈黙を破り、グラスを持ち上げてこう言った。「一緒に夕食も作ったことだし、これからは私をマーティンと呼んでくれないか」

「何だって？」クルフティンガーがそう答えると、相手はひどく意外そうな顔をした。そのとき電話が鳴り出して、ラングハマーの一人舞台に幕を下ろした。警部は二回目のベルが鳴り出すと、すぐに立ち上がった。農家を監視している部下が何かを発見し、緊急出動の要請をしてきたのではないかと期待した。だが、電話は妻からだった。

「はい？　もしもし？　もしもし、よく聞こえないな。エリカか？　エリカなのか？」回線のつながりが悪く、エリカの声はまるでシベリアの吹雪の中で話しているように雑音混じりだった。

「もしもし？　ああ、大丈夫だ」クルフティンガーが大声で言う。「いや、いや、天気はいいよ。この間、ちょっと雨が降ったけど。こっちは大丈夫だ」夫はあえて仕事のことには触れなかった。ドクターに話題を提供するのが嫌だったからだ。

「何？　いや。アンネグレートのご主人が来てるんだ。一緒に……夕食を作ったところだ」クルフティンガーはわざとマーティンとは呼ばなかった。

ドクターは電話の相手が誰かわかると、警部のそばに来て、「僕のかわいいハトちゃん、アンネグレートによろしく」と言って、キスの音を三回立てた。ドクターはそれをクルフティンガーの頬のそばでしたので、見た目にはまるで警部にキスしているかのようだった。クルフティンガーは受話器を持ち替えた。ドクターが体をよせてくるのが嫌だったからだ。ところがドクターは、今度は反対側に回り、また受話器に話しかけた。「アンネグレートを呼んでくれ。そうすれば、四人で話せるじゃないか」

受話器からしばらく雑音が流れたあと、別の声が聞こえた。「どう、そっちは仲良くやってるの？」アンネグレートはこちらの様子をたずねてはきたが、本当に心配しているような口調ではなかった。

「聞いてくれ。俺たち、一緒に夕食を作ったんだ。一緒にだぞ！」ラングハマーが大声を出したので、クルフティンガーが〝鼓膜が破れそうだ〟と文句を言った。

それからしばらく他愛ない会話をし、ラングハマーがキスの音を十回ほど立てると、妻たちは満足して電話を切った。

電話のあと、ラングハマーは後片づけを一緒にやろうと言い出したが、クルフティンガーは、客に後片づけはさせられない、自分一人で今からやると言って、ドクターの提案を頑なに拒否した。特に〝今から〟という言葉を強調した。

ラングハマーがあっさりそれを受け入れて家に帰っていったので、クルフティンガーは正直驚いた。とはいえラングハマーは、また近々一緒に料理をしようという約束だけはきちんと取りつけて帰った。そのときの警部は、ドクターを家に帰すためならどんな約束でもしただろう。

それでもクルフティンガーは、最後に一つだけ嫌味を言わずにはいられなかった。「じゃあ、今度は一緒にうまいハトの丸焼きでも作りましょう！」

「あなたはまるで小さな子供ですね」ラングハマーはそう吐き捨てるように言うと、背を向け、あっけにとられて立ちすくむクルフティンガーを残して立ち去った。

次に会うときまでに、謝罪のセリフを用意しておく必要があった。

★　★　★

クルフティンガーはラングハマーとの食事の間、どうやって相手を早く家に帰すかということだけ考えていたわけではなかった。部下に監視をまかせている農家のことが気になっていた。すぐに何らかの結果が出ることを祈っていた。だがその一方で、自分がいない間に決定的な事実が明らかにされてしまうのも嫌だった。

だから、夜間の監視を引き受けてくれたシュトローブルとヘーフェレには、何かあればすぐに連絡をくれるよう指示しておいた。警部は時計を見た。十一時十五分だった。部下からは何の連絡もない。クルフティンガーは受話器を取って、シュトローブルの携帯電話番号を押した。

呼び出し音が三度、そして四度……誰も出ない。警部は電話を切った。すぐにまた、今度はメモ帳を見ながら、もう一度番号を慎重に押してみる。

二度目の呼び出し音で誰かが出た。激しい咳払いが聞こえ、それが耳にキンキンと響いたので、クルフティンガーは受話器を耳から遠ざけた。すると、かすれた声が「もしもし？」と言った。警部はそれが誰の声なのかわからなかったので、こう訊き返した。「もしもし？　どなたですか？」

「どなたですか？」相手も同じ質問をしてきた。そこで相手が誰かに気づいた警部は、鼻が真っ赤になるほど腹を立てた。「俺だ、クルフティンガーだ。シュトローブルか」

また咳払いが聞こえる。「そ、そうです。どうされましたか？」

クルフティンガーには、部下が寝ていたことがわかった。

「寝てたのか？」わざと訊いてみる。

「私は……いいえ、いいえ、もちろん寝てませんよ。なんでそう思われるんですか？」

するとと当然と言えば当然だが、珍しく警部の堪忍袋の緒が切れた。「俺に嘘をつくな」その声はあまり大きくなかったが、それは警部が興奮し過ぎて息切れを起こしていたからだった。クルフティンガーが一番嫌いなのは、嘘をつかれることだった。

「俺をバカにしやがって。どうしてそんなことができるんだ？　おまえたちは気が狂ったのか。バカ野郎」今度は大きな声が出た。シュトローブルが何か言い返そうとするが、警部がそれをさえぎった。「おまえたちは事件が今、解決間近だということに気づいていないのか？　今日の夜にでも、決定的な出来事が起きるかもしれないんだ。もう起きてしまっただろうな、おまえたちが寝ぼけている間に」シュトローブルはぐうの音も出ず、黙って警部の怒りを受け止めていた。警部が本気で怒り出すと、怒りの矛先を向けた者をとことん追いつめずにはいられないことを知っていたからだろう。あるいは、警部が正しいと思ったからか。もしくは、その両方が理由で言い返せなかったのかもしれない。クルフティンガーは最後にこう吐き捨てた。「じゃあ、これからは一時間ごとに連絡をくれ。おやすみ」

警部は受話器を投げつけるようにして元に戻した。そうすれば、自分の言葉に正当性が与えられるとでも言うように。しばらく経つと、怒りはおさまってきた。冷静さを取り戻すと、最後の言葉は言わなくてよかったことに気づいた。部下から一時間おきに連絡をもらえば、眠れない夜を過ごすことになる。部下にもう一度電話をして、指示を撤回しようかとも思ったが、やめておいた。そんなことをすれば、さっきのお説教の効果は消えてしまうだろう。だから部下が、最後の言葉を杓子定規に受け取っていないことを祈った。

零時十九分に電話が鳴って目が覚めた。今度はクルフティンガーが咳払いをしなくてはならない立場だった。眠くて不機嫌だったが、それを部下に悟られないように注意した。その夜かかってきた電話は全部で六回で、そのたびごとに起きているふりをしなくてはならなかった。

★　★　★

クルフティンガーは、夜勤をした部下の出勤が午後からなのがうれしかった。夜中に何度も起こされて体調が悪かったが、午後までにはある程度回復できそうだったからだ。特にシュトローブルとヘーフェレには、説教をした警部が一番疲れているとは思われたくなかった。そこでクルフティンガーは、昨夜のことは二度と部下と話さないことに決めた。

今日は警部も部下もオフィスで通常業務を淡々とこなしているだけだったが、農家を監視している部下からの報告を待って、みんながソワソワしていた。農家を監視すれば事件の手がかりが得られるに違いないとは誰もが思っていたが、実際はそう簡単ではなかった。その古農家は数年前から空き家で、最近の持ち主は必要なときだけ使っていたが、七十八歳で亡くなったという。彼の死後はその家を誰も管理していなかった。いずれにせよクルフティンガーは、怪しげなその農家が二つの殺人事件の鍵を握っていると推測していた。なぜなら、その農家は長年空き家であるにもかかわらず、それほど激しく傷んでいるようには見えなかったからだ。また、第二の手がかりになると思われていたルッツェンベルクのクレジットカードについても、不明な点が多く見つかった。ヴァハターの殺人事件が起きた日からルッツェンベルク殺害の日までのカードの履歴を調べると、使われた場所はすべて山小屋付近だった。捜査はそこで頓挫していた。しかも、クレジットカードを使って買った食料品は山小屋の中に残っていた。

そろそろ午後も三時半になろうとしていた。クルフティンガーは事務処理をなんとか早く終わらせたいと思っていた。というのも、今日はまだ予定があったからだ。今夜は自分が農家を監視する。マイアーも連れて行こうかと考えたが、結局自分一人で行くことに決めた。マイアーには、いつでも連絡が取れる態勢で自宅待機するよう指示した。クルフティンガーにとっても、マイアーと一晩じゅう車内で一緒にいるよりは楽だった。もし連れて行くことになれば、マイアーはまるで拷問でもされるかのように嫌がったに違いない。だから、一人で行くことに決めたのだ。

警部はいつもより早く刑事局を退けた。夜勤のために、一時間ほど家で横になって体力を温存したかったからだ。

しかし集中して仮眠を取るには興奮し過ぎていた。もう何年も張込みや尾行をしたことがなかった。張込みや尾行は時間を無駄に使うのが嫌で、これまでは部下にまかせっきりにしていたのだ。警部の得意分野は分析と調査だった。最初の上司はそれを〝穴掘り〟と呼んでいた。

だから今日は特別な日だった。張込みをしたことも、こんな重大事件を担当したこともずいぶん久しぶりだった。それどころか、よくよく考えてみると、こんな危険で不可思議な事件を担当したのは初めてと言っていい。しかも事件の半分は、自分が生まれた町で起こったのだから気も休まらない。そういう事情があったので、今日は夜勤を買って出たのだ。それでも、昨夜、部下と電話で話して初めて知ったわけではないが、夜の監視が楽ではないことは十分承知していた。準備は万全に整えておきたかった。

クルフティンガーはおいしいものを食べていないと動けないタイプだった。だから夜に腹が空いたら食べられるように、食べ物を準備した。ソーセージ二、三本にプチパン一つのセットと、サラミ二、三本にプチパン一つのセット、それにマスタード、燻製ハムをはさんだサンドイッチを一つ、一・五ミの厚さに切った黒パンに田舎風サラミをのせたオープンサンドイッチ（オープンサンドイッチにはハムやサラミをたくさんのせるべきだ。クルフティンガーに言わせれば、みんな、のせる量が少な過ぎる）を一つ、肉を食べたくなったときの用意に、チーズをはさんだサンドイッチも二つ作った。さらにチーズは便秘のもとになるので、おやつ代わりにバナナも用意した。デザートは板チョコにした。クルフティンガーはそれを全部テーブルに並べて眺めた。忘れものはないだろうか？　そう考えて、はたと額を叩いた。ピクルスを忘れていた。ピクルスを一瓶そこに追加すると、クルフティンガーは満足そうに微笑み、食べ物を全部クーラーバッグに入れた。妻が海水浴用に使っていたバッグだ。それから、おもむろに家を出た。

★　★　★

クルフティンガーが刑事局を出ようとしたとき、部下たちは「素敵な夜を」と皮肉たっぷりに言った。彼らは、上司が今日の夜勤をとても楽しみにしているのを知らなかった。

時刻は六時前、誰もが戸外に出たくなる暖かい夏の夕べだった。クルフティンガーはこんなすばらしい夏の夕べでも、アルゴイのど真ん中のさびれた農家が数軒あるだけの場所で、トネリコの木の陰に隠れて張込みをしたいと心底思っていた。パサートの窓を全開にして深呼吸をする。笑みが浮かんだ。緊張はしていたが、それでも気分はよかった。

部下から渡された双眼鏡を使ってみる。車に乗ったまま覗いても、古い農家がよく見渡せた。双眼鏡を助手席に置いて、携帯電話を取り出す。刑事局とマイアーの電話番号を押しておいた。万が一何かあったときにリダイアルボタンを押すだけでいいように、番号をディスプレイに残しておくためだった。準備は万全だった。

時計を見る。六時十五分。まだ十二時間はここにいなくてはならない。スタミナをつける時間だと思い、後部座席からクーラーバッグを取り上げた。最初に選んだのはバナナだった。今日はバナナしか食べないようにしよう、と唐突に決断する。最近は食事に気を遣わな過ぎたからだ。ダイエットするにはいい機会かもしれない。妻が旅行から帰ってきて、数キロやせた夫を見たら何と思うだろうか?

ところがバナナを口にすると、意識はすでにソーセージに向いていた。そして、監視をするのに腹が減っていてはよくない、と考え直した。夜中じゅう起きていれば、かなりのカロリーを消費するに違いない。ソーセージをあと二、三本食べても、摂取カロリーは許容範囲だろう。それでも、もう少し間を置いてから食べることにする。

一時間後、また腹が空いてきた。七時半になろうとしていた。日中の暑さは生暖かい夜気に変わっていた。クルフティンガーは車を降りてあたりの景色を眺めた。農家までは五、六百メートルの距離だった。反対側の五十メートル先には小さな森があった。森と道と農家の間にある草むらには、クルフティンガーが隠れているトネリコの密集以外は何もなかった。警部は満足して、両手をこすり合わせた。ここは張込みのためにあるような場所だった。車に戻ったが、少し動いたら本格的に腹が空いてきた。警部はソーセージとプチパンをクーラーバッグから取り出し、何か飲もうとした……。愕然とした。飲み物を持ってくるのを忘れていた。

「バカ野郎、バカ野郎」クルフティンガーは叫んだ。準備万全だと思っていたのに、一番大事なものを忘れたのだ。食べ物なら一日じゅうでも食べずに我慢できた。だが、飲み物は？　数時間水分を取らないだけでも脱水症状が起きることがあると何かの記事で読んだことがあった。それが二、三日続けば、死ぬことだってありうる。

突然、小川のせせらぎの音が潜在意識の奥から聞こえてきた。そうだ！　小川で水を汲んでくればいいじゃないか。子供のときにやったみたいに。でも、何で水を汲めばいいだろう？　車の中を探してみる。水を入れられるものは、プチパンが入っていたナイロン袋しかなかった。小川は数メートル先にあったが、それでも姿を見られないように注意しなければならない。クルフティンガーは腰をかがめて小川まで行くと、ナイロン袋に水をいっぱい入れたが、その間も農家にときどき目をやった。車に戻るとホッとした。「昔に戻ったみたいだ」そう大声で言う。クルフティンガーの言う昔とは、アルゴイがまだ冒険の地のように思えた小学生の頃を指していた。ソーセージをひと口食べて、ナイロン袋に口をつける。すると、口に含んだものの三倍の量の水がナイロン袋の口の左右からあふれ出し、ワイシャツの襟から中に入ってズボンのベルト付近まで流れ落ちた。ワイシャツはビショビショだった。クルフティンガーは驚いて飛び上がった拍子に、ソーセージとプチパン、それに貴重な水の入ったナイロン袋まで運転席に落としてしまった。袋に入った水はピチャッと音を立てて、シートにまき散らされた。

「くそっ……」クルフティンガーはののしろうとして、あわてて口を閉じた。張込み中の刑事が大声でののしるなど、あってはならないことだった。

座席の惨状を見つめる。プチパンが水を吸って膨れ上がっていた。パンのクズは水に溶けてドロドロの液体に変わっていた。警部はプチパンをつまむと、それを藪の中へ放り投げた。食べかけのソーセージも外へ投げ捨てたが、あとでまだ食べられたのではないかと後悔した。今日はもう運転席に座ることはできない。

苛立ちを募らせながら、家から持ってきた紙ナプキンをクーラーバッグから取り出し、広げて座席の上に丁寧に並べた。それから、座る場所を確保するために、食べ物と双眼鏡と携帯電話を助手席から後部座席へ移した。クーラーバッグも後部座席へ移動させる。食欲はすっかりなくなっていた。

二時間後に再び食べ物を口にしたが、それは腹が空いているからではなかった。大きな問題と戦っていた。大きな問題とは、退屈だった。少しではなく、心底退屈していたのだ。それは数分耐えるのもつらいほどの強烈なものだった。そこでクルフティンガーは、これまで張込みや尾行を部下にまかせてきた理由を改めて思い出した。しかし今回は、事件解決も間近なのと有力な手がかりが必ず見つかるから、退屈などするはずがないと思い込んでいたのだ。どうやら判断を誤ったらしい。

ラジオをつける。バイエルン1はちょうど、〈ヒット曲－エバーグリーン〉の時間だった。しかし警部は、ヒット曲など聴く気分ではなかった。チャンネルを回した。しばらくバイエルン4を聴いてみる。現代音楽の特集をやっていた。不協和音の多い音楽にしばし耳を傾けてから、首を振った。「これでも音楽って呼べるのか」そう言って、またチャンネルを替えた。

バイエルン5では、更年期の女性の抱える心の問題を特集した番組が流れていた。バカバカしい、と思ってまたチャンネルを替える。

ここは電波の入りが悪く、バイエルンの番組は全部雑音混じりだった。面白い番組もなかった。失望感があまりにも大きくて、叫ぶほかなかった。「このゴミラジオが！」ラジオを切った。静けさが前よりも一層身に沁みた。ラジオなんてつけなければよかった、と腹が立ってならなかった。夕暮れどきに聞こえる物音に耳を傾けた。風はなく、嵐の前の静けさのようにも思えた。

もう一度ラジオをつけて、中波放送にチャンネルを合わせてみる。外国語が聞こえてきた。ニュース番組だろう。ロシア語と中国語が混じったような言葉、テレビのアニメのキャラクターが出すような声に、クルフティンガーは思わず吹き出した。そしてその口調を真似ては笑い転げた。だが、一緒に笑ってくれる人は誰もいなかった。結局、ラジオをまた消すことにした。

時計を見る。九時半だった。太陽はもう山に隠れて見えなかった。クルフティンガーはこれから訪れる暗黒の世界に少しおびえた。もっと寂しくなるかもしれなかった。

警部の想像は当たっていた。

夜になり、光が消えると、寂しさをまぎらす手段がなくなってしまった。道端に咲いているタンポポの花を数えることすらできなくなった。もっとも、タンポポの花の数はそれ以前に何度も数えてわかっていた。三十七だった。

あくびが出た。クルフティンガーは、暗闇が退屈を少しずつ疲労に変えていくのを感じた。

車を降りて、屈伸をしてみる。おそらく三十年ぶりだろう。警察学校でやったのが最後だった。あの頃は、屈伸しても今のように膝が音を立てたりはしなかった。七回しかできなかった。手を車の屋根について、息を荒らげる。そろそろ本格的に体力作りをする必要がありそうだ。よし、明日からやることにしよう。そう決心して、車内に戻った。

「さて、何をしようか？」クルフティンガーは独り言を言う人間のことを、いつも気味が悪いと思っていた。頭に浮かんだことを、わざわざ他人に聞かせるなんて変じゃないか、と。しかし、この状況では独り言も仕方がないと思えた。

突然、クルフティンガーは動きを止めた。今、音がしなかったか？　息をこらす。間違いない。遠くに車のライトが見える。体に緊張が走った。「いよいよ、これからだ」自分に言い聞かせた。

トランクから拳銃を取り出そうとするが、見つからない。あせってトランクの中をかきまわすと、大太鼓の端に手が当たり、とっさに動きを止めた。太鼓の音は響くので気をつけなければならない。そして、また探し始める。座席の上にあるものを指で確認し、拳銃ではないものはすべてわきにどけた。額に汗が流れる。車のほうに目をやる。すぐ近くまで来ていた。そして次の瞬間、車は遠ざかっていた。

クルフティンガーはホッと胸をなで下ろした。まずかった。いや、最悪だった。刑事になりたての新人のような行動をとってしまった。警部は、警察学校や新人研修でときどき講義をするのだが、その際に強調することは、準備がどれほど大事かという点だった。今の自分の行動を誰も見ていなかったことは幸いだった。

こんなことは二度とすまい。クルフティンガーは気持ちを落ち着けると、ライターの火で車の中を照らし――このやり方を思いついた自分を誇らしく思いながら――もう一度拳銃を探し始めた。ライターの火は数秒ほどしかもたなかったので、それは結構骨の折れる作業だった。でもそのおかげで、拳銃と携帯電話を見つけることができた。その二つをだいぶ乾いてきた運転席の上にのせた。

ライターをポケットに入れ、それを触りながら三、二、一と数え、左手で携帯電話と銃をつかむや、すばやく車を降りようとした。その瞬間、猛烈な痛みを感じて、目の前に星が飛んだ。ドア枠に頭をぶつけたのだ。

「まったく、今日はなんて日なんだ」と小声で罵った。ぶつけたところを触って、血が出ていないかを確認する。ありがたいことに、切り傷はなかった。ギリギリのところで免れたらしかった。

ドア枠を見つめ、車を素早く降りる動きをスローモーション映像のように頭で思い描く。それからもう一度、車を降りる態勢をとった。拳銃を握りしめ、車から飛び出し、「手を上げろ、警察だ」と叫ぶ。

クルフティンガーはその練習を三回繰り返すと、心地よい疲れとともに再び車内に戻った。

後部座席からクーラーバッグを取り出す。今度は本当に腹が空いていた。

★　★　★

「くそっ、またか。えっ……？」クルフティンガーはハッとした。左手からはサラミが、右手からはどろどろしたマスタードがズボンの上に落ちていた。まさか、食べながら眠ってしまったのか？　時計を見る。発光時計の針は三時半を指していた。しばらく嫌な気分になる。寝ていたのは間違いなかった。そうであることは、パンパンに膨れた膀胱も教えてくれていた。マスタードのチューブを置いて顔をぬぐうと、車を降りた。

「俺はバカだ。大バカだ！」自分を罵倒しながら、ズボンのチャックを下ろす。なんで寝てしまったんだ？　「このバカ者が！」だがクルフティンガーの罵倒の声は、膀胱の圧力が弱まるのに連れて口から出てきたため息にかき消された。怒りと安堵の入り混じった奇妙な気分にひたっているときに、その光が見えた。

視覚が、まだ目覚めたばかりの意識に到達するのに一秒しかかからなかった。電気ショックのように事実を認識する。しかし、そのショックはすぐに消えた。警部は、暗闇にまぎれて見つかるはずもないのに、無意識に身を隠した。

突然、毛穴から汗が噴き出し、呼吸は浅く速くなり、体が震え始めた。明らかに興奮していた。前かがみになって、光が見える方角へ進む。三日月の光は、警部がかろうじて転ばないですむ程度に地面を照らしていた。葬儀で負傷した膝がまた痛み出したが、無視した。無視したというよりは、ほとんど痛みを感じられなくなっていた。ゆっくりと農家に忍びよる。真正面からではなく、横から近づくことにする。ときどき立ち止まっては、耳を澄ませた。そのときには、自分が出すささやかな音すら消そうと、息をこらした。農家の外に誰もいないことを確認しては、ゆっくり歩を進めた。

農家まであと二十メートルというところで足を止めた。一本の木のうしろに隠れる。農家はLの字型に作られていた。正面はすべて木製で、昔は納屋として使われていたように見える。L字の長いほうの部分は住居らしかった。警部は門から数メートル離れた位置に立っていた。農家の敷地は、門から見て二面がL字型の家に、一面が塀で囲まれていた。昔は中庭に堆肥が積まれていたのだろう、とクルフティンガーは思った。家の細かいところまでよく見通せたのは、納屋から十分な光がもれ、中庭を照らしていたからだった。窓は黒い布で覆われていたが、隙間がたくさんあった。何かをやり遂げようとする者は、用意周到であるべきだ。

クルフティンガーは、農家の構造を細部まで頭に叩き込んだ。農家へ進む経路を懸命に考える。考えながら首筋に手をやると、大量の汗をかいていることに気づいた。ワイシャツは上半身に張り付き、ズボンのベルトまで湿っているようだった。不意に、納屋の戸が開いた。警部の心臓が一瞬止まりそうになる。あわててしゃがみ込んで目を閉じる。今、誰かが門から出てきたら、間違いなく見つかってしまう。門の前にいるのも同然だったからだ。なぜ事前にもっといい隠れ場所を見つけておかなかったのか、と自分を責めた。あたりを見回す。素早く門の右側へ移動して、農家の裏に隠れるか？　駄目だ。今、動けば絶対に見つかる。手が無意識に、ズボンのベルトにつるしたホルスターのところに移動する。その瞬間、クルフティンガーは息を止めた。ホルスターは空っぽだった。いかん、銃を車に置き忘れた。その横にあった携帯電話も忘れてきた。車に戻るか？　応援を呼んだほうがいいだろうか？

カチッという音が、クルフティンガーを正気に戻した。長身の男の影が見えた。手に何かを握っている。それは光るもの――ライターだった。クルフティンガーはホッとした。懐中電灯でなくてよかった。赤い光の点が、納屋の戸の前で点滅する。男はどうやらタバコに火をつけたらしい。

赤い光の点が蛍のように空中を移動する。左へ右へ……そして、こちらへ。くそっ。男が近づいてくる。クルフティンガーは口の上の汗をぬぐった。拳を強く握る。あと五メートル。目の前に来たら、飛びついてぶん殴ればいい。意表を突くにはそれで十分だろう。

「おーい。ちょっと手伝ってくれないか？」クルフティンガーがホッと胸をなで下ろした。二人目の人間が、納屋の入口に現われたのだ。中からの光が強すぎて、その人物は黒い影にしか見えなかった。

「小便くらいしてもいいだろう？」

汗をかいているにもかかわらず、クルフティンガーは鳥肌立った。今動けば、自分が不利になるのは明らかだった。それにしても、なぜ木のうしろなんかに隠れたのだろう？　なぜ世の男たちは、木のそばで小便をしたがるのか？

クルフティンガーはこれから起こる戦いを頭の中で想像してみる。一人目は殴っておしまいかもしれないが、二人目はどうする？　警部は、取っ組み合いのけんかを長い人生の中で一度しかしたことがなかった。二十年前にビール酒場でしたのが最初で最後だった。あの頃は今よりずっと若くて、スポーツもしていたが、それでも勝てなかった。なんといっても、痛いのが大の苦手なのだ。それなら男の前に立ちはだかって、「警察だ」と言ってやったらどうだろう？　相手は警察に見つかったことにショックを受け、二人目の男もおとなしくなるかもしれない。とはいえ、農家の中にあと何人いるかわからないではないか。拳銃を持っているふりをしたらどうか？　だが、もし相手も拳銃を持っていたらどうなる？

「来いよ。助けが必要なんだ」

クルフティンガーは必死に神に祈った。どうか男を納屋の中へ、どうか男を納屋の中へ。そのとき、赤い光の点が飛んできて、警部の足元で無数の光がはじけた。その光は一瞬警部の顔を照らし出した。だが、男はそれを見ていなかった。すでに背を向けて、門のほうへ向かっていたからだ。

クルフティンガーはため息の音がもれないように懸命にこらえた。ホッとしていた。次の行動について考えるまで、一、二分安堵感にひたっていた。この先は、もっと慎重に行動する必要がある。

納屋からは、ボソボソとつぶやく声、鉄を叩く音、シューという蒸気のような音が聞こえた。これ以上じっとしているわけにはいかない。納屋の中で何が行なわれているかを見る必要があった。クルフティンガーは、十メートルほど離れたところにある井戸に目をやった。それはちょうど、自分が立っている場所と納屋の中間地点にあった。三つ数えてから、ダッシュする。走りながら、足音を立てずに走れる自分に驚いていた。井戸のうしろにしゃがみ込み、納屋の左側を確認してからまた走り出す。納屋の角に隠れると、ホッと胸を撫で下ろした。ここなら、納屋から誰が出てきても見つかることはない。木製の壁を伝って奥に入る。すると、まさに探していたものが見つかった。小粒のダイヤモンドのように壁から小さな光がもれている。古い壁には小さな隙間がいくつもあり、それが覗き穴のようになっている。クルフティンガーは左の頬を壁に押しつけ、目の位置を隙間に合わせた。反対側の目で中庭を見ることもできた。

足をうしろにずらして、前かがみになる。そうしないと腹がつっかえて、覗き穴に頬をうまく押し付けられなかった。そうしてようやく、中がはっきりと見えるようになった。最初に目についたのは、大きな金属製の物体だった。ハチの巣のような形をしていて、表面はざらついているように見える。警部は頭を上へ下へ左へ右へと移動させるが、同じ物体しか見えてこない。壁から二、三歩離れて、他の隙間を探す。すぐに見つかった。そこから覗くと、さっき見た金属製の物体が何なのかがわかった。トラックの一部だった。だがそれは、普通のトラックではなかった。タンカートラックだ。

警部は体勢を変えて、納屋の他の部分を見ようとする。すると二人、いや、三人の男が見えた。一人はトラックの運転席に座り、他の二人はトラックのほうに大きな袋を運んでいるところだった。一人がもう一人の肩の上に袋をのせ、袋を背負ったほうが鉄の階段を上る。さっきの鉄を叩く音がまた聞こえてきた。袋を背負った男が視界から消えたので、クルフティンガーはあわてて別の隙間を探す。新しい穴を見つけて覗いたときには、男が袋の中身を溝をとおしてタンクの中に注ぎ込んでいるところだった。白い粉がシューという音を立ててタンクの中へ流れていく。外で聞いた蒸気のような音はこれだった。

納屋の奥には、壁が埋まるほど大量の袋が山積みになっていた。袋には何か文字が書かれているが、離れているので判読できない。警部は息を切らせながら、納屋の周囲を回ってみた。次に見つけた隙間は、中を見渡すのに最適だった。どうやら袋の山のちょうどうしろにある隙間のようだった。警部の目の前で、四つの手が山の一番上の袋をつかんで引きずり下ろした。そのとき、袋に書かれた文字がくっきりと見えた。だが、読めなかった。外国の文字だったからだ。キリル文字のようだが、確信はない。だが一つ確かなことがあった。事件の捜査はここで行き詰まったという点だ。

外国語が書かれたこれらの袋が、ヴァハターとルッツェンベルクの殺人事件にどんな関わりを持っているのか？　そもそも関係など存在するのか？　クルフティンガーは胃のあたりに圧迫感を感じた。新しい考えは浮かんでこない。今日こそ事件の謎が明らかになると期待していたのに、とんでもない、謎は深まるばかりじゃないか。あとどれくらい捜査を続ければ、バラバラになったパズルのピースを組み立てることができるのだろうか？　そもそもピースが合うかどうかさえわからないのだ。それにしても、タンカーに詰めているあの粉はいったい何なのか？　俺は麻薬密売組織のアジトでも見つけてしまったのか？　いったいあとどれくらい……。

クルフティンガーは頭の中をクルクルと回りつづける考えを止めることができなかった。そのとき、トラックの運転席に座っていた男が降りてきた。知っている男だった。ヘルマン・ボッツェンハルトだ。一昨日、トラクターを見せてくれた男。クルフティンガーの勘はやはり当たっていた。男はひと目見たときから怪しかった。

車に戻ったほうがいいと思う。部下を呼び出す必要がある。一人でここにいてもらちが明かない。急がなくては。時刻はもう五時前で、灰色の空に赤みが差しかけていた。時間はもうあまりなかった。日が昇れば、隠れ場所も消滅する。クルフティンガーは農家の住居部分の壁を伝って進み始めた。耳を澄まして、納屋以外の場所に誰もいないことを確認する。そして駆け出した。

数メートル走って、転びそうになりながらあわてて立ち止まる。一台の車が丘を越えてこちらに向かってくるのが見えた。クルフティンガーは「くそっ」とつぶやくと、周囲を見渡してから、結局また農家の陰に身を隠した。車が通過するのを待つつもりだった。だが、車は通り過ぎなかった。それどころか、農家に続く道に入ってきた。

クルフティンガーは素早く左右を確認する。もっといい隠れ場所があるなら、そこへ移動するのは今しかなかった。けれども今いる場所がある程度安全であるのを確認すると、警部はそこを動かないことにした。住居部分の窓ガラスに、中庭に停まる車の様子が映し出される。男が一人降りてきて、誰はばかることなく納屋に入っていった。警部はさっきまでいた場所に戻り、壁の隙間から中を覗き込んだ。今入ってきた男の姿が見えた。荒々しい感じの大男で、先に来ていた三人の男の肩を、挨拶代わりに大きな手で叩いた。四人の話の内容は聞き取れなかったが、そろそろ出発しようと話しているようだった。大男から車の鍵を渡されたボッツェンハルトは、他の三人に別れの挨拶をした。それから四人で、空《から》になった袋を外へ持って出た。車がタイヤをきしらせて中庭から出て行く音が聞こえた。警部がいる場所からは、車がどこへ向かったのかは見えなかった。次に、トラックのエンジン音が聞こえた。ここからが本番だった。トラックを追いかけたかったが、まずは自分の車に戻らなくてはならない。外はもうずいぶん明るくなり、隠れる場所も少なくなっていた。窓にそっと忍び寄り、トラックが中庭でUターンするのを見守る。トラックが走り出すのを見て、クルフティンガーはドキッとした。トラックには二人しか乗っていなかった。三人目、つまり大男は乗らなかったのだ。

クルフティンガーは地面に膝をついた。自分のバカさ加減に腹が立った。なんで携帯電話と拳銃を持ってこなかったのか？　だが、嘆いても仕方がない。トラックを追いかけなくては。できるだけ早く。走るしかない、と心を決める。そして即座に立ち上がると、警部は走り出した。こんなに真剣に走ったのは生まれて初めてだった。うしろを振り返りもしなかった。うしろで何が起こっていようと気にしなかった。自分の車に乗りさえすれば、それでもう安全なのだから。そうこうしているうちに、タンカートラックは丘を越えてしまった。車まであと百メートル。うしろで何か聞こえなかったか？　わからない。鼻息と、耳の中でこだまする心臓の鼓動のせいで、聴覚が鈍っていた。ようやく車が停めてあるトネリコの木の密集が見えてくる。あと二十メートル。朝の冷たい空気が目を刺激して、涙が出てくる。大男の鼻息を背中に感じる。大きな手が伸びてきて、警部を捕まえようとする。その瞬間、車までたどり着いた。運転席のドアを開け、拳銃を拾い上げてうしろを振り返る。引き金に指をかけ、「手を上げろ」と叫ぶ。だが、そこには誰もいなかった。

数秒経って、クルフティンガーの体の緊張は一気にほぐれた。左手で顔の汗をぬぐう。ゆっくりと拳銃を持つ手を下ろした。不意に、この逃走が体力をひどく消耗させたことに気づいた。心臓が激しく鼓動し、息が切れ、手が震えていた。手が震えているのは、大男が怖かったからか、走ったからかはわからなかった。どっちにしても、知りたくはなかった。気持ちが落ち着いてくると、さっきまで鈍っていた判断力も復活してきた。タンカートラック！　そうだ、急がないと、トラックを逃がしてしまう。刑事局に電話して説明している時間はなかった。クルフティンガーは車に乗り込み走り出した。

運転すればするほど気が休まってきた。車の中にいられるのがうれしかった。スピードを上げて走った。曲がりくねった山道には速過ぎるスピードだった。ようやくタンカートラックが見えてきた。険しい坂道を登っているところだった。警部はスピードを落とした。朝六時前の田舎道を走っているのは、このパサートとタンカートラックだけだった。クルフティンガーは、タンカートラックの運転手には絶対に気づかれたくなかった。ズボンのポケットからハンカチを取り出して顔をふき、窓を開けた。なんと素晴らしい朝だろう、と唐突に感じた。あまりにも唐突だったので、自分でもびっくりしてしまった。景色は息をのむほど素晴らしかった。朝は、野原も丘も森も独特の憂いをたたえている。地面を覆う霧が、乳白色の弱々しい光の中に浮かび上がる。これは典型的なアルゴイの風景とは違っていた。毎年訪れる大勢の観光客が見たいと願うアルゴイの姿ではなかった。放牧された牛が丘を下りてきたり、アルプスホルンやブラスバンドの音が聞こえたり、雪に覆われたアルプスの山峰に朝焼けが見えたりもしない。警部しか知らないアルゴイの風景だった。朝の光は、まだ冷たい灰色の空気に包み隠されていた。刈られたばかりの草からは懐かしいにおいがした。多くの人はこの風景を美しいと思わないかもしれないが、クルフティンガーは感動していた。しばらく幸せな気分で、自然に笑みが浮かんできた。だが、その幸せな気分も、夜明けのドライブをしている理由を思い出したとたん、瞬く間に消えていった。タンカートラックだ！　トラックはどこだ？　どこかで曲がったのか？　車間距離を空け過ぎたか？　警部は目を細くして、急いで左右を確認した。スピードを上げる。すると、またトラックが見えた。大きなため息をつく。今朝の自分の精神状態は最善とは言えない。リラックスする必要がある。ラジオをつける。バイエルン1の〈ミュージックジャーナル〉にチャンネルを合わせた。音楽を聴くと気分がよくなる。疾風怒濤の夜を過ごしたあとではなおさらだった。

トラックは次第にクルフティンガーが見慣れた道を走り始めた。やがて、ディートマンスリートとケンプテンをつなぐ道に入った。ここは警部も走り慣れている。運転に集中する必要はなかったので、その時間を緊張をほぐすのに利用した。夜明けの道をトラックとパサートはひたすら走り続け、十字路に差しかかった。真っ直ぐ行けばクルークツェル、次いでケンプテン、右に曲がればアルトゥスリートかロイトキルヒにたどり着く。タンカートラックは直進した。その瞬間、また警部の頭が回転し始めた。さまざまな疑問が頭の中を駆けめぐり、それらの疑問は徐々に、このまま追跡を続ければ殺人事件は解決できるという確信へと変わっていった。車間距離を広げる。ここからは見通しのいい道が続くからだ。イラー橋を渡って、山を越えた。

時刻は七時を過ぎていた。トラックはまだ走り続けていた。いったいどこへ行くのだろう？　そう自問したが、少しずつ予測がつくようになってきた。トラックが一メートル進むごとに、予測は確信へと変わっていく。やがてトラックは大通りへ入った。道を間違えたのか？　それとも尾行をまくために、意図的に回り道をしているのか？　そのとき、トラックが方向指示器を点滅させた。クルフティンガーは満足そうにうなずいた。これで予測と一致する。車を道端に移動し、トラックがシェーンマンガーの乳製品工場の敷地へ入っていくのを確認した。

クルフティンガーはこれからどうするかを考えた。部下はまだ誰も出署していない。乳製品工場の操業開始もまだ一時間先だ。そこで、朝食をすませて、ちょっと〝身仕舞いをしよう〟と思う。そのあと乳製品工場へ戻り、シェーンマンガーからすでに許可をもらっている工場見学をさせてもらえばいいのだ。

クルフティンガーはパサートのエンジンをかけ、アルトゥスリートのパン屋へ向かう。焼きたてのプチパンを買って車に乗り込み、そこで改めて自分の姿を見て、朝はいつも店番をしているパン屋の親方が言った言葉の意味をようやく理解した。「今日は暑くなるっていうじゃないか。通気性のいい服が一番だね」そう言って親方はニヤリとした。反論のしようがなかった。用を足したときにズボンのチャックを半分閉め忘れ、男たちを尾行している間にそれが全開になったに違いなかった。

★　★　★

シャワーを浴びて、たっぷり朝食を取ったクルフティンガーは、八時半にカール・シェーンマンガーの秘書を訪ね、社長との面談を願い出た。部下には昨日の夜の出来事を説明し、農家の監視を続けるよう指示してあった。

「警部さんがお会いしたいとおっしゃってます」秘書が上品な声でインターホンに向かって言った。数秒の沈黙のあと、短い返事が返ってきた。「通してくれ」

クルフティンガーが部屋に入ると、カール・シェーンマンガーはデスクから立ち上がって近づいてきた。それから握手を求め、挨拶した。「警部さん、我が社のような地味な田舎企業にまだ御用がおありなのですか？」警部は、社長が〝まだ〟という言葉を特に強調したように感じた。今日は俺が来ると都合が悪いというわけか。いい感じだ、と警部は思う。そして気合いを入れ直し、今日はどんな小さなことも見逃さないぞと心に決めた。

「二、三日前に、工場見学をしてもいいとおっしゃいましたよね」クルフティンガーが言った。

シェーンマンガーはデスクに戻り、鼻まで下げたべっ甲縁眼鏡の上から警部を見つめた。

「ええ、申し上げましたよ。でも、今日は……」そう言って少し考え込むと、言い足した。

「しかし、工場見学をしてはいけない理由などありませんよね。私が警部さんのお供をできないというだけの話です。今日は重要なアポがありましてね。社員に案内させます」社長は警部をドアの前まで導くと、秘書にローベルト・バルチュに工場を案内させるよう指示してから、警部とあわただしく別れた。

秘書室で待っている間、クルフティンガーは窓から中庭を見ていた。大きな建物の入口が見え、その前にミルクタンカーが数台停まっている。どのトラックの屋根からもホースやロープがぶら下がっていた。警部は首を振った。今朝のタンカートラックがミルクタンカーだとはすぐに気づかなかった。それはあのタンカートラックには何のマークも入っていなかったからだ。他のミルクタンカーには必ず〝牛乳は全能〟とか〝おいしいシェーンマンガーのチーズ〟といった文字が書かれていた。

「それは出入荷ホールです」

突然、うしろから声が聞こえて、警部を驚かせた。

「よろしかったら、先にそのホールをご覧になりますか？」バルチュが穏やかな口調で言った。

二人で階段を下りる。

「一番興味を持たれているのは何ですか？」とバルチュが訊く。

「全部です。もし可能なら、製造工程を全部見せていただきたい。牛乳の入荷から、製品になるまでの工程を全部」

二人は出入荷ホールの中に入った。中は想像していたよりもずっと広かった。クルフティンガーは今朝追跡したタンカートラックを見つけて、それについて知りたいと思う。

「できれば、牛乳の入荷作業を見せてもらえないでしょうか」と警部は言った。「たとえば、あのミルク……ミルクタンカーの牛乳を移し替えるところとか」そう言って警部は腕を伸ばし、人差し指でマークのない唯一のタンカートラックを差した。

バルチュが、クルフティンガーの指の先にあるものを確認する。警部はバルチュの反応をじっくりと観察する。「いいでしょう」それがバルチュの答えだった。食品化学者の顔には何の動揺も見られないので、警部は少しがっかりした。

「ご覧のとおり、牛乳はすべてここに搬送されます」バルチュが説明を始める。「毎日、約二百軒の農家から新鮮な牛乳がここに運ばれてきます。牛乳の入荷量は年間約四千四百万キログラムにもなります」バルチュはそこでしばらく沈黙すると、ほんの少し胸を張った。どうやら警部が、「本当ですか？」とか「おー」という賛嘆の声を上げるのを待っているらしい。だが、警部はわざと何も言わなかった。バルチュが一瞬、不満そうな表情をしたので、しめしめと思う。食品化学者はポンプによる牛乳の吸引、高圧ポンプシステム、〝最新のコンポーネント〟について説明を始めた。これまで百回以上、その外来語を使ってきたような口ぶりだった。もっとも、クルフティンガーはバルチュの説明を真剣に聞いていなかった。その裏にある事実のほうに興味を持っていたからだ。「少し気になったんですが、他のミルクタンカーにはマークがあるのに、このタンカーだけは違うのですね」

警部がバルチュの説明に割って入った。

「それは最近、我が社がブランド再生を実施したからです。今、コーポレートアイデンティティの確立に努めているところなのです。おわかりになられるでしょうか」

警部には話の意味がさっぱりわからなかったが、恥をさらしたくなかったし、バルチュが披露するビジネス用語はバカバカしいとしか思えなかったので、あえて反論しなかった。専門用語を多用して、誰にも理解できないように話すことは誰だってできる。本当に知的な人間は、誰にでも理解できる言葉で説明するものだ。そう父も言っていたが、それはまったく正しかった。それ以上にクルフティンガーを苛立たせたのは、バルチュが何事もひと言で説明できると思っている点だった。

「ここがエントランス・コントロールです」バルチュはそう言って、窓ガラスを指差した。出入荷ホールからそこを覗くと、工場内が一望できた。「シェーンマンガーは最高品質の製品しか製造していません」食品化学者は、ラジオでよく聞く宣伝文句のような言葉を口にした。そして、「ISO認証も取得しています」と言い足すと、満足そうにうなずいた。

そこでクルフティンガーは、いくつか具体的な質問をする。「従業員は何人ですか?」

「八十人ほどです。年間売上高はおよそ三千五百万ユーロ。小さなチーズ工場から始めた、三世代目の乳製品メーカーとしては素晴らしい業績だと思います。警部さんもそう思われませんか?」

クルフティンガーはバルチュの自画自賛的な言葉に苛立ちを募らせた。

「あなたは、この老舗の乳製品メーカーに勤め始めて何年経つのですか?」

答えは知っていたが、あえて質問してみる。

バルチュの顔から一瞬、高慢な笑みが消えた。「えーと、十三年か、十四年です」小さな声で答えた。

製造工場へ入る前に、二人はナイロンの帽子をかぶり、靴にナイロンのカバーをかぶせなければならなかった。バルチュいわく、「衛生管理がここでは最も重視されている」からだ。

「ここから製造工程が始まります」バルチュが工場の騒音に負けないように、大声で説明する。

「世界には約四千種のチーズが存在することをご存知ですか？」

クルフティンガーはそんなことは知らなかった。だからこそ、あえてこう答えた。「ええ、聞いたことがあります」

「一キログラムのチーズを作るのに約十三リットルの牛乳が必要です」バルチュが教師のような口調で説明する。「ろ過された牛乳はパストゥール法で殺菌され、この水槽へ入れられて必要な菌が添加されます。でも、ご安心ください、安全な菌ですから」

クルフティンガーの鼻が熱をもって赤くなる。バルチュは俺のことをバカにしているのか？　駄目だ、今腹を立てては。そう自分に言い聞かせて怒りを抑える。怒ると感覚が鈍くなる。もしかしたら、バルチュは意図的にやっているのかもしれない。

「それからレンネットを加えます。レンネットは子牛の胃粘膜から採取した酵素でできています」

クルフティンガーはそれも知っていた。でも、レンネットについてはあまり考えないようにしてきた。チーズが好きだからだ。子牛の胃粘膜について考え過ぎて、チーズを嫌いになりたくなかった。

「これについては、あの人のほうが詳しくご説明できるかもしれません」バルチュはそう言って、白衣に白い帽子をかぶり、スクリーン上の数字を書き留めている男を指差した。

バルチュが男を呼ぶ。「ちょっと……ちょっと、そこ、そこの人……」

「ドルン」クルフティンガーはそう言って、男のそばへ行き、握手の手を差し出した。

「やあ、フランツ」

「やあ、クルフティ、元気か。何だ、個人参加の工場見学でもしてるのか？」

「まあ、そんなところだ。ところで、おまえはここで何の仕事をしているんだ？」

「ああ、試験数値を書き留める仕事さ。ここでは、製品の試験はすべてコンピューターを使って行なわれている。だから、正確な数値しか出てこない。案内しようか？」

警部はドルンについて行く。バルチュはその場に留まった。

「レンネットを加えることを、俺たちはレンネットするって言うんだ」ドルンがそう説明する間にバルチュが二人に追いついてきたが、二人ともバルチュを無視する。「えーと、それから、いわゆるホエーとカードを」とドルンが説明を続ける。「ここで分離させるんだ。そのあと……」

「もう、いいじゃありませんか。先に進みましょう」バルチュが話に割って入った。

いいじゃありませんか？　バルチュがそんな言葉を使うのか？　クルフティンガーは思

わず吹き出しそうになった。

「ありがとう。えーと……」

「ドルンです」チーズ職人がバルチュの言葉を補う。

「まあ、このあとの工程はかなりシンプルです。チーズを型から出して乾かすのです。乾かす時間はチーズの大きさによって異なりますが」バルチュが先を急ぐ。工場を案内するのが嫌になってきたらしい。

最後が研究室だった。バルチュが磁気カードを出入口の隙間に通すと、ドアが開いた。

「さあ、私の王国へどうぞ」バルチュは笑いながらそう言った。だが、クルフティンガーの冷たい眼差しを見ると、肩をすぼめて笑顔をすぐに引っ込めた。それから、あわてて言い直す。「その、フィリップが悲惨な事件でここを去ってからは、その、私が、すみません……」

クルフティンガーはバルチュの先に立って研究室へ入った。笑いをこらえきれず、バルチュの顔をまともに見られなかったからだ。心の中で、よく我慢したと自分をほめる。

「ヴァハターさんが亡くなられたあと、御社に変化はありましたか?」

「いいえ、変化と呼べるほどのことは。もちろん、私たちはみんなショックを受けていますが」

バルチュはさっきの場違いな発言をまだ気にしているようだった。クルフティンガーはそれを利用しようと思った。

「ルッツェンベルク一家をご存知ですか？」

バルチュが明らかな動揺を見せた。それは、クルフティンガーにすれば肯定したも同然だった。

「ルッツェンベルク……ルッツェンベルクとおっしゃいましたか？」バルチュは考え込んだ。そうしながら、ちらっと警部の目を確認するように見た。警部には、バルチュがルッツェンベルクの名前を思い出そうとしているのではなく、何を言えばいいか考えているように見えた。やがてようやく、言うべきことを決めたらしい。

「いいえ。今は誰も思い浮かびませんね……」バルチュはためらいがちに答えた。

「それはおかしいですね。あなたはヴァハターさんとあんなにも密接に仕事をなさっていた。それなのにヴァハターさんは、あなたに一度も大学時代からの友人であり、共同研究のパートナーでもあったローベルト・ルッツェンベルクさんについてお話しされなかったのですか？」

工場見学を始めたころにバルチュが見せていた自信はすっかり消えていた。犬歯で下唇を嚙む。「ええ……そう言えば、そう、フィリップの昔の同僚はそんな名前でした」

「そんな名前ではなく、すばりそうなんです。ご存知ですか？　三日前に彼の息子さんが殺害されました。想像できますか？　殴り殺されたんです。ヴァイラーの北部にある小さな山小屋の前で」

バルチュはひどく混乱しているように見えた。黙ってうなずくだけで、クルフティンガーの様子をうかがっている。警部がなぜ、今になってそんな話を自分にするのか解せない、とでも言いたげだった。紫色のネクタイの位置を不器用に元に戻す。そして何か言いかけたが、そこで警部はバルチュの混乱をさらに増幅させることを言った。「まあ、そんなことはどうでもいいことですね。今日は、工場見学させていただきありがとうございました。私はこれで失礼いたします」そしてナイロンの帽子を脱ぐと、それをバルチュの手に押しつけ、こう言って別れたのだ。「私にはわかってますから」

クルフティンガーが工場の中庭を歩きながら手櫛《てぐし》で髪を整えていると、笑いがこみあげてきた。車に乗り込もうとしたところで、バルチュがシェーンマンガーの部屋へ続く階段を駆け上っていくのが見えた。今日の工場見学は事が動き出すきっかけになったかもしれない。来た甲斐があった、と警部は思った。

★　★　★

今夜もクルフティンガーは、謎の農家があるヴィルトポルトスリート近郊のフロンシュヴェンデン地区にいた。昨晩のドタバタで疲れてはいたが、だからといって仕事をしないわけにはいかなかった。それに、今夜は一人ではなかった。警官が三人ずつ乗ったパトカーが三台。シュトローブルとヘーフェレとマイアーも来ていた。今日は総動員する必要があった。というのも、今日こそは獲物を捕えられると誰もが確信していたからだ。たとえそれが殺人犯ではないとしても。

クルフティンガーはここへ来る前に仮眠を取ろうとしたが、興奮し過ぎて眠れなかった。部下たちも同じだった。今夜はシュトローブルの車でここまで来た。警部のパサートはどう座席の位置を変えても四人とまだ車から降ろしていない大太鼓を乗せる余裕はなかった。

今夜も長く待たなくてはならなかった。だが、待った甲斐はあった。二時頃にトラックの音が聞こえ、やがてタンカートラックが農家へ向かうのが見えた。

「昨夜とだいたい同じ時刻だ」とクルフティンガーは部下のほうを見ないで言った。もし顔を見られたら、昨夜トラックが着いた時刻をまったく覚えていないことを、部下たちに悟られたに違いない。

手招きして、部下全員を呼び寄せる。「いいか、事前に話したとおりにやってくれ」普通の声で話しても農家まで聞こえたりはしないのだが、一応小声で言った。全員がうなずいた。警部はシュトローブルとヘーフェレ、マイアーに合図すると、四人で一斉に動き出した。

農家に到着すると、四人がそれぞれの持ち場につく。クルフティンガーはすぐに納屋の裏へ駆け込み、シュトローブルとヘーフェレは住居の裏へ足音を立てずにもぐり込み、マイアーは門のそばの木陰に身をかがめた。警部は納屋の中を覗いた。昨夜の男たちは、大男も含めて、みんな納屋の中に顔をそろえていた。全員で、警部が昨夜見たのと同じおかしな文字が書かれた袋を、トラックの荷台から降ろしていた。

クルフティンガーはうなずいた。そのときがきたのだ。ゆっくりと拳銃をホルスターから抜き出すと、深呼吸する。次に反対側のポケットからトランシーバーを取り出し、口につけた。「行け！」

一瞬、物音一つ聞こえなくなった。完璧な沈黙。そして、戦いの火ぶたは切られた。パトカーがタイヤを鳴らしながら農家の前の道に入ってくる。ヘッドライトとパトカーライトの青い光が暗闇を照らし、耳をつんざくようなサイレンの音が響き渡る。同時に、クルフティンガーと部下たちも隠れ場所から飛び出し、拳銃を構えて納屋の入口に突入しながら口々に叫んだ。四人とも興奮していたので、「手をあげろ！」「警察だ」「動くな！」とバラバラのセリフを口にしてしまう。納屋の男たちは凍りついた。耳にはパトカーのサイレン、目には拳銃を手にした刑事が飛び込んできて、顔が真っ青になる。八人は数秒にらみ合ったが、不意に大男が回れ右をして逃げ出そうとした。

それを見て、マイアーが叫んだ。「動くな。さもないと撃つぞ！」口の端から唾が飛び散った。大男はハッとして、足を止めた。クルフティンガーと二人の部下が、唖然としてマイアーを見つめた。

その瞬間、警官が六人、納屋に飛び込んできた。何が起こったか確認もせずに、さっきまで誰にも見られていないと信じ込んでいた四人の男に手錠を掛けた。

「おまえたちは、ここで何をやっているんだ?」クルフティンガーが詰問した。誰も答えなかった。警部はヘルマン・ボッツェンハルトの前に立った。「ボッツェンハルトさん、私のほうを見なさい。あなたが隣の家を見張っていたわけは、こういうことだったのですか? さあ、説明してもらいましょうか?」

ボッツェンハルトはうつむいた。

「説明できませんか? いいでしょう。警察は、あなたに説明してもらえなくても、必要な情報を手に入れますから。でも、もし警察に協力するのであれば、あなた自身のためにもなりますよ」

警部はそう言うと、トラックから降ろされた袋の一つに近づいた。ポケットからポケットナイフを取り出して袋に突き刺す。開いた穴から白い煙が出てきたので、手であおいで払いのける。次に穴を広げると、指をなめてから、それを白い粉の中へ突っ込んだ。部下たちは、警部の動きを緊張した面持ちで見つめていた。誰も物音一つ立てようとしない。警部が指を抜き、その臭いをかぐ。指をなめると、舌打ちして言った。「粉ミルクだ」

部下たちが顔を見合わせる。粉ミルク? むろん、それは理屈に合わないことではなかった。タンカートラックのことを考えれば、不思議でも何でもなかった。だが、マイアーはがっかりした様子だった。麻薬密売のアジトを突き止めたと思い込んでいたからだ。

クルフティンガーがボッツェンハルトのところへ行く。「なぜわざわざ、夜中に粉ミルクを運ぶ必要があるのか説明してもらえませんかね？　どうです？」

ボッツェンハルトは顔を上げた。言おうか言うまいか迷っているらしかった。やがて、ようやく口を開いた。「俺は……」

次の言葉が出てこない。「しゃべるな！」大男が怒鳴った。その一撃は効いた。ボッツェンハルトはまた口を閉じてしまった。

「まあ、いいだろう。どうせわかることだ」

警部が警官たちに向かって言う。「こいつらを連行してくれ。今日はもう話を聞く気分じゃないからな。そこの二人は残ってくれ。まだ、ここへ誰か来るかもしれないから」

警官が男たちを連行して行った。ヘーフェレも一緒に刑事局へ戻った。すぐに事情聴取を始めるためだ。シュトローブルとマイアーは農家の中庭でまた監視態勢に入った。嵐のような時間が過ぎ去ったあとの納屋は、幽霊が出そうなほど静かだった。

「さもないと撃つぞ、か？」シュトローブルがマイアーにそう言って、やれやれとばかりに首を振った。マイアーが助けを求めるように、クルフティンガーを見つめる。

「まあ、いいだろう。みんな緊張してたんだ。一人くらい取り乱してもおかしくはない」

警部はニヤリとして、マイアーに向かって言う。「やっぱり、おまえに拳銃はちょっと不似合いだな」

★　★　★

それから朝までは静かだった。予想どおり、その後農家を訪れる者はいなかった。クルフティンガーは少しうとうとした。時刻は六時になっていた。

「さあ、時間だ」警部が二人の部下に言う。それから、「一人で大丈夫だろう？」とマイアーをちらっと見てたずねた。マイアーは黙ってうなずいた。「じゃあ、またあとで」警部はそれだけ言って、その場を立ち去った。

「俺の車に傷つけたりしたら、撃つぞ」と言いながら、車の鍵をマイアーの手に握らせると、シュトローブルは、警部のあとからタンカートラックに乗り込んだ。

クルフティンガーは鍵をクルクル回しながら、その場にふさわしいセリフを探した。だが、口から出たのは、「それじゃあ、牛乳を搾りに行くとするか」という陳腐な言葉だった。シュトローブルは無言のまま、トラックは出発した。

★　★　★

「警部はずいぶん知り合いが多いんですね」タンカートラックがトラクターを追い越したとき、運転をしていた農夫がクルフティンガーに笑顔を向けたので、シュトローブルが感心して言った。警部は部下の賛辞をそのまま受け取っておきたかったが、それをあきらめて訂正した。「ここでは、農夫はミルクタンカーの運転手に挨拶しなくてはならないという決まりがあるらしい」

「この粉ミルクは、いったい何のためだと思います？」数分の沈黙のあと、シュトローブルが質問した。

「おそらく、小遣い稼ぎ《ミルヒゲルト》だろう」警部はそう答えて、自分で考えた駄洒落に満足し、次の機会にもこれを使おうと思った。

「もちろんそうですけど。でもどうやったら、粉ミルクが金になるんですか」

「おまえはチーズ工場の研究室の人間とは話をしなかったのか？」

「話しましたよ。でも、牛乳の処理の仕方については誰もよく知らなくて。たぶん、今回の件は警部が記事で読まれたことと関係があるんだと思います。ルッツェンベルクとヴァハターは発酵過程の時間を大幅に短縮する方法を発見しました。時間は金になります。つまり小遣い《ミルヒゲルト》にもなる」シュトローブルはそう言って、上司の駄洒落を活用できたことを喜んだ。

「だが、それは危険な方法だった」

「そうとも限りませんよ。成功して二人は乳製品業界のトップに上りつめることだってできたんです。ただ名声が欲しくて、事を急ぎ過ぎただけだと思います」

「少なくとも、ヴァハターはそうだったんだろうな」

「そうですね。とにかく市場化するのが早過ぎたんです。でも、その件と今度の粉ミルクがどう関係しているか、私にはわかりません」

「二つの殺人事件がどう関係しているのか、ということのほうが俺は気になるがね」警部は答えた。

また沈黙の時間が続いた。クルークツェルはもうすぐだった。クルフティンガーは昨日タンカートラックが走ったのと同じ道を走っていた。リスクを避けるためだった。すべてがいつもと変わらないように見せかけたかった。

東門の近くまで来ると、警部はシュトローブルに無線で他の局員に到着を知らせるよう合図した。タンカートラックが乳製品工場の前に着くと同時に、パトカーが到着した。パトカーは門の前で待機し、タンカートラックだけが中へ入った。

警部はタンカートラックをバックで入れ、昨日と同じ位置に停めようとした。最初のバックで、運転席から見て左側にあるせりあげ台に衝突しそうになった。その瞬間、シュトローブルが目をつぶったのに、警部は気づいた。警部はハンドルを大きく切った。玉の汗が額を流れる。最後に大型トラックを運転したのは、もうずいぶん前のことだった。消防団を脱退して以来、一度も運転していなかった。もう一度バックし直してもうまくいかず、出入荷ホールの支柱の一つに衝突しそうになった。誰も見ていなかったことを、心で祈った。三度目のバックはまずまずうまくいった。エンジンを止める。だが、トラックは隣の駐車スペースに三分の一ほど割り込んでいた。警部は横目でシュトローブルの様子をうかがった。二人とも無言だった。

数分間、沈黙が続いた。

「それで、これからどうするんです?」シュトローブルが訊いた。

「待とう。そのうちに何か起こるだろう」

それから数分経つと、本当に何かが起こった。社長室の扉が開いて、男が一人階段を下りてきたのだ。警部がバックミラーで男を確認する。バルチュだった。階段を下りると、ホールに向かった。バルチュの革靴の足音がホール内に響く。あと数歩でトラックの運転席のところまで来る。クルフティンガーがシュトローブルにうなずきかけると、部下はうなずき返したが、実は何のために警部がうなずいたのかわかっていなかった。バルチュは運転席のドアに手を伸ばしながら、怒鳴った。「今日は早めに来てくれって言っておいただろう……」そこで、ハッと息をのむ。トラックのドアを開けると、クルフティンガーの顔が現われたからだ。

「すみませんね。急いだつもりだったのですが」警部が答えた。

バルチュは硬直して動かない。何が起こったのか、すぐには認識できない様子だった。

やがて、ようやく事の次第を理解すると、くるりと背を向けて走り出した。シュトローブルが無線に呼びかけると、工場の前で待機していたパトカーが敷地内へ入ってきた。バルチュはパトカーを見ると、転びそうになりながら足を止めた。あたりを見回し、必死に逃げ道を探す。うしろからはクルフティンガーとシュトローブルが近づいてきた。横からはパトカーを降りた警官が来る。逃げ道はないとわかると、バルチュはその場に崩れ落ちた。

手錠をかけられる間も呆然としていたバルチュは、クルフティンガーがそばに来て、小声で「見つけちゃいましたよ！」と言ったのも耳に入らない様子だった。

★　★　★

二時間後に刑事局に帰り着くと、クルフティンガーは秘書と握手し、髪型をほめるほど機嫌がよかった。秘書は顔を赤らめた。「コーヒーを淹れてもらえるかな」警部はそう秘書に言ってから、部下を手招きした。「研究室の担当者を一人連れてきてくれないか」

すぐに、シュトローブルとヘーフェレがマイアーのほうに目を向けた。「わかりましたよ」マイアーはため息をついて言うと立ち上がった。

「ローランド、それで何かわかったのか？」警部がヘーフェレに夜中の事情聴取の結果を訊く。

「ええ、少しは。逮捕した四人の男は週に三回、あの納屋で粉ミルクをタンカートラックに詰めていました。粉ミルクはロシア産です。あの大男がいつも粉ミルクを取りにきていました。少なくとも、本人はそう言っています。連中は、粉ミルクが何のために使われているか知らないそうです。何かよくないことに使われている感じはあったけれど、報酬がよかったので、あえて知ろうとはしなかったということです」

「仕事の依頼主は誰だ」クルフティンガーが訊く。

「それについては、四人とも口が堅かったですね。最初は、依頼主とは電話でしか話したことがないと主張していた。だが、自分たちで工場まで粉ミルクを運んでおいて、依頼主を知らないなんて信じられない、と我々が言うと、しぶしぶバルチュの名前を出しました」

誰かがドアをノックした。マイアーが三十歳くらいの魅力的な女性を連れてオフィスに入ってきた。背が高くて細身で、漆黒の長い髪を三つ編みにしている。警部は彼女の赤茶色の瞳に引きつけられた。ベージュのワンピースの上に白衣を羽織っていた。全員が彼女のことを知っていた。刑事局で〝研究室のリップ嬢〟と呼ばれている女性だった。少なくとも、男たちからはそう呼ばれていた。

マイアーは白い歯を見せて、満面の笑みを浮かべた。自分が成し遂げた功績に満足しているようだった。「研究室のヘルガ・リップ博士です」マイアーはまるで初対面の相手のように、彼女を紹介した。

クルフティンガーは自分のデスクの前の椅子に彼女を座らせた。「どうぞこちらへ。部下から事件の概要はお聞きになりましたか?」

「ええ、うかがっています」それがあまりにも甲高い声だったので、居並ぶ男たちは啞然とした。みんな、小さな低い声が返ってくると予想していたのに、結果は正反対だったからだ。

「それはよかった」クルフティンガーは博士の声にできるだけ気をとられないように努めた。「あの粉ミルクは、いったい何に使われているのでしょう?」

「すぐに思いついた可能性が一つあります」リップ嬢が答えた。マイアー一人がまだにやけた顔をしていた。どうやら、博士の甲高い声が気にならないようだった。「ご存知のとおり、乳製品を作るとき、まず牛乳に菌が添加されます。それによって、牛乳に含まれるカゼインが既存の化学構造と可溶性を失い、牛乳が凝固するのです。そこでホエーといわゆるカード、またはクワルクが生じ、これがまたチーズの原料になるのです」

警部は辛抱強く説明に耳を傾けた。こんなにゆっくりと話すのであれば、もう少し新鮮な内容の話をしてほしいと思った。クルフティンガーがうなずいて、リップ嬢に理解したという合図を送る。

「これでおわかりですね。牛乳にさまざまな特性を与えれば、いろいろな種類の乳製品を作れるのです。でも一番大事なのは、牛乳が新鮮であることです。粉ミルクは乳製品の原料にならないばかりか、化学処理されていて、特定の成分も不足しています。まだ詳しくは調べていないのですが、乳製品の製造については、粉ミルクの使用は禁止されていると思います」そこでリップ嬢は話をやめ、部屋の中を見渡すしぐさをして、うしろに座っている男たちが理解できたかを確認した。マイアーは彼女に目を向けられたことで上機嫌になり、瞬きして彼女に合図を送った。リップ嬢は不安そうな顔を、クルフティンガーのほうに戻した。

「東欧諸国の粉ミルクを、食品検査機関を通さずにドイツへ密輸入して使用するなんてことは禁止されているに決まっている。どう考えてもおかしいだろう。でなければ、あんなに手間のかかる輸送手段は選ばなかっただろう」

クルフティンガーはリップ嬢に礼を言い、彼女をドアまで送ろうとするが、そのときマイアーが唐突に立ち上がって言った。「僕がお見送りします」

クルフティンガーは眉をひそめ、別の部下に命じた。「次はバルチュを連れてきてくれ。急いで」

ドアが開いて、サンドラ・ヘンスケが入ってきた。今度はヘーフェレの目が輝いた。それを横目で見た警部は、何週間も女性に会っていない兵士を指揮する軍事基地の司令官になった気分になる。

「シェーンマンガー・シニアからお電話です」とヘンスケ女史は言い、ランプが点滅している電話を指差した。

「はい、クルフティンガーです」警部が電話に出る。部下たちは息をのんで耳を傾け、ヘンスケ女史もそこを去ろうとしない。クルフティンガーが秘書に、仕事に戻るように合図すると、ヘンスケ女史はがっかりした様子で部屋を出て行った。

「それは間違いではありません、シェーンマンガーさん」と警部は言った。「当分の間、製造禁止です。部下が今、現場で手続きをしています……いいえ、それはできません……ええ、バルチュさんは今留置場にいます……落ち着いてください。まだ証拠が全部集まったわけではありませんから……今何とおっしゃいました？　いいえ、バルチュさんは自白したわけではありません。私はまだ、彼と話もしていないんです……いいえ、それはありえません。とにかく、警察におまかせください。引き続きご協力いただけますね？　では、また」クルフティンガーが電話を切った。そして内容を、下品にならない程度に部下たちに知らせる。「どうやら、社長は怒り心頭らしいな。バルチュをブタ野郎だなんて呼んでたよ」

部屋のドアがまた開いて、部下の一人が話題の人物を連れてきた。

クルフティンガーはデスクの前の椅子を指差し、部下に手錠をはずすよう指示した。バルチュはクルフティンガーの向かいに腰を下ろし、警部の顔をまじまじと見つめた。昨日の工場見学のときに見せた、自信満々のビジネスマンの風格はもうどこにもなく、何歳も老けたように見えた。

「さあ、私たちはみな興味津々です。この場ですっかり説明してもらいましょうか」

「何のことをおっしゃっているのか、私にはさっぱりわかりません」

「そんなことはない、あなたはもう十分おわかりだ。あのトラックには誰が乗っていると思っていたのですか？　その運転手とあなたは、何をする予定でしたか？」

「誰が乗っているって、輸送を委託した運転手に決まってるじゃないですか」

クルフティンガーが次第に苛立ってくる。「私たちが乗っていることに気づいて、あなたはうれしさのあまり逃げ出そうとされたわけですね？」とバルチュに皮肉を言う。「おわかりとは思いますが、私たちはあなたがここで供述しようとしまいと、いずれ真実に到達します。もちろんここで話したほうが、あなたにとっても有利になりますが」

バルチュが下を向く。考え込んでいるらしい。

「では、シェーンマンガー家の弁護士と会わせてください。弁護士のいないところでは、何も話したくありません」そう言うと、少し自信を取り戻したように見えた。

「なるほど、シェーンマンガーさんがまだあなたを助けてくれるとお考えなのですね？　私には、そうは思えませんね。さっき、シェーンマンガーさんと話したんですが、彼はあなたのことを〝ブタ野郎〟と呼んでましたよ。それでもまだ、弁護士との面談をご希望ですか？」

バルチュは〝ブタ野郎〟と呼ばれたことを聞いて、肩をすくめた。不信感もあらわに、クルフティンガーをにらみつける。

突然、バルチュの怒りが爆発した。「くそっ！　くそったれ。だが、あいつは俺を裏切ることなどできんぞ」それから、急に早口になる。「あいつが言い出したんだ。全部ペーターが始めたんだよ。俺は巻き込まれただけだ。もし俺が拘置所にぶち込まれるなら、あいつも一緒だ。絶対に」

「ペーター？」クルフティンガーが訊く。「ああ、シェーンマンガー・ジュニアのことですね。私が話したのは、お父さんのほうです」

驚いて、バルチュが目を見開く。口をポッカリと開けて、また閉じた。声を出さずに唇だけを動かす。そして、「くそっ」とつぶやいた。

そのとき、クルフティンガーが強気な態度に出た。「それでは、あそこで何が行なわれていたのか、誰がこの件に関与しているのか、話してもらえますね？　でないと、警察は強硬手段に出ますよ、おわかりですね？」上司が最後の言葉を大声で言ったので、部下たちはそろって肩をすくめた。

バルチュはおびえ切ったようだった。やがて、ゆっくりと話し出す。

「数年前に、ペーターとフィリップは新しいチーズの開発を始めました。警部さんにも一度お見せした、あの低脂肪チーズです。製造費を大幅に節約するのが主な目的でした。発案者はフィリップだった。彼は入社してからずっと、その研究に専念していました。彼が具体的に何をやっているのか、私も長い間知らなかった。そしてついに、彼は誰もが夢見たことをやり遂げたのです。超短期間でチーズを発酵させる方法を発明しました。しかも、粉ミルクを使ってできる方法でした」

バルチュはそこでクルフティンガーのほうに目を向けた。警部が顔色一つ変えないことを確かめると、先を続けた。「超短期間で発酵するチーズ、素晴らしいでしょう？　しかも、原料は超低価格。我々のような小さな乳製品工場にすれば、紙幣を印刷する手段を手に入れたようなものだった。少なくとも、私たちはそう考えた」

クルフティンガーがバルチュの話を中断させる。

「オイゲン、おまえに頼んでもいいか？　シェーンマンガー・ジュニアをここへ連れてきてほしい」そう言うと、またバルチュに話を振った。

「父親は？　社長は、そのことを知ってましたか？」

「父親？」バルチュが皮肉っぽい笑みを浮かべた。「もし社長がこのことを知っていたら、私たちはもっと早く刑務所に送られていたでしょう。それは確実でした。だから、あのタンカートラックを使ってひそかに輸送していたんです」

「つまり、あなたがたは粉ミルクを混ぜた牛乳でチーズを作っていたということですね。でも、それで食品検査をパスできたのですか？」

「いい質問です。粉ミルクの成分は発酵過程ですべて分解されてしまいます。ＥＵの規制値は高いものではありません。つまり、私たちはクソみたいなものから金を作ることに成功したのです！」

「健康に害はないのですか？」クルフティンガーが訊いた。バルチュがうつむく。

「健康に害はないのか、と訊いているんです」警部が強い調子で言う。

「知りません。本当に知らないんです」バルチュは小声で答えた。そして、短い沈黙のあと、こう言い添えた。「でも、私はそのチーズを食べないようにしています」

クルフティンガーはすぐに秘書を呼び、シェーンマンガー製品のリコールの手配を指示した。警部は深いため息をついた。ふつふつと湧いてくる怒りを抑えるのは楽ではなかった。彼らの非倫理的な開発のせいで、多くの人々の健康が脅かされるかもしれないのだ。金欲におぼれた者たち。軽蔑するしかない。そこで警部は、決定的な質問をした。

「ヴァハターは超短期間で発酵するチーズの販売に反対したのですか？　もしそうでなければ、なぜあなたは彼を殺したのですか？　ルッツェンベルクの息子とこの件は、いったいどう関係しているのですか？」

バルチュは驚いて警部のほうを見た。粉ミルクを混ぜた牛乳以外のことがここで話題に出るとは思ってもいなかったらしい。「どうか聞いてください」と訴えかけるように言う。

「粉ミルクの件については、私は共犯です。白状します。でも、神に誓って言いますが、私は人を殺したことは一度もない。ええ、確かに私は、警察が来る前にヴァハターのコンピューターからデータをいくつか消去した。でも、やったのはそれだけです」

「死者が二人も出たんですよ」と警部が言う。

その瞬間、部屋のドアが開いた。駆け込んできたシュトローブルが息を切らしながら叫んだ。「やつが逃げました！」

「誰が？」警部が訊く。

「シェーンマンガー。ペーター・シェーンマンガーです。行方がわかりません」

「くそっ、あと一歩のところだったのに。わかった、指名手配しよう。ローランド、電話を頼む。オイゲン、おまえはクルークツェルにいる警官に連絡してくれ。誰かバルチュを留置場に戻してくれないか？」クルフティンガーはバルチュには目もくれずに言った。

「ヘンスケ女史、シェーンマンガー・シニアに電話をして、私につないでくれ」

さっきまで静かだったオフィスが急にあわただしくなる。みんなが緊急の仕事を抱えていた。クルフティンガーの電話が点滅する。シェーンマンガー・シニアの電話だった。警部が息子の行方がわからなくなったことを告げると驚いた様子だった。しかし、父親も息子の居場所は知らなかった。「まさか、うちの息子が……」それが電話を切る前に社長が発した最後の言葉だった。

十分も経たないうちに、シュトローブルが警部の部屋へ戻ってきた。「シェーンマンガー・ジュニアの居場所を突き止めました！　ミュンヘン発ブラジル行きの航空券を予約しています。飛行機の出発時刻は……」シュトローブルは腕時計を確かめた。「……三時間半後です」

クルフティンガーも腕時計を見る。「まだ間に合う」そう言うと、部屋を飛び出して行った。

★　★　★

十五分後、クルフティンガーはシュトローブルとともにパトカーの後部座席に座っていた。パトカーはアウトバーンB12のマルクトオーバードルフ‐カウフボイレン間を走っていた。前部座席には制服警官が二人座っている。クルフティンガーとシュトローブルはケンプテン刑事局を出る前にミュンヘン市警察に連絡を取り、地元の警官を空港に待機させるよう依頼していた。だから今はただパトカーの中に座って、窓の外を眺めるしかなかった。二人とも無言だった。考え事をしながら、窓の外を流れる素晴らしい夏の風景を眺めていた。

やがて、シュトローブルが沈黙を破った。「バルチュが殺人犯だと思いますか？」と訊く。「それとも、シェーンマンガー・ジュニアでしょうか？」

「面白いな。俺もそれを考えていたところだ。わからない。本当にわからないんだ。どちらもその可能性があると思っている。その一方で、バルチュが人を殺すとはとうてい思えない気もする」警部が頭を振った。

そこでまた、沈黙が落ちる。聞こえてくるのは、無線機からの雑音と途切れ途切れの会話、ブンブンという単調なエンジン音だけだった。しばらくして〈アウトバーン・クロイツ・ミュンヘン／フランツ・ヨーゼフ・ストラウス空港、五キロメートル〉という標識が見えたところで、二人は同時に腕時計に目をやった。思ったよりも早く着いた。二時過ぎだった。飛行機の出発時間までには、まだ一時間半ある。

空港の建物の前で、何人かの警官に出迎えられる。フランク・ヴルムという警官がミュンヘン側の責任者だったが、彼によると、すでに二十名以上の警官と刑事が空港で警戒に当たっているとのことだった。ヴルムは、「もう私だぢがらはのがれられまぜんよ」と言った。クルフティンガーとシュトローブルは驚いて目を見合わせた。ヴルムはケンプテン地方刑事局長ディートマー・ローデンバッハーと同じしゃべり方をした。

空港の建物の中に入ったクルフティンガーは、体感温度が下がるのを感じてホッとした。外は照りつける太陽のせいで三十度近くあったが、建物の中は涼しかった。それでも、空調管理されている他の施設に比べると、十分涼しいとはいえない温度だった。

「チェックインカウンターで待機されてはいかがです？」とヴルムが警部に提案する。

「あそこには、カウンター式の小さなビストロもあるので」クルフティンガーとシュトローブルはそうすることにした。「まだそこでは無線機は使えまずがら」とヴルムは言い、二人を残して立ち去った。

クルフティンガーとシュトローブルと警官二人がチェックインカウンターへ向かう。四人は意識してゆっくりと歩いた。シェーンマンガーが近くにいる可能性もあるからだ。クルフティンガーは空港のあわただしさが好きだった。飛び交う外国語、掲示が変わる音、外国の美しい浜辺のポスター。さまざまな航空会社の制服姿の客室乗務員を眺めるのも楽しい。だが、飛行機に乗るのは好きではなかった。大嫌いだった。でも空港は好きなので、誰かに空港への送り迎えを頼まれると、可能な限りイエスと答えるようにしていた。

「あれですね」シュトローブルの言葉で、警部が我に返る。部下は目の前の鉄製のバーカウンターを指差していた。その上には〈サミーズ・ビストロ〉という電飾看板が掲げられていた。バーは見るからにモダンで——少なくともクルフティンガーの目にはそう見えた——美しい空港ホールにはそぐわなかった。空港のホールを設計した建築家が、そのバーは〝私の〟空港の景観をそこねると批判していたのを、警部はどこかの記事で読んだことがあったが、今は納得できた。

クルフティンガーとシュトローブルは、チェックインカウンターのほうに顔を向けて、バーカウンターの背の高い椅子に腰かけた。中近東系のウェイターからドリンクメニューを渡される。警部はそれに目を通しながら、横目でシェーンマンガーがチケットを買った航空会社のチェックインカウンターをチラチラと見ていた。突然、視線がドリンクメニューに釘付けになる。「コーヒー一杯が三ユーロ五十セントだと!」と怒りの声を上げる。

「これはマルクの値段か?」

「空港だから、高いのは仕方ないですよ」シュトローブルが常識人ぶって言う。

「ありえない。家だったらこの値段で……」警部が暗算をする。「……四十杯は飲めるぞ。電気代と水道代を差し引いても三十杯だ。みんな、頭がどうかしてるんだ」怒りを抑え切れない。警部は外食をほとんどしない質《たち》なので、外食費の値上げを意識したことはあまりないのだが、音楽隊の練習のあとに飲むビールが一ユーロ八十セントに値上がりしただけで高過ぎると思うくらい、値上げには敏感だった。だから当然のことに、この店のコーヒーの値段は受け入れられなかった。シュトローブルはむきになっている上司を見て、一緒にいるのが恥ずかしくなった。

「もういいじゃないですか」部下が上司の耳元でささやく。

それでもクルフティンガーは納得しなかった。それどころか、ここにいる理由すら忘れてしまっていた。

「コーヒー一杯でもいいかね? それともここにあるように、一リットル単位でしか注文できないのか? これは一リットルの値段だよな。でなければ、こんなに高いはずがない」

警部の言ったことをなんとか理解すると、ウェイターは大きく目を見開いた。こんな難癖をつけられたのは、これが初めてではないようだった。

「無理を言わないでください。私が値段を決めているわけではないので。私はただのウェイターです。コーヒーが高過ぎるとおっしゃるなら、水をお飲みなさい。二ユーロ五十セントです」

クルフティンガーはあまりの驚きに、しばらく息ができないほどだった。堪忍袋の緒が切れかけた。暴利をむさぼるとはこういうことだ、と声を張り上げたくなったが、なんとか考え直した。

「領収書をもらえるか?」警部はたずねた。

「もちろんです」

「では、水を一杯くれ」たとえ経費で落とせるとしても、法外に高いコーヒーを注文するのは嫌だった。

シュトローブルがホッとして、ため息をつく。とりあえず上司の機嫌が直ったからだ。

「もうすぐ二時半だ。そろそろ現われるだろう」ようやくここに来た理由を思い出したクルフティンガーが言った。

ところが水を飲み干さないうちに、膀胱が満タンになってきた。

「ちょっと小便に行ってくる」とシュトローブルに言い、警部は無線機を部下に渡して立ち上がった。あたりを見渡し、近くにトイレの表示が出ていないか探す。いくつか角を曲がってみると、重い鉄製のトイレのドアが見つかった。中に入り、手洗い場に掛かっている鏡を見ると、また顔に赤い斑点ができているのに気づいた。興奮している証拠だった。次のドアを開け、小便器が並んでいる一角に入ると、一番奥の小便器の前にシェーンマンガーが立っているのが見えた。

クルリと背を向けて部屋を出ると、クルフティンガーはドアの横の壁にピタリと背中を押しつけた。手洗い場を見渡したが、他に人の姿はなかった。どうしたらいいだろう？ シュトローブルを呼びに行くか？ トイレの前で待って、シェーンマンガーのあとをつけるか？

一瞬でクルフティンガーは決断した。熟考するには時間がなさ過ぎた。うつむき加減で入口のドアの前に行き、そっとドアを開けて、また閉めた。そして、開けられないように外からドアを押さえた。

反射的にとった行動だったが、全体重をかけてドアのノブを押さえたところで、徐々に状況を理解していった。誰かの助けが必要だった。だが今、携帯を取り出すことはできない。片手ではドアを押さえ切れないからだ。ここから大声で部下を呼ぶか？ そんなことをしたら、トイレにいるシェーンマンガーにも聞こえてしまう。そのとき、ドアノブが回り始めた。クルフティンガーは身をこわばらせた。よし、来たぞ！

トイレの中の人物、つまりシェーンマンガーは、ノブが堅いのを知って、力ずくで回そうとする。回らないので、ノブを勢いよく引っ張ったり押したりし始めた。クルフティンガーも左足をドアに押しつけ、強く引っ張る。さらに強く、さらに何度も、シェーンマンガーがドアを引っ張る。

不意に、シェーンマンガーが引っ張るのをやめた。しばらく沈黙が続いたあと、中から声が聞こえた。「すみません？　外はどうなってるんですか？　すみません？」それは、間違いなくシェーンマンガーの声だった。クルフティンガーは返事をしなかった。シェーンマンガーが自分の存在に気づけば、何を始めるか予想がつかなかったからだ。そのとき、視界の隅で何かが動いた。スーツを着て、書類カバンを下げた中年男が角を曲がって近づいてくると、驚いた様子で警部の横に立った。

「すみません、ここで何をされてるんですか？」

「わかりませんか？」クルフティンガーがきつい口調で言い返す。

「問題がなければ、中に入りたいのですが。かくれんぼなら、どこか他の場所でやってもらえませんか？」

「それはできません」クルフティンガーが説明しようとするが、男が機先を制した。「何やってるんです！　気でも狂ったんですか？　通してください」すると、外のやり取りを聞いていたシェーンマンガーが叫び出した。「助けてくれ、助けて！　ここから出してくれ」

男が怒り出した。「誰か中にいるじゃないか。ドアノブから手を離しなさい」そう言って、クルフティンガーの手をドアノブから引きはがそうとする。警部は汗をかき始めた。そのとき、シェーンマンガーがまた中からドアを引っ張り始めた。

「パパ、パパ、見て。おじちゃんたちが遊んでるよ」父親に手を引かれた男の子がそう言いながら角を曲がって近づいてきた。親子はどちらも短パンとサンダル姿だった。日焼けしている。おそらく、休暇旅行から戻ってきたところだろう。

「どうかされましたか？」短パンと、〈アイアンマン〉と派手な赤い文字で書かれたタンクトップを着た父親がたずねた。

「この男が、トイレのドアを引っ張って離そうとしないんです」とスーツ姿の男が父親に助けを求めた。

「私にまかせてください」太くて強そうな腕を持ち、それでいながら短パンとタンクトップの上から少々腹が突き出しているというアンバランスな姿の父親が、そう言いながら両腕を広げてクルフティンガーに近づいてきた。

「離すんだ！」父親がそう叫ぶと、スーツ姿の男もそれに同調する。「離れろ」トイレの中からは、「ここから出して、すぐに出してください！」という声が聞こえる。幼い息子が父親を応援する。「やっちまえ！」

ここまでくると、クルフティンガーも混乱し、何をどうすべきかわからなくなった。

「ワー！」警部がいきなり叫び出す。意外なことに、その怒りは二人の男に伝わったようだった。しばしの沈黙。そこで警部が小声で言った。「私は警官です。トイレの中に容疑者がいるので、ドアを押さえているのです。助けを呼びたいのだが、両手でドアを押さえているので、携帯電話をかけられないんです」

「そんな嘘は誰でもつけますよ」とスーツの男が言い、また体をクルフティンガーに押しつけてドアから離そうとする。

「それなら、ズボンのポケットを見てください！　財布が入ってますから」

スーツの男が周囲を見回す。タンクトップの男は肩をすくめると、警部のズボンのポケットをまさぐり始めた。そこへまた別の男が近づいてきたが、ラオコーン像のように三人の男と子供一人が絡まり合っている光景を不思議そうに眺めてから、踵を返して無言で立ち去った。

「本当に警察だ。ティム、この人は本当に警官だよ」父親は子供にもわかるように、二度丁寧に説明した。

「できれば、反対側の、ポケットの、携帯電話を」クルフティンガーが途切れ途切れに言った。シュトローブルの番号をスーツの男に教えようとして、考え直した。

「聞いてください。みなさんは警察の仕事を妨害しました。その責任を取って、私が電話をしている間、代わりにドアを押さえていてくれませんか？」

答えはもう決まっていた。「もちろんです、もちろん。喜んで、警部さん」二人の男がいそいそと答えた。

「では、三つ数えます」クルフティンガーが、そばでドアノブを引っ張る準備をして待ち構える男たちに言う。「一、二、三！」男の子も父親を助けたくて、声援を送った。

クルフティンガーは、じゃれつくように絡み合っている三人を横目に、シュトローブルに電話した。

一分後、二十人以上の警官がトイレの前に集合した。警官たちは二人の男にドアノブから手を離すよう指示すると、拳銃を構えてドアを開けた。警官たちはあらゆる可能性に対処する用意をしていた。シェーンマンガーが取り乱してトイレに立てこもり、発砲することまで想定して。ところが驚いたことに、ドアが開いて見えた光景は想像とはまったくかけ離れていた。シェーンマンガーは手洗い場の床に座っていた。しかもタバコを吸っていた。トイレに入ってきたクルフティンガーをにらみつけるように見つめたが、何も言わなかった。どうやら、あきらめたようだ。警部はどうにか逮捕できてホッと胸を撫で下ろした。

★　★　★

クルフティンガーとシュトローブルは、シェーンマンガーの身柄よりも先に刑事局に到着した。待っている時間を利用して、事情聴取の策を練る。とにかく警察が集めた情報をもとに、容赦なく攻め立てるということで話がまとまった。シェーンマンガーがケンプテン刑事局へ到着すると同時に、彼の弁護士も姿を現わした。

今回の事件を担当した刑事が会議室に集まる。午後六時三十分に、シェーンマンガーが弁護士を伴って入室した。弁護士は「ドクター・ヴォルフです」と、ファーストネームを省略して、学位と名字だけを名乗った。それがクルフティンガーには滑稽に思えた。

「どうぞお座りください」警部が穏やかな口調で言う。

クルフティンガーが冷静に事実を並べ立て、推測のほうはわざと誇張して話すうちに、シェーンマンガーは徐々に自信を失っていった。不安そうに弁護士に目配せすると、弁護士のほうはそれに応じて何度もうなずき返した。弁護士は厚顔無恥な男に違いない、と警部は思った。

そこで本題に入る。「もうおわかりでしょうが、警察はほぼすべての事実を把握しています。とはいえ、あなたがヴァハター氏とルッツェンベルク氏を殺害した理由はわかっていません」

「待ってください。それだとまるで、私の依頼人が犯人と確定されたみたいじゃないですか。今のところ、依頼人が犯人であることは警察も立証していない。推測の一つでしかありません」と弁護士が口をはさんだ。「ペーター、君は何も答えなくていいからな」

「もちろん何も答えなくて結構です」とクルフティンガーが言う。「しかし警察が集めた情報は、あなたにとって不利なものばかりです。裁判所はそれらの情報だけをもとに判決を下すことになります」

「警察は何もわかっていない、裁判所だって……」

「黙ってろ、エグベルト」シェーンマンガーが弁護士を制した。それでクルフティンガーにも、弁護士がファーストネームを言わなかった理由がわかった。変な名前だからだ。

「クルフティンガーさん。私は生まれてこのかた、誰かを傷つけたことは一度もありません。つまり、身体的に傷つけたことは、という意味ですが。それは信じてください」

「私はあなたに対してこれ以上何もできませんし、するつもりもありません。ですがシェーンマンガーさん、自白されるのが私たちにとっても、あなたにとっても最善の解決策です。これ以上、何をどう弁解されたいのですか？　あなたはヴァハター氏と示し合わせて、粉ミルクを混ぜた牛乳で乳製品を製造してきた。そうやって、あなた方は莫大な金を稼いだんだ。これ以上の説明がありますか？　ヴァハター氏はあなたのやり方に反対したのですか？　ルッツェンベルク氏とは何があったんです？　彼に秘密を握られてしまったのですか？」

警部は写真を一枚、書類ケースの中から取り出し、机の上に置いた。「この写真はあなたの書類の中から見つかったものです。あなたはあの農家をご存知だった。そうですよね？」そう言って、シェーンマンガーの鼻先に写真を押しつける。「なぜあなたは、二人を殺したんですか？」クルフティンガーが怒鳴るように言った。

「私は誰も殺していません」シェーンマンガーが怒鳴り返した。「フィリップと私は友達だった。殺せるわけないじゃありませんか。あんなむごい殺し方で。ありえません。カーテンのタッセルで首を絞めるなんて。あなたは私を、どんな人間だと思ってるんです？」

クルフティンガーはさらに質問を重ねようとしたが、不意に重要なことに気づいた。部下たちのほうに目をやる。シュトローブルがゴクリと唾を飲み込み、ヘーフェレは落ち着きなく髪に手をやる。マイアーは黙ってシェーンマンガーを見つめていた。一方、シェーンマンガーといえば、しばし生まれた沈黙の原因が自分自身にあることを自覚していた。

彼は、しきりに首を振り続ける弁護士に目を向けた。

咳払いをして、クルフティンガーが沈黙を破った。

「警察はヴァハター氏がカーテンのタッセルで絞殺されたという情報は公表していません」

それ以上は何も言わなかった。この言葉の持つ力を知らしめるためだった。効き目はあった。シェーンマンガーの顔から血の気が引く。部屋の隅を黙って見つめながら、唇を震わせ始めた。

「シェーンマンガーさん、そろそろ正直に話してくださいい」クルフティンガーはシェーンマンガーのそばに行くと、静かに言った。

そのときエグベルト・ヴォルフが、シェーンマンガーが口を開く前とは打って変わった穏やかな口調で、依頼人と二人きりで話をさせてほしいと申し出た。

「黙ってろ、エグベルト、おまえは何も言わなくていい」シェーンマンガーはそれだけ言うと、うつむいて目を閉じた。

やがて、クルフティンガーに向かって、「警部さん、私が父親と何の問題もなく仕事をしていたとお思いですか？」と問いかけた。

シェーンマンガーはそのときだけ顔を上げて背筋を伸ばしたが、言い終えるとまたうつむきながら話を続けた。

「父にとってこの世で一番大切なあのオンボロ乳製品工場で働くことが、どういうことであるかおわかりでしょうか？　ヘンリー・フォードを崇拝する〝超保守的〟企業家と一緒に働くことが、どういうことなのか？　私はあの陰気臭い会社から逃げたかった。自分の手で何かをつかんでみたかった。父親が全部お膳立てしたものを引き継ぎたくはなかった。大学では経営学を専攻していました。大学時代の友人は、世界中を飛びまわって金を稼いでいます。それなのに、私はいまだに父親の工場に雇われている身だ。給料は最悪、昇給もない、大事な仕事をまかされることもない。そんなとき、ヴァハターが現われたんです。すぐに私は、彼を利用すれば父に、本当の会社経営とはどういうものかを教えてやることができると確信しました。金儲けが、本当の金儲けができると思ったんです」

そこでまた、ヴォルフが話をさえぎる。

「ペーター、黙るんだ。何も言わないほうがいい！」

「おまえは帰れ！　親父のところへ。親父のほうがおまえを必要としてるだろう！」シェーンマンガーが叫んだ。「この高給取りが」

弁護士は口をポカンと開けて座ったまま、現実をなんとか把握しようとしていた。シェーンマンガーは本音を全部吐き出したらしく、怒りと絶望感に打ちのめされていた。

「弁護士を退出させますか？」マイアーが堅苦しい口調で訊く。

「どっちでもいいです。父親の友人ですから、最後まで話を聞きたければ聞けばいい」

シェーンマンガーは、ノックダウンを宣告され、絶望の淵で戦うボクサーのように最後の力を振りしぼってエグベルト・ヴォルフに抵抗していた。ヴォルフはもう彼の弁護士のようには見えなかった。

シェーンマンガー・ジュニアはリングのマットにひざをつき、ロープにもたれかかったのだ。とうとうクルフティンガーがカウントアウトを宣告するときがきた。警部には、これ以上何もする必要がないことがわかっていた。遅かれ早かれ、シェーンマンガーはＫＯ負けするだろう。三十分以内に、彼は自供するに違いない。クルフティンガーの刑事としての直観が、こういう場面で的《まと》をはずすことはまずない。だから、シェーンマンガーに自由に話を続けさせることにする。

「ヴァハターが現われなければ、私は今でも月収千二百ユーロで会計の仕事をしていたでしょう。父は社長の座を譲る前に、私に社の方針を〝徹底的に〟叩き込みたかったのです」シェーンマンガーは床を見つめながら言った。

「ヴァハターは最初、警戒心を持っていて心を開いてくれなかった。私が入社してしばらくは距離を置いている感じでした。彼は新鮮な香りが売り物のチーズを開発し、製品は八〇年代の終わりにヒットしました。我が社は、それによって赤字経営から脱することができたので父は喜びました。その製品は、父のチーズに関する信条に合致したようでした。なんといっても、〝新鮮さ〟が売りのチーズでしたからね。それ以後、ヴァハターは徐々に私に対しても心を開くようになり、彼も私と同じくらい金を欲しがっていることを知りました。当時、私はヴァハターについていろいろと調べました。そうしてわかったのは、彼が我が社の給料で満足するわけがないということだった。

そんなある日、ヴァハターが私を訪ねてきて、新鮮なチーズの香りを人工的に付着させた低脂肪チーズの話を切り出した。彼がわざわざ私に会いにきたのは、父とは話にならないことを知っていたからです。その頃はまだ、リーン生産方式すら導入されていなかった。それでも、ヴァハターの尽力によって風味豊かな脂肪分一〇パーセントのチーズを製品化することに成功したのです。もちろんその製品には、化学物質が大量に含まれていた。父がそれを知ったら、製品化されることはなかったでしょう」

刑事たちはシェーンマンガーの話に熱心に耳を傾け、誰一人口を開こうとしなかった。だが、マイアーだけは例外だった。「シェーンマンガーさん、ちょっと待ってください。ボイスレコーダーのカセットが一杯で。話をいったん中断していただけますか」と言って事情聴取の間、回し続けていたボイスレコーダーをいじくりまわした。警部はマイアーを見つめて首を振った。マイアーは周囲を気にすることもなくレコーダーと格闘していた。

だがシェーンマンガーは、うつむいたまま、ヴァハターの提案に自分は賛成だったと言い、先を続けた。

クルフティンガーは窓辺に歩いて行って外を眺めた。これで集めた情報のすべてが合致した。容疑者が話をしている間、警部は意識を一点に集中していた。映画を見ているときのように、シェーンマンガーの話以外は耳に入らないようにした。話は続く。ペーター・シェーンマンガーは低カロリー製品をシリーズ化するプロジェクトを立ち上げた。最初にプロジェクトの採算性を確認するために、製造原価、投資額、見込み収益、市場シェアを調べた。そうしているうちに、一つのビジョンが見えてきた。一つの目標が。父親を追い出す方法を思いついたのだ。ところが、プロジェクトは製造原価が高過ぎて採算が取れないことがわかった。どうあがいてもコストがかかり過ぎる。かといって、傾きかけた中規模企業の資産を取り崩して必要な機械を買ったり、大きな広告を出したりすることもできない。製造原価を下げない限り、プロジェクトを実行に移すことは不可能だった。それ以外の手段はなかった。シェーンマンガーはヴァハターと何度も話し合った。そしてあるとき、ヴァハターが発明した細菌培養法に話が及んだ。シェーンマンガーはヴァハターの前で、そのやり方を使えばどれだけ原価を下げられるか計算してみた。完璧だった……。

そこでクルフティンガーの集中力は途切れた。マイアーがみんなに聞こえるほどの大声で、「ようやくできたぞ」と言ったからだ。

警部は机で体を支えながら話し続けるシェーンマンガーを見つめた。

「ヴァハターは、彼が発明した細菌の培養法を使えば、粉ミルクを使ってチーズを製造できると言った。もちろんそれは、法律違反だった。でも、大儲けをするチャンスでもあった。ただし問題が一つあった。粉ミルクは牛乳と価格がそんなに違わないことだった」

シェーンマンガーがそこで話を中断したので、クルフティンガーはすかさずたずねた。

「だからロシア産に手を出したのですね。でも、なぜそんなに安いんです？　放射線を浴びていたからとかいうことですか？」

「私はあらゆる業者に電話して、粉ミルクを探した」シェーンマンガーが淡々と説明する。

「もちろん東欧の業者にも連絡した。安いに違いないと思ったからです。実際に安かったのだが、それでも十分安いとは言えなかった。しかしあるとき、連絡を取ったモスクワの人物からいいオファーがあると持ちかけられたんです。むろん、すぐに安い理由をたずね

ましたが、その男は答えてくれなかった。男は私が金を払うとようやく、国連から委託さ
れてアフリカに粉ミルクを送っている業者とコネがあることを打ち明けました。その業者
は、まず粉ミルクをドイツへ運び、そこから船でアフリカへ輸送していたのです。私はち
ゃんと金を払ったのに、粉ミルクはなかなか送られてこなかった。他のものは届いても、
粉ミルクだけは届かないのです。わけがわからなかった。でも東欧からものを買うのだか
ら、待たされるのは当然だと思うことにしました。やがて、ようやく粉ミルクが届いた。
でも定期的に届くようになると、ヴァハターとバルチュと私では処理し切れないことがわ
かった。そこで、この汚れ仕事を代わりにやってくれる人間を雇うことにしたのです。父
は何も知らなかった。ただ、発酵する時間が縮まったことでコストを節約できたことだけ
はわかっていました。でも、どれだけ節約できているかについてはまったく知らなかった。
知っていたら、私たちの懐には一文も入ってこなかったでしょう。そうしているうちに売
上げがどんどん上がり始めたので、父は化学物質を大量に使用しているかどうか追及しな
くなったのです」

「それをやり始めて、どれくらいになるのですか?」クルフティンガーが冷静にたずねた。

「かなり前からです。その間に、父は私のオフィスを社長室の隣に移してくれました。そ
れでも給料は上げてくれなかった。でも、私とヴァハターはこっそり大金を稼いでいたの
です」シェーンマンガーは、父親のことを話すときには唇をゆがめ、嘲るような口調にな

った。そのあとは、また淡々とした調子で話を続けた。だがクルフティンガーが、なぜ仲のよかったヴァハターを殺したのかと訊くと、態度が一変した。

シェーンマンガーはいきなり立ち上がると、わけのわからないことを叫び出した。すぐに二人の警官に取り押さえられ、椅子に戻された。それでも顔を真っ赤にして、奇声を上げ続けた。「俺がやったんじゃない。俺じゃない！」

クルフティンガーは叫びたいだけ叫ばせておいた。するとまた、シェーンマンガーはおとなしくなり、青ざめた顔でガックリと肩を落とした。

「シェーンマンガーさん、わかりました。あなたでないなら、いったい誰がやったんですか？」

「あのブタ野郎が来たんだ、ヴァハターのところに。大金を要求して来たんだ」

「シェーンマンガーさん、ブタ野郎とは誰のことです？」

「ブタ野郎だ。あのブタのことだ」シェーンマンガーの顔が怒りでまた真っ赤になった。

クルフティンガーには誰のことかさっぱりわからなかった。

「シェーンマンガーさん、誰なんです？」

「ルッツェンベルクさ」

「ルッツェンベルクはあなたのところへも脅しに来たのですか？」

「私のところへは来なかった。ヴァハターのところだけだ。彼は金を払った。できる限り。

だけど、ルッツェンベルクはもっと要求してきた。私は、何とかしなければとヴァハターに言った。そのとき、あの不可解な事件が起こったんだ。ヴァハターは言っていた。私たちが抵抗すれば、ルッツェンベルクに全部ばらされてしまう。そんなことになれば、私たちは二人とも犯罪者になってしまう、と」

そう言って、シェーンマンガーはクルフティンガーの目を見た。「わかりますか？　ヴァハターは、私たち二人でルッツェンベルクに金を払い続けるべきだと主張したんです。まったく卑怯な男だ」

クルフティンガーは混乱していた。部下のほうを見たが、みんな肩をすくめただけだった。「つまり、ヴァハターはあなたもルッツェンベルクに金を払うべきだと主張したわけですね？」警部が質問した。

「そうです。ルッツェンベルクはヴァハターにしつこく付きまとっていた。父親が死んだのはおまえの責任だ、と言ってね」

穏やかな口調で質問したのがよかったようだ、とクルフティンガーは思った。

「だからあなたはルッツェンベルクを殺したわけですね？」さりげない口調で警部が問いかけた。

「いや、そうじゃない。あなたは私の話を聞く気がないのか？」シェーンマンガーが興奮して言い返した。

クルフティンガーはうなずいた。

「父がヴァハターのところへ行ったんだ」

「お父さんが？　お父上はこの件のことはご存知なかったのではないんですか？」

「ええ、知りませんでした。少なくとも最初は。でも、私にいったい何ができるというんです？　私にはルッツェンベルクに払う大金が必要だった。払わなければ、私たち二人は破産するしかなかった。どっちみち、私たちは前より貧乏になるしかなかった。秘密が暴露されれば、会社が倒産するのは間違いなかったのだから。だから、やれることはすべてやった」

「……それで、お父さんに打ち明けたのですね」とクルフティンガーが言った。

「そうです。父は怒り狂いました。でも、緊急事態であることはすぐに理解してくれた。父はこう言いました。話はあとでしよう、まず何より会社を守るのが先決だ、と。そこで私は、ルッツェンベルクを黙らせるにはヴァハターに話すしかないと父に言った。だって、私と父はルッツェンベルクの外見すら知らなかったからです。彼はヴァハターとしか連絡を取っていなかったから」

「それでお父さんは腹を割って話し合うために、ヴァハターの家へ行ったのですね？」

「ええ、急いで会社を出て行きました」

「でも、お父さんは決着をつけられずに会社へ戻り、あなたはヴァハターさんともう一度お話しされたというわけですか……」

ペーター・シェーンマンガーはぴくりと顔を上げて、あたりを見回した。刑事たちに視線を投げてから、最後に警部のほうに顔を向けた。そして、首を横に振ると、静かに言った。「まだおわかりにならないのですか？　わかってないですね。殺したのは父ですよ！」

その言葉に、クルフティンガーは強い衝撃を受けた。自分かわいさに父親を殺人犯に仕立て上げるほど、この若者が卑劣だったとは思ってもいなかった。

警部は咳払いをしてから言った。「警察を見くびっているようですね」

シェーンマンガーは、無関心な顔つきで窓の外を眺めている弁護士に目を向けた。依頼人に盾突かれてからは、弁護する気がなくなったらしい。

弁護士はクルフティンガーに見つめられていることがわかると、黒いスーツケースを持って立ち上がり、刑事一同に軽く会釈してから部屋を出て行った。

クルフティンガーはぽかんと口を開けた。だが今は、弁護士のことなど考えている場合ではなかった。シェーンマンガーが再び口を開いたからだ。

「戻ってきた父はとても取り乱していました。しばらくの間、話もできなかったくらいだった。事故が起こった。そればかり言ってました。私にも父の言う事故が何なのか、なんとなくわかったので、気分が悪くなりました。父はヴァハターが話し合いを拒否したと言っていた。ルッツェンベルクに金を払ってくれ、さもないとプロジェクトから手を引いて秘密をばらす、と一方的に言われたそうです。父が、会社のことを考えてほしいと嘆願すると、小汚い中小企業なんて自分にとってはどうでもいい、とヴァハターは答えたと言います。その言葉が、父を怒らせた最大の要因かもしれません」

シェーンマンガーは話し続ける前に、一度深呼吸した。ひと言口にするたびに苦しい、と言いたげな様子だった。

「つかみ合いのケンカになったようです。ヴァハターはむろん、父より力がありました。でも、はずみでどこかに頭をぶつけたようです。それで、しばらく意識を失くしました。その間に父は理性を失い、カーテンのタッセルを見つけると、それで首を絞めたんです」

シェーンマンガーが水を一杯所望した。そして、運ばれた水をひと口飲むと、こう言い足した。「それが、父から聞いた話です」

クルフティンガーはうなずいた。直観的に、ペーター・シェーンマンガーの話は真実であると感じた。何かがまだ心に引っかかってはいたが、信ぴょう性が高い内容であることに疑いはなかった。警部はシュトロープルを手招きすると、工場にいる警官に電話をかけて、シェーンマンガー・シニアの居場所を確認するよう指示した。シュトロープルはうなずいて会議室を出て行った。

クルフティンガーは、この場ですべての真相を明らかにして決着をつけたいと思った。

そこで単刀直入に、「では、ルッツェンベルク殺害についてはどうなんです?」とたずねた。

この質問に対しても、シェーンマンガーは淡々と答えた。警部は窓辺に立って彼の話を聞いていた。話が終わると、警部は部下のほうは見ずに言った。「クルークツェルに行くぞ。全員で」

部屋を出る前に、警部はペーター・シェーンマンガーのそばに行って、こうつぶやいた。

「これが嘘だったら、ただじゃおかないぞ!」

★　★　★

クルフティンガーとシュトローブルは古い灰色のパサートに乗り込み、マイアーとヘーフェレはマイアーの車に乗り込んだ。こんな状況だったから、車に乗せっぱなしの大太鼓について冗談を飛ばす部下は一人もいなかった。シュトローブルが工場にいた警官から受けた報告によると、最後の警官が工場を出たとき、シェーンマンガー・シニアはまだオフィスにいた。それは九時半頃のことだという。大通りに出る前の道では、すでに二台のパトカーが青いライトを照らして刑事たちの車を待っていた。クルフティンガーはもう長い間、磁石付きの回転灯を車の屋根の上に取り付けたことがないのを思い出し、シュトローブルに回転灯を取り付けるよう指示した。

「シェーンマンガーの話を信じてるんですか？」タイヤをキーッと鳴らして車が大通りに出ると、シュトローブルが警部にたずねた。

クルフティンガーは少し考えてから言った。「信じていると思う」

シュトローブルがうなずいた。空港でシェーンマンガーを見つけたときは、殺人犯を逮捕したと信じて疑わなかったのだが、今は状況が一変した。

「シェーンマンガーはあれから何と言ったんですか？　ルッツェンベルクの殺人については？」

「やつらのほうが俺たちよりも一足早かった、と」警部が苦々しく答えた。「当然だ。やつらは悪事を全部もみ消したかったんだからな。ルッツェンベルクは常に危険にさらされていた。やつらがルッツェンベルクを殺そうとしていたとは思えないんだが、でも今回の事件では俺もずいぶん思い違いをしてるからな。とにかく、やつらはベーザーシャイドエッグのチーズ職人シュトゥトルのおかげでルッツェンベルクの居場所を突き止めた。あのとき、俺たちはシュトゥトルにもう一度連絡を取ろうとは思わなかったから……」クルフティンガーはあの日のことを考えると、ルッツェンベルクの死は自分にも責任があると感じてしまう。

「私たちだって、やれるだけのことをやりましたよ。やつらがシュトゥトルに連絡を取り、私たちが連絡を取らなかったことは、偶然としか言いようがありません。何か一つでも違えば、別の結果に終わっていた可能性もあるのです」シュトローブルが上司をなだめるように言った。

「そうかもしれない。とにかく、やつらは山小屋に行った。殺意があったか、なかったかは、裁判官が判断することだ。大変な裁判になるかもしれないな。ルッツェンベルクはやつらを殺人者とみなして、ひどく怖がっていた。電話で私にもそう言っていた。だから彼は、山小屋へ逃げ込んだんだ。シェーンマンガーの息子の言葉が忘れられない。〝父は、ルッツェンベルクが横になっているのを見ていきなり襲いかかったんです。ルッツェンベルクは、血まみれになりながらも何度か立ち上がろうとした。私はゾッとしながら、その光景を見ていました〟。ペーター・シェーンマンガーはそうはっきりと言った。想像できるか？　自分の父親が正気を失くして人を殺すところを見たんだぞ」

クルフティンガーは首を振って、その場面を頭から消し去ろうとした。

「老社長は、命よりも大事な会社の存続が危うくなったことに絶望し、理性を失くしたに違いない。老社長は、ルッツェンベルクを床に押し倒して殴り殺す前に、相手の目を見ることができたんだろうか。訊いてみたいものだな。老社長の殺意は途方もなく強いものだったのだろう。だからあれほど何度もルッツェンベルクを殴ることができたんだ。息子は、その一部始終をうしろで見ていた。そして、その場に崩れ落ちて泣き出した」

そう言ったのを最後に、チーズ工場の中庭に到着するまで、クルフティンガーとシュトローブルは会話を交わさなかった。二人とも、頭にこびりついた残虐な映像を必死で排除しようとしていた。

一行はクルークツェルで、シュトローブルがえた現場情報が正しかったのを確認した。工場の明かりはすべて消え、中庭の電灯も消えていた。シェーンマンガーの部屋にだけ、ぽつんと明かりが灯っていた。一行は車を降り、ドアを開けたままにしておいた。パトカーの青色の回転灯が音もなく回っているだけだった。回転灯は、社長室がある建物に光と影を交互に投げかけていた。

二人の制服警官を伴い、刑事たちが建物の入口へ駆け寄った。一行はクルフティンガーを先頭にして、間隔を空けずに移動した。入口のドアに鍵は掛かっていなかった。警官二人が持っている懐中電灯の小さな玉の光が通路を照らした。建物の中は異常なくらい静まり返っていた。警官たちが鉄の階段を上る足音だけが壁にこだました。シェーンマンガーの部屋の前にある秘書室に入ると、奥のドアの隙間から光がもれているのが見えた。警部は銃を構えてドアの両わきに立つよう部下に指示した。それから自分も銃を抜き、部下に向かってうなずいて見せると、一度深呼吸してからドアを勢いよく押し開けた。

そこで彼らが見たのは、想像していたものとはまったく違っていた。カール・シェーンマンガーは温かい黄色のランプの光に照らされたデスクに向かって座っていた。彼はゆっくりと顔を上げた。

「少しお待ちください」まるで一行を待っていたかのような口ぶりだった。

カール・シェーンマンガーは机に広げた濃緑色の分厚いノートを見ていた。彼は黒と金のペンスタンドから万年筆を取り出すと、右下にサインし、インクを乾かすために息を吹きかけ、しおり紐を斜めに差し入れてノートを閉じ、デスクの真ん中に置いた。万年筆にふたをし、それをノートの隣に置くと、立ち上がった。

警察の一団は、部屋に入ってから一言も言葉を発していなかった。じっと立ったまま、シェーンマンガーを不思議そうに見つめていた。そんな中で最初に視線をそらしたシュトローブルが部屋の明かりをつけた。社長はデスクの前に出ると、ジャケットのボタンを留め、デスクランプのスイッチを消して刑事たちのほうに歩いてきた。

「支払いの手続きをしてたんです。酪農家たちが牛乳代《ミルヒゲルト》を受け取れるように。では、行きましょうか」そう言って、シェーンマンガーは先頭に立ってドアに向かった。

クルフティンガーが社長のすぐあとから部屋を出た。警部は社長の肩をつかんだ。手錠はなぜか使いたくなかった。

★　★　★

翌朝の九時過ぎに刑事局に出勤したクルフティンガーは、グレーのヤンケルを着ていた。このジャケットは——もしも妻の目にふれていたら——もうとっくの昔に捨てられていてもおかしくない代物だった。昨夜はあまり眠れなかったが、今日の午前中は時間に余裕があったので気分がよかった。今日、捜査は山場を迎える。それを警部は知っていた。

オフィスに入ると、サンドラ・ヘンスケが電話をしていた。メディア関係者と、今日の午後に行なわれる予定の記者会見について話しているようだった。上司を見て彼女が微笑む。シュトローブルとヘーフェレもオフィスに入ってきた。一同が席についたところに、マイアーが遅れてやってきた。

「すみません。ボイスレコーダーのカセットを交換してたもんで。でも、テープがからまってしまって動かないんです」

誰もマイアーの話に加わろうとはしなかった。あとで自分でどうにかしろ、とみんな思っていた。

クルフティンガーは午後の遅い時間に予定されているシェーンマンガー親子、つまり殺人犯とその息子の事情聴取が始まる前に、部下と今回の事件の大筋を確認しておきたかった。また、メディアに提供される情報についても取り決めておきたかった。

殺人犯を見つけたことで全員が安堵し、オフィスの雰囲気は和やかだった。

「私は、ルッツェンベルクがヴァハター殺しの犯人だと確信してました」とヘーフェレが言った。

「俺も最初はそう思った」クルフティンガーも認めた。「でもすぐに、ペーター・シェーンマンガーだと思うようになった。だが、それも違うことがわかって、俺たちが想像している以上にむごい結果に終わった」

「でも、ルッツェンベルクはどうしてあのアルバムを盗んだのかな」マイアーが自問するように言った。

クルフティンガーは少し考え込む。「たぶん、ヴァハターが殺されたあと、あの家に行ったんだろう。それで死体を見つけて、警察が父とヴァハターの写真を見つけたら、真っ先に自分を疑うかもしれないと思ったのだろう」

「私は別のことが気になっています」とシュトローブルが口をはさんだ。

「ルッツェンベルクはいったい何をするために、ヴァハターの葬儀に行ったんでしょう?」

クルフティンガーもそれについては考えていたが、まだ答えを見つけていなかった。

「もしかしたら、ヴァハターに悪いことをしたと思ったのかもしれない。いや、父親のかつての親友の最後を見届けたかったのか。それとも、父親を破滅させた男の葬儀に出たかっただけなのかもしれない。勝利宣言をするために。いずれにせよ、俺たちはもう本人から真実を聞くことはできない」

打ち合わせがすんだ頃、ローデンバッハーがオフィスを訪れた。

「やっどだな」部屋に入ってくると、いきなり言った。「やっど捕まえだ。よがっだよ」

そのあとの記者会見で、ローデンバッハーが事件解決をまるで自分の功績であるかのように語るのを聞いても、クルフティンガーは驚かなかった。とはいえ、ケンプテン地方刑事局長は詳細をあまりよく知らなかった。だから、記者からの質問が事件の詳細に及ぶと、クルフティンガーが代わって答えなくてはならなかった。

「それば、グルフティンガーが答えざぜでいただぎまず」上司からそう言われ、クルフティンガーはルッツェンベルクがヴァハターを脅した動機について答えなくてはならなかった。

「おそらく、復讐のためでした。ルッツェンベルクは、父親が早死にしたのはヴァハターに精神的苦痛を味わわされたためだと考えていたようです」そのあと、クルフティンガーはこれまで刑事ドラマでしか聞いたことのないセリフを口にした。「しかし、彼が亡くなった今となっては真相は闇の中です」

★　★　★

クルフティンガーは緊張していた。こんなにも緊張して妻を待つのは何年ぶりだろう。この数日間は忙しかったが、それでもなんとか時間を作って家の中を掃除した。ベロア製のソファーに腰掛けて腕時計を見る。六時五分前。もうとっくに着いていてもおかしくない時間だった。妻を空港に迎えに行く時間を作れなかったことを残念に思う。あのトイレ事件のあと、ふらりと空港の到着ホールに足を運ぶのは気分転換になったかもしれなかった。

クルフティンガーはテレビのリモコンを手に取ると、スイッチをオンにした。今日の記者会見の模様がローカル局のニュース番組で流れるところだった。ニュースキャスターが、ケンプテン刑事局がセンセーショナルな大事件を解決したと伝える。そのあと記者会見の映像が一部流れたが、警部が登場したのはほんの数秒間だけだった。それから、ローデンバッハーのインタビューが映った。地方刑事局長は、カメラの前で顔を真っ赤にさせていた。

順序から言えば、このあとクルフティンガーのインタビュー映像が流れるはずだった。しかしニュースキャスターは、「では、天気予報に移ります」と言った。警部はテレビの電源を切り、啞然として座り続けた。これだけなのか？　生まれて初めてテレビ局からインタビューを受けたのに、これで終わりか？　妻は、テレビで夫がインタビューを受けているのを見たら、大いに喜んだろうに。そして、事件の解決に懸命になっていた夫に腹を立てたことを悪かったと思っただろう。旅行をキャンセルしたことも、葬儀で騒ぎを起こしたことも許してくれたかもしれないのに……。

また時計を見る。もう六時半だった。「いったい、どこにいるんだ……」

そのとき玄関のチャイムが鳴り、クルフティンガーは悪口を言うのをやめた。妻だろうか？　でも、妻は鍵を持っている。ドアを開けると、そこにはラングハマーが立っていた。

「やあ、こんにちは」

クルフティンガーは親しげなその口調が不快だったので、黙ってうなずいた。

「まず一つ目のスーツケースを持ってきたよ」ドクターは言った。通りにメルセデス・ベンツが停まっていた。女二人が車のトランクから旅行バッグを取り出そうとしているのが見えた。警部はラングハマーを追い越すと叫んだ。「待って！　俺がやるから！」

妻はその声を聞くと、紙袋を二つ下げて夫のもとに駆け寄り、抱きついてきた。そして、「久しぶり、ハニー」と夫の耳元でつぶやく。クルフティンガーは妻を力強く抱きしめると、唇に軽くキスした。「会えてうれしいよ」夫も妻の耳元でささやいた。

「なんて仲むつまじいこと」ラングハマーが冷やかした。彼は警部に近づいて肩に手を置くと、静かに言った。「よくやったじゃないか。もちろん事件のことさ。ゴルフ仲間に、事件を解決したアルトゥスリートの警部とは友達だって自慢できるよ」

もう俺たちはそんな仲なのか、とクルフティンガーが思う。そしてドクターに〝友好的な〟やり方で本心を伝えようかと思ったが、すぐに考え直した。今夜は、ドクターとケンカする気にはなれなかった。

ところが、ラングハマーの次の質問を聞いて、クルフティンガーは胃をギュッと締めつけられるような気がした。

「妻たちも戻ってきたことだし、みんなで一杯飲みませんか？」

「今日は無理です。今夜は他の予定が入っているので」

今日は覚悟ができていたのか、言いわけが勝手に警部の口から出た。メルセデスのうしろにあるバッグを取ってアンネグレートに別れの挨拶をし、妻の腕をつかむと、ラングハマーに会釈をしてから玄関へ入り、ドアを閉めた。最後に見えたのは口を開けたドクターの顔だった。何か嫌味を言いたかったのかもしれない。

妻は、夫の不作法な態度を責められなかった。それぐらい、夫の予期せぬ言動に驚いていた。

廊下に入ると、夫はもう一度妻を抱きしめた。妻はさっきの夫の態度を非難しようとしたが、今は夫の優しさを味わい尽くしたいと思って、怒りをぐっとこらえた。

「今日は何か予定があるの?」と妻がうれしそうに訊く。「私がいなくて寂しかったのね」

クルフティンガーはまごついた。予定があるというのは、ラングハマーの提案を断わる口実に過ぎなかったが、旅行から帰ったばかりの妻が期待しているなら、それに応えないわけにはいかなかった。

「そうだよ」クルフティンガーはそう言って、妻の鼻先にキスした。「一緒に夕食を食べに行こうと思って」と、とびきりの笑顔を見せる。警部は自分の言動に満足していた。妻に、夫は旅行中ずっと妻が恋しくて仕方なかった、と思わせることに成功したのだから。

「まあ」妻は驚いた顔をしたが、首を横に振った。「休暇中は、毎日外食だったのよ。今日は家でゆっくり夕食をとりたいわ。もちろん、私と天才警部の二人きりで」

もの問いたげな夫の顔を見て、妻が言い足した。「ドクター・ラングハマーから聞いたの。ラジオでもね。私、あなたを誇りに思うわ！」そう言って、夫の肩に頭をもたせかけると、静かに言った。「飛行機の中で考えたの。今日の夜はケーゼシュペッツレを作ろうって。いいかしら？」クルフティンガーは胃のあたりが強く締めつけられるのを感じた。それあと数週間は〝ケーゼシュペッツレ〟という言葉を聞いただけで胸やけするだろう。それくらい最近はケーゼシュペッツレを食べ過ぎていた。

そこでクルフティンガーは妻の手を引いて玄関に向かいながら、こう言った「駄目だよ。行こうじゃないか」と妻の耳元でささやく。「イタリアレストランへ」

するとと妻の顔が輝いた。〝新しく生まれ変わった〟夫は信じられないほど素敵だった。しかしこの変化があとどれくらい続くのかわからなかったので、とにかく今は夫の優しさに甘えようと思った。

二人は微笑みながら車へ向かう。夫は妻のためにドアを開け、腰を下ろすまで待ってから、ドアを閉めて反対側へ回り、パサートへ乗り込んだ。夫がキーを回そうとすると、うしろを覗いた妻に見つめられる。

クルフティンガーはバツが悪そうに肩をそびやかした。「大太鼓は今夜、家に入れておくよ。約束する」

訳者あとがき

本書『ミルク殺人と憂鬱な夏――中年警部クルフティンガー』は二〇〇三年にドイツで出版された推理小説 ***Milchgeld***（ミルヒゲルト）の邦訳である。現在八作目まで出版されている〈クルフティンガー警部シリーズ〉の第一作だ。第一～第七作までの刊行部数はドイツ語圏で四五〇万部を突破し、ベストセラー推理小説シリーズの仲間入りを果たしている。

短気だが、根は優しい田舎の中年警部クルフティンガーは死体を見るのが大の苦手。死体の匂いを嗅ぐだけで吐き気をもよおしてしまう。一見頼りなさそうな警部だ。それだけでなく、音楽隊のユニフォーム（バイエルン地方の民族衣装）を着たまま事件現場に駆けつけたり、水たまりに足をつっこんで癇癪を起こしたり、ズボンのチャックを閉め忘れたりと、かなりのおっちょこちょいである。そんなクルフティンガー警部のドジな一面を部下たちは陰で笑いながら見ているのだが、その一方で警部が犯罪捜査で発揮する鋭い洞察力を稀有な才能と認めてもいる。

本書は、アルゴイ地方の乳製品メーカーの〝食品デザイナー〟が殺害されたところで幕を開ける。大都市ケルンの大企業でキャリアを積んできた一流の〝食品デザイナー〟が田舎の乳製品メーカーに転職し、新製品を開発して構造改革を図ろうとした矢先に殺害されたのだ。事件には食品業界の裏事情がからんでいると推測したクルフティンガー警部は、殺害された〝食品デザイナー〟フィリップ・ヴァハターの過去を探っていく。すると華やかな食品業界に潜む邪悪な影が浮き彫りになってくる。そして犯人を追及することで見えてきたのは、グローバル社会で瀕死の状態にある中小企業と酪農家のもがき苦しむ姿だった。弱肉強食の競争社会のもとでのどかな田園地帯が血に染められていく。キャリアを積んでいく者、蹴落とされる者。それぞれの人間の葛藤がそこにはあった。犯罪が犯罪を呼び、〝食品デザイナー〟の殺人事件はさらなる殺人事件を引き起こしてしまう……。

犯罪者といえども人間である。人間味あふれるクルフティンガー警部だからこそ見える犯人像がある。容疑者の一人が口にした「真実は一目見ただけでわかるようなものではないんですよ」という言葉に導かれ、いつしか警部は目に見えない真実へと近づいていく……。

『ミルク殺人と憂鬱な夏』は二〇一二年にＡＲＤ（ドイツの公共放送局）でテレビドラマ

こどもはみんな　作家のたまご

第61回 青少年読書感想文全国コンクール

化された。視聴率は全国で一四・四パーセント、ドラマの舞台となったバイエルン州では二七・九パーセントを記録した。全国放送のドラマでありながら、俳優はすべてアルゴイ地方出身者で、セリフもすべてアルゴイなまり、つまり〝マニアックな〟方言という途方もない企画に、当初テレビ業界では賛否両論あったようだ。シュピーゲル誌のドラマ批評では、南ドイツ出身者でさえ耳をこらさないと理解できないセリフが多々あったと批評されている。とはいえ、視聴率を見る限り〝土着〟へのこだわりが功を奏したようで、それがまたドラマの魅力となって、クルフティンガー警部を世に知らしめることになった。

クルフティンガー警部を演じたのは、刑事ドラマからシリアスな映画にまで出演しているベテラン俳優のヘルベルト・クナウプだ。故郷の方言を思う存分話せる機会とあって、やる気満々で撮影にのぞんだという。著者のフォルカー・クルプフルとミハイル・コブルも撮影に同行し、「小説の中のクルフティンガーをクナウプが見事に演じ切ってくれた」と、ARDのインタビューで満足げに答えている。

ドラマ版はアルゴイという土地をリアルに描いているが、小説では少々事情が異なる。クルフティンガーが方言を話すことはあまりない。読者への配慮からだ（三〇〇ページを超える長篇小説がすべて〝アルゴイなまり〟で書かれていたら誰も読む気がしないだろう）。小説の中で唯一〝なまって〟いるのが、クルフティンガーの上司であるオーバーアルゴイ郡ケンプテン地方刑事局長のローデンバッハーである。

ここで翻訳者として一言書かせていただくと、ローデンバッハーのセリフの翻訳は骨の折れる作業だった。なにしろバイエルン出身者に解読してもらわなくては理解できないのだ。しかしいざ解読してみると、実はローデンバッハーが話しているのは標準語で、発音だけが〝なまっている〟ことがわかった。そういうわけで日本語訳では濁音を多く挿入するにとどめ、特定の方言に変換することはひかえた。

最後に、本書の背景にあるドイツの地理的事情と政情について述べておきたい。

小説の舞台は南ドイツのアルゴイ地方である。著者のフォルカー・クルプフルとミハイル・コブルもこの地方の出身者だ。クルフティンガー警部が住んでいるのはオーバーアルゴイ郡の人口約一万人の町アルトゥスリートで、ここは著者の一人、クルプフルが子供時代を過ごした場所でもある。南部にアルゴイ・アルペンと呼ばれる山脈を擁し、豊かな自然に恵まれたアルゴイ地方は、酪農業が盛んで、エメンタールチーズの生産でも有名だ。クルフティンガー警部シリーズの第一作で乳製品工場の幹部の殺人を扱ったのは、地方色を前面に出したいという著者二人の意図だろう。愛する故郷の素晴らしさをバックグラウンドにして描かれたユーモアたっぷりの推理小説は、幼いころから仲がよかった二人の〝子供心〟の表われかもしれない。読者は知らず知らずのうちに小説の世界に引き込まれ、アルゴイに足を踏み入れたこともないのになぜかアルゴイに〝なつかしさ〟すら覚えるだろう。

ドイツ人は基本的に田舎好きである。田舎をテーマにしたテレビドラマは日本とは比べものにならないほど多い。これには政治的な意味合いもからんでいるのかもしれない。日本のような中央集権国家では東京などの大都市に情報やものが集中してしまう。一方、ドイツは連邦制を取っているため、特定の地域に情報やものが集中する傾向がそれほど強くない。それぞれの州が独自の憲法をもち、政治を行ない、自治体をつくりあげている。その土地の住民が自発的に行動し、自分たちの村や町を〝よりよいもの〟にしようと努力している。そういう背景があるため、ドイツでは田舎を去った人間も、去らなかった人間も故郷を思う気持ちが強いといえる。これがクルフティンガー警部シリーズがブレイクした理由の一つだろう。

もちろんドイツでも、日本同様、農村地帯では過疎化や高齢化の問題が浮上している。二〇〇〇年以降、新自由主義化が急速に加速し、乳製品の価格が急激に下がったことで小規模農家が危機にさらされている。大規模農家しか存続できない時代が到来し、農村問題はEU規模で対処しなくてはならない大きな課題になっている。

本書の土台になったのは、そんな農村地帯の現状を危惧する著者二人の郷土愛だ。読者は犯人を憎む気にはなれず、同情すら覚えてしまうのではないだろうか。それは犯人の「故郷を愛する気持ち」に心打たれるからだ。

この場をおかりして、早川書房の川村均さま、株式会社リベルの皆さま、染田屋茂さま、そして私を励まし、支えてくれる家族と友人と同志に心から感謝の気持ちを伝えたいと思います。

二〇一六年六月

駄作

Potboiler

ジェシー・ケラーマン

林 香織訳

世界的ベストセラー作家だった親友が死んだ。追悼式に出席した売れない作家プフェファコーンは、親友の手になる未発表の新作原稿を発見。秘かにその原稿を持ち出し、自作と偽って刊行すると、思惑通りの大ヒットとなったが……ベストセラー作家を両親に持つ著者が、その才能を開花させた驚天動地の傑作スリラー

ハヤカワ文庫

妻の沈黙

The Silent Wife

A・S・A・ハリスン

山本やよい訳

二十年以上連れ添うトッドとジョディの生活に、ある日亀裂が入った。トッドの浮気相手が妊娠したのだ。浮気相手との結婚を考えるトッドと、すべてを知り沈黙するジョディ。二人のあいだの緊張が最高潮に達したとき、事件が起きる……誰にでも起こりうる結婚生活の顚末を、繊細かつ巧妙に描いた傑作サスペンス！

ハヤカワ文庫

海外ミステリ・ハンドブック

早川書房編集部・編

10カテゴリーで100冊のミステリを紹介。「キャラ立ちミステリ」「クラシック・ミステリ」「ヒーローｏｒアンチ・ヒーロー・ミステリ」「〈楽しい殺人〉のミステリ」「相棒物ミステリ」「北欧ミステリ」「イヤミス好きに薦めるミステリ」「新世代ミステリ」などなど。あなたにぴったりの〝最初の一冊〟をお薦めします！

ハヤカワ文庫

訳者略歴　大阪外国語大学外国語学部地域文化学科卒，ドイツ語翻訳家　訳書『緊急速報〔下〕』シェッツィング（共訳），『あなたを変える七日間の哲学教室』エルンスト，『ドイツ帝国の正体』ベルガー（以上早川書房刊）他

HM=Hayakawa Mystery
SF=Science Fiction
JA=Japanese Author
NV=Novel
NF=Nonfiction
FT=Fantasy

ミルク殺人《さつじん》と憂鬱《ゆううつ》な夏《なつ》
中年警部クルフティンガー

〈HM㊱-1〉

二〇一六年七月 二十 日　印刷
二〇一六年七月二十五日　発行
（定価はカバーに表示してあります）

著者　フォルカー・クルプフル
　　　ミハイル・コブル
訳者　岡《おか》本《もと》朋《とも》子《こ》
発行者　早川　浩
発行所　株式会社　早川書房
郵便番号　一〇一－〇〇四六
東京都千代田区神田多町二ノ二
電話　〇三－三二五二－三一一一（大代表）
振替　〇〇一六〇－三－四七七九九
http://www.hayakawa-online.co.jp

乱丁・落丁本は小社制作部宛お送り下さい。
送料小社負担にてお取りかえいたします。

印刷・株式会社亨有堂印刷所　製本・株式会社明光社
Printed and bound in Japan
ISBN978-4-15-182001-4 C0197

本書は活字が大きく読みやすい〈トールサイズ〉です。